Michael Blake

# Der mit dem Wolf tanzt

Roman

Aus dem Amerikanischen
von Joachim Honnef

Schneekluth

Die Deutsche Bibliothek – CIP-Einheitsaufnahme
Blake, Michael:
Der mit dem Wolf tanzt/Michael Blake.
Aus dem Amerikan. von Joachim Honnef – München:
Schneekluth, 1992 3.–4. Auflage
ISBN 3-7951-1215-X

Die amerikanische Originalausgabe erschien
unter dem Titel DANCES WITH WOLVES

ISBN 3-7951-1215-X


Lizenzausgabe mit Genehmigung der
Gustav Lübbe Verlags GmbH
by Franz Schneekluth Verlag, München
Satz: KCS GmbH, 2110 Buchholz/Hamburg
Druck und Bindung: Mohndruck, Gütersloh
Printed in Germany 1992c

# 1

Lieutenant Dunbar konnte es kaum fassen. »Unglaublich...« Das war das erste Wort, das ihm in den Sinn kam.

Alles war gewaltig.

Der weite, wolkenlose Himmel. Die wogende See aus Gras. Nichts sonst, so weit sein Blick reichte. Keine Straße. Keine Radfurchen, denen der große Wagen folgen konnte. Nur unberührte, leere Weite.

Er fühlte sich sonderbar tief bewegt.

Während Lieutenant Dunbar auf dem Bock des Wagens saß, der über die Prärie rollte, dachte er über seine Gefühle nach. Er war fasziniert und von freudiger Erregung erfüllt, doch sein Puls raste nicht. Sein Puls war ruhig. Das verwirrte ihn und beschäftigte seine Gedanken auf herrliche Weise. Wörter und Bilder kamen ihm ständig in den Sinn, als er versuchte, seine Empfindungen zu formulieren. Es war schwierig, sie genau zu beschreiben.

Am dritten Tag der Reise sagte seine innere Stimme: »Dies ist religiös«, und diese Formulierung war bis jetzt die treffendste. Lieutenant Dunbar war jedoch nie ein religiöser Mann gewesen, und obwohl die Bezeichnung anscheinend richtig war, wußte er nicht ganz, was er damit anfangen sollte.

Wenn er nicht so verzückt gewesen wäre, hätte Lieutenant Dunbar vielleicht eine Erklärung gefunden, doch in seiner Schwärmerei kam er nicht darauf.

Lieutenant Dunbar hatte sich verliebt. Er hatte sich in dieses wilde, schöne Land verliebt und in alles, was es bot. Es war die Art Liebe, die Leute sich mit anderen Menschen erträumen: eine selbstlose Liebe und ohne Zweifel, ehrerbietig und immerwährend. Sein Bewußtsein war erweitert worden, und sein Herz war von Freude erfüllt. Vielleicht dachte der Kavallerieleutnant mit den scharfen, regelmäßigen Gesichtszügen deshalb an Religion.

Aus dem Augenwinkel sah er, daß Timmons den Kopf zur Seite drehte und zum tausendsten Mal in das hüfthohe Büffelgras spuckte. Wie so oft blieb Speichel an den Lippen haften, und der Fahrer wischte ihn ab. Dunbar sagte nichts, doch Timmons' ständige Spuckerei widerte ihn an.

Es war eine harmlose Sache, aber sie ärgerte ihn, als müsse er ständig mit ansehen, wie sich jemand in der Nase bohrte.

Sie hatten den ganzen Morgen nebeneinander gesessen, jedoch nur, weil der Wind aus der richtigen Richtung blies. Obwohl sie nicht weit auseinander saßen, sorgte die leichte Brise dafür, daß Lieutenant Dunbar Timmons nicht zu riechen brauchte. Mit seinen knapp dreißig Jahren hatte er oftmals den Gestank des Todes gerochen, und nichts war schlimmer. Aber Tote wurden weggebracht oder begraben, oder man konnte einen Bogen um sie herum machen, und nichts davon war bei Timmons möglich. Wenn sich der Wind drehte, war Lieutenant Dunbar von Timmons Gestank eingehüllt wie von einer unsichtbaren, fauligen Wolke.

Wenn die Windrichtung also nicht stimmte, kletterte der Lieutenant vom Wagenbock auf die Fracht, die auf der Ladefläche aufgestapelt war. Manchmal verweilte er dort stundenlang. Gelegentlich sprang er auch hinab ins hohe Gras, band sein Pferd Cisco los und ritt zwei oder drei Kilometer voraus, um zu erkunden.

Er blickte jetzt zu Cisco zurück, der hinter dem Wagen mittrottete. Das Pferd hatte die Nüstern zufrieden in den Futterbeutel getaucht, und das Fell des Buckskins glänzte im Sonnenschein. Dunbar lächelte bei seinem Anblick und wünschte sich, daß Pferde so lange wie Menschen leben konnten. Mit Glück würde er Cisco noch zehn oder zwölf Jahre haben. Andere Pferde würden folgen, aber dies war ein Tier, wie man es nur einmal im Leben bekommt. Wenn Cisco tot war, würde es keinen gleichwertigen Ersatz für ihn geben.

Während Lieutenant Dunbar sein Pferd beobachtete, hob der kleine Buckskin plötzlich den Kopf, lugte mit seinen bernsteinfarbenen Augen über den Rand des Futterbeutels, wie um Ausschau nach dem Lieutenant zu halten, und knabberte dann zufrieden weiter sein Körnerfutter.

Dunbar reckte sich auf dem Wagenbock und zog ein zusammengefaltetes Papier unter seinem Uniformrock hervor. Er war besorgt wegen dieses Papiers, auf dem die Befehle der Armee standen. Er hatte den Blick seiner dunklen Augen ein halbes Dutzend Male auf dieses Papier geheftet, seit er Fort Hays verlassen hatte, doch seine Besorgnis hatte nicht nachgelassen.

Sein Name war zweimal falsch geschrieben. Der Major mit der Schnapsfahne war nach dem Unterzeichnen des Befehls ungeschickt mit dem Ärmel über die noch feuchte Tinte geraten, und die offizielle Unterschrift war schlimm verwischt. Der Befehl hatte kein Datum enthalten, und Lieutenant Dunbar hatte es unterwegs selbst eingetragen. Er hatte es jedoch mit einem Bleistift geschrieben, und die Bleistifteintragung paßte nicht zu der Tintenschrift und dem Standarddruck auf dem Formular.

Lieutenant Dunbar seufzte beim Anblick des offiziellen Papiers. Es sah nicht wie ein Armeebefehl aus. Es wirkte wie aus einem Abfalleimer geklaubt.

Der Blick auf das Schriftstück erinnerte ihn daran, wie der Befehl zustandegekommen war, und das beunruhigte ihn sogar noch mehr. Dieses merkwürdige Gespräch, das der Major mit der Schnapsfahne mit ihm geführt hatte.

In seinem Bestreben, sich versetzen zu lassen, war er geradewegs vom Bahnhof zum Hauptquartier gegangen. Der Major war die erste und einzige Person, mit der er zwischen seiner Ankunft und dem Zeitpunkt am selben Nachmittag gesprochen hatte, an dem er auf den Wagen neben den stinkenden Timmons geklettert war.

Der Major hatte ihn lange aus blutunterlaufenen Augen angestarrt. Als er endlich gesprochen hatte, war sein Tonfall unverblümt sarkastisch gewesen.

»Indianerkämpfer, wie?«

Lieutenant Dunbar hatte nie einen Indianer gesehen, geschweige denn gegen einen gekämpft.

»Nun, nicht im Augenblick, Sir. Ich nehme an, ich könnte einer sein. Ich kann kämpfen.«

Der Major hatte nichts darauf erwidert. Sie schauten sich stumm lange Zeit an, und dann begann der Major schließlich zu schreiben. Er schrieb schnell, während Schweiß von seinen Schläfen hinablief. Dunbar sah weitere Schweißtropfen auf dem fast kahlen Kopf des Majors. Fettige Strähnen des verbliebenen Haares klebten auf dem Schädel. Der Anblick erinnerte Lieutenant Dunbar an etwas Ungesundes.

Der Major hielt nur einmal im Kritzeln inne. Er hustete Schleim und spuckte ihn in einen häßlichen Spucknapf, der neben dem Schreibtisch stand. In diesem Augenblick wünschte Lieutenant Dunbar das Ende der Begegnung. Alles an diesem Mann ließ ihn an Krankheit denken.

Lieutenant Dunbar hatte es treffender erkannt, als er wußte, denn bei diesem Major hatte die Grenze zwischen gesundem und krankem Verstand seit einiger Zeit an einem seidenen Faden gehangen, und der Faden war zehn Minuten vor Lieutenant Dunbars Ankunft in dem Büro gerissen. Der Major hatte ruhig mit verschränkten Händen an seinem Schreibtisch gesessen und sein ganzes Leben vergessen. Es war ein machtloses, ohnmächtiges Leben gewesen, betrieben mit den aus Mitleid gegebenen Almosen, die jene erhalten, die gehorsam dienen, jedoch keine Erfolge aufweisen können. Aber all die Jahre waren wie durch Zauberei verschwunden; all die Jahre als einsamer Junggeselle, all die Jahre im Kampf mit der Abhängigkeit vom Alkohol. Der bittere Bodensatz von Major Fambroughs Leben war durch ein nahe bevorstehendes und wunderschönes Ereignis verdrängt worden. Irgendwann vor dem Abendessen würde er zum König von Fort Hays gekrönt werden.

Der Major schrieb zu Ende und reichte Lieutenant Dunbar den Befehl.

»Ich versetze Sie nach Fort Sedgewick; Sie melden sich dort unverzüglich bei Captain Cargill.«

Lieutenant Dunbar starrte auf das unordentlich geschriebene, verschmierte Papier.

»Jawohl, Sir. Wie werde ich dorthin kommen, Sir?«

»Sie bezweifeln, daß ich das weiß?« fragte der Major scharf.

»Nein, Sir, überhaupt nicht. Ich weiß es nur nicht.«

Der Major lehnte sich zurück, fuhr sich mit den Händen über die Hosenbeine und lächelte selbstgefällig.

»Ich bin in großzügiger Laune und werde Ihnen eine Gunst erweisen. Ein Wagen mit Fracht aus dem Königreich fährt in Kürze ab. Suchen Sie den Bauern namens Timmons und fahren Sie mit ihm.« Der Major wies auf das Schriftstück, das Lieutenant Dunbar in der Hand hielt. »Mein königliches Siegel wird Ihnen sicheres Geleit durch rund 200 Meilen heidnisches Gebiet garantieren.«

Vom Beginn seiner Laufbahn an hatte Lieutenant Dunbar gelernt, die Verschrobenheit von vorgesetzten Offizieren hinzunehmen. Er salutierte schneidig, sagte »Jawohl, Sir« und machte eine Kehrtwendung. Er fand Timmons, eilte zurück zum Bahnhof, um Cisco zu holen, und verließ Fort Hays eine halbe Stunde später.

Und nun, als er nach 100 Meilen Fahrt auf die Befehle schaute, sagte er sich, daß vermutlich alles klappen würde.

Dunbar bemerkte, daß der Wagen langsamer fuhr. Timmons beobachtete etwas, das voraus im Gras lag. Er hielt davor an. »Sehen Sie mal dort!«

Etwas Weißes lag keine fünf Meter vom Wagen entfernt auf der Prärie, und beide Männer kletterten vom Wagen, um es sich anzusehen.

Es war ein menschliches Skelett, dessen Knochen weiß gebleicht waren und dessen Schädel zum Himmel starrte.

Lieutenant Dunbar kniete sich neben dem Skelett hin. Gras wuchs durch den Brustkasten, und Pfeile, zwanzig oder mehr, ragten wie Nadeln aus einem Nadelkissen empor. Dunbar zog einen Pfeil aus dem Erdreich und drehte ihn in der Hand.

Als er über den Schaft strich, lachte Timmons meckernd hinter ihm.

»Jemand im Osten fragt sich bestimmt, warum er nicht schreibt.«

An diesem Abend goß es wie aus Kübeln. Der Wolkenbruch kam jedoch in Intervallen, wie es bei Sommergewittern oftmals der Fall ist, und irgendwie hatte es den Anschein, daß es nicht so feucht war wie zu anderen Jahreszeiten. Die beiden Reisenden schliefen behaglich unter dem Planwagen.

Der vierte Tag verlief wie die anderen ohne Zwischenfall. Und der fünfte und sechste. Lieutenant Dunbar war enttäuscht über den Mangel an Büffeln. Er hatte noch keinen einzigen gesehen. Timmons erklärte, daß die großen Herden manchmal ganz und gar verschwanden. Es sei kein Grund zur Besorgnis, denn sie seien so zahlreich wie Heuschrecken, wenn sie auftauchten.

Sie hatten auch noch keinen einzigen Indianer gesehen, und Timmons wußte keine Erklärung dafür. Er sagte, wann immer er einen Indianer sehe, sei das zu früh, und sie seien viel besser dran, wenn sie von diesen Dieben und Bettlern verschont blieben.

Am siebten Tag hörte Dunbar Timmons' Worte nur mit halbem Ohr.

Auf den letzten Meilen dachte der Lieutenant immer mehr an seine Ankunft im Fort.

Captain Cargill tastete in seinem Mund herum und starrte zur Decke, während er sich konzentrierte. Die Erleuchtung kam ihm, und es folgte schnell ein Stirnrunzeln.

Wieder ein Zahn locker, dachte er. Gottverdammt!

Mit jammervoller Miene schaute der Captain erst eine Wand in seinem feuchten Grassodenquartier an, dann eine andere. Es gab absolut nichts zu sehen. Es war wie eine Zelle.

Und so was nennt man Quartier, dachte er sarkastisch. Gottverdammt!

Jeder hatte den Begriff ›Quartier‹ über einen Monat lang benutzt, auch der Captain. Er verwandte ihn schamlos vor seinen Männern. Und sie vor ihm. Aber es war eine interne Sache, ein Scherz unter Kameraden. In Wirklichkeit war es ein Fluch.

Und es war eine schlechte Zeit.

Captain Cargill nahm die Hand aus dem Mund und ließ sie sinken. Er saß allein in der Düsterkeit seines gottverdammten Quartiers und lauschte. Draußen war es still, und die Ruhe brach Cargill das Herz. Unter normalen Umständen wären draußen die Geräusche zu hören gewesen, die von Männern im Dienst verursacht wurden. Aber seit vielen Tagen hatte es keinen Dienst mehr gegeben. Selbst Beschäftigungstherapien waren auf der Strecke geblieben. Und der Captain konnte nichts daran ändern. Das schmerzte ihn.

Als er in die schreckliche Stille lauschte, wußte er, daß er nicht länger warten konnte. Heute würde er das tun müssen, wovor er sich gefürchtet hatte. Selbst wenn es Schande über ihn brachte. Oder das Ende seiner Karriere bedeutete. Oder Schlimmeres.

Er verbannte ›oder Schlimmeres‹ aus seinen Gedanken und stand schwerfällig auf. Auf dem Weg zur Tür fummelte er an einem lockeren Knopf seines Uniformrocks herum. Der Knopf sprang ab und hüpfte über den Boden. Der Captain machte sich nicht die Mühe, den Knopf aufzuheben. Es gab nichts, womit er ihn annähen konnte.

Als er in den strahlenden Sonnenschein hinaustrat, erlaubte sich Captain Cargill zum letzten Mal die Vorstellung, daß ein Wagen von Fort Hays dort im Hof stehen würde.

Da war jedoch kein Wagen. Nur diese triste Stätte, diese wunde Stelle im Land, die ihren Namen nicht verdiente.

Fort Sedgewick.

Captain Cargill sah verkatert aus, als er auf der Türschwelle seiner Grassodenhütte stand. Er war barhäutig und erschöpft, und er machte eine letzte Bestandsaufnahme.

Es gab keine Pferde in dem staubigen Korral, in dem bis vor kurzem noch fünfzig Tiere gestanden hatten. Binnen zweieinhalb Monaten waren die Pferde gestohlen, ersetzt und abermals gestohlen worden. Die Comanchen hatten sich mit allen Pferden bedient.

Cargills Blick schweifte zum Versorgungsgebäude gegenüber. Abgesehen von seinem gottverdammten Quartier war das Depot das einzige noch einigermaßen intakte Gebäude von Fort Sedgewick. Der Dienst hier war von Anfang an schlimm gewesen. Niemand hatte gewußt, wie man mit Grassoden baut, und zwei Wochen nach der Fertigstellung war ein großer Teil des Daches eingebrochen. Eine der Wände sackte so stark ein, daß sie gewiß bald einstürzten würde.

Es macht nichts, dachte Captain Cargill und unterdrückte ein Gähnen.

Das Depot war leer. Es war jetzt seit fast einem Monat leer. Sie hatten sich von dem ernährt, was noch an Zwieback übrig gewesen war und was sie auf der Prärie hatten schießen können, überwiegend Kaninchen und Perlhühner. Er hatte so sehr gewünscht, daß die Büffel zurückkehrten. Selbst jetzt lief ihm bei dem Gedanken an ein saftiges Büffelsteak das Wasser im Munde zusammen. Cargill preßte die Lippen aufeinander und kämpfte plötzlich gegen Tränen an.

Es gab nichts zu essen.

Er ging fünfzig Meter auf die freie, kahle Fläche am Rand des Felsenhügels, auf dem Fort Sedgewick errichtet war, und schaute hinab auf den Bach, der sich ruhig und lautlos etwa dreißig Meter tiefer wand. Die Ufer waren von verschiedenartigem Abfall bedeckt, und selbst ohne Aufwind drang dem Captain der Gestank von menschlichen Exkrementen in die Nase. Der Gestank von menschlichen Exkrementen, gemischt mit allem, was sonst noch dort unten verfaulte.

Der Blick des Captain schweifte hinab über den sanft abfallenden Hang des Hügels, als zwei Männer aus einem der ungefähr zwanzig Schlaflöcher auftauchten, die wie Pockennarben den Hang bedeckten. Das schmutzige Paar blinzelte in den hellen Sonnenschein. Dann starrten sie mißmutig zu dem Captain empor, taten jedoch, als wäre er für sie Luft. Cargill verhielt sich ebenso. Die Soldaten duckten sich in die Schlaflöcher zurück, als hätte sie der Anblick ihres Kommandanten dorthin zurückgetrieben, und der Captain blieb allein auf der Kuppe des Hügels stehen.

Cargill dachte an die kleine Abordnung, die seine Männer vor acht Tagen zu der Grassodenhütte geschickt hatten. Ihr Gesuch war vernünftig gewesen. Eigentlich war er auch nötig gewesen. Der Captain hatte sich jedoch dagegen entschieden. Er hatte immer noch auf einen Wagen gehofft. Cargill hatte es für seine Pflicht gehalten, auf einen Wagen aus Fort Hays zu warten.

In den acht Tagen seither hatte niemand mehr mit ihm gesprochen, kein einziges Wort. Abgesehen von den nachmittäglichen Jagdausflügen waren die Männer in der Nähe ihrer Schlaflöcher geblieben, hatten keinen Kontakt mit ihm aufgenommen und sich selten blicken lassen.

Captain Cargill wollte zu seinem gottverdammten Quartier zurückkehren, doch auf halbem Weg dorthin blieb er stehen. Er verharrte mitten auf dem Hof und starrte auf die Spitzen seiner abgewetzten Stiefel. Einen Augenblick lang dachte er nach, und dann murmelte er: »Jetzt!« Er marschierte auf dem Weg zurück, auf dem er gekommen war. Seine Schritte wurden schwungvoller, als er den Rand der Hügelkuppe erreichte.

Dreimal rief er nach Corporal Guest, bis es eine Bewegung in einem der Erdlöcher gab. Schmächtige Schultern mit einem ärmellosen Uniformrock tauchten auf, und dann schaute ein mürrisches Gesicht den Hang hinauf. Der Soldat bekam einen Hustenanfall. Cargill wartete, bis er abklang.

»Lassen Sie die Männer in fünf Minuten vor meinem gottverdammten Quartier antreten«, sagte Cargill dann. »Jeden, auch die dienstuntauglichen.«

Der Corporal tippte lustlos mit der Hand an die Schläfe und verschwand nach der Andeutung des Grußes wieder in dem Erdloch.

Zwanzig Minuten später hatten sich die Männer, die mehr einer Horde mißhandelter Gefangener ähnelten als einer Einheit Soldaten, auf der freien Fläche vor Cargills schrecklicher Grassodenhütte versammelt.

Es waren achtzehn. Achtzehn Mann von ursprünglich achtundfünfzig. Dreiunddreißig Männer waren über den Hügel verschwunden und hatten sich dem Risiko ausgesetzt, was auch immer sie auf der Prärie erwarten würde. Cargill hatte eine berittene Patrouille von sieben Männern hinter der größten Gruppe von Deserteuren hergeschickt. Vielleicht waren sie jetzt tot, oder vielleicht waren sie ebenfalls desertiert. Sie waren nie zurückgekehrt.

Jetzt waren nur noch achtzehn erbärmlich heruntergekommene Männer in Sedgewick.

Captain Cargill räusperte sich.

»Ich bin stolz auf euch alle, weil ihr geblieben seid«, begann er.

Die kleine Versammlung von Zombies schwieg.

»Packt eure Waffen und alles sonst zusammen, was ihr von hier mitnehmen wollt. Sobald ihr damit fertig seid, werden wir nach Fort Hays zurückmarschieren.«

Die achtzehn Männer eilten bereits los, bevor er zu Ende gesprochen hatte. Wie in Panik stürmten sie zu ihren Schlaflöchern auf dem Hügelhang, als befürchteten sie, der Hauptmann könne es sich anders überlegen, wenn sie sich nicht beeilten.

In einer Viertelstunde war alles vorüber. Captain Cargill und seine gespenstische Einheit marschierten ungeordnet und schnell auf die Prärie und wandten sich ostwärts, um die knapp 200 Meilen nach Fort Hays zu bewältigen.

Als sie fort waren, herrschte völlige Stille um das gescheiterte Fort. Fünf Minuten später tauchte ein einsamer Wolf auf dem anderen Ufer des Baches gegenüber von Fort Sedgewick auf und verharrte, um in die Brise zu wittern. Der Wolf hielt es für besser, diese verlassene Stätte zu meiden, und trottete weiter.

Und so war der abgelegenste Vorposten der Armee, die Speerspitze eines großen Plans, um die Zivilisation tief in das Herz der großen Plains zu bringen, völlig verlassen. Die Armee würde es nur als einen Rückschlag betrachten, als einen Aufschub der Expansion, die vielleicht warten mußte, bis der Bürgerkrieg vorüber war und man über die nötigen Mittel verfügte, um eine ganze Kette von Forts zu versorgen. Die Armee würde natürlich darauf zurückkommen, aber jetzt war die Geschichte von Fort Sedgewick zu einem kläglichen Stopp gekommen. Das verlorene Kapitel in der Geschichte von Fort Sedgewick, und das einzige, das Anspruch auf Glorie erheben konnte, sollte erst beginnen.

Lieutenant Dunbar konnte den Tagesanbruch kaum erwarten. Er dachte bereits an Fort Sedgewick, als er blinzelnd erwachte und halb verschwommen den Boden des Wagens über sich wahrnahm. Er fragte sich, wie Captain Cargill und die Männer sein würden, wie das Fort lag und wie sein erster Patrouillenritt sein würde. Das und viele andere Dinge gingen ihm durch den Kopf.

Heute würde er endlich in seinem Fort eintreffen, und so würde sich ein lange gehegter Traum vom Dienst in der Siedlungsgrenze erfüllen.

Dunbar warf die Decken von sich und rollte sich unter dem Wagen hervor. Er fror in der Morgenkälte, als er seine Stiefel anzog und dann ungeduldig herumstapfte.

»Timmons«, rief er leise und bückte sich unter den Wagen.

Der stinkende Fahrer schlief tief und fest. Der Lieutenant stieß ihn mit der Stiefelspitze an.

»Timmons!«

»Ja, was ist?« murmelte der Fahrer schlaftrunken und setzte sich alarmiert auf.

»Wir müssen uns langsam auf den Weg machen.«

Captain Cargill und seine Männer waren gut vorangekommen und hatten am Nachmittag über zehn Meilen zurückgelegt.

Ihre Stimmung hatte sich gebessert. Sie marschierten mit Gesang, mit stolzen Liedern und neuer Hoffnung über die Prärie. Das hob Captain Cargills Stimmung ebenso wie die der Männer. Der Gesang gab ihm große Selbstsicherheit. Die Army konnte ihn vor ein Exekutionskommando stellen, wenn sie das wollte, und er würde dennoch mit einem Lächeln seine letzte Zigarette rauchen. Er hatte die richtige Entscheidung getroffen. Niemand konnte ihm das ausreden.

Und als er über die Prärie marschierte, spürte er, daß er wieder von einer lange verlorenen Zufriedenheit erfüllt war. Das zufriedene Gefühl, zu befehligen. Er dachte wieder wie ein Befehlshaber. Er wünschte einen richtigen Marsch mit einer berittenen Kolonne von Soldaten.

Dann hätte ich jetzt Flankenreiter, überlegte er. Sie würden gut eine Meile nördlich und südlich von uns reiten.

Bei dem Gedanken an Flankenreiter schaute er tatsächlich nach Süden.

Dann wandte sich Cargill ab, und er sollte nie erfahren, daß Flankenreiter in diesem Augenblick etwas gefunden hätten, wenn sie anderthalb Meilen südlich geritten wären.

Sie hätten zwei Reisende entdeckt, die ihre Fahrt unterbrochen hatten, um in einem ausgebrannten Wagenwrack zu stöbern, das in einem flachen Geländeeinschnitt lag. Einer der beiden Männer trug fauligen Gestank mit sich herum, und der andere, ein äußerst gutaussehender junger Mann, trug eine Uniform.

Aber es gab keine Flankenreiter, und so wurden die beiden nicht entdeckt.

Captain Cargills Einheit marschierte entschlossen weiter und sang auf dem Weg ostwärts nach Fort Hays.

Und nach der kurzen Pause stiegen der junge Lieutenant und der Fahrer wieder auf ihren Wagen und setzten die Fahrt nach Fort Sedgewick fort.

## 2

Am zweiten Tag des Marsches schossen Captain Cargills Männer eine fette Büffelkuh aus einer kleinen Herde von einem Dutzend Tieren und rasteten ein paar Stunden, um auf Indianerart das köstliche Fleisch zu essen. Die Männer bestanden darauf, ein besonders zartes Schulterstück für ihren Captain zu grillen, und Cargills Augen spiegelten seine Freude wider, als er seine verbliebenen Zähne in das weiche Fleisch grub, das fast im Mund zu zergehen schien.

Das Glück des Trupps hielt an, und am Mittag des vierten Tags stießen sie auf eine große Armeepatrouille. Der Major, der das Kommando hatte, sah schon an der Verfassung von Cargills Männern, welches Martyrium hinter ihnen liegen mußte, und er hatte sofort Mitgefühl.

Mit einem halben Dutzend geliehenen Pferden und einem Wagen für die Kranken kamen Captain Cargill und seine Männer ausgezeichnet voran und trafen vier Tage später in Fort Hays ein.

Manchmal erweisen sich unsere größten Befürchtungen als unbegründet, und so war es bei Captain Cargill. Er wurde nicht festgenommen, weil er Fort Sedgewick verlassen hatte, ganz im Gegenteil. Seine Männer, die noch vor ein paar Tagen gefährlich nahe an einer Meuterei gewesen waren, berichteten von den Entbehrungen und der Not in Fort Sedgewick, und jeder einzelne Soldat bezeichnete Captain Cargill als Führer, in den er völliges Vertrauen habe. Alle bekräftigten, daß sie es ohne Captain Cargill nicht überstanden hätten.

Die Armee an der Siedlungsgrenze, deren Mittel und Moral fast am Ende waren, hörte all diese Aussagen mit Freude.

Sofort wurden zwei Schritte unternommen. Der Kommandant des Forts meldete die ganze Geschichte von Fort Sedgewicks Ende General Tide vom regionalen Hauptquartier in St. Louis, und er endete seinen Bericht mit der Empfehlung, Fort Sedgewick aufzugeben, jedenfalls bis auf weiteres. General Tide stimmte aus ganzem Herzen zu, und binnen weniger Tage wurde Fort Sedgewick von der Liste der Regierung der Vereinigten Staaten gestrichen. Das Fort existierte nicht mehr.

Der zweite Schritt, der unternommen wurde, betraf Captain Cargill. Er wurde in den Status eines Helden erhoben und erhielt schnell hintereinander die Tapferkeitsmedaille und die Beförderung zum Major. Er gab eine ›Siegesfeier‹ zu seinen Ehren im Offizierskasino.

Bei dieser Feier, bei den Drinks nach dem Festbankett, hörte Cargill von einem Freund die sonderbare Geschichte, die das Hauptgesprächsthema vor seiner triumphalen Ankunft gewesen war.

Der alte Major Fambrough, ein Verwaltungsmann auf mittlerer Ebene mit einer farblosen Dienstakte, war übergeschnappt. Eines Nachmittags hatte er mitten auf dem Exerzierplatz gestanden, unzusammenhängendes Zeug von seinem Königreich gefaselt und immer wieder seine Krone verlangt. Der arme Kerl war vor ein paar Tagen mit einem Schiff nach Osten gebracht worden.

Als Captain Cargill die Einzelheiten dieser merkwürdigen Geschichte hörte, hatte er natürlich keine Ahnung, daß Major Fambrough mit seiner traurigen Abreise ebenfalls jede Spur von Lieutenant Dunbar mitnahm. Offiziell existierte der junge Offizier nur in den dunklen Tiefen von Major Fambroughs verrücktem Hirn.

Cargill erfuhr ebenfalls, daß eine Wagenladung mit Nachschub von demselben unglückseligen Major auf den Weg nach Fort Sedgewick geschickt worden war. Es kam Cargill wie eine Ironie des Schicksals vor. Sie mußten sich auf dem Rückmarsch verfehlt haben. Captain Cargill und sein Freund lachten herzhaft, als sie sich vorstellten, daß der Fahrer bei diesem entsetzlichen Fort eintraf und sich fragte, was zum Teufel geschehen sein mochte. Sie stellten ernsthafte Spekulationen darüber an, was der Fahrer tun würde, und sagten sich, daß er – wenn er schlau war – nach Westen weiterfahren und die Waren bei verschiedenen Handelsposten auf dem Weg verkaufen würde. In den frühen Morgenstunden wankte Cargill halb betrunken in sein Quartier und sank mit dem wundervollen Gedanken ins Bett, daß Fort Sedgewick nur noch eine Erinnerung war.

So kam es, daß nur eine Person auf der Welt eine Ahnung vom Verbleib oder sogar der Existenz von Lieutenant Dunbar hatte.

Und diese Person war ein ungepflegter ziviler Junggeselle, aus dem sich niemand etwas machte.

Timmons.

## 3

Das einzige Anzeichen von Leben war das zerfetzte Stück Segeltuch, das leicht in der Tür des eingestürzten Depots flatterte. Der Wind hatte am späten Nachmittag aufgefrischt, und alles, was sich bewegte, war das Stück Segeltuch.

Wäre nicht die primitive Aufschrift auf dem Balken über der Tür von Captain Cargills ehemaligem Quartier gewesen, hätte Lieutenant Dunbar angenommen, am falschen Ort zu sein. Aber da stand deutlich lesbar ›Fort Sedgewick‹.

Dunbar und Timmons blieben stumm auf dem Wagenbock sitzen und schauten auf die erbärmliche Ruine, die sich als ihr Ziel erwiesen hatte.

Schließlich sprang Lieutenant Dunbar vom Wagen und betrat vorsichtig Cargills Quartier. Sekunden später tauchte er wieder auf und schaute Timmons an, der immer noch auf dem Wagen saß.

»Nicht gerade das, was man als hektische Betriebsamkeit bezeichnet«, rief Timmons.

Der Lieutenant gab keine Antwort. Er ging zum Depot, zog

das Segeltuch zur Seite und schaute hinein. Da war nichts zu sehen, und gleich darauf ging er zum Wagen zurück.

Timmons schaute zu ihm hinab und schüttelte den Kopf.

»Wir sollten ausladen«, sagte der Lieutenant sachlich.

»Warum, Lieutenant?«

»Weil wir am Ziel sind.«

Timmons rutschte unbehaglich auf dem Wagenbock hin und her. »Hier ist doch nichts«, krächzte er.

Lieutenant Dunbar schaute in die Runde.

»Im Augenblick nicht, das stimmt.«

Stille breitete sich zwischen ihnen aus, eine spannungsgeladene Stille, in der sich eine Kluft zwischen ihnen auftat. Dunbar ließ die Hände herunterbaumeln, während Timmons an den Zügeln herumfummelte. Er spuckte seitlich vom Wagen.

»Alle sind abgehauen – oder gekillt worden.« Timmons starrte den Lieutenant hart an, als hätte er genug von diesem Unsinn. »Wir sollten kehrtmachen und zurückfahren.«

Lieutenant Dunbar hatte jedoch nicht vor zurückzukehren. Er wollte herausfinden, was mit Fort Sedgewick geschehen war. Vielleicht waren alle desertiert, und vielleicht waren alle tot. Möglicherweise gab es Überlebende, nur eine Stunde entfernt, die sich zum Fort zurückschleppten.

Und es gab einen stärkeren Grund für sein Bleiben, etwas, das über sein Pflichtbewußtsein hinausging. Es gibt Zeiten, in denen man etwas so sehr wünscht, daß der Preis oder die Bedingungen kein Hindernis sind. Lieutenant Dunbar hatte sich am allermeisten den Dienst hier am Rande der Siedlungsgrenze gewünscht. Und nun war er hier. Wie Fort Sedgewick aussah und welche Zustände dort herrschten, war ihm gleichgültig. Er hing mit dem Herzen daran.

So blieb sein Blick fest, als er sprach, und seine Stimme klang ruhig und leidenschaftslos.

»Dies ist mein Posten, und das ist der Nachschub dafür.«

Sie starrten sich wieder in die Augen. Dann spielte ein Lächeln um Timmons Mund. Er lachte.

»Sind Sie verrückt, Junge?«

Timmons sagte es in der Annahme, daß der Lieutenant eine Niete war, vermutlich noch nie gekämpft hatte, nie im Westen gewesen war und noch nicht lange genug lebte, um irgend etwas zu wissen. »Sie sind verrückt, Junge!« Die Worte klangen wie aus dem Munde eines Vaters, der seinen Sohn tadelt.

Er irrte sich.

Lieutenant Dunbar war keine Niete. Er war sanftmütig und pflichtbewußt und manchmal nett. Aber er war keine Niete.

Fast sein ganzes Leben war von Kämpfen bestimmt gewesen. Und er hatte sie alle erfolgreich bestanden, weil er einen seltenen Wesenszug hatte. Dunbar hatte ein angeborenes Gespür, eine Art sechsten Sinn, der ihm sagte, wann er hart sein mußte. Und wenn dieser kritische Augenblick kam, griff etwas Unbestimmbares in seine Psyche ein, und Lieutenant Dunbar wurde zu einer tödlichen Maschine, die von nichts aufgehalten werden konnte. Nicht, bis sie ihr Ziel erreicht hatte. Wenn es hart auf hart ging, schlug der Lieutenant als erster zu. Und diejenigen, die zurückschlugen, bereuten es.

Die Worte ›Sind Sie verrückt, Junge?‹ hatten den Mechanismus dieser Maschine in Gang gesetzt, und Timmons' Lächeln verschwand langsam, als er sah, daß Lieutenant Dunbars ohnehin dunkle Augen schwarz wurden. Im nächsten Augenblick sah Timmons, daß der Lieutenant langsam und bedächtig die rechte Hand hob. Er sah, daß Dunbar die Hand auf den Griff des großen Navy Colts legte, den er an der Hüfte trug. Er sah, wie sich der Zeigefinger durch den Abzugsbügel schob.

»Schwing deinen Arsch vom Wagen, und hilf mir ausladen!«

Der Tonfall dieser Worte hatte eine starke Wirkung auf Timmons. Der Tonfall sagte ihm, daß der Tod plötzlich auf der Bildfläche aufgetaucht und nahe war. Sein Tod.

Timmons zuckte nicht mit der Wimper. Er erwiderte auch nichts. Fast in einer einzigen fließenden Bewegung band er die Zügel an die Bremse, sprang vom Wagenbock, ging schnell zum Heck des Wagens, öffnete die Heckklappe und hob die ersten Frachtstücke heraus, die er in die Hand bekommen konnte.

Sie stapelten soviel sie konnten in das halb eingestürzte Depot und brachten den Rest in Cargills ehemaliges Quartier.

Timmons sagte, es werde eine helle Mondnacht und er wolle sie nutzen, um so schnell wie möglich nach Hays zurückzugelangen. Er fuhr in der Abenddämmerung fort.

Lieutenant Dunbar setzte sich auf den Boden, drehte sich eine Zigarette und schaute dem Wagen nach, der in der Ferne immer kleiner wurde. Die Sonne ging unter, als der Wagen nicht mehr zu sehen war, und der Lieutenant saß lange in der Dunkelheit und war froh, von Stille umgeben zu sein. Nach einer Stunde wurde es ihm unbequem, und er stand auf und ging zu Captain Cargills Hütte.

Er fühlte sich plötzlich müde, und so ließ er sich auf das Lager fallen, das er inmitten der Vorräte errichtet hatte.

Er lauschte in der Dunkelheit und konnte nicht einschlafen. Jedes leise Geräusch in der Finsternis verlangte eine Erklärung, die Dunbar nicht geben konnte. In der Nacht war etwas Sonderbares an dieser Stätte, das er am Tag nicht empfunden hatte.

Gerade wenn er einzudösen begann, schreckte ihn das Knacken eines Astes oder ein leises, fernes Plätschern des Baches auf, und er war wieder hellwach. Das ging lange Zeit so, und allmählich zermürbte es Lieutenant Dunbar. Er war müde und genauso ruhelos, und diese Kombination öffnete die Tür weit für einen unwillkommenen Besucher. Durch die Tür von Lieutenant Dunbars schlaflosem Schlaf marschierte Zweifel. Der Zweifel machte ihm in dieser ersten Nacht schwer zu schaffen. Er wisperte ihm schreckliche Dinge ins Ohr. Er war ein Narr gewesen. Er irrte sich in allem. Er war wertlos. Er hätte genausogut tot sein können. Der Zweifel brachte ihn in dieser Nacht an den Rand der Tränen. Lieutenant Dunbar kämpfte zurück, beruhigte sich mit angenehmen Gedanken. Er kämpfte bis tief in die Nacht hinein, und in den frühen Morgenstunden, kurz vor dem Morgengrauen, besiegte er schließlich den Zweifel und schlief ein.

# 4

Sie hatten angehalten. Es waren sechs.

Sechs Pawnees, Krieger vom schrecklichsten aller Stämme. Bogenförmig geschnittenes Haar, vorzeitige Runzeln und ein Instinkt, der dem ähnelte, der Lieutenant Dunbar gelegentlich zu der tödlichen Maschine werden ließ. Aber da war nichts Abwägendes an der Art, wie die Pawnees die Dinge betrachteten. Sie sahen sie mit naivem, jedoch schonungslosem Blick, mit Augen, die beim Anblick eines Objekts innerhalb eines Lidschlages entschieden, ob es leben oder sterben sollte. Und wenn der Pawnee entschied, daß das Objekt sterben sollte, dann sorgte er mit unerbittlicher Präzision für dessen Tod. Diese sechs Pawnees hatten angehalten, weil sie etwas gesehen hatten. Und jetzt verharrten sie auf ihren dürren Pferden und spähten hinab in eine Reihe von Schluchten im gewellten Land. Etwa eine Meile entfernt stieg ein Rauchwölkchen in die Luft des frühen Morgens.

Von ihrem Aussichtspunkt auf dem niedrigen Hügel konnten sie den Rauch deutlich wahrnehmen. Sie konnten jedoch nicht die Quelle sehen, denn sie war im letzten der Hügeleinschnitte verborgen. Und weil sie nicht alles sehen konnten, was sie wollten, begannen die Krieger zu beratschlagen. In leisem, gutturalem Tonfall redeten sie über den Rauch und was es für eine Bewandtnis damit haben mochte. Wenn sie sich stärker gefühlt hätten, wären sie sofort hinuntergeritten, aber sie waren schon lange von daheim fort, und diese Zeit war katastrophal gewesen.

Sie waren mit einem kleinen Trupp von elf Kriegern südwärts geritten, um Pferde der Comanchen zu stehlen, die reich daran waren. Nach einem Ritt von fast einer Woche waren sie an einer Furt von einem großen Trupp Kiowas überrascht worden. Es war Glück gewesen, daß sie mit nur einem Toten und einem Verwundeten entkommen waren.

Der Verwundete hielt noch eine Woche mit einer zerschossenen Lunge durch, und der Ballast verlangsamte den Trupp sehr. Als er endlich starb und die neun marodierenden Pawnees ihre

Suche nach Beute ungehindert fortsetzen konnten, hatten sie nur Pech. Die Comanchen waren mit ihren Trupps immer einen Schritt oder zwei den glücklosen Pawnees voraus, und zwei Wochen lang fanden sie nichts außer kalten Fährten.

Schließlich entdeckten sie ein großes Lager mit vielen guten Pferden und freuten sich darüber, daß sich die böse Wolke hob, die sie auf ihrem Raubzug begleitet hatte. Die Pawnees wußten nicht, daß ihr Pech noch lange nicht vorüber war. In Wirklichkeit hatte sie sogar das größte Pech zu diesem Lager geführt, denn der Comanchentrupp war erst vor ein paar Tagen von einem starken Trupp Utes schwer geschlagen worden. Viele gute Krieger waren getötet worden, und der Feind war mit dreißig Pferden davongeritten.

Der gesamte Trupp Comanchen war auf der Hut und in rachsüchtiger Stimmung. Die Pawnees wurden sofort entdeckt, als sie in das Lager schleichen wollten, und mit der halben Besatzung des Lagers im Nacken flüchteten sie auf ihren erschöpften Ponys durch die Finsternis in fremdem Gebiet. Erst durch den Rückzug kehrte das Glück endlich zu ihnen zurück. In dieser Nacht hätten alle von ihnen sterben können. Am Ende verloren sie jedoch nur drei Krieger.

Jetzt überlegten diese sechs entmutigten Männer auf den erschöpften Ponys, was sie angesichts des einzelnen aufsteigenden Rauchwölkchens unternehmen sollten.

Es war ganz indianisch, über die Vorzüge eines Angriffs zu debattieren. Aber eine halbstündige Diskussion über ein einzelnes Rauchwölkchen war eine völlig andere Sache, und es zeigte, wie tief das Selbstvertrauen dieser Pawnees gesunken war. Die sechs Krieger waren geteilter Meinung. Die eine Seite wollte sich zurückziehen, die andere erkunden. Während sie hin und her redeten, blieb nur ein Mann, der wildeste von ihnen, standhaft wie von Beginn an. Er hatte sofort zum Rauch hinabreiten wollen, und als das Hin und Her weiterging, wurde er immer verdrossener.

Nach einer halben Stunde löste er sich von seinen Stammesbrüdern und ritt wortlos den Hang hinunter. Die anderen fünf folgten ihm und fragten, was er vorhabe.

Der verdrossene Krieger erwiderte beißend, daß sie keine

Pawnees seien und er nicht länger mit Weibern reiten könne. Er sagte, sie sollten die Schwänze einziehen und heimreiten. Sie seien keine Pawnees, und er werde lieber sterben, als sich mit Männern herumzustreiten, die feige wie Weiber seien.

Er ritt auf den Rauch zu.

Die anderen folgten ihm.

Timmons haßte Indianer, doch er wußte so gut wie nichts über ihre Art. Das Territorium war lange Zeit relativ sicher gewesen. Aber er war allein und hatte praktisch keine Chance, sich zu verteidigen, und deshalb hätte er schlau genug sein sollen, ein rauchloses Feuer zu machen.

An diesem Morgen hatte er sich jedoch mit mächtigem Hunger aus den stinkenden Decken gewälzt. Er hatte nur an gebratenen Schinkenspeck und Kaffee gedacht und schnell ein schönes kleines Feuer mit grünem Holz angezündet.

Timmons' Feuer hatte den kleinen Trupp Pawnees angelockt.

Er hockte am Feuer, hielt die Bratpfanne darüber und genoß den Duft des brutzelnden Schinkenspecks, als ihn der Pfeil traf. Der Pfeil bohrte sich tief in seine rechte Gesäßbacke, und die Wucht des Aufpralls schleuderte ihn über das Feuer hinweg. Er hörte das kehlige Geschrei, bevor er jemanden sah, und die Schreie versetzten ihn in Panik. Timmons humpelte davon und begann in aller Hast den Hang hinaufzuklettern. Ein buntgefiederter Pawnee-Pfeil ragte aus seinem Hintern.

Die Pawnees sahen, daß sie es nur mit einem Mann zu tun hatten, und ließen sich Zeit. Während die anderen den Wagen plünderten, folgte der grimmige Krieger, der seine Stammesbrüder zum Handeln getrieben hatte, Timmons in langsamem Galopp.

Er holte den Fahrer ein, als Timmons gerade den Kamm des Hügels erreichte. Dort stolperte Timmons plötzlich und stürzte auf ein Knie, und als er sich aufrappelte, hörte er den Hufschlag, und sein Kopf ruckte herum.

Er sah weder das Pferd noch dessen Reiter. Für einen Sekundenbruchteil nahm er noch die steinerne Kriegskeule wahr. Dann knallte sie im mit solcher Wucht gegen die Schläfe, daß Timmons Kopf buchstäblich aufplatzte.

Die Pawnees durchwühlten Timmons' Proviant und Habe und nahmen soviel mit, wie sie tragen konnten. Sie schirrten das schöne Gespann der Armeepferde aus, steckten den Wagen in Brand und ritten an Timmons' verstümmelter Leiche vorbei, ohne sie eines Blickes zu würdigen. Sie hatten alles von ihr genommen, was sie wollten. Timmons' Skalp hing an der Spitze der Lanze des Kriegers, der ihn getötet hatte.

Der Leichnam lag den ganzen Tag im hohen Gras, bis ihn bei Einbruch der Dunkelheit die Wölfe fanden. Der Tod von Timmons bedeutete mehr als das Erlöschen eines einzigen Lebens. Mit seinem Sterben schloß sich ein ungewöhnlicher Kreis von Umständen.

Der Kreis schloß sich um Lieutenant John J. Dunbar.

Kein Mensch konnte einsamer sein.

## 5

Lieutenant Dunbar entzündete ebenfalls an diesem Morgen ein Feuer, jedoch viel früher als Timmons. Genauer gesagt, der Lieutenant hatte schon seine erste Tasse Kaffee getrunken, bevor der Fahrer getötet wurde.

Zwei Feldstühle waren bei der Lieferung gewesen. Dunbar stellte einen davon vor Cargills Grassodenhütte auf und blieb dort lange Zeit sitzen. Mit einer Armeedecke über den Schultern und dem Kaffeebecher in den Händen beobachtete er den ersten vollen Tag in Fort Sedgewick. Gedanken stürmten auf ihn ein, und damit kam wieder der Zweifel.

Der Lieutenant fühlte sich plötzlich überfordert. Es wurde ihm klar, daß er keine Ahnung hatte, womit er beginnen sollte, was seine Funktion sein würde oder wie er sich selbst betrachten sollte. Er hatte keine Pflichten, kein Programm zu erfüllen, keinen Status.

Als die Sonne hinter ihm höher stieg, saß Dunbar im kühlen Schatten der Hütte. Er füllte von neuem seinen Becher mit Kaffee und rückte den Feldstuhl in das Sonnenlicht des Hofes.

Er hatte gerade wieder Platz genommen, als er den Wolf sah. Der Wolf stand auf einem Felsvorsprung gegenüber vom Fort, gleich jenseits des Baches.

Im ersten Impuls wollte der Lieutenant ihn mit Schüssen erschrecken und verjagen, doch je länger er seinen Besucher beobachtete, desto weniger sinnvoll kam ihm das vor. Selbst bei der großen Distanz konnte er erkennen, daß das Tier nur neugierig war. Und auf verborgene Weise, die ihm nie ganz klar wurde, war er froh über dieses bißchen Gesellschaft.

Cisco schnaubte im Korral und machte den Lieutenant auf sich aufmerksam. Er hatte sein Pferd völlig vergessen. Auf dem Weg zum Depot, wo Dunbar Futter holen wollte, warf er einen Blick über die Schulter und sah, daß sein morgendlicher Besucher sich abgewandt hatte und jenseits des Horizonts hinter dem Felsvorsprung verschwand.

Es kam ihm in den Sinn, als er im Korral Körnerfutter für Cisco in eine Raufe schüttete. Es war eine einfache Lösung, und sie vertrieb von neuem die Zweifel. Vorübergehend würde er Pflichten für sich erfinden.

Dunbar inspizierte schnell Cargills Hütte, das Depot mit den Vorräten, den Korral und den Bach. Dann machte er sich an die Arbeit. Als erstes entfernte er den Abfall von den Ufern des Baches.

Er war nicht kleinlich von Natur, doch er empfand den Abfall als Schande. Flaschen und Unrat waren überall verstreut. Zerstörte Ausrüstungsstücke und Fetzen von Uniformstoff lagen verrottet an den Ufern. Das Schlimmste von allem waren die Tierkadaver, die sich in verschiedenen Stadien der Verwesung befanden und gedankenlos längs des Baches liegengelassen worden waren. Das meiste davon waren Kleintiere, Kaninchen und Perlhühner, aber er fand auch den vollständigen Kadaver einer Antilope und den Teil einer anderen.

Der Anblick dieses Schmutzes gab Dunbar den ersten echten Hinweis auf das, was in Fort Sedgewick geschehen sein mochte. Offensichtlich war das Fort verkommen, und niemand hatte mehr Wert auf sein Äußeres gelegt. Und dann kam Lieutenant Dunbar, ohne es zu wissen, der Wahrheit sehr nahe.

Vielleicht fehlte es an Nahrungsmitteln, dachte er. Vielleicht hungerten sie.

Er arbeitete bis Mittag. Nur im Unterhemd, in schäbiger Hose und alten Stiefeln, entfernte er methodisch den Abfall an den Bachufern.

Im Bach selbst lagen weitere Tierkadaver, und es drehte Dunbar fast den Magen um, als er die verwesenden Kadaver aus dem stinkenden Schlamm und seichten Wasser zog.

Er häufte alles auf einer Segelplane auf, und als eine Ladung komplett war, band er die Plane zusammen wie einen Sack. Dann transportierte er mit Ciscos Hilfe die scheußliche Fracht zur Hügelkuppe hinauf.

Am frühen Nachmittag war der Bach sauber, und obwohl er sich nicht ganz sicher war, hätte der Lieutenant geschworen, daß das Wasser jetzt schneller floß. Er drehte sich eine Zigarette, rastete eine Weile und schaute auf den Bach. Vom Dreck befreit, sah der Bach wieder schön aus, und der Lieutenant war stolz auf sein Werk.

Als er sich erhob, spürte er, daß sein Rücken schmerzte. Er war nicht an diese Art Arbeit gewöhnt, und er fand den Muskelkater nicht einmal unangenehm, denn er bedeutete, daß er etwas vollbracht hatte.

Nachdem er die letzten Abfallreste aufgeklaubt hatte, kletterte er auf die Hügelkuppe zu dem Abfallhaufen, der fast bis zu seiner Schulter reichte. Er schüttete eine Gallone Petroleum auf den Haufen und steckte ihn in Brand.

Eine Zeitlang betrachtete er die fettige, schwarze Rauchsäule, die zum wolkenlosen Himmel emporstieg. Plötzlich wurde ihm erschreckend klar, was er getan hatte. Er hätte niemals das Feuer machen sollen. Feuer und Rauch von dieser Größe waren wie ein Leuchtfeuer in einer mondlosen Nacht. Es war wie ein riesiger flammender Pfeil der Einladung nach Fort Sedgewick.

Jemand würde von der Rauchsäule angelockt werden, und zwar höchstwahrscheinlich Indianer.

Lieutenant Dunbar saß bis zur Abenddämmerung vor der Hütte und suchte ständig den Horizont in allen Richtungen ab.

Keiner kam.

Er war erleichtert. Aber als er dort bis zum Abend saß und das Springfield-Gewehr und seinen großen Navy Colt griffbereit hielt, verstärkte sich sein Gefühl der Einsamkeit. Er fühlte sich wie ausgesetzt, von der Außenwelt abgeschnitten. Bei dem Gedanken erschauerte er. Er wußte, daß er sein Gefühl richtig erklärt hatte. Und es war ihm klar, daß er wahrscheinlich für lange Zeit allein sein würde. In ciner tiefen und geheimen Weise wünschte er sich das Alleinsein, aber ausgesetzt zu sein hatte nichts von der Euphorie, die er auf der Reise mit Timmons empfunden hatte.

Dies war ernüchternd.

Er aß ein karges Abendessen und schrieb seinen ersten Tagesbericht. Lieutenant Dunbar war gut im Schreiben, und deshalb hatte er weniger Abneigung gegen Schreibarbeit als die meisten Soldaten. Und er war begierig darauf, seinen Aufenthalt in Fort Sedgewick genau aufzuzeichnen, besonders angesichts der ungewöhnlichen Umstände.

*12. April 1863*

*Ich habe Fort Sedgewick völlig verlassen vorgefunden. Das Fort ist anscheinend lange vernachlässigt und dem Verfall preisgegeben worden. Wenn bis kurz vor meiner Ankunft eine Besatzung hier war, dann muß sie ebenfalls verwahrlost sein.*

*Ich weiß nicht, was ich tun soll.*

*Fort Sedgewick ist mein Posten, doch ich kann niemandem berichten. Die Kommunikation kann erst stattfinden, wenn ich fortgehe, aber ich will meinen Posten nicht verlassen.*

*Vorräte sind reichlich vorhanden.*

*Habe mich selbst zum Reinigungsdienst eingeteilt. Werde versuchen, das baufällige Depot zu verstärken, aber ich weiß nicht, ob ein Mann allein das schaffen kann.*

*Alles ist ruhig hier an der Siedlungsgrenze.*

*Lieutenant John J. Dunbar*

Kurz vor dem Einschlafen an diesem Abend kam ihm die Idee mit dem Vordach. Ein Vordach für die Hütte. Eine große Markise über dem Eingang. Ein Platz, an dem er sitzen oder arbeiten konnte, wenn die Hitze im Quartier unerträglich wurde. Ein Anbau zum Fort.

Und ein Fenster, aus den Grassoden geschnitten. Ein Fenster würde viel verändern. Er konnte den Korral verkleinern und die Pfosten für einen anderen Bau nutzen. Vielleicht konnte doch etwas mit dem Depot unternommen werden.

Dunbar schlief ein, bevor er all die Möglichkeiten aufgelistet hatte, wie er sich beschäftigen konnte. Er schlief tief und träumte lebhaft.

Er war in einem Feldlazarett in Pennsylvania. Ärzte hatten sich am Fuß des Bettes versammelt, ein halbes Dutzend mit langen, weißen Schürzen, die vom Blut anderer ›Fälle‹ getränkt waren.

Sie diskutierten, ob sie ihm das Bein am Knöchel oder bis zum Knie abnehmen sollten. Die Diskussion führte zu einem Streit, der Streit wurde häßlich, und während der Lieutenant entsetzt zusah, begannen sie zu kämpfen.

Sie schlugen mit abgetrennten Gliedern von vorangegangenen Amputationen aufeinander ein. Und während sie im Lazarett herumwirbelten und ihre grotesken Keulen schwangen, sprangen oder krochen Patienten, die Glieder verloren hatten, von ihren Feldbetten und suchten verzweifelt zwischen den kämpfenden Ärzten nach ihren eigenen Armen und Beinen.

Mitten im Durcheinander flüchtete er, raste wie verrückt auf seinem halb weggeschossenen Fuß durch die Tür hinaus.

Er humpelte auf eine sattgrüne Wiese, die mit Leichen der Union und Konföderation übersät war. Wie umgefallene Dominosteine ruckten die Leichen hoch, setzten sich auf, als er an ihnen vorbeirannte, und zielten mit Pistolen auf ihn.

Lieutenant Dunbar hatte plötzlich einen Revolver in der Hand, und er erschoß jede der Leichen, bevor sie feuern konnten. Er feuerte rasend schnell, und jede seiner Kugeln traf einen Kopf. Und jeder Kopf platzte auseinander. Sie sahen aus wie eine lange Reihe von Melonen, die nacheinander auf den Schultern toter Männer explodierten.

Lieutenant Dunbar konnte sich in einiger Entfernung sehen, eine wilde Gestalt in einem blutigen Lazaretthemd, die zwischen Leichen Spießruten lief, deren Köpfe wegflogen, wenn er an ihnen vorbeihetzte.

Plötzlich gab es keine Leichen mehr, und die Schüsse verstummten.

Aber da war jemand hinter ihm und rief ihn mit wundervoller Stimme: »Liebling – Liebling.«

Dunbar blickte über die Schulter.

Hinter ihm rannte eine Frau, eine schöne Frau mit hohen Wangenknochen und dichtem, sandfarbenem Haar und Augen, die soviel Leidenschaft widerspiegelten, daß sein Herz schneller schlug. Sie trug nur eine Männerhose, und sie rannte mit einem blutigen Fuß in ihrer Hand, die sie ausstreckte, wie um ihm den Fuß zu schenken.

Der Lieutenant schaute hinab zu seinem verletzten Fuß und stellte fest, daß er weg war. Er rannte auf einem weißen Knochenstumpf.

Dunbar schreckte aus dem Schlaf, setzte sich erschrocken auf und tastete entsetzt nach seinem Fuß. Er war da.

Seine Decken waren feucht von Schweiß. Er tastete nach seinem Tabaksbeutel und drehte sich hastig eine Zigarette. Dann warf er die feuchten Decken von sich, legte sich mit dem Kopf aufs Kissen zurück und rauchte, während er auf das Tageslicht wartete.

Er wußte genau, was ihn zu dem Traum inspiriert hatte. Die wesentlichen Elemente waren tatsächlich geschehen. Dunbar ließ seine Gedanken zu diesen Ereignissen zurückwandern.

Er war am Fuß verwundet worden. Durch den Splitter einer Granate. Er hatte in einem Feldlazarett gelegen, dort war von einer Amputation seines Fußes die Rede gewesen, und weil Lieutenant Dunbar diesen Gedanken nicht hatte ertragen können, war er geflüchtet. Mitten in der Nacht, als das schreckliche Stöhnen Verwundeter durch die Station hallte, war er aus dem Bett geschlüpft und hatte Verbandsstoff gestohlen. Er hatte den Fuß mit einem Antiseptikum gepudert, ihn dick mit Verbandmull umwickelt, und es war ihm irgendwie gelungen, den Stiefel darüber anzuziehen.

Dann hatte er sich durch eine Seitentür hinausgeschlichen, ein Pferd gestohlen und war zu seiner Einheit geritten, weil er nicht gewußt hatte, wohin er sonst sollte. Im Morgengrauen war er zu der Einheit gestoßen und hatte eine Lügengeschichte über eine Fleischwunde am Zeh erzählt.

Jetzt lächelte er vor sich hin und dachte: Was hätte ich mir sonst ausdenken sollen?

Nach zwei Tagen waren die Schmerzen so stark, daß Lieutenant Dunbar nur noch sterben wollte. Als sich die Gelegenheit bot, nutzte er sie.

Zwei feindliche Einheiten hatten sich den größten Teil des Nachmittags gegenseitig über ein freies Feld hinweg aus dem Hinterhalt beschossen. Sie waren versteckt hinter niedrigen Steinmauern, die das Feld an beiden Enden begrenzten. Jede Einheit wußte nicht, wie stark die andere war, und jede überlegte, ob sie einen Angriff wagen sollte.

Lieutenant Dunbars Einheit hatte einen Beobachtungsballon gestartet, doch die Rebellen hatten ihn sofort abgeschossen.

Es blieb eine Pattsituation, und als die Spannung am späten Nachmittag ihren Höhepunkt erreichte, war Lieutenant Dunbar nervlich völlig am Ende. Er dachte nur noch daran, sein Leben zu beenden.

Er bot sich freiwillig an, loszureiten und das feindliche Feuer auf sich zu ziehen.

Der Colonel, der das Regiment befehligte, war untauglich für den Krieg. Er hatte einen schwachen Magen und wenig Verstand.

Normalerweise hätte er so etwas niemals genehmigt, doch an diesem Nachmittag befand er sich unter extremem Streß. Der arme Mann wußte nicht weiter, und aus einem unerklärlichen Grund dachte er ständig an eine große Schale mit Pfirsicheiskrem.

Was alles noch schlimmer machte, war die Tatsache, daß General Tipton und seine Adjutanten erst vor kurzem auf einem hohen Hügel im Westen eine Beobachtungsposition eingenommen hatten. Die Leistung des Colonels wurde beobachtet, doch er war zu keiner fähig.

Und da kam dieser junge Lieutenant mit dem totenbleichen

Gesicht und bot an, das Feuer auf sich zu ziehen. Der Colonel erschrak fast unter dem wilden Blick und dem gepreßten Tonfall des Lieutenants.

Der unfähige Colonel stimmte zu.

Weil sein eigenes Pferd erschöpft war, durfte sich Dunbar ein Tier aus dem Bestand aussuchen. Er nahm einen kleinen, kräftigen Buckskin namens Cisco, und er schaffte es, in den Sattel zu gelangen, ohne vor Schmerzen zu schreien, während die ganze Einheit zuschaute.

Als er mit dem Buckskin im Schritt zu der niedrigen Mauer ritt, krachten ein paar einzelne Gewehrschüsse über das Feld, doch sonst war es totenstill, und Lieutenant Dunbar fragte sich, ob die Stille echt war oder ob es immer so war, kurz bevor man starb.

Er trat Cisco hart in die Flanken, übersprang mit ihm die niedrige Mauer und galoppierte über das Feld, geradewegs auf die Mitte der Mauer zu, die den Feind verbarg. Einen Augenblick lang waren die Rebellen zu geschockt, um zu schießen, und der Lieutenant legte das erste Drittel der Strecke unbehelligt zurück.

Dann eröffneten sie das Feuer. Ohrenbetäubendes Krachen erfüllte die Luft, und Kugeln flogen dem Lieutenant um die Ohren. Er machte sich nicht die Mühe, zurückzuschießen. Er saß gerade und aufgerichtet im Sattel, um ein besseres Ziel zu bieten, und trieb Cisco von neuem mit den Hacken an. Das kleine Pferd legte die Ohren an und flog förmlich auf die Mauer zu. Die ganze Zeit wartete Dunbar darauf, von einer der Kugeln getroffen zu werden.

Es traf jedoch keine, und als er nahe genug heran war, um dem Feind ins Auge zu sehen, schwenkte er mit Cisco nach links ab und galoppierte in gerader Linie nordwärts, knapp fünfzig Schritte von der Mauer entfernt. Cisco wirbelte mit der Hinterhand Dreck aus dem Feld auf, daß es fast wie das Kielwasser eines schnellen Boots wirkte. Der Lieutenant behielt seine aufrechte Haltung bei, und das erwies sich als unwiderstehlich für die Konföderierten. Sie erhoben sich wie Zielscheiben in einem Schießstand und feuerten mit ihren Gewehren einen Kugelhagel ab, als der einsame Reiter vorbeijagte.

Sie konnten ihn nicht treffen.

Lieutenant Dunbar hörte, daß die Schüsse verstummten. Die Reihe der Gewehrschützen hatte sich verschossen. Als er das Pferd zügelte, spürte er ein Brennen am Oberarm und stellte fest, daß ihn eine Kugel am Bizeps gestreift hatte. Das heiße Prickeln brachte ihn kurz wieder zu Verstand. Er schaute an der Linie entlang, die er soeben passiert hatte, und sah die Konföderierten hinter der Mauer herumlaufen. Sie konnten offensichtlich nicht fassen, daß sie nicht getroffen hatten.

Dunbar hörte plötzlich Anfeuerungsrufe von seiner eigenen Linie am anderen Ende des Felds. Dann nahm er wieder die Schmerzen wahr, die durch seinen Fuß stachen.

Er zog Cisco um die Hand, und als der kleine Buckskin losgaloppierte, hörte Lieutenant Dunbar donnernde Hochrufe. Er schaute über das Feld. Seine Waffenbrüder erhoben sich massenweise hinter der niedrigen Mauer.

Lieutenant Dunbar drückte Cisco die Hacken in die Flanken und ritt in gestrecktem Galopp zurück auf dem Weg, auf dem er gekommen war. Diesmal forderte er die andere Flanke der Konföderierten heraus. Die Männer, an denen er bereits vorbeigeprescht war, hatten sozusagen die Hosen heruntergelassen, und er sah, daß sie hastig die Gewehre luden, als er vorbeijagte.

Doch vor ihm, an der Flanke, die er noch nicht auf die Probe gestellt hatte, erhoben sich Gewehrschützen und legten die Waffen an.

Der Lieutenant war entschlossen, nicht zu scheitern. Plötzlich und impulsiv ließ er die Zügel fallen und hob beide Arme hoch in die Luft. Er sah vielleicht aus wie ein Zirkusreiter, aber was er empfand, war endgültig. Er hatte die Arme in einer letzten Geste des Abschieds von seinem Leben gehoben. Von einem Beobachter konnte es falsch gedeutet werden. Es konnte als eine Geste des Triumphs ausgelegt werden.

Natürlich hatte Lieutenant Dunbar es nicht als ein Signal für jemand gemeint. Er hatte nur sterben wollen. Doch seine Kameraden von der Union waren bereits aufgewühlt, und als sie sahen, daß der Lieutenant die Arme hochwarf, war das mehr, als sie ertragen konnten.

Sie strömten über die Mauer, eine spontane Woge kämpfender Männer, die wie toll schrien und so entschlossen wirkten, daß die Konföderierten erschauerten.

Die Konföderierten ergriffen allesamt die Flucht. In wüster Unordnung zogen sie sich zu einem Waldstreifen zurück, der sich jenseits der Mauer erstreckte.

Als Lieutenant Dunbar Cisco zügelte, waren die Blauröcke der Union bereits über die Mauer hinweg und jagten die Rebellen in den Wald.

Vor Lieutenant Dunbars Augen schien sich die Welt zu drehen, und ein Gefühl der Schwerelosigkeit erfaßte ihn. Der Colonel und seine Adjutanten eilten aus einer Richtung herbei, General Tipton und seine Leute von der anderen. Beide Parteien hatten ihn bewußtlos aus dem Sattel stürzen sehen. Sie rannten zu der reglosen Gestalt, die bei Cisco auf dem Feld lag, und der Colonel und General Tipton wurden von den gleichen Gefühlen bewegt. Es waren Gefühle, die man selten bei Offizieren mit hohem Rang fand, besonders in Kriegszeiten.

Sie teilten eine tiefe und echte Besorgnis um einen einzelnen Menschen.

General Tipton war von den beiden tiefer bewegt. In siebenundzwanzig Jahren als Soldat hatte er viele tapfere Taten gesehen, aber keine konnte sich mit der messen, die er an diesem Nachmittag beobachtet hatte.

Als Dunbar zu sich kam, kniete der General neben ihm wie der Vater neben einem gefallenen Sohn.

Und als der General feststellte, daß dieser tapfere Lieutenant bereits verwundet auf das Feld geritten war, senkte er den Kopf wie im Gebet und tat etwas, das er seit der Kindheit nicht mehr getan hatte. Er weinte. Tränen rannen durch seinen grauen Bart.

Lieutenant Dunbar war nicht in der Verfassung, viel zu reden, doch er schaffte eine einzige Bitte. Er sagte sie mehrmals.

»Nehmen Sie mir nicht den Fuß ab, Sir!«

General Tipton hörte die Bitte und prägte sie sich ein, als wäre sie ein Befehl von Gott. Lieutenant Dunbar wurde mit der eigenen Ambulanz des Generals vom Feld fort zum Regimentshauptquartier des Generals gebracht und dort in die Obhut des Leibarztes des Generals gegeben.

Es gab eine kurze Szene, als sie eintrafen. General Tipton

befahl seinem Arzt, den Fuß des jungen Mannes zu retten, doch nach einer kurzen Untersuchung erklärte der Arzt, daß eine Amputation höchstwahrscheinlich nicht zu vermeiden sei.

General Tipton nahm den Arzt zur Seite und sagte ihm: »Wenn Sie nicht den Fuß des Jungen retten, werde ich Sie wegen Unfähigkeit unehrenhaft entlassen. Ich werde Sie unehrenhaft aus der Armee entlassen, und wenn es das letzte ist, was ich tue.«

Der General war geradezu davon besessen, daß Lieutenant Dunbar gesund wurde. Er schaute jeden Tag nach dem jungen Lieutenant, und dabei blickte er dem Arzt über die Schulter, der ständig schwitzte in den zwei Wochen, die es dauerte, um Lieutenant Dunbars Fuß zu retten.

Der General sagte zu diesen Zeiten wenig zu dem Patienten. Er drückte nur väterliche Besorgnis aus. Als der Fuß jedoch außer Gefahr war, kam der General eines Nachmittags in das Zelt, zog einen Stuhl dicht ans Bett und redete leidenschaftslos über etwas, das in seinen Gedanken Gestalt angenommen hatte.

Dunbar hörte verblüfft zu, als der General seine Idee erklärte. Er wollte, daß für Lieutenant Dunbar der Krieg vorüber sei, denn seine Taten auf dem Feld, die der General immer noch vor Augen habe, seien genug für einen Mann in einem Krieg.

Und er wollte, daß der Lieutenant sich etwas von ihm wünschte, und hier senkte der General die Stimme. »Wir stehen alle in Ihrer Schuld. *Ich* stehe in Ihrer Schuld.«

Dunbar erlaubte sich ein leichtes Lächeln und sagte: »Nun – ich habe meinen Fuß, Sir.«

General Tipton erwiderte das Lächeln nicht. »Was wollen Sie?« fragte er.

Dunbar schloß die Augen und dachte nach.

Schließlich sagte er. »Ich habe mir immer gewünscht, zur Siedlungsgrenze abkommandiert zu werden.«

»Wohin?«

»Irgendwohin – einfach an die Grenze zum Wilden Westen.«

Der General erhob sich. »In Ordnung«, sagte er und schickte sich an, das Zelt zu verlassen.

»Sir?«

Der General verharrte kurz, und als er zurückschaute, spiegelte sein Blick deutlich Zuneigung wider.

»Ich möchte das Pferd behalten. Darf ich das?«

»Selbstverständlich können Sie das Pferd behalten.«

Lieutenant Dunbar hatte den Rest des Nachmittags über das Gespräch mit dem General nachgedacht. Er war aufgeregt über die plötzlichen neuen Zukunftsaussichten gewesen. Aber er hatte auch ein leichtes Schuldgefühl gehabt, als er an die Zuneigung gedacht hatte, die er dem General angesehen hatte. Dunbar hatte keinem erzählt, daß er nur versucht hatte, Selbstmord zu begehen. Und jetzt war es anscheinend viel zu spät dafür. An diesem Nachmittag hatte er sich entschlossen, es niemals zu erzählen.

Und jetzt, unter den feuchten Decken, drehte sich Dunbar seine dritte Zigarette in einer halben Stunde und grübelte über die geheimnisvollen Wege des Schicksals nach, die ihn schließlich nach Fort Sedgewick gebracht hatten.

Es wurde heller im Quartier, und auch Lieutenant Dunbars Stimmung hellte sich auf. Er lenkte seine Gedanken von der Vergangenheit fort und auf die Zukunft. Mit dem Eifer eines Mannes, der mit seinem Platz in der Welt zufrieden ist, machte er sich Gedanken über die Säuberungsaktion dieses neuen Tages.

## 6

Wie ein Junge, der das Gemüse auf dem Teller läßt und sich gleich über den köstlichen Nachtisch hermacht, übersprang Lieutenant Dunbar die schwierige Aufgabe, das Depot abzustützen und auszubessern, und widmete sich der angenehmen Aufgabe, das Vordach zu errichten.

Er stöberte in der Nachschublieferung herum und fand ein paar Feldzelte, die das Segeltuch liefern würden, aber trotz intensiver Suche fand er kein geeignetes Instrument, mit dem er nähen konnte, und er wünschte, er hätte die Tierkadaver nicht so schnell verbrannt.

Einen guten Teil des Morgens suchte er bachabwärts die Ufer ab, bis er ein kleines Skelett fand, das einige starke Knochensplitter lieferte, die als Nadeln benutzt werden konnten.

Im Depot fand er später einen Strick, der ausgefasert die Fadenstärke ergab, die er sich vorstellte. Leder wäre haltbarer gewesen, doch bei all diesen Verbesserungen sagte sich Lieutenant Dunbar, daß sie ja nur einer vorübergehenden Beschäftigung dienten. Das Fort halten, dachte er und kicherte vor sich hin. Das Fort nur halten, bis es mit der Ankunft frischer Soldaten wieder voll zum Leben erwacht.

Obwohl er sich hütete, zu große Erwartungen zu hegen, war er überzeugt, daß früher oder später jemand kommen würde.

Das Nähen war hart. Für den Rest des zweiten Tags im Fort nähte er stur die Zeltplanen zusammen und kam gut voran. Als er spät am Nachmittag Feierabend machte, waren seine Hände so wund und geschwollen, daß er Schwierigkeiten beim Kaffeekochen hatte.

Am Morgen waren seine Finger zu steif, um damit zu nähen. Er spielte mit dem Gedanken, es dennoch zu versuchen, denn er war fast fertig, aber dann unterließ er es.

Statt dessen wandte er seine Aufmerksamkeit dem Korral zu. Nach sorgfältigem Studium entschied er sich für vier der höchsten und stabilsten Pfosten. Sie waren nicht tief im Boden, und er konnte sie schnell herausziehen.

Cisco würde nirgendwohin laufen, und der Lieutenant spielte kurz mit dem Gedanken, den Korral offenzulassen. Schließlich sagte er sich jedoch, ein nicht existierender Korral würde den Geist der Säuberungskampagne stören, und so nahm er sich eine weitere Stunde Zeit, um den Zaun wieder zu schließen.

Dann breitete er die zusammengenähten Zeltbahnen vor der Hütte aus, rammte die Pfosten tief in den Boden und stampfte sie mit Erde fest.

Der Tag war warm geworden, und als er mit den Pfosten fertig war, zog sich der Lieutenant in den Schatten der Grassodenhütte zurück. Er setzte sich aufs Bett und lehnte sich mit dem Rücken an die Wand. Seine Lider wurden schwer. Er legte sich hin, um einen Moment auszuruhen, und fiel prompt in tiefen, herrlichen Schlaf.

Als er erwachte, schämte er sich ein wenig in der Erinnerung daran, daß er kapituliert hatte, in diesem Fall vor einem Nickerchen. Er streckte sich träge aus, ließ eine Hand über die Bettkante baumeln und strich wie ein verträumtes Kind spielerisch über den schmutzigen Boden.

Er fühlte sich wundervoll, als er so tatenlos dalag, und es kam ihm in den Sinn, daß er nicht nur seine Pflichten erfinden, sondern auch das Tempo bestimmen konnte. Jedenfalls vorläufig. Wie er sich dem Nickerchen ergeben hatte, konnte er sich mehr Spielraum für andere Vergnügungen einräumen. Es kann nicht schaden, ein wenig zu bummeln, sagte er sich.

Schatten krochen über die Türschwelle der Hütte, und weil er neugierig war, wie lange er geschlafen hatte, zog Dunbar die einfache, alte Taschenuhr hervor, die einst seinem Vater gehört hatte. Als er sie aufklappte, sah er, daß sie stehengeblieben war. Einen Augenblick lang überlegte er, ob er eine ungefähre Zeit einstellen sollte, dann legte er die alte Uhr auf seinen Bauch und versank in Meditation.

Was bedeutete jetzt noch Zeit für ihn? Was spielte sie überhaupt für eine Rolle? Nun, vielleicht war sie nötig bei Truppenbewegungen und dem Transport von Material – zum Beispiel. Für Küchendinge. Für Schulen und Hochzeiten und Gottesdienste und wenn man zur Arbeit ging.

Aber was bedeutete Zeit hier draußen?

Lieutenant Dunbar drehte sich eine Zigarette und hängte die geerbte Taschenuhr an einen Haken, der sich über dem Bett an der Decke befand. Er schaute auf das Zifferblatt der Uhr, während er rauchte, und sagte sich, daß es viel effizienter sein würde, zu arbeiten, wenn man sich danach fühlte, zu essen, wenn man hungrig war, und zu schlafen, wenn man müde wurde.

Er inhalierte tief den Rauch der Zigarette, verschränkte zufrieden die Arme hinter dem Kopf und blies bläulichen Rauch aus.

Wie gut es sein wird, eine Weile zeitlos zu leben, dachte er.

Plötzlich hörte er draußen schwere Schritte. Sie erklangen, verstummten und setzten wieder ein. Ein Schatten fiel auf den Eingang der Hütte, und einen Augenblick später tauchte Ciscos Kopf in der Tür auf. Seine Ohren waren gespitzt, und seine

Augen waren groß und staunend. Er wirkte fast wie ein Kind, das an einem Sonntagmorgen in das Schlafzimmer seiner Eltern eindringt.

Lieutenant Dunbar lachte laut auf. Der Buckskin ließ die Ohren sinken und schüttelte langsam und lässig den Kopf, wie um vorzutäuschen, daß diese kleine Peinlichkeit nicht geschehen sei. Sein Blick schweifte scheinbar desinteressiert durch das Quartier, und dann richtete er den Blick scharf auf den Lieutenant und stampfte mit einem Huf auf in der Art, wie es Pferde tun, wenn sie Fliegen verscheuchen wollen.

Dunbar wußte, daß Cisco etwas wollte.

Vermutlich einen Ritt.

Der Buckskin hatte zwei Tage lang herumgestanden.

Lieutenant Dunbar war kein hervorragender Reiter. Er hatte nie die Feinheiten der Reitkunst erlernt. Seine Statur war trotz der Schlankheit ziemlich kräftig, aber er hatte nie Athletik betrieben.

Dunbar hatte jedoch eine Vorliebe für Pferde. Er hatte sie von Kindheit an geliebt, vielleicht war das der Grund. Der Grund ist jedoch gleichgültig. Wichtig ist nur, daß etwas Außergewöhnliches geschah, wenn Dunbar auf ein Pferd stieg, besonders wenn es ein geschenktes Pferd wie Cisco war.

Zwischen Pferd und Reiter fand eine Verständigung statt. Lieutenant Dunbar hatte das Talent, die Sprache eines Pferdes zu entschlüsseln. Und wenn er die erst einmal beherrschte, dann waren nach oben keine Grenzen gesetzt. Er hatte Ciscos Sprache fast sofort verstanden, und es gab wenig, was sie nicht zusammen schafften. Wenn sie ritten, war es mit der Anmut eines Tanzpaars.

Dunbar hatte es immer vorgezogen, ein ungesatteltes Pferd zu reiten, statt einen störenden Sattel zwischen sich und dem Tier zu haben, doch die Armee erlaubte so etwas natürlich nicht. Da konnten sich Leute verletzen, und es kam bei langen Feldzügen nicht in Frage, auf den Sattel zu verzichten.

Als Lieutenant Dunbar in das Depot ging, griff er automatisch nach dem Sattel in der Ecke.

Dann verharrte er. Von der Armee war nur er hier, und Lieutenant Dunbar wußte, daß er sich nicht verletzen würde, wenn er ohne Sattel ritt.

Statt dessen nahm er das Zaumzeug und ließ den Sattel liegen.

Sie waren noch keine zwanzig Schritte vom Korral entfernt, als Dunbar wieder den Wolf sah. Er äugte von der Stelle herüber, auf der er am Vortag gehockt hatte, vom Rand des Felsvorsprungs jenseits des Baches.

Der Wolf hatte sich in Bewegung gesetzt, doch als er sah, daß Cisco stehenblieb, verharrte er, wich zu seiner ursprünglichen Position zurück und starrte weiterhin den Lieutenant an.

Dunbar schaute mit mehr Interesse als am Vortag hin. Es war derselbe Wolf. Er hatte zwei weiße Vorderpfoten, die wie Strümpfe wirkten. Der Wolf war groß und kräftig, doch etwas an ihm erweckte bei Dunbar den Eindruck, daß das Tier über seine Blütezeit hinweg war. Sein Fell war zottig, und Dunbar glaubte, eine gezackte Linie wie von einer alten Narbe oberhalb der Schnauze zu sehen. Es war eine Wachsamkeit an ihm, die darauf schließen ließ, daß er sehr alt war. Er schien alles zu beobachten, ohne einen Muskel zu bewegen. ›Weisheit‹ war das Wort, das dem Lieutenant in den Sinn kam. Weisheit war die Prämie für das Überleben vieler Jahre, und der gelbbraune Wolf mit dem wachsamen Blick hatte oftmals in der Gefahr überlebt.

Sonderbar, daß er zurückgekommen ist, dachte Lieutenant Dunbar.

Er trieb Cisco an. Als er anritt, nahm Dunbar eine Bewegung wahr, und er blickte über den Bach hinweg.

Der Wolf setzte sich ebenfalls in Bewegung.

Genauer gesagt, er hielt Schritt mit Cisco. Das ging hundert Meter so, bis der Lieutenant Cisco wieder zügelte.

Der Wolf blieb ebenfalls stehen.

Aus einem Impuls heraus zog Dunbar Cisco eine Vierteldrehung herum, so daß er Front zu dem Wolf machte. Jetzt schaute er dem Wolf genau in die Augen, und der Lieutenant hatte das sichere Gefühl, etwas darin zu lesen. Etwas wie Sehnsucht.

Er begann zu überlegen, welche Sehnsucht das sein mochte. Da gähnte der Wolf und wandte sich ab. Er trottete davon und verschwand.

*13. April 1863*

*Obwohl ich gut versorgt bin, habe ich mich entschlossen, meinen Proviant zu rationieren. Die verschwundene Garnisonbesatzung oder Ersatz sollte eigentlich bald eintreffen. Ich kann mir nicht vorstellen, daß es jetzt noch lange dauern wird.*

*Jedenfalls bin ich bemüht, nur soviel von dem Proviant zu verbrauchen, wie es der Fall wäre, wenn ich ein Mann der Garnison wäre und nicht die gesamte Besatzung. Es wird mir schwerfallen, weniger Kaffee zu trinken, aber ich werde mein Bestes versuchen.*

*Ich habe mit dem Vordach begonnen. Wenn meine Hände, die augenblicklich geschwollen sind, morgen früh wieder in Ordnung sind, sollte das Vordach morgen am Mittag fertig sein.*

*Habe heute nachmittag einen kurzen Patrouillenritt unternommen. Nichts entdeckt.*

*Da ist ein Wolf, der sich anscheinend dafür interessiert, was hier vorgeht. Er hat wohl nicht vor, lästig zu werden, und abgesehen von meinem Pferd ist er der einzige Besucher, den ich hatte. In den vergangenen beiden Tagen tauchte er jeden Nachmittag auf. Wenn er morgen wiederkommt, werde ich ihn Zwei Strümpfe nennen. Er hat schneeweiße Vorderpfoten, die wie Strümpfe aussehen.*

*Lieutenant John J. Dunbar*

# 7

Die nächsten beiden Tage verliefen reibungslos.

Lieutenant Dunbars Hände waren wieder in Ordnung, und das Vordach wurde fertig. Zwanzig Minuten nachdem es angebracht war und Dunbar sich im Schatten darunter entspannte und sich eine Zigarette drehte, kam eine Brise auf, und das Vordach brach zusammen.

Der Lieutenant kam sich wie ein Dummkopf vor, als er unter dem Segeltuch hervorkroch. Er überlegte ein paar Minuten lang, wie es zu der Panne hatte kommen können, und entschloß sich dann, das Ganze mit Draht zu sichern. Er fand keinen Draht und benutzte statt dessen Stricke, und vor dem Sonnenuntergang saß Dunbar wieder im Schatten unter dem Vordach, hatte die Augen geschlossen und rauchte genüßlich eine weitere Zigarette, während er dem angenehmen Geräusch der leicht flatternden Plane lauschte.

Mit einem Bajonett schnitt er ein Fenster in die Grassodenhütte und brachte eine Plane als Vorhang an.

Er arbeitete lange und hart an dem Depot, aber außer dem Entfernen eines großen Teils der abgesackten Wand erzielte er nur wenig Fortschritte. Ein klaffendes Loch war schließlich das Ergebnis seiner Bemühungen. Die ursprünglichen Grassoden zerbröckelten jedesmal, wenn er versuchte, sie aufzubauen, und so bedeckte Lieutenant Dunbar das Loch mit einer Segeltuchplane und gab das Projekt auf. Es war von Anfang an zum Scheitern verurteilt gewesen.

Wenn Dunbar spät an den Nachmittagen auf seinem Bett lag, beschäftigte er sich immer wieder mit dem Problem Depot, doch als die Tage vergingen, dachte er immer weniger daran. Das Wetter war bisher herrlich gewesen und hatte nichts von der Unbeständigkeit des Frühjahrs gehabt. Die Temperaturen konnten nicht perfekter sein, die Luft war klar und rein, und die Brise, die an diesen späten Nachmittagen den Fenstervorhang aus Segeltuch blähte, war angenehm.

Im Laufe der Zeit ließen sich die kleinen Probleme des Tages leichter lösen, und wenn die Arbeit erledigt war, legte sich der

Lieutenant mit seiner Zigarette aufs Bett und staunte über das Gefühl des Friedens, das ihn erfüllte. Dann wurden ihm stets die Lider schwer, und er gewöhnte sich daran, ein Nickerchen von einer halben Stunde vor dem Abendessen zu machen.

Auch an Zwei Strümpfe gewöhnte er sich. Der Wolf tauchte jeden Nachmittag an der gewohnten Stelle auf dem Felsvorsprung auf, und nach ein paar Tagen betrachtete Lieutenant Dunbar das Kommen und Gehen seines stummen Besuchers als selbstverständlich. Gelegentlich bemerkte er das Auftauchen des Wolfes, aber oftmals bekam er es nicht mit. Wenn er dann von irgendeiner kleinen Beschäftigung aufblickte, war der Wolf da. Er hockte auf den Hinterbeinen und starrte mit diesem sonderbaren, jedoch unverkennbar sehnsüchtigen Blick über den Bach.

Eines Abends legte Dunbar ein großes Stück Speckschwarte auf das Ufer an seiner Seite des Baches, und Zwei Strümpfe beobachtete ihn dabei. Am nächsten Morgen war die Speckschwarte verschwunden. Obwohl Dunbar keinen Beweis hatte, war er überzeugt, daß Zwei Strümpfe sich die Schwarte geholt hatte.

Lieutenant Dunbar vermißte einiges. Ihm fehlte die Gesellschaft von Menschen. Der Genuß eines starken Drinks. Und vor allem fehlten ihm Frauen, vielmehr es mangelte ihm an *einer* Frau. Sex kam ihm kaum in den Sinn. Aber das Teilen. Je mehr er sich an das freie und leichte Leben in Fort Sedgewick gewöhnte, desto stärker wünschte er, es mit jemandem zu teilen, und als der Lieutenant an dieses fehlende Element dachte, ließ er den Kopf hängen und starrte mißmutig ins Leere.

Zum Glück gingen diese Phasen der Mutlosigkeit schnell vorbei. Was ihm fehlte, war fast bedeutungslos angesichts dessen, was er hatte. Sein Geist war frei. Es gab keine Arbeit und kein Spiel. Alles war eins. Es war gleichgültig, ob er Wasser vom Bach holte oder sich zu einem herzhaften Abendessen hinsetzte. Alles war gleich, und er fand es überhaupt nicht langweilig. Er betrachtete sich als einzige Strömung in einem tiefen Fluß. Er war einzeln und zugleich ein Ganzes. Es war ein wundervolles Gefühl.

Er liebte die täglichen Erkundungsritte auf Ciscos ungesatteltem Rücken. Jeden Tag ritt er in eine andere Richtung, manchmal fünf oder acht Meilen weit. Er sah keine Büffel und keine Indianer. Seine Enttäuschung war jedoch nicht groß. Die Prärie war herrlich, getupft mit wilden Blumen und voller Wild. Das Büffelgras war das Beste. Es schien zu leben wie das Meer, und es wogte im Wind, soweit der Blick reichte. Es war ein Anblick, den er niemals leid werden würde.

Am Nachmittag vor dem Tag, an dem Lieutenant Dunbar seine Wäsche wusch, war er mit Cisco gerade eine Meile weit vom Fort entfernt, als er zufällig über die Schulter blickte und Zwei Strümpfe sah, der ein paar hundert Schritte entfernt hinter ihm herlief.

Lieutenant Dunbar zügelte den Buckskin, und der Wolf wurde langsamer.

Er blieb aber nicht stehen.

Er schlug einen weiten Bogen und trottete im gleichen Tempo weiter. Als er auf gleicher Höhe mit dem Reiter war, verharrte er im hohen Gras, fünfzig Schritte links vom Lieutenant, ließ sich auf die Hinterpfoten nieder und wartete wie auf ein Signal zur Wiederholung der Prozedur.

Lieutenant Dunbar ritt weiter auf die Prärie hinaus, und Zwei Strümpfe folgte ihm. Dunbar hielt aus Neugier auf dem Ritt oftmals an und ritt dann weiter. Zwei Strümpfe, der ihn stets wachsam mit seinen gelben Augen beobachtete, folgte ihm jedesmal sofort.

Selbst wenn Dunbar den Kurs änderte und hier und da im Zickzack ritt, blieb der Wolf bei ihm und hielt stets etwa fünfzig Schritte Abstand.

Als der Lieutenant Cisco zum leichten Galopp trieb, stellte er erstaunt fest, daß Zwei Strümpfe sich dem Tempo anpaßte.

Er hielt an, schaute zu seinem anhänglichen Verfolger zurück und versuchte, eine Erklärung zu finden. Gewiß hatte es irgendeinen Vorfahren dieses Tiers gegeben, der Menschen gekannt hatte. Vielleicht war es ein halber Hund. Als der Lieutenant seinen Blick über die Wildnis ringsum schweifen ließ, die sich unberührt bis zu jedem Horizont erstreckte, konnte er sich Zwei Strümpfe jedoch nur als Wolf vorstellen.

»Okay«, rief der Lieutenant laut.
Zwei Strümpfe spitzte die Ohren.
»Weiter!«
Die drei legten zwei weitere Meilen zurück, bis sie eine kleine Antilopenherde aufscheuchten. Der Lieutenant beobachtete, wie die Antilopen über die Prärie sprangen, bis sie fast außer Sicht waren.
Dann schaute er nach Zwei Strümpfe, um dessen Reaktion zu sehen.
Der Wolf war verschwunden.
Wolken ballten sich im Westen, dunkle Gewitterwolken, durch die Blitze zuckten. Auf dem Rückritt behielt Dunbar die Gewitterfront im Auge. Sie bewegte sich auf ihn zu, und bei der Aussicht auf Regen verfinsterte sich seine Miene.
Er mußte wirklich seine Wäsche waschen.
Die Decken stanken inzwischen wie Timmons' schmutzige Socken.

Lieutenant Dunbar war vertraut mit der altehrwürdigen Tradition der Wettervorhersage.
Diesmal irrte er sich.
Das spektakuläre Gewitter zog während der Nacht durch, ohne daß ein einziger Regentropfen auf Fort Sedgewick fiel, und am nächsten Morgen war der Himmel wolkenlos und zartblau, die Luft war wunderbar klar, und die Sonne wärmte alles, ohne auch nur einen Grashalm zu verdorren.
Beim Kaffee las der Lieutenant seine offiziellen Berichte der vergangenen Tage und gelangte zu dem Schluß, daß er die Fakten ziemlich treffend niedergeschrieben hatte. Er dachte eine Zeitlang über die subjektiven Eindrücke nach. Mehrmals strich er eine überflüssige Zeile aus, aber letzten Endes änderte er wenig.
Er schenkte sich zum zweitenmal Kaffee ein, als er die merkwürdige Wolke fern im Westen sah. Es war eine dunkelbraune Wolke, die tief und flach am Horizont hing.
Sie war eigentlich zu verschwommen, um eine richtige Wolke zu sein. Beim Gewitter in der Nacht mußte irgendwo der Blitz

eingeschlagen haben. Vielleicht war die Prärie in Brand geraten. Er notierte sich im Geiste, die rauchartige Wolke im Auge zu behalten und den nachmittäglichen Ausritt in diese Richtung zu unternehmen, wenn die Wolke blieb. Er hatte gehört, daß Präriebrände riesig sein und sich schnell ausbreiten konnten.

## 8

Sie waren tags zuvor gekommen, fast in der Abenddämmerung, und im Gegensatz zu Lieutenant Dunbar waren sie in den Gewitterregen geraten.

Ihre gute Stimmung war jedoch nicht im geringsten beeinträchtigt. Die letzte Strecke des langen Trecks vom Winterlager weit im Süden war zurückgelegt. Das und der Beginn des Frühjahrs legten den Grund für die glücklichste Zeit. Mit jedem Tag wurden ihre Ponys fetter und kräftiger, der Marsch hatte jeden nach Monaten relativer Untätigkeit in Schwung gebracht, und sofort würden die Vorbereitungen für die Jagden des Sommers getroffen werden. Das machte sie noch glücklicher. Der Büffel würde kommen. Bald würde es ein Festmahl geben.

Und weil dies seit Generationen ein Sommerlager gewesen war, erfüllte alle das Gefühl, heimzukehren, alle 172 Männer, Frauen und Kinder.

Der Winter war mild gewesen, und der Stamm hatte ihn in ausgezeichneter Verfassung hinter sich gebracht. Heute, am ersten Morgen daheim, war es ein Lager des Glücks. Die Jungen tollten zwischen den Ponys herum, Krieger tauschten Geschichten aus, und das fröhliche Schnattern der Squaws erfüllte das Lager.

Sie waren Comanchen.

Die Rauchwolke, die Lieutenant Dunbar für einen Präriebrand hielt, war von ihren Kochfeuern aufgestiegen.

Sie kampierten am selben Bach, etwa acht Meilen von Fort Sedgewick entfernt.

Dunbar nahm alles, was gewaschen werden mußte, und stopfte es in einen Rucksack. Dann warf er sich die stinkenden Decken über die Schultern, suchte ein Stück Seife und machte sich auf den Weg zum Bach.

Als er am Bach hockte und die Schmutzwäsche aus dem Rucksack zog, sagte er sich, daß auch gewaschen werden sollte, was er auf dem Leib trug.

Aber dann hatte er nichts anzuziehen, während alle Sachen trockneten. Doch, da war der Mantel.

Das fand er jedoch albern. Mit einem leisen Lachen sagte er laut: »Nur die Prärie sieht dich im Adamskostüm.«

Es war ein gutes Gefühl, nackt zu sein. Er legte sogar seinen Offiziershut ab. Als er sich mit einem Armvoll Wäschestücke aufs Wasser zu neigte, sah er sein Spiegelbild auf der glatten Wasseroberfläche, zum erstenmal seit über zwei Wochen. Bei diesem Anblick stutzte er.

Sein Haar war gewachsen. Sein Gesicht wirkte hagerer, sogar mit dem wuchernden Bart. Er hatte zweifelsohne etwas Gewicht verloren. Er fand jedoch, daß er gut aussah. Seine Augen blickten so scharf wie immer, und wie um jemandem seine Zuneigung zu zeigen, lächelte er sein Spiegelbild jungenhaft an.

Je länger er den Bart anschaute, desto weniger gefiel er ihm. Er lief zurück, um sein Rasiermesser zu holen.

Während der Rasur dachte der Lieutenant nicht an seine Haut. Seine Hautfarbe war immer die gleiche geblieben. Weiße gibt es in vielen Schattierungen. Einige sind weiß wie Schnee.

Lieutenant Dunbars Haut war so weiß, daß man bei ihrem Anblick fast geblendet werden konnte.

Weiser Vogel hatte das Lager vor der Morgendämmerung verlassen. Er wußte, daß niemand etwas einwenden würde. Er brauchte sein Kommen und Gehen nie zu rechtfertigen und nur selten seine Taten. Es sei denn, es waren schlecht ausgeführte Aktionen. Schlecht ausgeführte Taten konnten zu einer Katastrophe führen. Obwohl er erst seit einem Jahr Medizinmann war, hatte keine seiner Aktionen zu Katastrophen geführt.

Er hatte seine Sache gut gemacht. Zweimal hatte er kleinere Wunder bewirkt. Er fühlte sich gut wegen der Wunder, aber genausogut wegen der Ehre, die ihm die Aufgabe brachte, die darin bestand, Tag für Tag für das Wohlergehen des Stammes zu sorgen. Er erledigte unzählige administrative Pflichten, schlichtete Streitigkeiten von weitreichender Bedeutung, praktizierte oftmals als Arzt und nahm an den langen Ratsversammlungen teil, die täglich stattfanden. All dies zusätzlich zu der Versorgung seiner zwei Frauen und vier Kinder. Und alles tat er mit einem Ohr und einem Auge auf den Großen Geist; stets lauschte er und achtete auf das geringste Geräusch oder Zeichen.

Weiser Vogel erledigte seine vielen Pflichten ehrenhaft, und jeder wußte das. Sie wußten es, weil sie den Mann kannten. Weiser Vogel hatte keinen eigensüchtigen Knochen im Körper, und wohin er auch ritt, er wurde mit großem Respekt begleitet.

Einige der anderen Frühaufsteher wunderten sich vielleicht, als sie sahen, welche Richtung er an diesem ersten Morgen einschlug, aber es kam ihnen nicht in den Sinn, ihn zu befragen.

Weiser Vogel war auf einer besonderen Mission. Er ritt auf die Prärie hinaus, um seinen Kopf zu klären. Ihm mißfielen die großen Bewegungen: vom Winter zum Sommer, vom Sommer zum Winter. Der große Lärm, der dabei entstand, lenkte ihn ab. Er lenkte das Ohr und das Auge ab, das er auf den Großen Geist zu richten versuchte, und an diesem ersten Morgen nach dem langen Marsch wußte er, daß er das Spektakel beim Aufschlagen des Lagers nicht ertragen würde.

So hatte er sein bestes Pony genommen, eine kräftige Fuchsstute, und war am Bach entlang davongeritten.

Er folgte dem Bach ein paar Meilen weit, bis er zu einem kleinen Hügel gelangte, den er seit der Kindheit kannte.

Dort wartete er darauf, daß sich die Prärie vor ihm entfaltete, und als das der Fall war, freute sich Weiser Vogel. Er hatte die Prärie noch nie so schön empfunden. Alle Anzeichen deuteten auf einen guten Sommer hin. Es würden natürlich Feinde dasein, aber der Stamm war jetzt sehr stark. Weiser Vogel mußte lächeln. Er war überzeugt, daß eine blühende Zeit vor seinem Stamm lag.

Nach einer Stunde hatte sein Hochgefühl nicht nachgelassen. Weiser Vogel entschloß sich, einen Ausflug in diesen schönen Landstrich zu machen, und er trieb sein Pony an und ritt auf die aufgehende Sonne zu.

Er hatte die beiden Decken ins Wasser getaucht, bevor ihm einfiel, daß Wäsche durchgewalkt werden mußte. Es war jedoch kein einziger Stein in Sicht.

Lieutenant Dunbar, der Wäscherneuling, nahm die Decken und den Rest der Wäschestücke und wanderte barfuß und beschwingt bachabwärts.

Nach etwa dreihundert Schritten fand er eine Felsnase, die eine gute Waschbank bildete. Er sorgte für guten Seifenschaum und rieb – typisch für den Anfänger auf diesem Gebiet – die Seife zögernd und vorsichtig auf eine der Decken.

Nach und nach fand er den richtigen Dreh heraus. Bei jedem Wäschestück wuchs seine Routine im Einseifen, Schlagen und Ausspülen der Wäsche, und gegen Ende erledigte Dunbar seine Arbeit mit der Geschicklichkeit, wenn nicht gar Präzision einer erfahrenen Waschfrau.

In nur zwei Wochen hier draußen hatte er ein neues Verständnis für Einzelheiten entwickelt, und es war ihm klar, daß er bei den ersten Wäschestücken gepfuscht hatte, und so wusch er sie noch einmal.

Auf der Uferböschung wuchs eine kleine Eiche, und daran hängte er seine Wäsche auf. Es war ein guter Platz, von Sonne erfüllt und nicht zu windig. Dennoch würde es eine Weile dauern, bis alles trocknete, und er hatte vergessen, seinen Tabaksbeutel mitzunehmen.

Der nackte Lieutenant entschied sich, nicht zu warten.

Er kehrte zum Fort zurück.

Weiser Vogel hatte beunruhigende Geschichten über ihre Zahl gehört. Des öfteren hatte er Leute sagen hören, daß sie so zahlreich wie Vögel seien, und das rief bei dem Schamanen im Unterbewußtsein ein unbehagliches Gefühl hervor.

Doch nach dem, was er tatsächlich gesehen hatte, weckten die Bleichgesichter, die er ›Männer mit Haaren um den Mund‹ nannte, nur Mitleid in ihm.

Sie waren anscheinend eine traurige Rasse.

Diese armen Soldaten im Fort waren so reich an Gütern, aber so arm an allem sonst. Sie schossen schlecht mit ihren Feuerwaffen, und sie ritten so jämmerlich auf ihren großen, langsamen Pferden. Das sollten die Krieger des Weißen Mannes sein, aber sie waren nicht wachsam. Und sie ließen sich so leicht in Angst und Schrecken versetzen. Es war lachhaft gewesen, ihnen die Pferde abzunehmen, so leicht wie das Pflücken von Beeren von einem Strauch.

Sie waren ein großes Geheimnis für Weiser Vogel, diese weißen Leute. Wenn er an sie dachte, stand er stets vor einem Rätsel.

Die Soldaten vom Fort zum Beispiel. Sie lebten ohne Familien. Und ohne ihre größten Häuptlinge. Obwohl der Große Geist überall sichtbar war, weil alles Zeugnis von ihm gab, verehrten sie Dinge, die auf Papier geschrieben waren. Und sie waren so schmutzig.

Weiser Vogel konnte sich nicht vorstellen, wie diese Männer mit Haaren um den Mund sich auch nur ein Jahr lang hier halten konnten. Trotzdem hieß es, daß sie erfolgreich waren. Das verstand er nicht.

Als er an dieses Thema und an das Fort dachte, kam ihm in den Sinn, dorthin zu reiten. Er nahm an, daß die Weißen verschwunden waren, aber das würde er ja sehen. Als er in der Nähe des Forts sein Pony zügelte und über die Prärie spähte, sah er sofort, daß sich beim Fort etwas gebessert hatte. Das Fort des Weißen Mannes war sauber. Eine große Plane flatterte im Wind. Ein kleines, gutaussehendes Pferd stand im Korral. Da war keine Bewegung. Nicht einmal ein Laut. Die Stätte sollte gestorben sein. Aber jemand hatte sie am Leben erhalten.

Weiser Vogel trieb sein Pony an.

Das mußte er sich aus der Nähe ansehen.

Lieutenant Dunbar trödelte auf dem Rückweg längs des Baches. Es gab soviel zu sehen.

Auf sonderbar ironische Weise fühlte er sich viel unauffälliger ohne Kleidung. Vielleicht war das auch so. Jede kleine Pflanze, jedes summende Insekt schien seine Aufmerksamkeit auf sich zu ziehen. Alles war so außergewöhnlich lebendig.

Ein Rotfalke mit einem Eichhörnchen in den Klauen flog nur ein paar Meter über ihm davon.

Auf halbem Weg zum Fort verharrte Dunbar im Schatten einer Pyramidenpappel und beobachtete einen Dachs, der seinen Bau grub. Dann und wann äugte der Dachs zu dem nackten Lieutenant, doch er hielt nicht im Graben inne.

Nahe beim Fort hielt Dunbar an, um die Umarmung eines Liebespaars zu beobachten. Ein Paar schwarzer Wasserschlangen umschlang sich ekstatisch im seichten Wasser des Baches, und das Paar nahm – wie alle Liebenden – nichts ringsherum wahr, nicht einmal, als der Schatten des Lieutenants aufs Wasser fiel.

Entzückt schlenderte er den Hang hinauf und fühlte sich so stark wie alles hier draußen, hatte das Gefühl, ein wahrer Präriebewohner zu sein.

Als er auf der Anhöhe anlangte, sah er das Pony.

Im selben Augenblick nahm er die Gestalt im Schatten unter dem Sonnendach wahr. Einen Sekundenbruchteil später trat die Gestalt in die Sonne, und Dunbar duckte sich in eine Spalte unterhalb der Hügelkuppe.

Er kauerte sich mit weichen Beinen hin und lauschte angespannt und mit einer Konzentration, als wäre der Gehörsinn sein einziger Sinn.

Seine Gedanken jagten sich. Phantastische Bilder tauchten vor seinen halbgeschlossenen Augen auf. Eine fransenbesetzte Hose. Mit Perlen besetzte Mokassins. Ein Kriegsbeil, an dem Haare hingen. Ein Brustharnisch aus schimmernden Knochen. Das dichte, glänzende Haar, das lang auf den Rücken hinabfiel. Schwarze, tiefliegende Augen. Die große Nase. Haut in der Farbe von Ton. Die Feder auf dem Kopf, die in der Brise wippte.

Lieutenant Dunbar wußte, daß er einen Indianer gesehen hatte, aber er hatte nie etwas so Wildes erwartet, und der

Anblick betäubte ihn, als hätte er einen Schlag auf den Kopf erhalten.

Dunbar verharrte geduckt unterhalb der Hügelkuppe, das nackte Gesäß auf den Boden gepreßt. Kalter Schweiß bedeckte seine Stirn. Er konnte noch nicht begreifen, was er gesehen hatte. Und er fürchtete sich davor, von neuem hinzublicken.

Er hörte ein Pferd wiehern, sammelte all seinen Mut und spähte langsam und vorsichtig über die Kuppe hinweg.

Der Indianer war im Korral. Er ging auf Cisco zu und hielt einen Strick mit einer Schlinge in der Hand.

Als Lieutenant Dunbar das sah, verschwand seine Benommenheit. Er dachte überhaupt nichts mehr, sondern sprang auf und kletterte auf die Hügelkuppe. Dann zerriß sein Ruf wie ein Schuß die Stille.

»He, du da!«

Weiser Vogel machte vor Schreck einen Satz in die Luft.

Als er herumwirbelte, um zu sehen, wer ihn zu Tode erschreckt hatte, sah der Medizinmann das Sonderbarste, was er jemals gesehen hatte.

Ein nackter Mann. Ein nackter Mann, der geradenwegs über den Hof auf ihn zukam, mit Händen, die zu Fäusten geballt waren, mit grimmiger Miene und mit so weißer Haut, daß bei ihrem Anblick die Augen schmerzten.

Weiser Vogel stolperte entsetzt zurück, richtete sich auf, und anstatt über den Korralzaun zu springen, durchbrach er ihn in seiner Aufregung. Er rannte über den Hof, sprang auf sein Pony und galoppierte davon, als wäre der Teufel hinter ihm her.

Er blickte kein einziges Mal zurück.

# 9

*27. April 1863*

*Habe den ersten Kontakt mit einem wilden Indianer gehabt.*

*Einer kam zum Fort und versuchte, mein Pferd zu stehlen. Als ich auftauchte, bekam er es mit der Angst zu tun und ergriff die Flucht. Ich weiß nicht, wie viele andere vielleicht in der Nähe sind, aber ich nehme an, wo einer ist, sind bestimmt noch mehr.*

*Ich bereite mich auf einen weiteren Besuch vor. Ich kann mich nicht angemessen verteidigen, aber ich werde versuchen, großen Eindruck zu machen, wenn sie wiederkommen.*

*Ich bin jedoch immer noch allein, und wenn nicht bald Truppen eintreffen, könnte alles verloren sein.*

*Der Mann, dem ich begegnete, sah prächtig aus.*

*Lieutenant John J. Dunbar*

Dunbar verbrachte die nächsten beiden Tage damit, Vorbereitungen zu treffen, und viele dienten dazu, den Eindruck von Stärke und Festigkeit zu erwecken. Es mochte verrückt sein, daß ein einzelner Mann versuchte, sich auf den Angriff unzähliger Feinde vorzubereiten, doch der Lieutenant hatte eine gewisse Charakterstärke, die es ihm erlaubte, hart zu arbeiten, wenn ihm nur sehr wenig Mittel zur Verfügung standen. Es war eine gute Eigenschaft, und sie machte ihn mit zu einem guten Soldaten.

Er traf seine Vorbereitungen, als sei er nur ein Mitglied der Fortbesatzung. Sein erster Befehl lautete, die Vorräte zu verstecken. Er ging das gesamte Inventar durch und wählte nur die wichtigsten Dinge aus. Den Rest vergrub er mit großer Sorgfalt in Löchern ums Fort herum.

Er lagerte die Werkzeuge, Petroleum für Lampen, einige Kisten mit Nägeln und anderem Baumaterial in einem der alten Schlaflöcher. Er bedeckte die Sachen mit einem Stück Segeltuch und schüttete Erde darauf. Dann verwischte er die Spuren, und nach ein paar Stunden wirkte das Versteck wie ein natürlicher Teil des Hangs.

Dunbar brachte zwei Kisten mit Gewehren und ein halbes Dutzend kleine Fässer mit Schießpulver und Munition in die Prärie hinaus. Dort hob er über zwanzig Stück Grassoden aus, jedes etwa einen halben Quadratmeter groß. An diesen Stellen grub er tiefe Löcher und legte das Wehrmaterial hinein. Am späten Nachmittag hatte er die Grassodenstücke wieder an Ort und Stelle gelegt und so gut festgestampft, daß nicht einmal das geübteste Auge eine Störung in der Natur entdeckt hätte. Er markierte die Stelle mit einer gebleichten Büffelrippe, die er ein paar Schritte von der geheimen Stelle entfernt in den Boden rammte.

Im Depot fand er zwei US-Flaggen. Er benutzte zwei der Korralpfosten als Flaggenmasten und hißte die Fahnen, eine auf dem Dach des Depots, die andere auf dem Dach seines Quartiers.

Die nachmittäglichen Ausritte beschränkten sich jetzt auf kurze Patrouillen rund um das Fort, und er ritt nie außer Sichtweite von Sedgewick.

Zwei Strümpfe tauchte wie gewöhnlich auf dem Felsvorsprung jenseits des Baches auf, aber Dunbar war zu beschäftigt, um ihm viel Aufmerksamkeit zu widmen.

Er trug jetzt stets die volle Uniform, polierte seine Reitstiefel auf Hochglanz, hielt seinen Hut staubfrei und achtete darauf, daß er immer glattrasiert war. Er ging nirgendwohin ohne Gewehr, Revolver und einen Gurt voll Munition, nicht einmal zum Bach.

Nach zwei Tagen fieberhafter Aktivität hatte er das Gefühl, so bereit wie nur möglich zu sein.

*29. April 1863*

*Meine Anwesenheit hier muß inzwischen gemeldet worden sein. Habe alle Vorbereitungen getroffen, die ich mir denken kann. Ich warte.*

*Lieutenant John J. Dunbar*

Lieutenant Dunbars Anwesenheit in Fort Sedgewick war jedoch nicht gemeldet worden.

Weiser Vogel hatte den Mann, der wie Schnee leuchtete, aus seinen Gedanken verbannt. Zwei Tage lang hielt sich der Medizinmann von den anderen fern, tief beunruhigt über das, was er gesehen hatte, und bemüht, die Bedeutung dessen zu ergründen, was er zuerst für eine alptraumhafte Halluzination gehalten hatte.

Nach vielem Nachdenken mußte er sich jedoch eingestehen, daß real war, was er gesehen hatte.

In gewisser Weise schuf diese Erkenntnis mehr Probleme. Der Mann war Realität. Er lebte. Er war dort drüben. Weiser Vogel gelangte weiterhin zu dem Schluß, daß Mann-der-leuchtet-wie-Schnee in irgendeiner Weise mit dem Schicksal des Stammes verbunden sein mußte. Andernfalls hätte der Große Geist sich nicht die Mühe gemacht, ihm, Weiser Vogel, diesen Anblick zu bieten.

Weiser Vogel hatte es auf sich genommen, die Bedeutung all dessen zu enträtseln, aber so sehr er es auch versuchte, es gelang ihm nicht. Die ganze Situation beunruhigte ihn mehr als alles, was er je erlebt hatte.

Seine Frauen spürten, daß ihm ein Problem zu schaffen machte, als er von dem schicksalhaften Ritt nach Fort Sedgewick zurückkehrte. Sie sahen eine deutliche Veränderung am Ausdruck seiner Augen. Die Frauen umsorgten ihren Mann besonders, sagten jedoch nichts, als sie an ihre Arbeit gingen.

Es gab eine Handvoll Männer, die wie Weiser Vogel großen Einfluß im Stamm hatten. Keiner war einflußreicher als Zehn Bären. Er wurde am meisten geachtet, und mit sechzig Jahren wurden seine Härte, seine Weisheit und die bemerkenswert ruhige Hand, mit der er den Stamm führte, nur von seiner geradezu unheimlichen Fähigkeit übertroffen, zu wissen, in welche Richtung sich die Winde des Glücks, ganz gleich wie leicht oder stark, als nächstes drehten.

Zehn Bären sah mit einem Blick, daß Weiser Vogel, den er als wichtigstes Mitglied seines Rates betrachtete, irgend etwas

Ungewöhnliches erlebt haben mußte. Er sagte jedoch ebenfalls nichts. Es war seine Angewohnheit, zu warten und zu beobachten, und damit hatte er meistens Erfolg gehabt.

Aber am Ende des zweiten Tags war für Zehn Bären offenkundig, daß etwas Ernstes passiert sein mußte, und am späten Nachmittag besuchte er wie zufällig Weiser Vogel in seinem Tipi.

Zwanzig Minuten lang rauchten sie schweigend den Tabak des Medizinmannes, und dann begannen sie über Belangloses zu plaudern.

Im genau richtigen Augenblick vertiefte Zehn Bären die Unterhaltung mit einer allgemeinen Frage. Er erkundigte sich bei Weiser Vogel, wie er aus der Sicht des Medizinmannes die Aussichten auf den Sommer einschätze.

Ohne in Einzelheiten zu gehen, erklärte der Medizinmann, daß die Anzeichen gut seien. Ein Medizinmann, der seine Ansicht nicht näher ausführte, war für Zehn Bären ungewöhnlich. Er war überzeugt, daß Weiser Vogel ihm etwas verschwieg. Mit dem Geschick eines meisterhaften Diplomaten fragte Zehn Bären dann nach möglichen negativen Anzeichen.

Die Blicke der beiden Männer begegneten sich. Zehn Bären hatte den Medizinmann auf behutsamste Weise in die Falle gelockt.

»Es gibt ein schlechtes Anzeichen«, sagte Weiser Vogel.

Als es heraus war, fühlte er sich plötzlich erleichtert, als wären seine Hände von Fesseln befreit, und er sprudelte alles hervor, erzählte von seinem Ritt, vom Fort und dem schönen Buckskin – und vom Mann, dessen Haut wie Schnee leuchtete.

Als er geendet hatte, zündete Zehn Bären von neuem seine Pfeife an und paffte eine Weile nachdenklich. Dann legte er die Pfeife zwischen ihnen ab.

»Sieht er wie ein Gott aus?« fragte er.

»Nein. Er sieht wie ein Mensch aus«, erwiderte Weiser Vogel. »Er geht wie ein Mann und klingt wie ein Mann. Seine Gestalt ist die eines Mannes. Sogar sein Geschlechtsteil war das eines Mannes.«

»Ich habe noch nie etwas von einem weißen Mann ohne Kleidung gehört«, sagte Zehn Bären, und seine Miene spiegelte

Zweifel wider. »Seine Haut reflektiert wirklich den Sonnenschein?«

»Das Weiß blendet in den Augen.«

Die Männer verfielen wieder in Schweigen.

Schließlich erhob sich Zehn Bären.

»Ich werde darüber nachdenken.«

Zehn Bären scheuchte alle aus seinem Wigwam, setzte sich hin und dachte über eine Stunde lang über das nach, was Weiser Vogel ihm erzählt hatte.

Es war ein großes Problem.

Er hatte nur bei wenigen Anlässen weiße Männer gesehen, und wie Weiser Vogel konnte er ihr Verhalten nicht verstehen. Wegen ihrer vermutlich großen Zahl würden sie beobachtet und irgendwie kontrolliert werden müssen, aber bis jetzt waren sie nur ein ständiges Ärgernis für ihn gewesen.

Zehn Bären dachte nie gern über sie nach.

Wie kann eine Rasse nur so gemischt sein? dachte er.

Aber er kam vom Thema ab, und Zehn Bären schalt sich für sein ungeordnetes Denken. Was wußte er wirklich über das weiße Volk? So gut wie nichts – das mußte er zugeben.

Dieses sonderbare Wesen im Fort. Vielleicht war es ein Geist. Vielleicht war es eine Abart des Weißen Mannes. Zehn Bären räumte die Möglichkeit ein, daß Weiser Vogel den ersten Mann einer völlig neuen Rasse gesehen hatte.

Der alte Häuptling seufzte. Es war noch soviel zu tun für die Jagd dieses Sommers. Und nun das!

Er gelangte zu keinem Schluß.

Zehn Bären entschloß sich, den Rat einzuberufen.

Die Versammlung begann vor dem Sonnenuntergang, doch sie dauerte bis spät in den Abend, lange genug, um die allgemeine Aufmerksamkeit im Lager zu wecken, besonders die der jungen Krieger, die sich zu kleinen Gruppen versammelten, um Spekulationen anzustellen, was die Alten diskutieren mochten.

Nach einer Stunde Vorgeplänkel kamen sie zur Sache. Weiser

Vogel erzählte seine Geschichte. Als er zu Ende berichtet hatte, erbat Zehn Bären die Meinungen seiner Stammesbrüder.

Es gab viele, und sie waren sehr verschieden.

Wind-im-Haar war der jüngste des Rates, ein impulsiver, jedoch erfahrener Kämpfer. Er war der Ansicht, sie sollten sofort einen Trupp losschicken, zum Fort reiten und Pfeile in den weißen Mann schießen. Wenn er ein Gott war, würden die Pfeile wirkungslos sein. Wenn er sterblich war, würde es einen Mann mit Haaren um den Mund weniger geben, dessentwegen man Sorge haben mußte. Wind-im-Haar erklärte, daß er gern den Trupp führen würde.

Sein Vorschlag wurde von den anderen abgelehnt. Wenn diese Person ein Gott war, würde es keine gute Idee sein, Pfeile in ihn zu schießen. Und das Töten eines weißen Mannes mußte mit einer gewissen Feinfühligkeit geschehen. Ein toter weißer Mann konnte vielleicht das Auftauchen vieler anderer weißer Männer zur Folge haben.

Stierhorn war als konservativ bekannt. Keiner würde es wagen, seine Tapferkeit in Frage zu stellen, aber es traf zu, daß er im allgemeinen für Diskretion in den meisten Dingen stimmte. Er machte einen einfachen Vorschlag. Schickt eine Abordnung, um mit dem Mann, der wie Schnee leuchtet, zu palavern.

Wind-im-Haar wartete, bis Stierhorn seine ziemlich lange Erklärung beendet hatte. Dann fiel er über die Idee her. Das Wesentliche seiner Ansprache brachte ihm einen Punkt ein, den niemand zu bestreiten wagte. Comanchen entsandten keine angesehenen Krieger, um einen einzelnen, schwächlichen Weißen zu befragen, der sich unbefugt in ihrem Land aufhielt.

Danach wurden alle recht schweigsam, und als sie die Diskussion fortsetzten, gingen sie zu anderen Themen über, zum Beispiel zu den Vorbereitungen für die Jagd und der Möglichkeit, Kriegstrupps zu verschiedenen anderen Stämmen zu schicken. Eine weitere Stunde beschäftigten sie sich mit Gerüchten und glaubwürdigen Informationen, die vielleicht von einiger Bedeutung für das Wohlergehen des Stammes waren.

Als sie schließlich auf die heikle Frage zurückkamen, was sie bezüglich des weißen Mannes unternehmen sollten, wurden

Zehn Bären die Lider schwer, und sein Kinn sackte auf die Brust. Es hatte keinen Sinn, heute abend weiterzumachen. Der alte Mann schnarchte bereits leise, als sie sein Tipi verließen.

Die Sache blieb ungelöst.

Das bedeutete jedoch nicht, daß keine Aktion stattfand.

In jeder kleinen, fest zusammengewachsenen Gemeinschaft ist es schwer, Geheimnisse zu bewahren, und später an diesem Abend hörte Stierhorns vierzehnjähriger Sohn seinen Vater das Wesentliche der Diskussion des Rats einem Onkel erzählen, der zu Besuch kam. Er hörte von dem Fort und dem Mann, der wie Schnee leuchtete Und er erfuhr von dem schönen Buckskin, dem kräftigen kleinen Pferd, das laut Weiser Vogel soviel wert wie zehn Ponys sein sollte. Das beflügelte seine Phantasie.

Stierhorns Sohn konnte mit diesem Wissen nicht einschlafen, und spät in der Nacht stahl er sich aus dem Tipi, um seinen beiden besten Freunden zu erzählen, was er wußte, und ihnen klarzumachen, auf welche große Gelegenheit er durch Zufall gestoßen war.

Seine beiden Freunde, Froschrücken und Der-viel-lächelt, schreckten zunächst wie erwartet vor seinem Plan zurück. Es ging um nur ein Pferd. Wie konnte ein Pferd in drei Anteile geteilt werden? Und ein Pferd war nicht viel. Außerdem bestand die Möglichkeit, daß ein weißer Gott dort unten herumschlich. Das alles war zu bedenken.

Aber Stierhorns Sohn war auf die Einwände vorbereitet. Er hatte alles durchdacht. Der weiße Gott, das war der beste Teil. Wollten sie nicht alle auf den Kriegspfad gehen? Und wenn es soweit war, würden sie dann nicht die alten erfahrenen Krieger begleiten müssen? War dann nicht vorgezeichnet, daß sie wenig wirkliche direkte Aktion sehen würden? Daß die erfahrenen Krieger ihnen wahrscheinlich keine Chance gaben, sich auszuzeichnen?

Aber ein Ritt gegen einen weißen Gott! Drei Jungen gegen einen Gott! Das würde doch etwas sein! Das Volk würde Lieder über diese Tat singen. Wenn sie Erfolg hatten, würden gute Chancen bestehen, daß sie alle drei bald Kriegstrupps führten, anstatt nur hinter den anderen herzureiten.

Und das Pferd. Nun, das würde dem Sohn von Stierhorn

gehören, aber die anderen beiden durften es reiten. Sie konnten es beim Wettrennen einsetzen, wenn sie wollten.

Wer konnte bestreiten, daß es ein großartiger Plan war?

Ihre Herzen klopften bereits heftig, als sie sich durch den Bach davonstahlen und drei gute Tiere aus der Ponyherde nahmen. Zu Fuß führten sie die Pferde vom Lager fort.

Als sie weit genug entfernt waren, schwangen sie sich auf die Ponys und trieben sie zum Galopp. Mit Gesang, um sich Mut zu machen, ritten sie über die dunkle Prärie und hielten sich nahe an den Bach, der sie zum Fort führen würde.

Seit zwei Nächten war Lieutenant Dunbar ganz Soldat und schlief mit einem offenen Ohr.

Doch die Jungen kamen nicht wie Knaben, die um des Kitzels willen einen Streich machen wollten. Sie waren Comanchen, und dies war die ernsteste Tat in ihrem jungen Leben.

Lieutenant Dunbar hörte sie nicht kommen.

Er erwachte vom Hufschlag galoppierender Pferde und dem Triumphgeschrei der Jungen, doch die Geräusche verhallten bereits in der Weite der nächtlichen Prärie, als er aus der Hütte stürzte.

Die Jungen ritten scharf. Alles hatte perfekt geklappt. Es war leicht gewesen, das Pferd zu stehlen, und das Beste von allem, sie hatten nicht einmal den weißen Gott gesehen.

Sie wollten jedoch kein Risiko eingehen. Götter konnten viele phantastische Dinge tun, besonders, wenn sie erzürnt waren. Die Jungen hielten nicht an, um sich nach ihrem Erfolg gegenseitig auf die Schulter zu klopfen. Sie ritten in gestrecktem Galopp und waren entschlossen, nicht langsamer zu werden, bis sie die Sicherheit des Lagers erreicht hatten.

Sie waren jedoch noch keine drei Meilen vom Fort entfernt, als sich Cisco entschied, seinen Willen durchzusetzen. Er hatte nicht vor, mit diesen Jungen zu galoppieren.

Der Buckskin drehte plötzlich scharf ab. Der Sohn von Stierhorn, der ihn am Strick gehalten hatte, wurde von seinem Pony gerissen, als wäre er gegen einen tiefhängenden Baumzweig geprallt.

Froschrücken und Der-viel-lächelt versuchten, den Buckskin zu verfolgen, doch Cisco preschte weiter und schleifte den langen Führstrick hinter sich her. Er war wirklich unglaublich schnell, und als das Tempo nachließ, setzte er sein Stehvermögen ein.

Die Indianerponys hätten ihn auch nicht eingeholt, wenn sie ausgeruht gewesen wären.

Dunbar hatte gerade Kaffee gekocht und saß mißmutig an seinem Feuer, als Cisco lässig in den flackernden Feuerschein trottete.

Der Lieutenant war mehr erleichtert als überrascht. Er war gereizt wie eine Hornisse gewesen, weil er sich das Pferd hatte stehlen lassen. Cisco war jedoch schon einmal gestohlen worden, genauer gesagt, zweimal, und wie ein treuer Hund hatte er jedesmal eine Möglichkeit gefunden, zurückzukehren.

Lieutenant Dunbar nahm den Führstrick, den die Indianer dem Buckskin angelegt hatten, vergewisserte sich, daß Cisco keine Verletzungen hatte, und als sich der Himmel im Osten rosa färbte, führte Dunbar den kleinen Buckskin den Hang hinab zum Bach, um ihm einen Drink zu spendieren.

Während er am Bach saß, beobachtete Dunbar die Wasseroberfläche. Die kleinen Fische des Baches begannen nach den Schwärmen unsichtbarer Insekten über dem Wasser zu schnappen, und der Lieutenant fühlte sich plötzlich so hilflos wie eine Eintagsfliege.

Die Indianer hätten ihn so leicht töten können, wie sie sein Pferd gestohlen hatten.

Der Gedanke ans Sterben machte ihm zu schaffen. Bis zu diesem Nachmittag könnte ich tot sein, dachte er.

Was ihn noch mehr beunruhigte, war die Aussicht, hilflos wie ein Insekt zu sterben.

Er sagte sich, daß er nicht im Bett sterben würde, wenn es schon sein mußte.

Er wußte, daß irgend etwas im Gange war, das ihn auf eine Weise verletzlich machte, die ihn erschauern ließ. Er mochte ein

Bewohner der Prärie sein, aber das bedeutete nicht, daß man ihn akzeptiert hatte. Er war wie ein neuer Schüler in der Schule. Die anderen würden ihn im Auge behalten.

Es lief ihm immer noch kalt über den Rücken, als er Cisco zum Korral zurückführte.

Der Sohn von Stierhorn hatte sich einen Arm gebrochen.

Als das niedergeschlagene Trio im Lager eintraf, wurde der Junge sofort in die Obhut von Weiser Vogel gegeben.

Die Jungen waren von dem Moment an beunruhigt gewesen, als Stierhorns Sohn festgestellt hatte, daß ihm sein Arm nicht gehorchte. Wenn keiner verletzt worden wäre, dann hätten sie ihren gescheiterten Beutezug geheimhalten können. Aber sofort waren Fragen gestellt worden, und die Jungen mochten zwar die Tatsachen ein wenig verbiegen, aber sie waren Comanchen. Und Comanchen hatten größere Schwierigkeiten mit dem Lügen. Sogar Comanchen im Jungenalter.

Während Weiser Vogel den Arm versorgte und Stierhorns Vater und Zehn Bären zuhörten, sagte Stierhorn die Wahrheit und erzählte, was geschehen war.

Es war nicht ungewöhnlich, daß ein gestohlenes Pferd sich losriß und heimgaloppierte, aber weil sie es vielleicht mit einem Geist zu tun hatten, war die Sache mit dem Pferd von großer Bedeutung, und so befragten die älteren Männer den verletzten Jungen genauer.

Als er erzählte, daß das Pferd nicht erschreckt worden war, sondern von sich aus durchgegangen war, wurden die Gesichter der Älteren sichtlich länger.

Ein weiterer Rat wurde einberufen.

Diesmal wußte jeder, worum es ging, denn die Geschichte vom Mißgeschick der Jungen verbreitete sich schnell im Lager. Einige der leicht zu beeindruckenden Leute im Lager bekamen einen Augenblick lang das große Zittern, als sie erfuhren, daß ein merkwürdiger weißer Gott möglicherweise in der Nähe herumschlich, doch die meisten gingen weiterhin ihren Beschäftigungen nach und sagten sich, daß Zehn Bären und der Rat schon eine Lösung finden würden.

Dennoch war jeder besorgt.

Nur eine Person unter ihnen hatte wirklich schreckliche Angst.

## 10

Damals, im vergangenen Sommer, hatte sie ebenfalls entsetzliche Angst gehabt. Als festgestellt worden war, daß weiße Soldaten ins Land gekommen waren. Der Stamm war nie den Männern mit Haaren um den Mund begegnet, mit Ausnahme von einigen, die sie bei einzelnen Anlässen getötet hatten. Sie hatte gehofft, der Stamm würde ihnen niemals begegnen.

Als im vergangenen Sommer die Pferde der weißen Soldaten gestohlen worden waren, war sie in Panik geraten und davongelaufen. Sie war überzeugt gewesen, daß die weißen Soldaten ins Lager kommen würden. Doch das war nicht der Fall gewesen.

Dennoch hatte sie das Gefühl gehabt, auf glühenden Kohlen zu sitzen, bis man zu der allgemeinen Erkenntnis gelangt war, daß die weißen Soldaten ohne ihre Pferde praktisch hilflos waren. Da hatte sie sich ein wenig entspannen können. Aber erst nachdem sie das Sommerlager abgebrochen hatten und auf dem Weg zum Winterlager gewesen waren, hatte sich die schreckliche Wolke der Furcht, die sie den ganzen Sommer verfolgt hatte, endlich aufgelöst.

Jetzt nahte der Sommer von neuem, und auf dem ganzen Weg vom Winterlager aus hatte sie inbrünstig gebetet, daß die Männer mit Haaren um den Mund verschwunden wären. Ihre Gebete waren nicht erhört worden, und von neuem war die Furcht in ihr.

Ihr Name war Die-sich-mit-der-Faust-behauptet.

Sie wußte als einzige vom Stamm, daß der weiße Mann kein Gott war. Dennoch war ihr die Geschichte, die Weiser Vogel erzählt hatte, ein Rätsel. Ein einzelner nackter weißer Mann? Hier draußen? In der Heimat der Comanchen? Das ergab keinen Sinn. Aber wie auch immer. Sie konnte es nicht genau erklären, doch sie wußte, daß er kein Gott war. Irgend etwas aus der Vergangenheit sagte ihr das.

Sie hörte die Geschichte an diesem Morgen auf ihrem Weg zum Einmal-im-Monat-Tipi, das abseits für die Frauen stand, die ihre Menstruation hatten. Sie hatte an ihren Ehemann gedacht. Normalerweise ging sie nicht gern in dieses Zelt, weil sie die Gesellschaft ihres Mannes vermissen würde. Er war ein wundervoller, tapferer, gutaussehender und ganz außergewöhnlicher Mann. Ein mustergültiger Ehemann. Sie war nie von ihm geschlagen worden, und obwohl ihre beiden Babys gestorben waren (eines bei der Geburt, das andere ein paar Wochen später), hatte er sich beharrlich geweigert, sich eine andere Frau zu nehmen. Leute hatten ihn bedrängt, sich eine andere zu nehmen. Selbst Die-sich-mit-der-Faust-behauptet hatte es vorgeschlagen. Aber er hatte nur gesagt: »Du bist mir genug«, und sie hatte nie wieder davon gesprochen. Insgeheim war sie stolz, weil er mit ihr allein glücklich war.

Sie vermißte ihn jetzt schrecklich. Bevor das Winterlager abgebrochen worden war, hatte er einen großen Trupp gegen die Utes geführt. Fast ein Monat war vergangen, ohne daß sie etwas von ihm oder den anderen Kriegern gehört hatte. Aber weil sie bereits von ihm getrennt war, fand sie es nicht so hart wie sonst, ins Einmal-im-Monat-Tipi zu gehen. Als sie sich an diesem Morgen auf den Weg dorthin machte, tröstete sich die junge Comanchin mit dem Gedanken, daß eine enge Freundin oder zwei mit ihr in der Abgeschiedenheit sein würden, Frauen, mit denen die Zeit schnell vorübergehen würde.

Aber auf dem Weg zum Tipi hörte sie Weiser Vogels sonderbare Geschichte. Dann erfuhr sie von dem dummen Beutezug. Die-sich-mit-der-Faust-behauptet war entsetzt. Von neuem legte sich Furcht wie eine eiserne Decke auf ihre Schultern, und sie betrat erschüttert das Einmal-im-Monat-Tipi.

Sie war aber sehr stark. Ihre schönen, hellbraunen Augen, die Intelligenz widerspiegelten, verrieten nichts, als sie den Morgen über mit ihren Freundinnen nähte und plauderte.

Sie kannte die Gefahr. Der ganze Stamm kannte sie. Es führte jedoch zu nichts, darüber zu sprechen. So schwieg jeder über das Thema.

Den ganzen Nachmittag über zeigte die junge schlanke Frau nichts von ihren Gefühlen, und keiner merkte ihr an, welche Last auf ihren Schultern ruhte.

Die-sich-mit-der-Faust-behauptet war sechsundzwanzig Jahre alt.

Fast zwölf dieser Jahre war sie eine Comanchin.

Davor war sie – was war sie gewesen?

Sie dachte nur selten an den Namen, wenn es sich nicht verhindern ließ, an die Weißen zu denken. Dann kam es ihr aus irgendeinem unerklärlichen Grund schlagartig in den Sinn.

O ja, dachte sie auf Comanche, ich erinnere mich. Früher war ich Christine.

Dann dachte sie an früher, und es war immer das gleiche. Es war, als hebe sich ein alter, verschwommener Vorhang, und die beiden Namen wurden eins, der alte vermischte sich mit dem neuen. Die-sich-mit-der-Faust-behauptet war Christine und Christine war Die-sich-mit-der-Faust-behauptet.

Ihr Teint war im Laufe der Jahre dunkler geworden, und ihr ganzes Äußeres hatte etwas Wildes angenommen. Doch trotz der beiden Schwangerschaften war ihre Figur die einer weißen Frau geblieben. Und ihr Haar, das einfach nicht über Schulterlänge hinaus wachsen und nicht glatt bleiben wollte, hatte immer noch einen rötlichen Ton. Und da waren natürlich die hellbraunen Augen.

Die-sich-mit-der-Faust-behauptet hatte allen Grund zur Furcht. Sie konnte nicht hoffen, diese Angst jemals loszuwerden. Für einen Weißen würde immer etwas Sonderbares an der Frau in dem Einmal-im-Monat-Tipi sein. Etwas ganz und gar nicht Indianisches. Und für die wissenden Augen der Indianer war etwas ganz und gar nicht Indianisches an ihr, auch noch nach all der Zeit.

Es war eine schrecklich schwere Last, aber Die-sich-mit-der-Faust-behauptet sprach nie darüber und beklagte sich schon gar nicht. Sie trug die Last still und mit großer Tapferkeit durch jeden Tag ihres Indianerlebens, und sie trug sie aus einem gewaltigen Grund.

Die-sich-mit-der-Faust-behauptet wollte bleiben, wo sie war.

Sie war sehr glücklich.

# 11

Zehn Bären und sein Rat kamen zu keinem Beschluß, aber das war nicht ungewöhnlich.

Oftmals endete eine Ratsversammlung ergebnislos und signalisierte damit den Beginn einer ganz neuen Phase im politischen Leben des Stammes.

Zu diesen Zeiten entschlossen sich bisweilen Leute, auf eigene Faust zu handeln.

Wind-im-Haar hatte sich hart für einen zweiten Plan eingesetzt. Zum Fort zu reiten und das Pferd zu nehmen, ohne den weißen Mann anzugreifen. Anstatt Jungen diesmal Männer hinzuschicken. Der Rat lehnte seinen zweiten Plan ab, aber Wind-im-Haar war deswegen keinem böse.

Er hatte sich alle Meinungen angehört und seine Lösung des Problems angeboten. Die Lösung war nicht angenommen worden, doch die Gegenargumente hatten Wind-im-Haar nicht überzeugt, daß sein Plan schlecht war.

Er war ein angesehener Krieger, und wie jeder angesehene Krieger hatte er ein Vorrecht.

Er konnte tun, was ihm beliebte.

Wenn der Rat unnachgiebig blieb oder wenn er seinen Plan in die Tat umsetzte und scheiterte, bestand die Möglichkeit, daß man ihn aus dem Stamm verbannte.

Wind-im-Haar hatte das bereits in Betracht gezogen. Der Rat war nicht unnachgiebig, sondern völlig verwirrt gewesen, zu konfus, um eine Entscheidung zu treffen. Und was ihn selbst anbetraf – nun, Wind-im-Haar war mit seinen Plänen selten schlecht gefahren.

Als die Ratsversammlung vorüber war, schlenderte er durch das Lager, schaute bei einigen Freunden vorbei und sagte bei jedem Tipi das gleiche.

»Ich reite los und stehle das Pferd. Willst du mitkommen?«

Jeder Freund beantwortete die Frage mit einer Gegenfrage.

»Wann?«

Und Wind-im-Haar hatte für jeden dieselbe Antwort.
»Jetzt gleich.«

Es war ein kleiner Trupp. Fünf Mann.

Sie ritten gemächlich aus dem Lager und hinaus auf die Prärie. Sie ließen sich Zeit und nahmen es leicht. Das bedeutete jedoch nicht, daß sie freundlich gesinnt waren.

Sie ritten grimmig, wie Männer mit ausdruckslosen Mienen, die auf dem Weg zur Bestattung eines entfernten Verwandten waren.

Wind-im-Haar hatte ihnen gesagt, was zu tun war.

»Wir werden uns das Pferd nehmen. Es auf dem Rückweg gut bewachen. Es in unsere Mitte nehmen. Wenn ihr einen weißen Mann seht, erschießt ihn nicht, es sei denn, er schießt auf euch. Wenn er zu reden versucht, sprecht nicht mit ihm. Wir nehmen das Pferd und sehen, was passiert.«

Wind-im-Haar hätte es nicht eingestanden, aber er war von einer Woge der Erleichterung erfüllt, als sie in Sichtweite des Forts waren.

Da war ein Pferd im Korral, und es sah sehr gut aus.

Aber da war kein weißer Mann.

Der weiße Mann hatte sich noch vor dem Mittag hingelegt. Er schlief ein paar Stunden. Am frühen Nachmittag erwachte er, und er war erfreut, daß seine neue Idee klappte.

Lieutenant Dunbar hatte sich entschieden, tagsüber zu schlafen und die ganze Nacht über bei einem Feuer wach zu bleiben. Die Indianer, die Cisco gestohlen hatten, waren in der Morgendämmerung gekommen, und nach den Geschichten, die er immer gehört hatte, war die Zeit vor dem Morgengrauen die bevorzugte Stunde zum Angriff. So würde er wach sein, wenn sie kamen.

Er fühlte sich ein wenig groggy nach seinem langen Mittagsschläfchen. Er hatte stark geschwitzt. Sein Körper war klebrig. Er entschloß sich, zu baden.

Deshalb hockte er mit dem Kopf voller Seifenschaum und bis

zu den Schultern im Wasser des Baches, als er die fünf Reiter über den Hügel galoppieren hörte.

Er flitzte aus dem Bach und griff instinktiv nach der Hose. Damit fummelte er herum, doch dann warf er sie zur Seite und nahm statt dessen den großen Navy Colt. Dann kroch er auf allen vieren den Hang hinauf.

Sie alle erwischten einen Blick auf ihn, als sie mit Cisco davonritten.

Er stand am Rand der Hügelkuppe. Wasser tropfte von seinem nackten Körper. Sein Kopf war mit etwas Weißem bedeckt. Er hielt eine Waffe in der Hand. All das sahen die Krieger mit einem Blick über die Schulter. Aber nicht mehr. Sie erinnerten sich alle an die Anweisungen, die Wind-im-Haar gegeben hatte. Ein Krieger hielt Cisco, und der Rest drängte sich ringsum, und so ritten sie in dichter Formation vom Fort weg.

Wind-im-Haar blieb etwas zurück.

Der weiße Mann regte sich nicht. Er verharrte still und aufrecht auf der Hügelkuppe, und die Hand mit der Waffe hing herab.

Der weiße Mann hätte Wind-im-Haar völlig gleichgültig sein können. Aber es war ihm nicht gleichgültig, was der weiße Mann repräsentierte. Er war der ständige Feind jedes Kriegers. Der weiße Mann symbolisierte Furcht. Es war die eine Sache, sich vom Schlachtfeld nach einem harten Kampf zurückzuziehen, aber es war eine völlig andere, Furcht in sich zu spüren und nichts zu tun. Wind-im-Haar wußte, daß er nicht untätig bleiben konnte.

Er parierte sein Pony, zog es um die Hand und galoppierte auf den Lieutenant zu.

Als Lieutenant Dunbar den Hügelhang hinaufgehetzt war, hatte er sich als vorbildlicher Soldat erwiesen. Er stellte sich dem Feind. Keine anderen Gedanken beherrschten ihn.

Doch all das verschwand in dem Augenblick, in dem er die Hügelkuppe erreicht hatte.

Er hatte sich auf Kriminelle, auf eine Bande von Gesetzesbrechern eingestellt, die bestraft werden mußten.

Statt dessen sah er eine grandiose Aufführung, ein Historienspiel mit so atemberaubender Handlung, daß er wie ein Junge bei seiner ersten großen Parade starr vor Staunen war und nur benommen dastehen und zuschauen konnte.

Die wilde Jagd der Ponys, die vorbeidonnerten. Ihre glänzenden Felle, die Federn, die an ihrem Zaumzeug, den Mähnen und Schweifen flatterten, die Verzierungen auf ihren Kruppen. Und die Männer auf den Ponys, die mit der Hingabe von Kindern auf imaginären Spielzeugen ritten. Die dunkle Haut, die sehnigen Körper, deren Muskeln deutlich hervortraten. Das glänzende, zu Zöpfen geflochtene Haar, die Bogen und Lanzen und Gewehre, die leuchtenden Farben, mit denen ihre Gesichter und Arme bemalt waren.

Und alles in solch wundervoller Harmonie. Zusammen wirkten die Männer und Pferde wie die große Schar eines Pfluges, die über die Landschaft jagte und kaum den Boden berührte.

Dieses Farbenspiel, die Schnelligkeit und Harmonie hatte er sich niemals vorgestellt. Es war die aufgeführte Glorie des Kriegs, in einem einzigen lebenden Gemälde eingefangen, und Dunbar stand wie gebannt da und schien nur noch aus einem Augenpaar zu bestehen.

Er fühlte sich wie in dichten Nebel eingehüllt, und der Nebel begann sich gerade erst aufzulösen, als Dunbar erkannte, daß einer der Indianer zurückkehrte.

Es war, als erwache er aus einem Traum. Sein Verstand versuchte, ihm Kommandos zu geben, doch die Kommunikation brach zusammen. Er konnte keinen Muskel bewegen.

Der Reiter näherte sich schnell, jagte geradenwegs auf ihn zu. Lieutenant Dunbar dachte nicht, daß er niedergeritten werden würde. Er dachte nicht ans Sterben. Er hatte alle Fähigkeit zum Denken verloren. Der Lieutenant stand reglos da und starrte wie in Trance auf die geblähten Nüstern des Ponys.

Als Wind-im-Haar zehn Schritte von Lieutenant Dunbar entfernt war, zügelte er sein Pony so hart, daß es sich für einen

Moment buchstäblich auf den Boden setzte. Mit einem großen Satz sprang das aufgeregte Pferd auf und tänzelte und drehte sich. Wind-im-Haar hielt das Pony die ganze Zeit auf der Stelle, als nehme er die Drehungen unter sich kaum wahr.

Er starrte auf den nackten, reglosen weißen Mann. Die Gestalt stand völlig still. Wind-im-Haar konnte den weißen Mann nicht einmal blinzeln sehen. Er sah jedoch, daß sich die schneeweiße Brust langsam hob und senkte. Der Mann lebte.

Er hatte anscheinend keine Angst. Wind-im-Haar wußte den Mangel an Furcht des weißen Mannes zu schätzen, doch zugleich machte er ihn nervös. Der Mann sollte Angst haben. Wie konnte er so furchtlos sein? Wind-im-Haar spürte, wie seine eigene Angst wieder in ihm hochkroch. Seine Haut begann zu kribbeln.

Er hob das Gewehr über den Kopf und schrie drei scharfe Sätze:

»Ich bin Wind-im-Haar!«

»Siehst du, daß ich keine Angst vor dir habe?«

»Siehst du das?«

Der weiße Mann gab keine Antwort, und Wind-im-Haar verspürte plötzlich Befriedigung. Er war diesem zukünftigen Feind tapfer gegenübergetreten. Er hatte den nackten weißen Mann herausgefordert, und der weiße Mann hatte nichts getan. Das war genug.

Er zog sein Pony herum und galoppierte hinter seinen Freunden her.

Lieutenant Dunbar schaute den Kriegern benommen nach. Die Worte schienen noch in seinem Kopf widerzuhallen. Der Klang der Worte jedenfalls, der wie das Bellen eines Hundes gewesen war. Er hatte keine Ahnung, was die Laute bedeuteten, aber sie hatten wie eine Erklärung geklungen, als hätte ihm der Krieger etwas klarmachen wollen.

Allmählich löste sich der Bann. Als erstes spürte er den Revolver in seiner Hand. Die Waffe kam ihm ungewöhnlich schwer vor. Er ließ sie fallen.

Dann sank er langsam auf die Knie und hockte sich zurück

auf den Hintern. Er saß lange da und fühlte sich ausgelaugt wie nie und schwach wie ein Neugeborenes.

Eine Zeitlang dachte er, er könne sich vielleicht nie wieder bewegen, doch schließlich gelangte er auf die Füße und ging schwankend zur Hütte. Nur mit äußerster Anstrengung schaffte er es, sich eine Zigarette zu drehen. Er war jedoch zu schwach, um sie ganz zu rauchen, und nach zwei Zügen daran schlief er ein.

Der zweite Pferdediebstahl war eine Spur anders, aber im großen und ganzen lief alles ab wie beim ersten.

Nach etwa drei Meilen ließen die Comanchen ihre Ponys in leichten Galopp fallen. Cisco war hinten und auf beiden Seiten von Reitern umgeben, und so wählte er die einzige Route, die ihm blieb.

Er preschte nach vorne.

Die Männer hatten gerade ein paar Worte gewechselt, da sprang der Buckskin los, als hätte ihm jemand in die Kruppe gestochen. Der Krieger, der den Führstrick hielt, wurde über den Kopf seines Ponys gerissen. Ein paar Sekunden lang hatte Wind-im-Haar eine Chance, den Strick zu packen, der hinter Cisco über den Boden schleifte, doch er reagierte einen Lidschlag zu spät. Der Strick rutschte ihm durch die Finger.

Blieb nur die Verfolgungsjagd. Sie war nicht gerade lustig für die Krieger. Der Mann, der vom Pony gerissen worden war, hatte überhaupt keine Chance, und die übrigen vier Verfolger hatten kein Glück.

Ein Mann verlor sein Pferd, als es in den Bau eines Präriehundes trat und sich ein Vorderbein brach. Cisco war an diesem Nachmittag schnell wie eine Katze, und zwei weitere Reiter wurden abgeworfen, als sie mit ihren Ponys versuchten, seinem blitzschnellen Zickzackkurs zu folgen.

So bleib nur Wind-im-Haar. Er hielt viele Meilen das Tempo mit, doch als es mit den Kräften seines Pferdes zu Ende ging, hatte er immer noch nicht aufgeholt, und er sagte sich, daß es keinen Sinn hatte, sein Lieblingspony zuschanden zu reiten, um etwas einzuholen, was sich nicht einholen ließ. Das war die Sache nicht wert.

Während sein Pony röchelnd um Atem rang, beobachtete Wind-im-Haar den Buckskin lange genug, um zu sehen, daß er in die ungefähre Richtung zum Fort abgeschwenkt war, und seine Frustration wurde gemildert durch den Gedanken, daß Weiser Vogel vielleicht recht hatte. Es war vielleicht ein Zauberpferd, das einem Zauberer gehörte.

Er ritt zurück zu den anderen. Es war offenkundig, daß Wind-im-Haar gescheitert war, und keiner fragte nach Einzelheiten.

Niemand sagte ein Wort.

Sie legten den langen Ritt heimwärts schweigend zurück.

## 12

Wind-im-Haar und seine Gefährten fanden bei ihrer Rückkehr das Lager trauernd vor.

Der Trupp, der gegen die Utes geritten und so lange fortgewesen war, war heimgekehrt.

Und die Neuigkeiten waren schlecht.

Sie hatten nur sechs Pferde gestohlen, nicht genug, um ihre eigenen Verluste wettzumachen. Nach all der Zeit auf dem Kriegspfad kehrten sie mit leeren Händen zurück.

Vier der Männer waren so schwer verwundet, daß nur einer davon überleben würde. Doch die wahre Tragödie war der Tod von sechs Männern, von sechs hervorragenden Kriegern. Schlimmer noch, es waren nur vier in Decken gehüllte Leichen auf dem Travois.

Sie waren nicht in der Lage gewesen, zwei der Toten zu bergen und auf der Schleppbahre mitzunehmen, und die Namen dieser Männer würden nie mehr ausgesprochen werden.

Einer der beiden war der Ehemann von Die-sich-mit-der-Faust-behauptet.

Weil sie in dem Einmal-im-Monat-Tipi war, mußte ihr die schlimme Nachricht von draußen durch zwei Freunde ihres Mannes übermittelt werden.

Sie nahm die Nachricht zunächst scheinbar unbewegt auf. Sie saß reglos wie eine Statue auf dem Boden im Tipi, hatte die Hände auf dem Schoß verschränkt und den Kopf leicht geneigt. So saß sie den größten Teil des Nachmittags da und ließ die Trauer langsam durch ihr Herz dringen, während die anderen Frauen ihren Beschäftigungen nachgingen.

Sie beobachteten sie jedoch verstohlen, zum Teil weil sie alle wußten, wie innig Die-sich-mit-der-Faust-behauptet und ihr Mann miteinander verbunden gewesen waren. Aber sie war eine weiße Frau, und das war mehr als alles andere der Grund für die Beobachtung. Keine der Frauen wußte, was in einer solchen Krise im Kopf einer Weißen vorging. Sie beobachteten sie mit einer Mischung aus Mitgefühl und Neugier.

Es war gut, daß sie das taten.

Die-sich-mit-der-Faust-behauptet war so erschüttert, daß sie den ganzen Nachmittag keinen Laut von sich gab. Sie vergoß keine einzige Träne. Sie saß nur da. Und die ganze Zeit arbeitete ihr Verstand gefährlich schnell. Sie dachte an ihren Verlust, an ihren Mann und schließlich an sich selbst.

Sie erinnerte sich an die Ereignisse im Leben mit ihm. Alles tauchte in Bruchstücken, jedoch in lebhaften Einzelheiten vor ihrem geistigen Auge auf. Immer wieder kehrte die Erinnerung an eine besondere Zeit zurück – an die einzige Zeit, in der sie geweint hatte.

Es war in einer Nacht kurz nach dem Tod ihres zweiten Kindes. Sie hatte tapfer durchgehalten und alles versucht, sich nicht vom Kummer überwältigen zu lassen. Sie hielt immer noch durch, als die Tränen kamen. Sie versuchte, sie zu stoppen, indem sie das Gesicht gegen die Decke drückte. Es hatte bereits Gerede über eine andere Frau gegeben, und ihr Mann hatte schon gesagt: »Du bist genug.« Doch es war nicht genug, um die Trauer um den Tod des zweiten Babys zu mildern, eine Trauer, die er teilte, wie sie wußte. So hatte sie ihr tränennasses Gesicht verborgen. Aber sie hatte die Tränenflut nicht stoppen können, und das Weinen war in Schluchzen übergegangen.

Als es vorüber war, hob sie den Kopf und sah ihren Mann stumm am Feuer sitzen und ziellos darin herumstochern. Sein Blick war durch die Flammen auf sie gerichtet.

Als sich ihre Blicke trafen, sagte sie: »Ich bin nichts.«

Zunächst erwiderte er nichts. Aber er schaute sie an, geradewegs bis in ihre Seele, mit einer so friedlichen Miene, daß sie der beruhigenden Wirkung nichts entgegensetzen konnte. Dann sah sie die Andeutung eines Lächelns um seinen Mund, und ihr Mann sagte: »Du bist viel.«

Sie erinnerte sich so gut daran: wie er sich bedächtig am Feuer erhob, wie er ihr mit einer kleinen Geste zu verstehen gab: »Rück ein Stückchen.« Wie er unter die Decke glitt und sie so sanft in die Arme schloß.

Und sie erinnerte sich, wie sie sich auf besondere Weise liebten – ohne Bewegung und Worte und Energie. Es war, als ob sie emporgehoben wurden, um endlos in einem unsichtbaren himmlischen Strom zu treiben. Es war ihre längste Nacht. Wenn sie an den Rand des Schlafs gelangten, begannen sie irgendwie von neuem. Und wieder. Und wieder. Zwei Menschen aus einem Fleisch.

Selbst der Sonnenaufgang stoppte sie nicht. Zum ersten und einzigen Mal in ihrem Leben verließ an diesem Morgen keiner von beiden das Tipi.

Als sie schließlich vom Schlaf übermannt wurden, geschah es bei beiden gleichzeitig, und Die-sich-mit-der-Faust-behauptet erinnerte sich, daß sie mit dem Gefühl einschlief, daß die Last, zwei Menschen – rot und weiß zugleich – zu sein, plötzlich leicht war und nicht mehr zählte. Sie erinnerte sich daran, daß sie sich nicht mehr als Indianerin oder Weiße gefühlt hatte. Sie hatte sich als ein einziges Wesen, eine Person, ungeteilt, gefühlt.

Die-sich-mit-der-Faust-behauptet blinzelte sich in dem Einmal-im-Monat-Tipi in die Gegenwart zurück.

Sie war keine Ehefrau mehr, keine Comanchenfrau, nicht mal eine Frau. Sie war jetzt ein Nichts. Worauf wartete sie noch?

Ein Abhäutemesser lag nur ein paar Schritte entfernt auf dem hartgestampften Boden. Sie sah vor ihrem geistigen Auge, wie sie es ergriff. Wie sie es sich in die Brust stieß. Bis zum Heft.

Die-sich-mit-der-Faust-behauptet wartete einen Augenblick lang, bis die Aufmerksamkeit aller abgelenkt war. Sie wiegte sich ein paarmal hin und her und dann schnellte sie sich vorwärts und kroch auf allen vieren zu dem Messer hin.

Sie ergriff es, und im nächsten Augenblick war die Klinge vor ihrem Gesicht. Sie hob das Messer höher, schrie auf und stieß es mit beiden Händen hinab, als umklammere sie ein geliebtes Objekt, das sie in ihr Herz geben wollte.

In dem Sekundenbruchteil, in dem das Abhäutemesser hinabstieß, war die erste Frau heran. Obwohl sie die Hände, die das Messer umklammerten, nicht mehr festhalten konnte, veränderte sie die Richtung des Stoßes. Die Klinge wurde seitwärts abgelenkt, schlitzte das Oberteil des Kleides auf, streifte ihre linke Brust, fetzte durch die Ärmel des Rehlederkleids und drang in den fleischigen Teil ihres Armes, oberhalb des Ellenbogens.

Sie kämpfte wie besessen, und die Frauen hatten alle Mühe, ihr das Abhäutemesser aus der Hand zu winden. Als sie ihr das Messer abgenommen hatten, wich alle Kraft aus der kleinen weißen Frau. Sie brach in den schwesterlichen Armen ihrer Freundinnen zusammen und begann krampfhaft zu schluchzen.

Halb trugen, halb schleiften sie das kleine Bündel aus Zittern und Tränen zum Lager. Während eine Freundin sie wiegte wie ein Baby, stoppten zwei andere die Blutung und verbanden ihren Arm.

Sie weinte so lange, daß sich die Frauen abwechseln mußten, um sie in den Armen zu halten. Schließlich atmete sie ruhiger, und das Schluchzen ging in ein leises Wimmern über. Ohne die vom Weinen geschwollenen Augen zu öffnen, sagte sie dann immer wieder leise und wie singend im Selbstgespräch dieselben Worte.

»Ich bin nichts, ich bin nichts, ich bin nichts.«

Am frühen Abend füllten sie ein ausgehöhltes Büffelhorn mit Fleischbrühe und fütterten sie. Sie begann zögernd daran zu nippen, doch je mehr sie von der Fleischbrühe trank, desto mehr brauchte sie. Sie trank den Rest der Suppe mit einem langen Schluck und legte sich auf dem Lager zurück. Mit großen Augen starrte sie an ihren Freundinnen vorbei zur Decke empor.

»Ich bin nichts«, sagte sie von neuem. Jetzt war der Tonfall jedoch gelassener, und die anderen Frauen wußten, daß sie das schlimmste Stadium ihres Kummers überwunden hatte.

Mit freundlichen Worten der Ermunterung streichelten sie ihr über das zerzauste Haar und legten ihr eine Decke um die schmalen Schultern.

Fast zur selben Zeit, als Die-sich-mit-der-Faust-behauptet vor Erschöpfung in einen tiefen, traumlosen Schlaf fiel, erwachte Lieutenant Dunbar durch das Stampfen von Hufen vor der Türschwelle seiner Grassodenhütte.

Zuerst konnte der Lieutenant das Geräusch nicht deuten. Noch benommen nach dem langen Schlaf blieb er still liegen, blinzelte und tastete über den Boden nach dem Revolver. Bevor er ihn finden konnte, erkannte er die Geräusche. Cisco war zurückgekehrt.

Immer noch wachsam glitt Dunbar lautlos von seinem Lager und schlich geduckt an seinem Pferd vorbei aus der Hütte.

Es war dunkel, aber noch früh. Der Abendstern stand allein am Himmel. Der Lieutenant lauschte und beobachtete. Niemand war in der Nähe.

Cisco war ihm auf den Hof gefolgt, und als der Lieutenant geistesabwesend eine Hand auf seinen Hals legte, spürte er, daß das Fell steif von getrocknetem Schweiß war. Er grinste und sagte laut: »Ich nehme an, du hast ihnen das Leben schwergemacht, nicht wahr? Komm, ich gebe dir einen aus.«

Er führte Cisco zum Bach und staunte, wie kräftig er sich fühlte. Er erinnerte sich zwar noch lebhaft an seine Schwäche am Nachmittag, als er wie gelähmt den Anblick der Indianer in sich aufgenommen hatte, aber das kam ihm wie etwas aus ferner Vergangenheit vor. Nicht verschwommen, sondern weit entfernt, zurückliegend wie Geschichte. Es war eine Taufe, sagte er sich, eine Taufe, die dich von der Phantasie in die Wirklichkeit katapultiert hat. Der Krieger, der auf ihn zugeritten war und ihn angebellt hatte, war real gewesen. Ebenso die Männer, die Cisco mitgenommen hatten. Er kannte sie jetzt.

Während Cisco Wasser soff, ließ Lieutenant Dunbar seine

Gedanken weiter an dieser Gedankenader bohren und hatte Erfolg.

Du hast gewartet, dachte er.

Er schüttelte den Kopf und lachte über sich. Ich habe gewartet. Er warf einen Stein ins Wasser. Worauf gewartet? Daß mich jemand findet? Daß Indianer mein Pferd klauen? Daß ich einen Büffel sehe?

Er konnte es nicht glauben. Er war nie ein Traumtänzer gewesen, doch genauso hatte er sich in den vergangenen Wochen verhalten. Wie ein Träumer, der darauf wartet, daß etwas geschieht.

Damit sollte ich besser aufhören, sagte er sich.

Bevor er weiter darüber nachdenken konnte, fiel ihm etwas auf. Das Wasser auf der anderen Seite des Baches reflektierte etwas.

Lieutenant Dunbar blickte über die Schulter den Hang hinauf.

Der Vollmond ging auf.

Aus einem Impuls heraus schwang sich Dunbar auf den Buckskin und ritt auf die Hügelkuppe hinauf.

Es war ein prächtiger Anblick, dieser große Vollmond mit der Farbe eines Eidotters, der am Nachthimmel stand, als wäre eine ganze neue Welt aufgetaucht, um ihn zu rufen.

Er saß ab, drehte sich eine Zigarette und beobachtete fasziniert, wie der Mond höher stieg.

Die Prärie wurde immer heller. Er hatte in vorangegangenen Nächten nur Dunkelheit gesehen, und diese Lichtflut erfüllte ihn mit tiefer Ehrfurcht.

Er ritt eine halbe Stunde lang durch die vom Mondschein erhellte Prärie und genoß jede Minute davon. Als er schließlich zum Fort zurückkehrte, war er von Zuversicht erfüllt.

Jetzt war er froh über alles, was passiert war. Er würde nicht mehr Trübsal blasen, weil keine Soldaten kamen. Er würde seine Schlafgewohnheiten nicht ändern. Er würde nicht mehr ängstlich in kleinen Kreisen patrouillieren und keine weiteren Nächte mit einem offenen Ohr und Auge verbringen.

Er würde nicht mehr warten, sondern eine Entscheidung erzwingen.

Morgen früh würde er losreiten und die Indianer suchen.

Und wen sie ihn auffraßen?

Nun, wenn sie ihn auffraßen, konnte der Teufel die Überreste haben.

Aber das Warten war vorbei.

Als sie im Morgengrauen die Augen öffnete, sah sie als erstes ein anderes Augenpaar. Dann erkannte sie, daß mehrere Augenpaare auf sie herabstarrten. Die Erinnerung setzte ein, und sie fühlte sich plötzlich verlegen wegen all dieser Aufmerksamkeit. Sie hatte auf so unwürdige Weise versucht, sich das Leben zu nehmen, gar nicht auf die Art der Comanchen.

Die-sich-mit-der-Faust-behauptet wünschte sich, ihr Gesicht zu verstecken.

Sie fragten, wie sie sich fühlte und ob sie essen wollte, und sie sagte ja, sie fühle sich besser, und ja, es wäre gut, etwas zu essen.

Während sie frühstückte, sah sie, daß die Frauen ihren kleinen Beschäftigungen nachgingen, und dieser Anblick hatte zusammen mit dem Schlaf und dem Essen eine stärkende Wirkung. Das Leben ging weiter, und als sie das sah, fühlte sie sich besser.

Doch als sie sich fragte, wie es mit ihrer Seele stand, spürte sie, daß ihr der Tod ihres Mannes das Herz gebrochen hatte. Die Wunde mußte heilen, wenn sie dieses Leben fortsetzen wollte, und das konnte am besten mit einer durchdachten und sorgfältigen Trauer erreicht werden.

Sie mußte um ihren Mann trauern.

Um das richtig tun zu können, mußte sie das Tipi verlassen.

Es war noch früh, als sie sich zum Aufbruch bereit machte. Sie flocht ihr Haar zu Zöpfen und schickte zwei Kinder auf Botengänge. Eines sollte ihr bestes Kleid holen, das andere sollte eines der Ponys ihres Mannes aus der Herde besorgen.

Keiner hielt sie davon ab, als sie einen Gurt durch die Scheide mit ihrem besten Messer zog und ihn um die Taille schnallte. Sie hatten tags zuvor etwas Unvernünftiges verhindert, aber jetzt war Die-sich-mit-der-Faust-behauptet ruhiger, und wenn sie sich immer noch das Leben nehmen wollte, dann sollte es so sein. Viele Frauen hatten das in den vergangenen Jahren getan.

Sie folgten ihr, als sie das Tipi so schön, so fremdartig und traurig verließ. Eine von ihnen half ihr auf das Pony. Dann ritt die Frau fort, hinaus aus der Senke, in der sich das Lager befand, und auf die Prärie.

Niemand rief ihr etwas nach, keiner weinte, und niemand winkte ihr zum Abschied. Sie schauten ihr nur nach. Aber jede ihrer Freundinnen hoffte, daß sie nicht zu hart zu sich sein und zurückkommen würde.

Alle mochten Die-sich-mit-der-Faust-behauptet.

Lieutenant Dunbar beeilte sich mit seinen Vorbereitungen. Er hatte bereits bis nach dem Sonnenaufgang geschlafen, obwohl er im Morgengrauen auf den Beinen hatte sein wollen. So trank er rasch Kaffee und paffte seine erste Zigarette, während er in Gedanken versuchte, alles so gut wie möglich zu ordnen.

Er stürzte sich dann sofort in die Arbeit und begann mit der Flagge auf dem Depot. Sie war neuer als die, die auf dem Dach seines Quartiers flatterte, und so kletterte er an der verfallenen Grassodenwand empor und holte die Flagge ein.

Er spaltete einen Korralpfosten, schob das Holz in seinen Stiefelschaft, und nach genauem Maßnehmen hackte er ein Stück von dem Holz ab. Dann befestigte er die Fahne. Das sah nicht schlecht aus.

Er arbeitete über eine Stunde lang an Cisco, säuberte die Fesseln, kratzte die Hufe aus, kämmte Mähne und Schweif, striegelte das schwarze Fell und brachte es mit Speck zum Glänzen.

Schließlich trat er zurück, betrachtete sein Werk und sagte sich, daß er nicht mehr tun konnte. Der Buckskin glänzte wie etwas auf Hochglanzpapier in einem Bilderbuch.

Er band das Pferd kurz an, um zu verhindern, daß es sich in den Staub hinlegte, und eilte zurück zur Grassodenhütte. Dort nahm er seinen großen Dienstanzug und bürstete ihn sorgfältig ab, entfernte jedes Härchen und selbst die kleinsten Fusseln. Er polierte sämtliche Knöpfe. Wenn er Farbe gehabt hätte, dann hätte er vielleicht die Epauletten und die gelben Streifen an den

Seiten der Hosenbeine aufgefrischt. Er mußte sich mit der Bürste und etwas Spucke begnügen. Als er fertig war, sah die Uniform prächtig aus.

Er polierte die neuen kniehohen Reitstiefel und stellte sie neben das Bett, auf das er die Uniform gelegt hatte.

Als es schließlich an der Zeit war, an sich selbst zu arbeiten, nahm er ein Handtuch, Seife und sein Rasierzeug und eilte zum Bach hinunter. Er sprang ins Wasser, seifte sich ein, spülte den Seifenschaum ab und verließ den Bach wieder. Das Ganze kostete ihn weniger als fünf Minuten. Der Lieutenant rasierte sich sorgfältig und achtete darauf, daß er sich nicht schnitt. Als sich nach der zweiten Rasur die Haut an Kinn und Hals glatt anfühlte, eilte er hinauf zu seinem Quartier und kleidete sich an.

Cisco wandte den Kopf und beäugte erstaunt die Gestalt, die auf ihn zukam. Besondere Aufmerksamkeit widmete der Buckskin der leuchtend roten Schärpe um die Hüfte des Menschen. Selbst wenn die Schärpe nicht dort gewesen wäre, hätte das Pferd verblüfft gestarrt. Keiner hatte Lieutenant Dunbar bisher in diesem Aufzug gesehen. Cisco gewiß nicht, und er kannte seinen Herrn so gut wie jeder sonst.

Der Lieutenant hatte sich immer so leger gekleidet, wie es gerade noch statthaft war, und legte wenig Wert auf den Prunk von Paraden oder Inspektionen oder gesellschaftlichen Treffen mit Generälen.

Wenn die Elegantesten der Armee die Köpfe zusammengesteckt hätten, um den vollendeten jungen Offizier zu entwerfen, hätten sie nicht erreicht, was Lieutenant Dunbar an diesem klaren Maimorgen geschafft hatte.

Vom Kopf über den großen Navy Colt, der leicht an seiner Hüfte schwang, bis zum Fuß war er der Traum jedes jungen Mädchens von einem Mann in Uniform. Sein Äußeres war so schneidig und prächtig, daß jedes weibliche Herz bei seinem Anblick schneller schlagen würde.

Lieutenant Dunbar schwang sich geschmeidig auf den glänzenden Rücken des Buckskin. Er trabte zum Depot, neigte sich hinab und nahm die improvisierte Standarte mit der Fahne, die er an die Wand gelehnt hatte. Er schob den Stab in seinen linken Stiefel, packte die Standarte mit der linken Hand und lenkte Cisco auf die Prärie hinaus.

Auf dem Hügel hielt Dunbar an und schaute zurück, weil ihm klar war, daß er das Fort vielleicht niemals wiedersehen würde. Er blickte zur Sonne und sah an ihrem Stand, daß es noch früher Vormittag war. Er würde viel Zeit haben, um die Indianer zu finden. Fern im Westen konnte er die niedrige, rauchartige Wolke sehen, die an drei Tagen hintereinander dort gewesen war. Dort mußten sie sein.

Der Lieutenant blickte auf seine Stiefelspitzen hinab. Sie spiegelten den Sonnenschein wider. Eine Spur von Zweifel stieg in ihm auf, und er wünschte sich kurz einen Whisky. Dann trieb er Cisco mit einem Schnalzlaut an, und das kleine Pferd galoppierte gen Westen, wo er etwas finden würde . . . ja, was würde er finden? Er wußte es nicht.

Aber er war auf dem Weg.

Die-sich-mit-der-Faust-behauptet hatte es überhaupt nicht geplant, doch ihr Trauern wurde äußerst rituell.

Sie hatte nicht vor, jetzt zu sterben. Sie wollte den Kummer aus sich vertreiben. Sie wollte sich innerlich völlig säubern, und so ließ sie sich Zeit.

Ruhig und methodisch ritt sie fast eine Stunde lang, bis sie zufällig auf eine Stelle stieß, die sie für geeignet hielt, ein Platz, an dem sich vielleicht die Götter versammelten.

Für jemand, der auf der Prärie lebte, würde die Stätte als Hügel durchgehen. Für jeden sonst war sie nichts als eine Beule auf dem Land wie eine kleine Welle auf der weiten See. Auf der Kuppe stand ein einziger Baum, eine knorrige alte Eiche, die sich irgendwie ans Leben klammerte, obwohl sie in vielen Jahren von Vorüberziehenden übel zugerichtet worden war. Der Baum war der einzige, den sie in allen Richtungen sehen konnte.

Es war ein sehr einsamer Platz. Genau das Richtige, wie sie fand. Sie ritt auf die Kuppe, stieg von ihrem Pony, ging auf der anderen Seite ein paar Schritte den Hang hinunter und setzte sich im Schneidersitz auf den Boden.

Die Brise zerrte an ihren Zöpfen. Sie entflocht sie und ließ das rötliche Haar im Wind flattern. Dann schloß sie die Augen, wiegte sich stumm vor und zurück und konzentrierte sich auf das Schreckliche, das in ihrem Leben geschehen war, konzentrierte sich so sehr, daß sie alles sonst ausschloß.

Ein paar Minuten später nahmen die Worte eines Lieds in ihrem Kopf Gestalt an. Verse kamen ihr über die Lippen, so sicher und kräftig wie etwas, das sie genau eingeübt hatte.

Sie sang mit hoher Stimme. Manchmal brach die Stimme. Aber sie sang mit ganzem Herzen, und es klang unvergleichlich schön.

Zuerst war es ein einfaches Lied, das die Tugenden eines Kriegers und Ehemannes pries.

*Er war ein großer Mann.*
*Er war großartig zu mir.*

Sie zögerte kurz, bevor sie das sang. Sie hob den Kopf mit geschlossenen Augen zum Himmel, zog ihr Messer aus der Scheide und fügte sich einen tiefen Schnitt in den Unterarm zu. Dann senkte sie den Kopf, öffnete die Augen und schaute auf den Schnitt. Das Blut floß gut. Sie sang weiter und hielt das Messer fest in der Hand.

In der nächsten Stunden schnitt sie sich noch mehrere Male. Die Schnitte waren nicht so tief wie der erste, aber sie bluteten stark, und das gefiel ihr. Während sie das Gefühl hatte, ihr Kopf werde leichter, wuchs ihre Konzentration.

Das Singen war gut. Es erzählte die ganze Geschichte ihrer beider Leben auf eine Weise, wie sie es keinem anderen hätte erzählen können. Ohne ins Detail zu gehen, ließ sie nichts aus.

Als sie schließlich einen schönen Vers ersann, um den Großen Geist zu bitten, ihrem verstorbenen Mann einen ehrenvollen Platz in der Welt jenseits der Sonne zu geben, wurde sie plötzlich von einer Woge der Emotion erfaßt. Es gab wenig, was sie noch nicht gesagt hatte. Sie näherte sich dem Ende, und das bedeutete, endgültig Abschied zu nehmen.

Tränen rannen aus ihren Augen, als sie das Rehlederkleid hochzog und sich in einen ihrer Oberschenkel schnitt. Sie zog die Messerschneide hastig über das Bein und stöhnte kurz auf. Der Schnitt war diesmal sehr tief. Sie mußte eine Vene oder Arterie getroffen haben, denn als sie hinabblickte, sah sie einen Schwall Blut mit jedem Herzschlag aus dem Bein strömen.

Sie konnte versuchen, die Blutung zu stoppen. Oder sie konnte weitersingen.

Die-sich-mit-der-Faust-behauptet entschied sich für letzteres. Sie streckte die Füße aus, ließ ihr Blut den Boden tränken, hob den Kopf hoch und sang klagend:

*Es wird gut sein, zu sterben.*
*Es wird gut sein, mit ihm zu gehen.*
*Ich werde ihm folgen.*

Weil ihr die Brise ins Gesicht blies, hörte sie den Reiter nicht nahen.

Er hatte den niedrigen Hügel aus der Ferne gesehen und sich gesagt, daß es ein guter Platz war, um nach den Indianern Ausschau zu halten, von denen er noch nichts gesehen hatte. Wenn er bis dorthin immer noch nichts von ihnen sah, konnte er vielleicht auf den alten Baum klettern und aus der Höhe etwas entdecken.

Lieutenant Dunbar war auf halber Höhe des sanften Hangs, als der Wind ihm sonderbar klagende Töne entgegentrug. Vorsichtig ritt er weiter zur Erhebung hinauf, und dann sah er eine Gestalt, die nur ein paar Schritte von der Kuppe entfernt genau vor ihm saß. Die Person wandte ihm den Rücken zu. Er konnte nicht mit Sicherheit sagen, ob es ein Mann oder eine Frau war. Aber es war zweifelsohne ein Indianer.

Ein singender Indianer.

Er verharrte still auf Ciscos Rücken, als die Person ihm das Gesicht zuwandte.

Die-sich-mit-der-Faust-behauptet hätte es nicht erklären können, aber sie wußte plötzlich, daß etwas hinter ihr war, und sie wandte den Kopf, um es zu sehen.

Sie erhaschte nur einen Blick auf das Gesicht unter dem Hut, bevor ein plötzlicher Windstoß die Fahne vor den Kopf des Mannes wehte.

Doch der kurze Blick genügte. Er sagte ihr, daß der Mann ein weißer Soldat war.

Sie sprang nicht auf und rannte nicht fort. Da war etwas Faszinierendes an dem einsamen Pferdesoldaten. Die große bunte Flagge und das Pony mit dem glänzenden Fell und den im Sonnenschein blitzenden Verzierungen auf der Kleidung. Und dann sah sie wieder das Gesicht, als die Fahne zurückflatterte: ein hartes, junges Gesicht mit glänzenden Augen. Die-sich-mit-der-Faust-behauptet blinzelte ein paarmal und wußte nicht, ob sie eine Vision oder eine Person sah. Nichts hatte sich bewegt außer der Flagge. Dann verlagerte der Soldat sein Gewicht auf dem Pferd. Er war aus Fleisch und Blut. Sie rollte sich auf die Knie und zog sich den Hang hinunter zurück. Sie verursachte kein Geräusch, und sie beeilte sich nicht. Sie war aus einem Alptraum aufgewacht und hatte sich in einem anderen wiedergefunden, einem Alptraum, der Realität war. Sie bewegte sich langsam, weil sie zu entsetzt war, um zu rennen.

Dunbar war schockiert, als er ihr Gesicht sah. Er sprach es nicht aus, dachte es nicht einmal, aber wenn es ihm in den Sinn gekommen wäre, hätte er etwas wie »Was ist das für eine Art Frau?« gesagt.

Das scharfgeschnittene kleine Gesicht, das zerzauste rote Haar, die intelligent dreinblickenden Augen, wild genug, um mit gleicher Intensität zu lieben oder zu hassen. Der Anblick hatte ihn völlig aus dem Gleichgewicht geworfen. Es kam ihm nicht in den Sinn, daß sie vielleicht keine Indianerin war. Nur eines dachte er in diesem Augenblick: Er hatte noch nie eine Frau gesehen, die so ursprünglich aussah.

Bevor er sich bewegen oder etwas sagen konnte, rollte sie sich auf die Knie, und er sah, daß sie mit Blut bedeckt war.

»O mein Gott!« stieß er hervor.

Erst als sie den ganzen Hang hinab zurückgewichen war, hob er die Hand und rief sanft: »Warte.«

Beim Klang des Wortes begann sie stolpernd zu laufen. Lieutenant Dunbar trabte hinter ihr her und flehte sie an, stehenzubleiben. Bevor er sie einholte, blickte sie zurück, stolperte und fiel ins hohe Gras.

Als er bei ihr war und vom Pferd sprang, kroch sie fort, und jedesmal, wenn er hinabgriff, mußte er die Hand zurückziehen, als fürchte er, ein verwundetes Tier zu berühren. Als er sie schließlich an den Schultern ergriff, drehte sie sich auf den Rücken und wollte ihm die Fingernägel durchs Gesicht ziehen.

»Du bist verletzt«, sagte er und wehrte ihre Hände ab. »Du bist verletzt.«

Sekundenlang kämpften sie heftig miteinander, aber dann verließ sie schnell die Kraft, und er konnte ihre Handgelenke packen. Mit letzter Kraft bäumte sie sich unter ihm auf und versuchte ihn zu treten. Und dabei geschah etwas Sonderbares.

Im Taumel ihres Kampfes kam ihr ein englisches Wort, das sie seit vielen Jahren nicht mehr gesagt hatte, in den Sinn. Es kam ihr unwillkürlich über die Lippen.

»Nicht«, sagte sie.

Beide verharrten. Lieutenant Dunbar konnte nicht glauben, daß er es gehört hatte, und Die-sich-mit-der-Faust-behauptet konnte nicht glauben, daß sie es gesagt hatte.

Sie warf den Kopf zurück und ließ sich zu Boden sinken. Es war zuviel für sie. Sie stöhnte ein paar Worte auf Comanche und verlor das Bewußtsein.

Die Frau im Gras atmete weiter. Die meisten ihrer Verletzungen waren nicht schwerwiegend, aber die an ihrem Oberschenkel war gefährlich. Immer noch sickerte stetig Blut daraus hervor, und der Lieutenant bereute, daß er vor ein paar Meilen seine rote Schärpe weggeworfen hatte. Sie hätte als Aderpresse dienen können.

Er war bereit gewesen, noch mehr wegzuwerfen. Je länger er geritten war und keinen Indianer gesehen hatte, desto lächerlicher war ihm sein Plan vorgekommen. Er hatte sich der Schärpe entledigt, weil er sie wirklich albern fand, und er war nahe daran gewesen, die Flagge, die ihm ebenfalls lächerlich vorkam, zusammenzufalten und nach Fort Sedgewick zurückzukehren. Dann hatte er die Erhebung und den einsamen Baum gesehen.

Sein Gurt war neu und zu steif für eine Aderpresse, und so schnitt der Lieutenant mit dem Messer der Frau einen Streifen aus der Flagge und band ihr hoch oben den Oberschenkel ab.

Das stoppte zwar sofort sofort die Blutung, aber er brauchte immer noch eine Kompresse. Er zog schnell die Uniform und seine Unterwäsche aus und schnitt die Unterhose in zwei Hälften. Dann knüllte er das Unterhemd zusammen und preßte es auf den tiefen Einschnitt.

Zehn schreckliche Minuten lang kniete Lieutenant Dunbar neben der Frau nackt im Gras und preßte beide Hände gegen die Kompresse. Einmal während dieser Zeit dachte er, sie wäre vielleicht schon gestorben. Er legte ein Ohr an ihren Busen und lauschte. Ihr Herz schlug noch.

Die Arbeit war schwierig und nervenaufreibend. Er hatte keine Ahnung, wer die Frau war, und er wußte nicht, ob sie überleben oder sterben würde. Es war heiß im Gras am Fuß des Hangs, und jedesmal, wenn sich Dunbar den Schweiß wegrieb, der in seine Augen sickerte, hinterließ er eine Spur vom Blut der Frau auf seinem Gesicht. Dann und wann hob er die Kompresse an und schaute auf die Wunde. Und jedesmal war er enttäuscht, weil immer noch Blut hervorquoll. Dann legte er die Kompresse wieder auf.

Als schließlich die Blutung fast aufgehört hatte, machte er sich an die weitere Arbeit. Die Oberschenkelwunde mußte genäht werden, doch das war unmöglich. Er schnitt ein Bein seiner langen Unterhose ab, faltete es zu einem Verband und legte es flach auf die Wunde. Dann schnitt er schnell einen Streifen von der Flagge ab und band ihn fest um den Verband. Diese Prozedur wiederholte er mit den weniger tiefen Wunden am Arm.

Während er arbeitete, begann Die-sich-mit-der-Faust-behauptet zu stöhnen. Sie öffnete ein paarmal die Augen, aber sie war zu schwach, um Widerstand zu leisten. Sie wehrte sich auch nicht, als er ihr Wasser aus seiner Feldflasche einträufelte.

Nachdem er alles getan hatte, was er als Sanitäter tun konnte, zog Dunbar seine Uniform an und überlegte, was er jetzt tun konnte. Er sah ihr Pony auf der Prärie und dachte daran, es einzufangen. Doch als er auf die Frau im Gras blickte, kam ihm das unsinnig vor. Sie war vielleicht in der Lage, zu reiten, aber sie würde Hilfe brauchen.

Dunbar blickte zum westlichen Himmel. Die rauchartige Wolke war fast verschwunden. Nur ein paar Tupfer waren noch zu sehen. Wenn er sich beeilte, konnte er sich in diese Richtung orientieren, bevor die Wolke verschwand.

Er schob die Arme unter die Frau, hob sie auf und setzte sie so behutsam wie möglich auf Ciscos Rücken. Er wollte das Pferd führen, während sie ritt. Doch die Frau war halb bewußtlos und drohte vom Buckskin zu fallen.

Er hielt sie mit einer Hand fest und schaffte es, hinter ihr aufzuspringen. Dann drehte er sie herum, und wie ein Vater, der seine verletzte Tochter im Arm hält, lenkte er das Pferd in Richtung Rauchwolke. Als Cisco die Frau und ihn über die Prärie trug, dachte der Lieutenant über seinen Plan nach, die wilden Indianer zu beeindrucken. Jetzt sah er nicht sehr imposant oder offiziell aus. Auf seinem Uniformrock und seinen Händen war Blut. Das Mädchen trug einen Verband aus seiner Unterwäsche und einer Flagge der Vereinigten Staaten.

Es war besser so. Als er daran dachte, daß er mit polierten Stiefeln, einer albernen roten Schärpe und mit flatternder Fahne losgeritten war, lächelte er verlegen.

Ich bin ein Idiot, dachte er.

Er schaute auf das rote Haar unter seinem Kinn und fragte sich, was diese arme Frau gedacht haben mußte, als sie ihn in seiner Dandyaufmachung gesehen hatte.

Die-sich-mit-der-Faust-behauptet dachte überhaupt nichts. Sie dämmerte dahin. Sie fühlte nur. Sie fühlte die Bewegungen des Pferdes unter sich, den Arm, der sie hielt, den fremden Stoff an ihrem Gesicht. Und vor allem fühlte sie sich sicher, und auf dem ganzen Weg hielt sie Augen geschlossen, weil sie befürchtete, das Gefühl würde verschwinden, wenn sie sie öffnete.

# 13

Der-viel-lächelt war kein verläßlicher Junge.

Niemand hätte ihn als Tunichtgut bezeichnet, aber Der-viel-lächelt verabscheute die Arbeit, und im Gegensatz zu den meisten Indianerjungen ließ ihn die Vorstellung, Verantwortung zu tragen, völlig kalt.

Er war ein Träumer, und wie es bei Träumern oftmals der Fall ist, hatte Der-viel-lächelt gelernt, daß man am besten unangenehme Arbeit vermeiden kann, wenn man sich abseits der anderen hält.

Das führte dazu, daß der träge Junge so viel Zeit wie möglich bei der großen Ponyherde des Stammes verbrachte. Er ließ sich regelmäßig dazu einteilen, teils weil er immer dafür bereit war, und teils, weil er mit seinen zwölf Jahren zu einem Experten für Pferde geworden war.

Der-viel-lächelt konnte bis auf Stunden voraussagen, wann eine Stute ein Fohlen bekam. Er hatte das Talent, wilde Hengste unter Kontrolle zu bringen. Und wenn es um tierärztliche Behandlung ging, wußte er so viel darüber wie jeder Erwachsene des Stammes. Den Pferden schien es einfach besser zu gehen, wenn er bei ihnen war.

All dies war die zweite Natur von Der-viel-lächelt . . . die zweite und untergeordnete. Am meisten gefiel ihm der Aufenthalt bei den Pferden, weil sie abseits des Lagers grasten, manchmal über eine Meile entfernt, und so war er ebenfalls weit fort; fern von den Augen seines allmächtigen Vaters, von der Pflicht, sich um die kleinen Brüder und Schwestern zu kümmern, und von der nie endenden Arbeit, das Lager in Ordnung zu halten.

Für gewöhnlich lungerten andere Jungen und Mädchen bei der Herde herum, doch wenn nichts Besonderes los war, schloß sich Der-viel-lächelt selten ihren Spielen und ihrer Gesellschaft an.

So hatte er den größten Teil des Nachmittags geträumt und war glücklich gewesen, vom Lager fort zu sein, das immer noch erschüttert von der tragischen Rückkehr des Trupps war, der gegen die Utes geritten war. Obwohl Der-viel-lächelt wenig

Interesse am Kämpfen hatte, war ihm klar, daß er früher oder später auf den Kriegspfad gehen mußte, und er hatte sich schon vorgenommen, sich keinen Trupps anzuschließen, die gegen die Utes in den Kampf zogen.

In der letzten Stunde hatte er den ungewöhnlichen Luxus genossen, allein bei der Herde zu sein. Die anderen Kinder waren aus dem einen oder anderen Grund zurückgerufen worden, aber niemand hatte nach Der-viel-lächelt gefragt, und das machte ihn zum glücklichsten aller Träumer. Mit etwas Glück brauchte er erst bei Einbruch der Dunkelheit zurückzukehren, und es dauerte noch ein paar Stunden bis zum Sonnenuntergang.

Er war mitten in der großen Pferdeherde und träumte, der Besitzer einer so großen Herde zu sein, die wie eine große Masse von Kriegern war, die keiner anzugreifen wagte, als er eine Bewegung auf dem Boden wahrnahm.

Es war eine große Schildkrötenschlange. Irgendwie hatte sie es geschafft, sich zwischen all diesen Hufen durchzuwinden, und jetzt suchte sie nach einem Ausweg.

Der-viel-lächelt mochte Schlangen, und diese war gewiß groß und alt genug, um ein Großvater zu sein. Ein Opa in Schwierigkeiten. Der-viel-lächelt spielte mit dem Gedanken, den alten Knacker zu fangen und aus der Gefahrenzone zu tragen.

Die große Schlange war nicht leicht zu schnappen. Sie bewegte sich sehr schnell, und Der-viel-lächelt wurde behindert durch die dicht gedrängten Ponys. Der Junge duckte sich bei der Verfolgung der Schlange ständig unter Hälsen und Pferdebäuchen hinweg, und nur mit der Entschlossenheit eines besessenen Samariters schaffte er es, die gelbe Schlange nicht aus den Augen zu verlieren.

Es endete gut. Nahe am Rand der Herde fand die Schlange endlich ein Loch, in das sie kriechen konnte, und Der-viel-lächelt erhaschte nur noch einen Blick auf den Schwanz, der in der Erde verschwand.

Als er dann bei dem Loch stand, schnaubten einige Pferde, und er sah, daß sie die Ohren spitzten. Alle Pferde drehten plötzlich den Kopf in dieselbe Richtung.

Sie hatten etwas gewittert.

Der Junge erschauerte, und die Freude über sein Alleinsein schlug ins Gegenteil um. Er hatte auf einmal Angst. Er duckte sich zwischen den Ponys und hoffte, etwas zu sehen, bevor er gesehen wurde.

Als er die leere Prärie vor sich sehen konnte, ließ er sich auf alle viere nieder und robbte an den Pferdebeinen entlang. Die Ponys waren nicht in Panik geraten, und das nahm ihm ein wenig die Furcht. Sie beobachteten jedoch noch immer neugierig, und der Junge hütete sich, Geräusche zu verursachen.

Er verharrte im Robben, als das Pferd vorbeipreschte, nur zwanzig oder dreißig Schritte entfernt. Er hatte keinen guten Blick darauf, weil ihm die Sicht verdeckt war, aber er war sicher, daß er Pferdebeine gesehen hatte.

Langsam erhob er sich und spähte über den Rücken eines Ponys. Jedes Haar auf seinem Kopf kribbelte. In seinem Kopf schienen auf einmal Bienen zu summen. Der Junge erstarrte. Er blinzelte nicht mal mehr. Er hatte noch nie einen gesehen, aber er wußte genau, was er da anschaute.

Ein Bleichgesicht. Ein weißer Soldat mit Blut auf dem Gesicht.

Und er hatte jemanden bei sich. Die sonderbare Frau – Die-sich-mit-der-Faust-behauptet.

Sie war offenbar verletzt. Ihre Arme und Beine waren mit einem lustig aussehenden Tuch verbunden. Vielleicht war sie tot.

Das Pferd des weißen Soldaten fiel in Trab, als es die Herde passierte. Es hielt geradewegs auf das Lager zu. Es war zu spät, vorauszulaufen und Alarm zu schlagen. Der-viel-lächelt wich zurück und zwischen die Pferde und bahnte sich einen Weg in die Mitte der Herde. Er würde wegen dieser Sache Schwierigkeiten bekommen. Was konnte er tun?

Der Junge war nicht in der Lage, einen klaren Gedanken zu fassen. In seinem Kopf drehte sich alles. Wenn er nicht so aufgeregt gewesen wäre, dann hätte er aus dem Gesichtsausdruck des weißen Soldaten geschlossen, daß er nicht mit feindlichen Absichten kam. Nichts an seinem Verhalten sprach dafür. Aber die einzigen Worte, die Der-viel-lächelt durch den Kopf gingen, waren: »Weißer Soldat, weißer Soldat.«

Plötzlich dachte er, daß vielleicht noch mehr kommen würden. Vielleicht war auf der Prärie eine Armee von den Männern mit Haaren um den Mund. Vielleicht waren sie ganz nahe.

Er dachte nur an Buße für seine Nachlässigkeit, nahm den Zaum aus geflochtener Weide, den er um den Hals trug, und streifte ihn einem kräftig aussehenden Pony über. Dann führte er es so leise wie möglich aus der Herde.

Er sprang auf das Pony, trieb es zum Galopp und preschte in die entgegengesetzte Richtung des Lagers. Besorgt suchte er den Horizont nach irgendeinem Hinweis auf weiße Soldaten ab.

Lieutenant Dunbars Puls raste. Diese Ponyherde ...

Zuerst hatte er gedacht, die Prärie bewege sich. Nie hatte er Pferde in so großer Zahl gesehen. Es waren sechshundert, vielleicht sogar siebenhundert Ponys. Es war so Ehrfurcht einflößend, daß er versucht gewesen war, anzuhalten und zu beobachten. Natürlich konnte er das nicht.

Da war die Frau in seinen Armen.

Sie hatte sich ziemlich gut gehalten. Sie atmete regelmäßig, und sie hatte nicht mehr viel geblutet. Sie verhielt sich auch sehr ruhig, doch so zierlich sie auch war, ihr Gewicht machte ihm zu schaffen. Er hielt sie seit über einer Stunde, und jetzt, so nahe am Ziel, wollte der Lieutenant mehr denn je dorthin. Sein Schicksal würde sich in Kürze entscheiden, und das war der Grund für einen rasenden Puls, aber mehr als an alles andere dachte er an sein schmerzendes Kreuz. Er konnte den Schmerz kaum noch ertragen.

Das Terrain vor ihm senkte sich, und er sah Stücke des Baches, der sich durch die Prärie wand, und dann die Spitzen von etwas ... von Tipis ... das Indianerlager in der Senke.

Unwillkürlich zügelte der Lieutenant den Buckskin. Er mußte anhalten. Er mußte sich diesen Anblick für immer einprägen.

Da waren fünfzig oder sechzig kegelförmige Zelte aus Häuten verstreut längs des Baches. Sie wirkten einladend und friedlich im Sonnenschein des späten Nachmittags, und die Schatten, die sie warfen, ließen sie größer wirken, so wie alte, noch lebende Monumente.

Dunbar sah Leute, die bei den Zelten arbeiteten. Er konnte Stimmen hören, als sie über die festgetrampelten Pfade zwischen den Tipis gingen. Er hörte Gelächter, und irgendwie überraschte ihn das. Am Bach waren noch mehr Leute. Einige davon waren im Wasser.

Lieutenant Dunbar saß auf Cisco, hielt die Frau, die er gefunden hatte, und war fasziniert von dem zeitlosen Bild, das sich ihm bot wie ein lebendes Gemälde. Eine ursprüngliche, völlig unberührte Kultur.

Und er war dort.

Es ging über seine Vorstellungskraft hinaus, und zugleich wußte er, daß dies der Grund für seinen Aufenthalt hier war, der Kern seiner Sehnsucht, zum Dienst an der Siedlungsgrenze abkommandiert zu werden. Ohne es zuvor zu wissen, hatte er sich danach gesehnt, dies hier zu sehen.

Dieser schnell vergehende Augenblick auf dem Hang und der Blick auf das Lager hinab würden in seinem sterblichen Leben niemals wiederkehren. In diesen Sekunden wurde er Teil von etwas so Großem, daß er aufhörte, Lieutenant oder Mensch oder auch nur ein Körper mit funktionierenden Teilen zu sein. In diesem Augenblick war er ein Geist, der in der zeitlosen Weite des Universums schwebte. In diesen kostbaren paar Sekunden erfuhr er das Gefühl der Ewigkeit.

Die Frau hustete. Sie bewegte sich an seiner Brust. Dunbar streichelte ihr sanft über den Hinterkopf.

Er schnalzte mit der Zunge, und Cisco setzte sich in Bewegung. Sie hatten erst ein paar Schritte zurückgelegt, als Dunbar eine Frau und zwei Kinder sah, die vom Bach kamen.

Und sie sahen ihn.

Die Frau schrie und ließ den Eimer mit Wasser fallen, das sie aus dem Bach geschöpft hatte. Sie raffte ihre Kinder an sich, rannte zum Lager und schrie aus Leibeskräften: »Weißer Soldat, weißer Soldat!« Unzählige Hunde begannen zu kläffen, Frauen kreischten nach ihren Kindern, und Pferde jagten in Panik zwischen den Zelten herum und wieherten schrill. Es war ein Chaos.

Der ganze Stamm dachte, er werde angegriffen.

Als er sich dem Lager näherte, sah Lieutenant Dunbar Männer wild durcheinanderlaufen. Diejenigen, die sich bewaffnet hatten, hetzten mit einem Gebrüll zu ihren Pferden, das Dunbar an Federwild in Panik erinnerte. Das Lager war in Aufruhr genauso weltfern wie in Ruhe. Es war, als hätte jemand in einem großen Hornissennest herumgestochert.

Die Männer, die zu den Pferden gelangt waren, formierten sich zu einem Trupp. Dunbar hatte nicht damit gerechnet, solch einen Aufruhr zu verursachen. Ebensowenig hatte er erwartet, daß diese Leute so primitiv waren.

Aber da war noch etwas, das auf ihm lastete, als er sich dem Lager näherte, etwas, das alles andere auslöschte. Zum ersten Mal in seinem Leben spürte Lieutenant Dunbar, was es für ein Gefühl ist, ein Eindringling zu sein. Es war ein Gefühl, das ihm nicht gefiel, und es hatte eine große Auswirkung auf seine nächste Aktion. Als Eindringling betrachtet zu werden war das letzte, was er wollte. Als er die Senke am Rande des Lagers erreicht hatte und nahe genug war, um durch den Staubschleier, der durch das Chaos aufgewirbelt worden war, in die Augen der Leute zu sehen, zügelte er Cisco von neuem.

Dann saß er ab, nahm die Frau in seine Arme und trat zwei Schritte vor sein Pferd. Dort blieb er still stehen, schloß die Augen und hielt das verletzte Mädchen wie ein fremder Reisender, der ein Geschenk trägt.

Der Lieutenant lauschte angespannt. Im Lager wurde es binnen Sekunden merkwürdig still. Der Staubschleier begann sich zu senken, und Dunbar hörte, daß die Masse von Menschen, die noch vor ein paar Sekunden solch ein furchteinflößendes Gebrüll ausgestoßen hatten, jetzt auf ihn zukam. In der unheimlichen Stille konnte er gelegentlich ein Klirren von irgendeinem Ausrüstungsstück hören, das Tappen von Schritten, das Schnauben eines Pferdes.

Er öffnete die Augen und sah, daß sich der ganze Stamm am Eingang des Lagers versammelt hatte. Die Krieger und jungen Männer standen vorne, Frauen und Kinder dahinter. Es war ein Traumbild von Wilden, die in Leder und farbigen Stoff gekleidet waren, eine ganz eigene Rasse von Menschen, die ihn keine hundert Schritte entfernt atemlos beobachteten.

Das Mädchen war schwer auf seinen Armen, und als Dunbar sein Gewicht verlagerte, begann ein Raunen bei den versammelten Indianern und verstummte gleich darauf wieder. Aber keiner setzte sich in Bewegung, um ihm entgegenzugehen.

Eine Gruppe älterer Männer, anscheinend bedeutende Männer des Stammes, steckte die Köpfe zusammen, während der Stamm dabeistand und in gutturalem Tonfall miteinander flüsterte. Es war ein so fremder Klang, daß es für den Lieutenant den Anschein hatte, sie würden kaum sprechen.

Während dieser Pause ließ er seinen Blick schweifen, und als er auf eine Gruppe von zehn Reitern schaute, sah er ein bekanntes Gesicht. Das war der Krieger, der ihn in Fort Sedgewick so wild angebellt hatte, nachdem seine Gefährten mit Cisco davongeritten waren. Wind-im-Haar starrte so intensiv zurück, daß Dunbar sich fast umgewandt hätte, um zu sehen, ob jemand hinter ihm stand.

Seine Arme waren so schwer, daß er nicht sicher war, ob er sie noch bewegen konnte, doch als ihn der Krieger weiterhin anstarrte, hob Dunbar die Frau ein wenig an, wie um zu sagen: »Hier . . . bitte nimm sie.«

Der Krieger zögerte nach dieser unerwarteten Geste. Sein Blick zuckte zu der Menge. Offenbar fragte er sich, ob dieser stumme Austausch von irgend jemandem beobachtet worden war. Als er wieder zu Dunbar schaute, war dessen Blick immer noch auf ihn gerichtet, und er wiederholte die Geste.

Mit einem Seufzen der Erleichterung sah Dunbar, daß Wind-im-Haar vom Pony sprang. Er näherte sich und schwang eine steinerne Kriegskeule locker in der Hand. Er kam zu Lieutenant Dunbar, und wenn der Krieger überhaupt Furcht hatte, dann verbarg er sie gut, denn seine Miene war hart und starr. Er wirkte wie jemand, der Strafe austeilen wollte.

Die versammelten Indianer verstummten, als die Entfernung zwischen dem reglos dastehenden Lieutenant Dunbar und dem schnell ausschreitenden Wind-im-Haar stetig schrumpfte. Jeder beobachtete stumm.

Angesichts dessen, was auf ihn zukam, hätte Lieutenant Dunbar nicht tapferer sein können. Es war zu spät, um zu stoppen, was immer geschehen würde. Er stand ruhig da und zeigte keine Furcht.

Als Wind-im-Haar bis auf ein paar Schritte heran war und langsamer ging, sagte der Lieutenant mit klarer, kräftiger Stimme:

»Sie ist verletzt.«

Er verlagerte seine Last ein wenig, als der Krieger der Frau ins Gesicht starrte, und Dunbar sah, daß er sie erkannte. Wind-im-Haar blickte so schockiert drein, daß Dunbar der schreckliche Gedanke kam, daß die Frau vielleicht gestorben war. Der Lieutenant blickte ebenfalls auf sie hinab.

Und in diesem Augenblick wurde sie ihm von den Armen gerissen. In einer einzigen, kräftigen und sicheren Bewegung wurde sie ihm entrissen, und bevor Dunbar wußte, wie ihm geschah, ging der Krieger zurück zum Lager und schleppte die Frau grob mit. Er rief etwas, und es folgte ein allgemeiner Laut der Überraschung von den Comanchen. Sie eilten ihm entgegen.

Der Lieutenant stand reglos vor seinem Pferd, und als sich die Indianer um Wind-im-Haar drängten, spürte er, daß er den Mut verlor. Dies waren nicht seine Leute. Er würde sie nie verstehen. Er hätte genausogut Tausende Meilen entfernt sein können. Dunbar wünschte, in der Erde zu versinken.

Was hatte er von diesen Leuten erwartet? Er hatte wohl erwartet, daß sie ihm freudig entgegenliefen, ihn in die Arme schlossen, seine Sprache beherrschten, ihn zum Abendessen einluden, mit ihm scherzten. Wie einsam fühlte er sich jetzt. Wie mitleiderregend, daß er überhaupt irgendwelche Erwartungen gehabt hatte, Hoffnungen gehegt hatte, die so weit hergeholt waren, daß er nicht ehrlich zu sich selbst gewesen war. Er hatte sich selbst getäuscht, hatte sich vorgegaukelt, etwas zu sein, obwohl er ein Nichts war.

Diese schrecklichen Gedanken stürmten auf ihn ein, und es zählte überhaupt nicht, daß er vor diesem urzeitlichen Lager stand. Lieutenant Dunbar litt unter einer persönlichen Krise. Sein Mut und seine Hoffnung hatten ihn schlagartig verlassen. Es war, als wäre irgendwo tief in seinem Inneren ein Schalter betätigt worden und Lieutenant Dunbars Licht wäre ausgegangen.

Er nahm nichts außer der Leere in sich wahr, als er sich unglücklich auf Cisco schwang, ihn um die Hand zog und in schnellem Schritt auf dem Weg zurückritt, auf dem er gekommen war. Das geschah ohne Fanfarenklang, und die bereits beschäftigten Comanchen bemerkten sein Wegreiten erst, als er schon einige Distanz zurückgelegt hatte.

Zwei Jungkrieger wollten hinter ihm herrennen, doch sie wurden von den besonnenen Männern aus dem Kreis von Zehn Bären zurückgehalten. Diese Männer waren weise genug, um zu wissen, daß eine gute Tat getan worden war, daß der weiße Soldat eine der ihren zurückgebracht hatte und nichts damit gewonnen war, wenn man Jagd auf ihn machte.

Der Rückritt war der längste und quälendste in Lieutenant Dunbars bisherigem Leben. Ein paar Kilometer ritt er wie in Trance, und unzählige negative Gedanken stürmten auf ihn ein. Es war ihm zum Schreien zumute. Er kämpfte dagegen an, doch Selbstmitleid quälte ihn unerbittlich Woge um Woge, und schließlich brach er zusammen.

Er sank vornüber, ließ die Schultern hängen und weinte zunächst lautlos. Als er zu schniefen begann, schienen sich jedoch Schleusen zu öffnen. Sein Gesicht verzerrte sich grotesk, und er begann hemmungslos wie ein Hysteriker zu stöhnen. Inmitten dieser ersten Weinkrämpfe gab er Cisco den Kopf frei, und während der Meilen, die er zurücklegte, ohne es zu bemerken, ließ er sein Herz frei bluten und schluchzte so mitleiderregend wie ein untröstliches Kind.

Er nahm das Fort gar nicht wahr. Als Cisco stehenblieb, blickte der Lieutenant auf und sah, daß der Buckskin vor dem Quartier angehalten hatte. Die Kraft hatte Dunbar verlassen, und einen Augenblick lang konnte er nur benommen auf dem Pferd sitzenbleiben. Als er schließlich wieder den Kopf hob, sah er Zwei Strümpfe auf seinem üblichen Platz auf dem Felsvorsprung jenseits des Baches. Der Anblick des Wolfes, der so geduldig wie ein königlicher Jagdhund dasaß und ihn neugierig anblickte, brachte eine neue Woge des Kummers für Dunbar. Aber er hatte keine Tränen mehr.

Er schwang sich wankend von Cisco, nahm ihm die Gebißkette aus dem Maul und schlurfte ins Quartier.

Er ließ das Zaumzeug auf den Boden fallen, sank auf sein Lager, zog eine Decke über den Kopf und rollte sich zusammen.

Obwohl er erschöpft war, konnte er nicht schlafen. Aus irgendeinem Grund mußte er an Zwei Strümpfe denken, der dort draußen so geduldig wartete. Mit großer Anstrengung stemmte er sich aus dem Bett auf, wankte in die Dämmerung hinaus und spähte über den Bach hinweg.

Der alte Wolf saß immer noch auf seinem Platz. Der Lieutenant ging wie ein Schlafwandler zum Depot und schnitt ein großes Stück Speck von der Seite. Er trug den Speck zur Hügelkuppe, und unter den beobachtenden Blicken von Zwei Strümpfe legte er den Speck ins Gras am Rand der Hügelkuppe.

Nachdem er dann etwas Heu für Cisco hingeworfen hatte, dachte Dunbar nur an Schlaf. Er kehrte in sein Quartier zurück. Wie ein Soldat, der sich in Deckung wirft, stürzte er sich auf sein Lager, zog die Decke über sich und bedeckte damit seine Augen.

Vor seinem geistigen Auge sah er das Gesicht einer Frau, ein Gesicht aus der Vergangenheit, das er gut kannte. Ein scheues Lächeln spielte um ihre Lippen, und ihre Augen glänzten mit einem Licht, das nur aus ihrem Herzen kommen konnte. In schlechten Zeiten hatte er sich immer an das Gesicht erinnert, und der Anblick hatte ihm Trost gegeben. Da war viel mehr hinter dem Gesicht, eine lange Geschichte mit einem unglücklichen Ende, aber Lieutenant Dunbar hatte sich angewöhnt, nicht mehr daran zu denken. Er wollte sich nur an das Gesicht und den wundervollen Ausdruck erinnern, und daran klammerte er sich zäh. Er benutzte es wie eine Droge. Es war das stärkste Schmerzmittel, das er kannte. Er dachte nicht oft an sie, aber er trug das Bild mit sich herum und holte es nur hervor, wenn er fast am Ende war.

Er lag reglos auf dem Bett wie ein Opiumraucher, und schließlich zeigte das Bild, das er sich in Erinnerung rief, Wirkung. Er schnarchte bereits, als die Venus funkelte und die lange Parade der Sterne am endlosen Himmel über der Prärie anführte.

# 14

Minuten nach dem Wegritt des weißen Mannes berief Zehn Bären eine weitere Ratsversammlung ein. Im Gegensatz zu den jüngsten Treffen, die mit Verwirrung begonnen und geendet hatten, wußte Zehn Bären diesmal genau, was er wollte. Er hatte sich einen Plan zurechtgelegt, bevor der letzte der Männer in seinem Zelt Platz genommen hatte.

Der weiße Soldat mit Blut auf dem Gesicht hatte Die-sich-mit-der-Faust-behauptet zurückgebracht, und Zehn Bären war überzeugt, daß diese Überraschung ein gutes Omen war, dem man folgen sollte. Die weiße Rasse hatte seine Gedanken zu lange gequält. Seit Jahren hatte er nichts Gutes in ihrem Kommen sehen können. Aber er wollte es verzweifelt. Heute hatte er endlich etwas Gutes gesehen, und jetzt war er entschlossen, sich nicht entgehen zu lassen, was er für eine einmalige Chance hielt.

Der weiße Soldat hatte extreme Tapferkeit gezeigt, indem er allein zu ihnen gekommen war. Und er war offensichtlich mit einer einzigen Absicht gekommen ... nicht um zu stehlen, zu betrügen oder zu kämpfen, sondern um etwas zurückzubringen, das er gefunden hatte und das ihnen gehörte. Dieses Gerede von einem Gott war vielleicht falsch, aber eines war für Zehn Bären völlig klar: Zum Besten von jedem sollte dieser Soldat untersucht werden. Ein Mann, der sich so verhielt, hatte bestimmt eine hohe Position bei den Weißen. Es war möglich, daß er großen Einfluß hatte. Mit einem solchen Mann konnten vielleicht Verträge abgeschlossen werden. Und ohne Verträge und Übereinkünfte würde es mit Sicherheit Krieg und Leid geben.

So war Zehn Bären ermutigt. Die Szene, die er an diesem Nachmittag mit eigenen Augen gesehen hatte, war zwar nur ein einziges Erlebnis, doch sie erschien ihm wie ein Licht in der Finsternis, und als die Männer in sein Tipi kamen, überlegte er, wie er seinen Plan am besten in die Tat umsetzen konnte.

Während er sich das Vorgeplänkel anhörte und gelegentlich eine Bemerkung einwarf, ging Zehn Bären im Geiste eine Liste zuverlässiger Männer durch und versuchte sich zu entscheiden, wer der Beste für seine Idee war.

Erst als Weiser Vogel eintraf, der mit der Behandlung von Die-sich-mit-der-Faust-behauptet aufgehalten worden war, erkannte der alte Mann, daß es keine Mission für nur einen Mann sein sollte. Er sollte zwei Männer schicken. Als das entschieden war, kamen ihm die beiden Männer schnell in den Sinn. Er sollte Weiser Vogel schicken, weil er so klug war und eine hervorragende Beobachtungsgabe hatte, und Wind-im-Haar, weil der aggressiv war. Beide Charaktere waren typisch für ihn und sein Volk, und sie ergänzten sich perfekt.

Zehn Bären machte es kurz. Er wollte keine langen Diskussionen, die zu Unentschlossenheit führen konnten. Als der richtige Zeitpunkt gekommen war, hielt er eine wohlgesetzte, gut durchdachte Ansprache, gab die vielen Geschichten von der zahlenmäßigen Überzahl der Weißen kurz wieder und erzählte von ihren Reichtümern, besonders dem Reichtum in Form von Waffen und Pferden. Er schloß mit der Ansicht, daß der Mann vom Fort bestimmt ein Abgesandter war und daß seine guten Taten Anlaß zum Reden, nicht zum Kämpfen sein sollten.

Nach dieser Ansprache folgte langes Schweigen. Jeder wußte, daß zehn Bären recht hatte.

Dann ergriff Wind-im-Haar das Wort.

»Ich finde es falsch, daß du zu diesem weißen Mann gehst und mit ihm sprichst«, sagte er. »Er ist kein Gott, sondern nur ein weiteres Bleichgesicht, das sich verirrt hat.«

Die Augen des alten Mannes zeigten eine Spur von Belustigung, als er darauf antwortete.

»*Ich* werde nicht zu ihm gehen. Aber gute Männer sollten das tun. Männer, die ihm zeigen können, was ein Comanche ist.«

Hier legte er eine Pause ein und schloß die Augen, um der dramatischen Wirkung willen. Eine Minute verging, und einige der Männer dachten, er wäre eingeschlafen. Aber schließlich öffnete er die Augen lange genug, um zu Wind-im-Haar zu sagen:

»*Du* solltest hingehen. Du und Weiser Vogel.«

Dann schloß er die Augen wieder und döste ein. Damit beendete er die Ratsversammlung genau am richtigen Punkt.

Das erste große Gewitter der Jahreszeit kam in dieser Nacht, eine meilenlange Front, die zum dumpfen Krachen des Donners und dem grellen Aufzucken von Blitzen heraufzog. Der Regen strömte auf die Prärie nieder und trieb alle Lebewesen in Deckung.

Das Gewitter weckte Die-sich-mit-der-Faust-behauptet.

Der Regen prasselte auf die Tipiwände wie gedämpftes Feuer aus tausend Gewehren, und einen Augenblick lang wußte sie nicht, wo sie war. Sie nahm Licht wahr, und als sie langsam den Kopf drehte, sah sie ein kleines Feuer in der Mitte des Tipis brennen. Während sie sich drehte, strich sie unbewußt über den verletzten Oberschenkel und bemerkte etwas Fremdes. Sie tastete genauer hin und stellte fest, daß ihr Bein genäht worden war.

Da fiel ihr alles wieder ein.

Sie schaute sich schläfrig im Tipi um und fragte sich, wer darin wohnte. Sie wußte, daß es nicht ihr Zelt war.

Ihr Mund war trocken, und so zog sie eine Hand unter der Decke hervor und tastete herum. Als erstes stieß sie mit der Hand gegen eine Schale, die mit Wasser gefüllt war. Sie stemmte sich auf einen Ellenbogen auf, nahm die Schale, trank ausgiebig und legte sich wieder hin.

Es gab Dinge, die sie wissen wollte, aber das Denken fiel ihr schwer. Es war unter der Decke warm wie im Sommer. Die Schatten des Feuers tanzten über ihr, der Regen sang sein Schlaflied, und sie war sehr schwach.

Vielleicht sterbe ich, dachte sie, als ihre Lider schwer wurden und zufielen. Bevor sie einschlief, sagte sie sich, daß es nicht so schlimm war.

Die-sich-mit-der-Faust-behauptet lag jedoch nicht im Sterben. Sie erholte sich, und wenn sie erst genesen war, würde das Erlebte sie stärker machen denn je.

Aus dem Schlimmen würde Gutes werden. Eigentlich hatte das Gute schon begonnen. Sie lag an einem guten Platz, der für lange Zeit ihr Heim sein würde.

Sie lag im Tipi von Weiser Vogel.

Lieutenant Dunbar schlief wie ein Toter und nahm nur vage das spektakuläre Schauspiel am Himmel wahr. Seit Stunden trommelte Regen auf die kleine Grassodenhütte, aber es war so behaglich und sicher unter den Armeedecken, daß Armageddon hätte kommen und gehen können, ohne daß Lieutenant Dunbar es bemerkt hätte.

Erst lange nach Sonnenaufgang, lange nachdem das Gewitter vorübergezogen war, wurde Dunbar vom fröhlichen Singsang eines Wiesenpiepers geweckt. Der Regen hatte die Prärie erfrischt, und ihr süßer Duft drang ihm in die Nase, bevor er die Augen öffnete. Beim ersten Blinzeln erkannte er, daß er auf dem Rücken lag, und als er die Augen ganz öffnete, schaute er über seine Fußspitzen zum Hütteneingang.

Da war eine blitzschnelle Bewegung von etwas Niedrigem, Pelzigem, das sich von der Tür wegduckte. Der Lieutenant setzte sich blinzelnd auf. Einen Augenblick später warf er die Decken zur Seite und schlich auf Zehenspitzen zur Tür. Er spähte mit einem Auge um den Türpfosten herum.

Zwei Strümpfe trottete soeben unter dem Vordach davon und drehte sich, um sich im Sonnenschein des Hofes niederzulassen. Er sah den Lieutenant und verharrte abrupt in der Bewegung. Sie starrten sich ein paar Sekunden lang an. Dann rieb sich der Lieutenant den Schlaf aus den Augen, und als er die Hände sinken ließ, streckte sich Zwei Strümpfe auf dem Bauch aus und legte die Schnauze zwischen die ausgestreckten Pfoten wie ein gehorsamer Hund, der auf seinen Herrn wartete.

Cisco wieherte schrill im Korral, und der Kopf des Lieutenants ruckte in diese Richtung. Gleichzeitig nahm er aus dem Augenwinkel heraus eine schnelle Bewegung wahr, drehte wieder den Kopf und sah gerade noch Zwei Strümpfe über den Hügel fortlaufen und verschwinden. Dann heftete er den Blick wieder auf den Korral und sah sie.

Sie saßen auf Ponys, keine hundert Schritte von ihm entfernt. Er zählte sie nicht, aber sie waren acht.

Zwei Männer ritten plötzlich an. Dunbar regte sich nicht, doch im Gegensatz zu vorangegangenen Begegnungen verharrte er entspannt. So näherten sie sich auch. Die Köpfe der Ponys hoben und senkten sich, als sie herantrabten, und die Reiter wirkten wie Arbeiter, die nach langem Tagewerk heimkehren.

Der Lieutenant war besorgt, doch diese Besorgnis hatte wenig mit Leben und Tod zu tun.

Er fragte sich, was er sagen sollte und wie er ihnen seine ersten Worte klarmachen konnte.

Weiser Vogel und Wind-im-Haar fragten sich das gleiche. Der weiße Soldat war ihnen fremd, und keiner wußte, wie diese Sache ausgehen würde. Sie sahen, daß auf dem Gesicht des Soldaten immer noch Blut war, und bei dem Anblick fühlten sie sich nicht besser. Jeder der beiden hatte eine andere Rolle. Wind-im-Haar ritt als Krieger, als kämpfender Comanche. Weiser Vogel war mehr der Diplomat. Dies war ein bedeutender Augenblick in seinem Leben, im Leben des Trupps und des ganzen Stamms. Für Weiser Vogel begann eine ganz neue Zukunft, und er war im Begriff Geschichte zu machen.

Als sie nahe genug heran waren, erkannte Dunbar sofort den Krieger, der ihm die Frau aus den Armen gerissen hatte. Auch an dem anderen Mann war etwas Vertrautes, doch er konnte ihn nicht einordnen.

Er hatte keine Zeit dazu.

Sie hatten ein paar Schritte vor ihm angehalten.

Sie wirkten herausgeputzt und prächtig im Sonnenschein. Wind-im-Haar trug einen Brustharnisch aus Knochen, und Weiser Vogel hatte eine große Metallplatte an einem Halsband vor der Brust. Diese Dinge reflektierten den Sonnenschein. Sogar ihre dunkelbraunen Augen und das glänzende schwarze Haar spiegelte das Licht wider.

Obwohl Lieutenant Dunbar gerade erst erwacht war, hatte auch er einen gewissen Glanz, der allerdings nicht so deutlich zu sehen war wie der seiner Besucher.

Die Krise seines Herzens war vorüber, hatte ihn zurückgelassen wie das Gewitter der Nacht die Prärie: frisch und voller Energie.

Lieutenant Dunbar neigte sich in der Andeutung einer Verbeugung vor und legte die Hand langsam und bedächtig wie beim militärischen Gruß an die Schläfe.

Einen Augenblick später erwiderte Weiser Vogel diesen Annäherungsversuch mit einer merkwürdigen Bewegung seiner Hand, die er vom Handrücken zur Handfläche drehte.

Der Lieutenant wußte nicht, was das bedeutete, aber er legte es richtig als freundliche Geste aus. Er blickte in die Runde, wie um sich zu vergewissern, daß noch alles da war, und sagte: »Willkommen in Fort Sedgewick.«

Weiser Vogel war schleierhaft, was die Worte meinten, aber wie Lieutenant Dunbar seine Geste deutete er sie als eine Art Begrüßung.

»Wir sind von Zehn Bären geschickt worden, um friedlich zu palavern«, sagte Weiser Vogel auf Comanche und erntete einen verständnislosen Blick des Lieutenants.

Da nun klar war, daß keiner den andern verstehen konnte, senkte sich Schweigen über die beiden Parteien. Wind-im-Haar nutzte die Pause, um die Einzelheiten der Gebäude des weißen Mannes zu mustern. Er blickte scharf und lange auf das Sonnendach, das jetzt leicht in der Brise flatterte.

Weiser Vogel saß reglos auf seinem Pony, während sich die Sekunden dahinzogen. Dunbar klopfte ungeduldig mit der Stiefelspitze auf den Boden und rieb sich übers Kinn. Er wurde nervös, und seine Nervosität erinnerte ihn daran, daß er keinen Morgenkaffee getrunken hatte und sich eine Tasse Kaffee wünschte. Er sehnte sich auch nach einer Zigarette.

»Kaffee?« fragte er Weiser Vogel.

Der Medizinmann neigte neugierig den Kopf und lauschte dem Klang des Wortes nach.

»Kaffee?« wiederholte der Lieutenant. Er legte die Hand um eine imaginäre Tasse und tat, als trinke er. »Kaffee?« fragte er von neuem. »Trinken?«

Weiser Vogel starrte den Lieutenant nur an. Wind-im-Haar stellte eine Frage auf Comanche, und Weiser Vogel beantwortete sie. Dann schauten beide ihren Gastgeber an. Nach einer scheinbaren Ewigkeit nickte Weiser Vogel schließlich zustimmend.

»Gut, gut«, sagte der Lieutenant und klopfte auf sein Bein.

»Dann kommt mit.« Er forderte sie mit einer Geste auf, von den Pferden zu steigen und ihm zu folgen, während er unter das Vordach voranging.

Die beiden Krieger folgten ihm vorsichtig. Alles, auf das ihr Blick fiel, hatte etwas Geheimnisvolles, und der Lieutenant hatte etwas von einer lächerlichen Gestalt und war nervös wie jemand, dessen Gäste ihn überrascht hatten, indem sie eine Stunde zu früh gekommen waren.

Es brannte kein Feuer in der Feuerstelle, aber zum Glück hatte Lieutenant Dunbar genügend trockenes Holz aufgestapelt. Er hockte sich neben den Holzstapel und begann Feuer zu machen.

»Setzt euch«, sagte er. »Bitte.«

Die Indianer verstanden ihn nicht, und er mußte sich wiederholen. Während seiner Worte spielte er ihnen die Prozedur des Platznehmens vor.

Als sie sich hingehockt hatten, eilte er hinüber zum Depot und kehrte schnell mit einem Fünfpfundsack Kaffeebohnen und einer Kaffeemühle zurück. Er kümmerte sich wieder um das Feuer, und als es richtig brannte, schüttete er Kaffeebohnen in den Trichter der Kaffeemühle und begann den Kaffee zu mahlen.

Weiser Vogel und Wind-im-Haar neigten sich neugierig vor und staunten, als die Kaffeebohnen im Bauch der Mühle verschwanden. Es war Dunbar nicht klargewesen, daß so etwas Normales wie Kaffeemahlen Zauberei für sie sein konnte. Aber das war es für Weiser Vogel und Wind-im-Haar. Keiner von beiden hatte jemals eine Kaffeemühle gesehen.

Lieutenant Dunbar war begeistert, nach all der Zeit wieder mit Leuten zusammenzusein. Er wünschte sich, daß seine Gäste eine Zeitlang blieben, und so machte er eine Schau aus dem Kaffeemahlen. Er hielt unvermittelt inne und schob die Kaffeemühle näher an die Indianer heran, damit sie die Prozedur besser verfolgen konnte. Er mahlte langsam und ließ sie beobachten, wie die Kaffeebohnen verschwanden. Als nur noch ein paar Kaffeebohnen übrig waren, beendete er die Vorführung mit schwungvollem theatralischem Mahlen. Dann hielt er mit dem dramatischen Effekt eines Zauberers inne und erlaubte dem Publikum zu reagieren.

Weiser Vogel war fasziniert von der Maschine an sich. Er strich leicht mit den Fingerspitzen über die glatten Seiten der hölzernen Kaffeemühle. Seiner Wesensart entsprechend fand Wind-im-Haar den Mahlmechanismus am interessantesten. Er steckte einen seiner langen, dunklen Finger in den Trichter und tastete in dem kleinen Loch an dessen Unterseite herum, weil er herauszufinden hoffte, was mit den Kaffeebohnen geschah.

Es war an der Zeit für das Finale, und Dunbar unterbrach diese Inspektion, indem er eine Hand hob. Er drehte die Kaffeemühle und ergriff den kleinen Knauf an ihrem Fuß. Die Indianer neigten sich gespannt vor, neugieriger denn je.

Im letzten möglichen Augenblick und als enthülle er ein sagenhaftes Juwel, riß Lieutenant Dunbar weit die Augen auf, setzte ein Lächeln auf und zog am Knopf. Heraus kam die kleine Schublade, gefüllt mit gemahlenem Kaffee.

Beide roten Krieger waren mächtig beeindruckt. Jeder tupfte einen Finger in das Kaffeepulver und schnüffelte daran. Dann saßen sie schweigend da, als ihr Gastgeber seine Kaffeekanne über das Feuer hängte, um das Wasser zu kochen. Sie warteten auf die Entwicklung der Dinge.

Dunbar schenkte schließlich ein und reichte jedem seiner Gäste eine Tasse mit dampfendem schwarzem Kaffee. Die Indianer schnüffelten den Kaffeeduft und tauschten wissende Blicke aus. Es roch nach gutem Kaffee, nach viel besserem, als sie vor so vielen Jahren von den Mexikanern erbeutet hatten. Viel stärker.

Dunbar schaute erwartungsvoll zu, während sie am Kaffee nippten, und war überrascht, als sie das Gesicht verzogen. Etwas paßte ihnen nicht. Beide sagten ein paar Worte, anscheinend eine Frage.

Der Lieutenant schüttelte den Kopf. »Ich verstehe nicht«, sagte er und zuckte mit den Schultern.

Die Indianer hielten ein kurzes, aber ergebnisloses Palaver ab. Dann hatte Weiser Vogel eine Idee. Er ballte die Hand zur Faust, hielt sie über die Kaffeetasse und öffnete die Faust, als ließe er etwas in den Kaffee fallen. Er tat, als rühre er das, was er in den Kaffee gegeben hatte, mit einem Stock um.

Lieutenant Dunbar sagte etwas, das Weiser Vogel nicht verstand, und dann sah er, daß der weiße Mann aufsprang, zu dem schlecht gebauten Haus aus Erde ging, mit einem Sack zurückkehrte und ihn über das Feuer reichte.

Weiser Vogel schaute in den Sack und stieß einen Grunzlaut aus, als er die braunen Kristalle sah.

Lieutenant Dunbar sah den Indianer kurz lächeln und wußte, daß er richtig geraten hatte.

Sie hatten Zucker haben wollen.

Weiser Vogel war besonders ermutigt durch die Begeisterung des weißen Soldaten. Er wollte mit ihnen reden, und als sie sich vorstellten, fragte Loo-Ten-Nant (er hatte sich als Lieutenant John Dunbar vorgestellt, und sie machten Loo-Ten-Nant daraus) mehrmals nach den Namen, bis er sie richtig aussprechen konnte. Der weiße Mann sah sonderbar aus und tat merkwürdige Dinge, aber er war begierig darauf, zuzuhören, und steckte anscheinend voller Energie. Vielleicht weil Weiser Vogel selbst so zum Frieden neigte, wußte er die Kraft der Energie in anderen besonders zu schätzen.

Der weiße Mann sprach mehr, als Weiser Vogel es gewohnt war. Wenn er darüber nachdachte, dann kam es ihm vor, als hätte der weiße Mann ununterbrochen geredet.

Aber er war unterhaltsam. Er machte ulkige Tänze und gab merkwürdige Signale mit Händen und dem Gesicht. Er machte sogar einiges, was Wind-im-Haar zum Lachen brachte. Und es war äußerst schwierig, Wind-im-Haar zum Lachen zu bringen.

Abgesehen von dem Gesamteindruck hatte Weiser Vogel einige Dinge herausgefunden. Loo-Ten-Nant konnte kein Gott sein. Er war viel zu menschlich. Und er war allein. Niemand sonst wohnte im Fort. Er hatte jedoch nicht erfahren, warum Loo-Ten-Nant allein war. Ebensowenig hatte er herausfinden können, ob mehr weiße Männer kommen würden und welche Pläne sie haben mochten. Weiser Vogel lag viel daran, Antworten auf diese Fragen zu erhalten.

Wind-im-Haar ritt vor ihm. Der Trupp trabte über einen Pfad, der sich durch ein Wäldchen aus Pyramidenpappeln nahe beim Bach wand. Nur das Klatschen der Pferdehufe im feuchten Sand war zu hören. Weiser Vogel fragte sich, was Wind-im-Haar dachte. Sie hatten noch nicht ihre Meinungen nach dem Treffen mit dem weißen Mann ausgetauscht. Es beunruhigte ihn ein wenig.

Weiser Vogel hätte sich keine Sorgen zu machen brauchen, denn Wind-im-Haar war ebenfalls positiv beeindruckt. Und das, obwohl ihm mehrmals in den Sinn gekommen war, den weißen Soldaten zu töten. Er hatte die Bleichgesichter lange für nutzlose Ärgernisse gehalten, für Kojoten, die um das Fleisch herumschlichen. Aber dieser weiße Soldat hatte mehrmals Tapferkeit gezeigt. Er war auch freundlich. Und lustig. Sehr lustig.

Weiser Vogel blickte hinab auf die beiden Säcke mit Kaffee und Zucker, die an den Flanken seines Ponys hingen, und er dachte, daß er den weißen Soldaten tatsächlich mochte. Es war eine sonderbare Vorstellung, und er mußte darüber nachdenken.

Und wenn es so ist, wenn ich ihn mag? dachte der Medizinmann schließlich.

Er hörte gedämpftes Gelächter. Es kam anscheinend von Wind-im-Haar. Dann ertönte lautes Lachen, und der sonst so ernste Krieger drehte sich auf seinem Pony und sprach über die Schulter.

»Das war lustig, als der weiße Mann ein Büffel wurde«, prustete er.

Ohne auf eine Antwort zu warten, wandte er sich wieder um. Weiser Vogel sah, daß sich die Schultern des Kriegers hoben und senkten, während er kicherte.

Es war lustig. Loo-Ten-Nant war auf den Knien herumgekrochen und hatte die Hände wie Hörner vor den Kopf gehalten. Und er hatte sich eine Decke unter das Hemd gestopft, eine Decke als Höcker.

Weiser Vogel lächelte vor sich hin und dachte: Nichts ist komischer als ein weißer Mann.

Lieutenant Dunbar breitete das dicke Büffelfell auf seinem Bett aus und bestaunte es.

Du hast nie einen Büffel gesehen, und jetzt besitzt du bereits ein Büffelfell, dachte er voller Stolz.

Dann setzte er sich ziemlich andächtig auf die Bettkante, ließ sich auf den Rücken sinken und fuhr mit den Händen über das weiche, dicke Fell. Er hob eine der Kanten an, die über das Bett hing, und musterte die Haut. Dann drückte er das Fell gegen sein Gesicht und atmete den wilden Geruch ein.

Wie schnell sich die Dinge ändern können! Noch vor ein paar Stunden war er tief erschüttert gewesen, und jetzt glaubte er zu schweben.

Lieutenant Dunbar runzelte leicht die Stirn. Etwas von seinem Verhalten, zum Beispiel seine Büffelschau, war vielleicht übertrieben gewesen. Und er hatte am meisten geredet, vielleicht zuviel. Aber das waren nur winzige Zweifel. Als er auf dem großen Büffelfell grübelte, sagte er sich, daß er von seiner ersten richtigen Begegnung mit den Indianern ermutigt sein konnte.

Er mochte die beiden Indianer. Den mit der sanften, würdevollen Art am meisten. Da war etwas Starkes in seiner friedlichen, geduldigen Weise, das ansprechend war. Er war ruhig, jedoch männlich. Der andere, der Heißsporn, der ihm das Mädchen von den Armen gerissen hatte, war gewiß kein Typ, den man zum Narren halten konnte. Aber er war faszinierend.

Und das Büffelfell. Sie hatten es ihm geschenkt. Das Fell war wirklich prima.

Der Lieutenant hing anderen Erinnerungen nach, während er sich auf seinem schönen Geschenk entspannte. Bei all den neuen Gedanken, die ihm durch den Kopf gingen, hatte er weder Zeit noch Lust dazu, sich eingehend mit der Ursache seiner Euphorie zu befassen.

Er hatte die Zeit des Alleinseins, die er nur mit einem Pferd und einem Wolf geteilt hatte, gut genutzt. Er hatte mit dem Fort gute Arbeit geleistet. All das war ein Pluspunkt für ihn. Aber das Warten auf Schwierigkeiten war eine beträchtliche Last für ihn gewesen.

Jetzt war die Last fort, weggewischt von zwei primitiven Männern, deren Sprache er nicht beherrschte und deren ganze Art und Weise ihm völlig fremd war.

Unwissentlich hatten sie ihm mit ihrem Besuch einen großen Dienst erwiesen. Die Wurzel von Lieutenant Dunbars Euphorie konnte in seiner Befreiung gefunden werden. Befreiung von sich selbst.

Er war nicht mehr allein.

## 15

*17. Mai 1863*

*Ich habe seit vielen Tagen keinen Bericht mehr geschrieben. So vieles ist geschehen, daß ich kaum weiß, womit ich beginnen soll.*

*Die Indianer haben mich bis jetzt dreimal aufgesucht, und ich habe keinen Zweifel, daß es weitere Besuche geben wird. Es kommen immer dieselben beiden mit ihrer Eskorte von sechs oder sieben anderen Kriegern. (Es erstaunt mich, daß all diese Leute Krieger sind. Habe bis jetzt noch keinen Mann gesehen, der kein Kämpfer ist.)*

*Unsere Treffen waren äußerst freundschaftlich, jedoch stark behindert durch die Sprachbarriere. Was ich bis jetzt herausgefunden habe, ist so wenig im Vergleich zu dem, was ich wissen möchte. Ich weiß immer noch nicht, welche Indianer sie sind, aber ich nehme an, es sind Comanchen. Ich glaube des öfteren ein Wort gehört zu haben, das nach Comanche klingt.*

*Ich weiß die Namen meiner Besucher, könnte sie jedoch nicht buchstabieren. Die Männer sind angenehm und interessant. Sie sind so verschieden wie Tag und Nacht. Einer ist äußerst hitzig und zweifellos ein führender Krieger. Seine Statur (die sich sehen lassen kann!) und seine grimmige, wachsame und mißtrauische Art müssen ihn zu einem hervorragenden Kämpfer machen. Ich hoffe, daß ich nie gegen ihn kämpfen muß, denn es würde hart werden, wenn es dazu kommt. Dieser Typ, dessen Augen eng zusammenstehen und der dennoch sehr gut aussieht, begehrt mein Pferd und verwickelt mich stets in eine Unterhaltung über Cisco.*

*Wir verständigen uns mit Handzeichen, eine Art Pantomime, die beide Indianer allmählich kapieren. Aber die Verständigung geht sehr langsam voran, und die meisten unserer gemeinsamen Themen sind eher aus Mißverständnissen entstanden als aus Erfolgen in der Kommunikation.*

*Der wilde Typ gibt ungewöhnliche Mengen Zucker in seinen Kaffee. Diese Ration wird bald verbraucht sein. Zum Glück nehme ich keinen Zucker. Ha! Der Wilde (wie ich ihn nenne) ist ganz nett trotz seiner schweigsamen Art. Er erinnert mich an den Anführer einer Bande von Straßenschlägern, der allein durch seine Körperkraft Respekt abnötigt. Da ich selbst einige Zeit auf den Straßen verbracht habe, respektiere ich ihn in dieser Hinsicht.*

*Darüber hinaus ist er ehrlich und rechtschaffen, was mir gefällt.*

*Er ist ein offener, geradliniger Typ.*

*Der andere wirkt auf mich fast wie ein Weiser. Ich mag ihn sehr. Im Gegensatz zu dem Wilden ist er ruhig, geduldig und wißbegierig.*

*Ich glaube, er ist genau wie ich wegen der Sprachschwierigkeiten frustriert. Er hat mir ein paar Worte ihrer Sprache beigebracht, und ich habe mich revanchiert. Ich kenne jetzt die Comanche-Worte für Kopf, Hand, Pferd, Feuer, Kaffee, Haus und einige andere Dinge, und ich weiß, was Guten Tag und Auf Wiedersehen auf Comanche heißt. Ich weiß jedoch noch nicht genug, um einen Satz zu bilden. Es dauert lange, um den Klang der Worte richtig hinzubekommen. Für ihn ist es bestimmt genauso schwierig.*

*Der ruhige Typ nennt mich Loo-Ten-Nant, und aus irgendeinem Grund spricht er mich nicht mit Dunbar an. Ich bin sicher, daß er nicht aus Vergeßlichkeit auf den Namen verzichtet (ich habe ihn mehrmals daran erinnert). Es muß einen anderen Grund haben. Ich vermute, er hat Loo-Ten-Nant von ›Lieutenant‹ abgeleitet.*

*Ich habe den Eindruck, er ist äußerst intelligent. Er hört aufmerksam zu, und es scheint ihm nichts zu entgehen. Jede Drehung des Windes, jeder Vogelschrei weckt seine Aufmerksamkeit, als wäre es etwas viel Dramatischeres. Ohne Sprachkennt-*

*nis muß ich seine Reaktionen mit dem Gefühl deuten, aber allem Anschein nach hat er einen positiven Eindruck von mir.*

*Es gab eine Episode mit Zwei Strümpfe, die diesen Punkt anschaulich illustriert. Es passierte am Ende ihres letzten Besuchs. Wir hatten viel Kaffee getrunken, und ich hatte meinen Gästen Speck angeboten. Der Ruhige bemerkte plötzlich den Wolf auf dem Felsvorsprung jenseits des Baches. Er sagte ein paar Wort zu dem hitzigen Typ, und beide beobachteten den Wolf. Ich war begierig darauf, ihnen zu zeigen, was ich über Zwei Strümpfe weiß, und so nahm ich das Messer und den Speck und ging zum Bach.*

*Der wilde Typ war damit beschäftigt, seinen Kaffee zu zuckern und den Speck zu probieren. Er beobachtete von seinem Platz aus. Doch der ruhige Mann erhob sich und folgte mir. Für gewöhnlich lasse ich Zwei Strümpfe ein Stück Speck auf meiner Seite des Baches, aber als ich diesmal seine Ration abgeschnitten hatte, stach mich der Hafer, und ich warf den Speck über den Bach hinweg. Es war ein guter Wurf, und der Speck landete nur ein paar Schritte von Zwei Strümpfe entfernt. Er blieb jedoch einfach hocken. Lange Zeit dachte ich, er würde nichts tun. Aber dann erhob sich der gute alte Kerl, lief zu dem Speck, schnüffelte daran und hob ihn auf. Ich hatte ihn noch nie den Speck annehmen sehen, und ich war stolz auf ihn, als er damit davontrottete.*

*Für mich war es ein schönes Ereignis und nichts mehr. Doch der ruhige Indianer wirkte unwahrscheinlich beeindruckt davon. Als ich mich zu ihm umwandte, wirkte sein Gesicht friedlicher denn je. Er nickte mir mehrmals zu. Dann kam er zu mir und legte mir die Hand auf die Schulter, wie um mein Handeln gutzuheißen.*

*Zurück beim Feuer machte er eine Reihe von Handzeichen, die ich schließlich deuten konnte. Er lud mich ein, ihn am nächsten Tag zu Hause zu besuchen. Ich nahm die Einladung bereitwillig an, und bald darauf verabschiedeten sie sich und ritten fort.*

*Es ist unmöglich, all meine Eindrücke im Comanchen-Lager zu schildern. Das würde ewig dauern. Aber ich werde versuchen, einen kurzen Bericht zu geben, in der Hoffnung, daß meine Beobachtungen beim zukünftigen Umgang mit diesen Leuten von Nutzen sein werden.*

*Ich wurde von einer kleinen Abordnung mit dem ruhigen Krieger an der Spitze erwartet. Ohne Aufenthalt ging es dann ins Lager. Die Indianer hatten ihre beste Kleidung für diesen Anlaß angezogen. Farbe und Schönheit dieser Kleidung sind phantastisch. Die Leute waren seltsam still, und ich muß zugeben, daß auch ich irgendwie gehemmt war. Ein paar kleinere Kinder rannten zu mir und klopften mir mit den Händen gegen die Beine. Jeder sonst hielt sich zurück.*

*Wir stiegen vor einer der kegelförmigen Behausungen ab, und ich hatte einen Moment Zweifel, als ein vielleicht zwölfjähriger Junge herbeirannte und Cisco wegführen wollte. Wir kämpften kurz um die Zügel, dann griff der ruhige Mann ein. Abermals legte er mir die Hand auf die Schulter, und der Ausdruck seiner Augen sagte mir, daß ich nichts zu befürchten hatte. Ich ließ den Jungen mein Pferd fortführen. Er wirkte entzückt.*

*Dann schob mich der Ruhige in sein Haus. Darin war es dunkel, aber irgendwie anheimelnd. Es roch nach Rauch und Fleisch. (Das ganze Lager hat einen ausgeprägten Geruch, den ich nicht unangenehm finde. Ich kann ihn nur als den Geruch eines wilden Lebens beschreiben.) In dem Zelt, das wie ein kegelförmiges Haus wirkte, waren zwei Frauen und ein paar Kinder. Der Gastgeber bat mich, Platz zu nehmen, und die Frauen brachten mir das Essen in Schalen. Dann zogen sich alle zurück und ließen uns allein.*

*Wir aßen eine Weile schweigend. Ich spielte mit dem Gedanken, nach dem Mädchen zu fragen, das ich auf der Prärie gefunden hatte. Ich hatte sie nicht mehr gesehen und wußte nicht, ob sie noch lebte. (Ich weiß es immer noch nicht.) Angesichts unserer Verständigungsschwierigkeiten war dieses Thema jedoch viel zu kompliziert, und so unterhielten wir uns, so gut es ging, über das Essen (ein süßliches Fleisch, das ich köstlich fand).*

*Nach dem Essen drehte ich mir eine Zigarette und rauchte sie. Der Ruhige saß mir gegenüber und blickte immer wieder zum Eingang. Ich hatte das sichere Gefühl, daß er auf etwas oder jemand wartete. Meine Vermutung war richtig, denn bald dar-*

*auf wurde das Fell am Zugang zur Seite geschlagen, und zwei Indianer tauchten auf. Sie sagten etwas zu dem Ruhigen, und er erhob sich sofort und gab mir ein Zeichen, ihm zu folgen.*

*Eine beträchtliche Zuschauermenge wartete draußen, und wir drängelten uns hindurch, passierten andere Zelte und gelangten dann zu einem, das mit einem großen Bären geschmückt war. Der Ruhige schob mich sanft in dieses Zelt.*

*Dort saßen fünf ältere Männer im Kreis um die übliche Feuerstelle. Mein Blick fiel sofort auf den ältesten Mann. Er war kräftig gebaut, und obwohl ich ihn über Sechzig schätzte, wirkte er bemerkenswert fit. Sein Lederhemd war mit Perlstickerei verziert, die wunderschön und farbenprächtig war. An einer Locke seines ergrauten Haars war eine Tatze, die ich nach dem Schmuck draußen als Bärentatze identifizierte. Haare hingen in Intervallen an seinen Hemdsärmeln, und einen Augenblick später wurde mir klar, daß es Skalpe sein mußten. Ein Skalp war hellbraun. Der Anblick beunruhigte mich.*

*Das hervorstechendste Merkmal war jedoch sein Gesicht. So ein Gesicht hatte ich noch nie gesehen. Seine Augen hatten einen so starken Glanz, daß ich ihn nur mit dem beim Fieber vergleichen kann. Seine Wangenknochen waren extrem hoch und rund, und seine Nase war wie ein Schnabel gebogen. Sein Kinn war sehr kantig. Furchen kerbten seine Gesichtshaut so stark, daß die Bezeichnung Runzeln kaum angemessen ist. Es waren schon eher kleine Schluchten. An einer Seite der Stirn hatte er eine tiefe Delle, vermutlich das Ergebnis einer Verwundung bei einem Kampf vor langer Zeit.*

*Alles in allem war er ein phantastisches Abbild gealterter Weisheit und Kraft. Trotz allem fühlte ich mich bei meinem kurzen Aufenthalt nie bedroht.*

*Mir war klar, daß ich der Grund für diese Versammlung war. Ich hatte das sichere Gefühl, daß man mich nur geholt hatte, damit mich der alte Mann aus der Nähe betrachten konnte.*

*Eine Pfeife wurde gestopft und angezündet, und die Männer begannen zu rauchen. Die Pfeife war langstielig, und ich kann nur vermuten, daß der Tabak eine starke Mischung war, denn ich wurde vom Rauchen als einziger ausgeschlossen.*

*Ich war darauf bedacht, einen guten Eindruck zu machen,*

*und weil es mich nach einer Zigarette gelüstete, holte ich meinen Tabaksbeutel hervor und bot ihn dem alten Mann an. Der Ruhige sagte etwas zu ihm, und der Häuptling steckte seine knotige Hand aus und nahm den Beutel mit Tabak und Papier. Er untersuchte die Dinge sorgfältig. Dann schaute er mich scharf mit seinen ziemlich grausam blickenden Augen an und gab mir den Beutel zurück. Ich wußte nicht, ob mein Angebot angenommen worden war. Dennoch drehte ich eine Zigarette. Der alte Mann beobachtete und wirkte interessiert.*

*Ich hielt ihm die Zigarette hin, und er nahm sie. Der Ruhige sagte von neuem etwas, und der alte Mann gab mir die Zigarette zurück. Mit Handzeichen forderte mich der Ruhige auf, zu rauchen, und das tat ich dann.*

*Alle beobachteten mich, als ich die Zigarette anzündete, den Rauch inhalierte und ausatmete. Bevor ich ein zweites Mal paffen konnte, streckte der alte Mann die Hand aus. Ich gab ihm die Zigarette. Er schaute sie zuerst mißtrauisch an, dann sog er daran, wie ich es getan hatte. Und genau wie ich stieß er den Rauch in einem langen Strom aus. Dann hielt er die Zigarette dicht vor sein Gesicht.*

*Zu meinem Ärger drehte er die Zigarette fest zwischen den Fingern hin und her. Die Glut fiel ab, und der Tabak quoll aus dem zerdrückten Papier. Er knüllte das leere Papier zusammen und warf es achtlos ins Feuer.*

*Langsam begann er zu lächeln, und kurz darauf lachten alle Männer am Feuer.*

*Vielleicht war ich beleidigt worden, doch ihre gute Laune war so ansteckend, daß ich in das Gelächter einfiel.*

*Danach begleitete mich der Ruhige zu meinem Pferd, man eskortierte mich vielleicht eine Meile weit, und der Ruhige verabschiedete sich kurz.*

*Das war das Wesentliche bei meinem ersten Besuch im Indianerlager. Ich weiß nicht, was sie jetzt denken.*

*Es war gut, Fort Sedgewick wiederzusehen. Es ist mein Heim. Dennoch freue ich mich auf einen weiteren Besuch bei meinen ›Nachbarn‹.*

*Wenn ich zum östlichen Horizont blicke, frage ich mich oftmals, ob dort draußen eine Abteilung Soldaten auftauchen wird. Ich kann nur hoffen, daß mein Wachen hier und meine ›Verhandlungen‹ mit dem wilden Volk der Prärie unterdessen Früchte tragen.*

*Lieutenant John J. Dunbar*

## 16

Ein paar Stunden nach Lieutenant Dunbars erstem Besuch im Sommerlager führten Weiser Vogel und Zehn Bären ein Gespräch. Es war kurz und sachbezogen.

Zehn Bären mochte Lieutenant Dunbar. Ihm gefiel der Ausdruck seiner Augen und Zehn Bären legte großen Wert auf das, was er in den Augen einer Person sah. Er mochte auch die Art des Lieutenants. Er war bescheiden und höflich, und Zehn Bären legte großen Wert auf diese Eigenschaften. Die Sache mit der Zigarette war lustig. Wie jemand Rauch aus etwas mit so wenig Substanz machen konnte, war gegen die Logik, aber Zehn Bären nahm es Lieutenant Dunbar nicht übel und stimmte mit Weiser Vogel darin überein, daß der weiße Mann eine gute Quelle zum Sammeln von Informationen war und daß es sich lohnte, ihn näher kennenzulernen.

Der alte Häuptling billigte stillschweigend die Idee des Medizinmanns, die Sprachbarriere zu durchbrechen. Aber es gab Bedingungen. Weiser Vogel würde inoffiziell handeln. Er würde für Loo-Ten-Nant verantwortlich sein, ausschließlich er. Es gab bereits Gerede, daß der weiße Mann möglicherweise für die Knappheit an Wild verantwortlich war. Niemand wußte, wie das Volk darauf reagierte, wenn der weiße Soldat wiederholt das Lager besuchte. Das Volk konnte sich gegen ihn wenden. Es war gut möglich, daß jemand ihn töten würde.

Weiser Vogel akzeptierte die Bedingungen und versicherte Zehn Bären, daß er alles in seiner Macht Stehende tun würde, um seinen Plan in aller Stille durchzuführen.

Als das erledigt war, wandten sie sich einem wichtigeren Thema zu.

Der Büffel war lange überfällig.

Kundschafter waren tagelang weit geritten, aber bis jetzt hatten sie nur einen einzigen Büffel gesehen. Das war ein alter, einsamer Bulle gewesen, der von einem großen Wolfsrudel gerissen worden war. Es hatte sich nicht gelohnt, seinen Kadaver mitzunehmen.

Die Moral des Stammes sank mit der Abnahme des bescheidenen Proviantvorrats, und bald würde die Knappheit kritisch werden.

Sie hatten vom Fleisch des Wilds aus diesem Gebiet gelebt, doch diese Quelle würde schnell versiegen. Wenn der Büffel nicht bald kam, würde die Hoffnung auf einen üppigen Sommer durch das Weinen von hungrigen Kindern zunichte gemacht werden.

Die beiden Männer beschlossen, mehr Kundschafter auszuschicken, und sie stimmten darin überein, daß der Tanz dringend nötig war. Er sollte in dieser Woche stattfinden.

Weiser Vogel würde für die Vorbereitungen verantwortlich sein.

Es war eine seltsame Woche, in der es für den Medizinmann drunter und drüber ging. Wenn er Zeit brauchte, vergingen die Stunden wie im Flug, und wenn die Zeit schnell vergehen sollte, dehnten sich die Minuten zu einer scheinbaren Ewigkeit. Es war schwer, alles auszubalancieren.

Zur Planung des Tanzes waren unzählige Einzelheiten zu bedenken. Es sollte eine Anrufung der Götter werden, eine sehr heilige Zeremonie, und der ganze Stamm würde daran teilnehmen. Die Planung und das Delegieren verschiedener Aufgaben für ein Ereignis von dieser Bedeutung hielten ihn den ganzen Tag in Trab.

Darüber hinaus gab es noch die laufenden Pflichten eines Ehemanns zweier Frauen, eines Vaters vierer Kinder und eines Adoptivvaters seiner kürzlich adoptierten Tochter zu erfüllen. Hinzu kamen die Probleme und Überraschungen eines jedes Tages: Krankenbesuche, improvisierte Ratsversammlungen, Palaver mit Besuchern und das Herstellen seiner Medizin.

Weiser Vogel war ein vielbeschäftigter Mann.

Und da war etwas, das ständig an seiner Konzentration nagte. Der Gedanke an Lieutenant Dunbar quälte ihn.

Loo-Ten-Nant war die Zukunft, und so sehr der Medizinmann auch in der Gegenwart beschäftigt war, dem Ruf der Zukunft konnte er sich nicht entziehen. Gegenwart und Zukunft nahmen den gleichen Raum im Tag des Medizinmannes ein. Es war eine stürmische und äußerst ausgefüllte Zeit.

Daß er Die-sich-mit-der-Faust-behauptet aufgenommen hatte, machte es nicht leichter für ihn. Sie war der Schlüssel zu seinem Plan, und Weiser Vogel konnte nicht nach ihr schauen, ohne an Loo-Ten-Nant zu denken, was ihn unweigerlich zu neuen spekulativen Gedankengängen veranlaßte. Aber er mußte ein Auge auf sie halten. Es war wichtig, die Sache zum richtigen Zeitpunkt und am richtigen Ort zur Sprache zu bringen.

Ihre Genesung machte gute Fortschritte. Sie konnte sich jetzt ohne Schwierigkeiten bewegen, und sie hatte den üblichen Lebensrhythmus in seinem Tipi aufgenommen. Sie war bereits zum Liebling der Kinder geworden, und sie arbeitete so lang und hart wie jeder im Lager. Wenn sie sich selbst überlassen wurde, zog sie sich in sich zurück, aber das war verständlich. Es war eigentlich immer ihre Wesensart gewesen.

Manchmal seufzte Weiser Vogel, wenn er sie eine Weile beobachtet hatte. Zu diesen Zeiten schreckte er davor zurück, die Fragen zu stellen, deren wichtigste war, wohin Die-sich-mit-der-Faust-behauptet nun wirklich gehörte. Aber er konnte keine Antwort erwarten, und eine Antwort würde ihm ohnehin nicht helfen. Nur zwei Dinge zählten. Sie war hier, und er brauchte sie.

Am Tag des Tanzes hatte er immer noch keine Gelegenheit gefunden, mit ihr in der gewünschten Weise zu sprechen. An diesem Morgen wachte er mit der Erkenntnis auf, daß er seinen Plan in Gang bringen mußte, wenn er ihn jemals in die Tat umsetzen wollte.

Er schickte drei junge Männer nach Fort Sedgewick. Er war zu beschäftigt, um selbst hinzureiten, und während sie fort waren, würde er eine Möglichkeit finden, mit Die-sich-mit-der-Faust-behauptet zu reden.

Es blieb Weiser Vogel erspart, mühsam etwas zu manipulieren, denn seine ganze Familie machte am Vormittag einen Ausflug zum Bach, und Die-sich-mit-der-Faust-behauptet blieb allein zurück, um einen frisch geschossenen Hirsch brat- und kochfertig zu machen.

Weiser Vogel beobachtete sie aus dem Tipi heraus. Sie schaute nicht auf, während sie draußen mit dem Messer arbeitete. Er wartete, bis sie innehielt und sich einen Augenblick Zeit nahm, um eine Gruppe Kinder zu beobachten, die auf dem Pfad vor dem Tipi Fangen spielten.

»Die-sich-mit-der-Faust-behauptet«, sagte er weich und neigte sich aus dem Zelt.

Sie schaute auf und sah ihn mit großen Augen an, erwiderte jedoch nichts.

»Ich möchte mit dir sprechen«, sagte er und zog sich in die Dunkelheit des Tipis zurück.

Sie folgte ihm.

Die Atmosphäre war spannungsgeladen. Weiser Vogel war im Begriff, Dinge zu sagen, die sie vermutlich nicht hören wollte, und das erfüllte ihn mit Unbehagen.

Als sie vor ihm stand, hatte sie ein ungutes Gefühl. Sie hatte nichts Falsches getan, doch ihr Leben war ziellos geworden; sie lebte praktisch nur von einem Tag zum anderen, ohne zu wissen, was als nächstes kommen würde, und seit dem Tod ihres Mannes hatte sie sich keinen Herausforderungen mehr gewachsen gefühlt. Sie fand Trost in dem Mann, der vor ihr stand. Er war bei allen geachtet, und er hatte sie als seinesgleichen aufgenommen. Wenn sie jemandem vertrauen konnte, dann Weiser Vogel.

Aber er wirkte nervös.

»Setz dich«, sagte er, und beide nahmen Platz.

»Was macht die Wunde?« begann er.

»Sie heilt«, erwiderte sie, ohne ihn anzusehen.

»Sind die Schmerzen fort?«

»Ja.«

»Du bist wieder zu Kräften gekommen.«

»Ich bin jetzt stärker. Ich arbeite gut.«

Sie spielte mit Erde zu ihren Füßen, scharrte sie zu einem kleinen Haufen zusammen, während Weiser Vogel versuchte, die richtigen Worte zu finden. Es gefiel ihm nicht, zu hastig vorzugehen, aber er wollte auch nicht gestört werden, und es konnte jederzeit jemand hereinkommen.

Sie schaute plötzlich zu ihm auf, und Weiser Vogel war betroffen von der Traurigkeit, die ihr Gesicht zeigte.

»Du bist unglücklich hier«, sagte er.

»Nein.« Sie schüttelte den Kopf. »Ich bin froh hier.«

Sie spielte lustlos mit dem Erdhaufen und schnippte ihn auseinander.

»Ich bin traurig ohne meinen Mann.«

Weiser Vogel überlegte einen Moment, und sie begann einen anderen kleinen Erdhügel aufzuhäufen.

»Er ist in den Ewigen Jagdgründen«, sagte der Medizinmann. »Aber du bist das nicht. Die Zeit geht weiter, und du gehst mit ihr, auch wenn du unglücklich bist. Dinge werden geschehen.«

»Ja«, murmelte sie, »aber mich interessiert nicht, was geschehen wird.«

Von seinem Platz gegenüber dem Eingang sah Weiser Vogel einige Schatten am Tipi vorbeihuschen.

»Die Weißen kommen«, sagte er unvermittelt. »Jedes Jahr ziehen mehr von ihnen durch unser Land.«

Die-sich-mit-der-Faust-behauptet erschauerte. Es lief ihr kalt über die Wirbelsäule und die Schultern. Ihr Blick wurde hart, und unwillkürlich ballte sie die Hände zu Fäusten.

»Ich werde nicht mit ihnen gehen«, sagte sie.

Weiser Vogel lächelte. »So ist es, du wirst nicht mit ihnen gehen. Es ist kein Krieger unter uns, der nicht darum kämpfen würde, daß du hierbleibst.«

Bei diesen Worten der Unterstützung neigte sich die Frau mit dem dunkelroten Haar leicht vor. Sie war jetzt neugierig.

»Aber sie werden kommen«, fuhr Weiser Vogel fort. »Sie sind eine merkwürdige Rasse in ihren Gewohnheiten und ihrem Glauben. Es ist schwer, zu wissen, was zu tun ist. Es heißt, daß sie sehr zahlreich sind, und das beunruhigt mich. Wenn sie als eine Flut kommen, werden wir sie stoppen müssen. Dann werden wir viele unserer guten Männer verlieren, Männer wie deinen Mann. Es wird viele weitere Witwen mit traurigen Gesichtern geben.«

Als Weiser Vogel näher zur Sache kam, senkte Die-sich-mit-der-Faust-behauptet den Kopf und dachte über seine Worte nach.

»Dieser weiße Mann, der dich heimgebracht hat . . . ich habe ihn getroffen. Ich war in seinem Heim unten am Bach und trank seinen Kaffee und redete mit ihm. Er ist sonderbar auf seine Weise. Aber ich habe ihn beobachtet und glaube, sein Herz ist gut . . .«

Sie hob den Kopf und schaute Weiser Vogel flüchtig an.

»Dieser weiße Mann ist ein Soldat. Er hat vielleicht Einfluß bei den Weißen . . .«

Ein Spatz hatte den Weg ins Tipi gefunden und flatterte herum. Der junge Vogel erkannte wohl, daß er in der Falle war. Er flog verzweifelt von einer Wand zur anderen. Weiser Vogel beobachtete, wie der Vogel im Rauchabzug höher stieg und plötzlich in die Freiheit verschwand.

Er sah die Frau an. Sie hatte das Zwischenspiel ignoriert. Sie starrte auf die Hände, die gefaltet auf ihrem Schoß lagen. Der Medizinmann versuchte den Faden seines Monologs wieder aufzunehmen. Bevor er jedoch weitersprechen konnte, hörte er von neuem das leise Flattern kleiner Flügel.

Er blickte auf und sah den Spatz, der im Rauchabzug schwebte. Er verfolgte seinen Flug, als er absichtlich hinabstieß, einen Kreis flog und sich auf dem dunkelroten Haar der Frau niederließ. Sie bewegte sich nicht, und der Vogel begann sich zu putzen, so ungezwungen, als sitze er auf dem Zweig eines hohen Baumes. Sie strich sich geistesabwesend mit der Hand über den Kopf, und der Spatz flog auf, schwebte in der Luft, als die Hand unter seinen Füßen hinwegstrich, und landete von neuem. Die-sich-mit-der-Faust-behauptet verharrte gedankenverloren, während sich der kleine Besucher putzte, mit den Flügeln schlug und durch den Tipieingang davonschoß. Binnen eines Lidschlags war er verschwunden.

Wenn Weiser Vogel Zeit gehabt hätte, dann hätte er gewisse Schlüsse über die Bedeutung dieses Zwischenspiels mit dem

Spatzen und die Rolle der Frau dabei gezogen. Es war keine Zeit zu einem Spaziergang und Grübeln über die Sache, doch irgendwie gab das Gesehene Weiser Vogel ein Gefühl der Sicherheit.

Bevor er weitersprechen konnte, hob sie den Kopf.

»Was willst du von mir?« fragte sie.

»Ich möchte die Worte des weißen Soldaten hören, doch meine Ohren können sie nicht verstehen.«

Jetzt war es heraus. Es war, als fiele ein Schatten auf das Gesicht der Frau.

»Ich habe Angst vor ihm«, sagte sie.

»Hunderte weißer Soldaten kommen auf Hunderten von Pferden mit Hunderten von Waffen . . . *das* ist etwas zum Fürchten. Aber er ist nur ein einzelner Mann. Wir sind viele, und dies ist unser Land.«

Sie wußte, daß er recht hatte, doch deshalb fühlte sie sich keineswegs sicherer. Sie bewegte sich unbehaglich.

»Ich erinnere mich nicht an die Sprache der Weißen«, sagte sie halbherzig. »Ich bin Comanche.«

Weiser Vogel nickte.

»Ja, du bist Comanche. Ich bitte dich auch nicht, etwas anderes zu werden. Ich bitte dich, deine Angst hinter dir zu lassen. Triff dich mit dem weißen Mann. Versuche mit ihm die Sprache der Weißen wiederzufinden, und wenn das geschehen ist, werden wir drei ein Gespräch führen, das uns allen dienen wird. Ich habe lange darüber nachgedacht.«

Er verfiel in Schweigen, und es herrschte Stille im Tipi.

Sie schaute sich um, ließ ihren Blick hier und da verweilen, als würde sie diese Stätte lange Zeit nicht wiedersehen. Sie würde nirgendwohin fortgehen, doch im Geiste unternahm sie einen weiteren Schritt zur Aufgabe des Lebens, das sie so sehr liebte.

»Wann werde ich ihn sehen?« fragte sie.

Von neuem herrschte Stille. Weiser Vogel erhob sich.

»Geh zu einem stillen Platz«, sagte er, »fort von unserem Sommerlager. Setz dich eine Zeitlang hin und versuche, dich an die Worte deiner alten Sprache zu erinnern.«

Sie hielt den Kopf gesenkt, als Weiser Vogel sie zum Ausgang führte.

»Laß deine Angst hinter dir, und es wird gut sein«, sagte er, als sie das Tipi verließ.

Er wußte nicht, ob sie diesen letzten Rat noch gehört hatte. Sie schaute nicht zurück und ging davon.

Die-sich-mit-der-Faust-behauptet tat, was von ihr verlangt wurde.

Mit einem leeren Wasserkrug ging sie über den Hauptpfad hinunter zum Bach. Es war fast Mittag, und der morgendliche Betrieb, das Holen von Wasser, das Waschen und das Tollen der Kinder, hatte nachgelassen. Sie ging langsam und suchte beide Seiten des Pfades nach einer selten benutzten Abzweigung ab, die sie zu einer einsamen Stelle führen würde. Ihr Puls beschleunigte sich, als sie einen überwucherten Pfad entdeckte, der vom Hauptweg abzweigte und durch die Wildnis vom Bach wegführte.

Niemand war in der Nähe, doch sie lauschte sorgfältig, ob jemand kam. Als sie nichts hörte, versteckte sie den Wasserkrug unter einem Busch und schlüpfte schnell auf den von hohen Büschen gesäumten alten Pfad, weil Stimmen beim Bachufer laut wurden.

Sie eilte über den überwucherten Pfad und war erleichtert, als er nach nur ein paar Schritten in einen richtigen Weg überging. Jetzt schritt sie leichter aus, und die Stimmen beim Hauptweg verklangen schnell hinter ihr.

Der Tag war schön. Eine leichte Brise beugte die Weiden zu schwankenden Tänzern, der Himmel war leuchtend blau, und die einzigen Geräusche waren die von Kaninchen oder Eidechsen, die sie gelegentlich durch ihre Schritte aufscheuchte. Es war ein Tag zum Freuen, doch in ihrem Herzen war keine Freude, sondern Bitterkeit, und als das weiße Mädchen der Comanchen die Schritte verlangsamte, stieß Haß in ihr auf.

Etwas von diesem Haß war auf den weißen Soldaten gerichtet. Sie haßte ihn, weil er in ihr Land gekommen war, weil er Soldat war, weil er überhaupt geboren worden war. Sie haßte Weiser Vogel, weil er dies von ihr verlangte und gewußt hatte, daß sie es ihm nicht abschlagen konnte. Und sie haßte den Großen Geist, weil er so grausam war. Der Große Geist hatte ihr das Herz gebrochen.

Warum tust du mir weiterhin weh? dachte sie. Ich bin bereits tot. Allmählich begann sie sich abzukühlen. Aber die Verbitterung blieb, sie verhärtete sich zu etwas Kaltem und Sprödem.

Finde deine Sprache der Weißen wieder. Finde deine Sprache der Weißen.

Es kam ihr in den Sinn, daß sie es leid war, ein Opfer zu sein, und der Gedanke machte sie ärgerlich.

Du willst meine weiße Zunge, dachte sie auf Comanche. Deshalb siehst du einen Wert in mir? Nun, ich werde sie finden. Und wenn ich dadurch ein Nichts werde, dann werde ich das größte aller Nichts. Ich werde ein Nichts sein, das man in Erinnerung behält.

Während sie über den grasbewachsenen Pfad ging, suchte sie nach einem Platz, wo sie beginnen konnte, sich an die Worte der Weißen zu erinnern. Sie ließ ihre Gedanken zurückschweifen, doch alles war wie leer. So sehr sie sich auch konzentrierte, nichts kam ihr in den Sinn, und eine Zeitlang war sie schrecklich enttäuscht. Anstatt sich zu heben, verdichtete sich der Nebel ihrer Vergangenheit.

Als sie zu einer kleinen Lichtung gelangte, die sich oberhalb des Lagers zum Bach hin öffnete, fühlte sie sich seelisch erschöpft. Es war ein Platz von seltener Schönheit, wie eine grasbewachsene Veranda, die von Balsampappeln beschattet und von drei Seiten mit Wänden der Natur umgeben war. Der Bach war breit und seicht und getupft mit Sandbänken, auf denen Schilf wuchs. In vergangenen Tagen wäre sie entzückt gewesen, wenn sie einen so idyllischen Platz gefunden hätte. Die-sich-mit-der-Faust-behauptet hatte immer viel für Schönheit übrig gehabt.

Heute nahm sie diese Schönheit kaum wahr. Sie wollte nur ausruhen. So setzte sie sich unter eine Balsampappel und lehnte sich mit dem Rücken gegen den Stamm. Sie kreuzte die Beine nach Indianerart und zog den Saum ihres Kleides hoch, damit die kühle Luft vom Bach her um ihre Beine wehen konnte. Schließlich schloß sie die Augen und entschloß sich, die Vergangenheit wiederaufleben zu lassen.

Sie konnte sich immer noch nicht erinnern. Sie preßte die Zähne aufeinander. Sie hob die Hände und drückte die Handflächen gegen ihre müden Augen.

Während sie sich die Augen rieb, kam das Bild.

Sie sah plötzlich alles wieder vor ihrem geistigen Auge...

Einzelne Bilder hatte sie im vergangenen Sommer gesehen, als Späher die Nachricht gebracht hatte, daß weiße Soldaten in der Gegend waren. Eines Morgens, als sie im Bett gelegen hatte, war ihre Puppe an der Wand aufgetaucht. Inmitten eines Tanzes hatte sie ihre Mutter gesehen. Aber beide Bilder waren verschwommen gewesen.

Die Bilder, die sie jetzt sah, waren lebendig und bewegten sich wie in einem Traum. Alles spielte sich in der Sprache der Weißen ab. Und sie verstand jedes Wort.

Was zuerst auftauchte, erschreckte sie mit seiner Deutlichkeit. Es war der zerrissene Saum eines blauen Kleides. Eine Hand war am Saum und spielte mit dem Spitzenbesatz. Während sie das Bild durch geschlossenen Augen sah, wurde es größer. Die Hand gehörte einem Mädchen im frühen Teenageralter. Sie stand in einem einfachen Zimmer mit Erdboden, einem kleinen, hart aussehenden Bett, einem gerahmten Blumenbild neben dem einzigen Fenster und einer Kommode, über der ein Spiegel mit einem großen Sprung an einer Seite hing.

Das Mädchen war von ihr abgewandt, und ihr unsichtbares Gesicht neigte sich zu der Hand, die den Saum hielt, während sie den Riß inspizierte.

Das Mädchen hatte das Kleid hoch genug angehoben, um die kurzen dünnen Beine zu enthüllen.

Eine Frauenstimme ertönte plötzlich von außerhalb des Zimmers.

»Christine...«

Das Mädchen wandte den Kopf, und Die-sich-mit-der-Faust-behauptet erkannte ihr altes Ich. Ihr altes Ich lauschte, und dann sagte es: »Ich komme, Mutter.«

Die-sich-mit-der-Faust-behauptet öffnete die Augen. Sie war erschreckt von dem, was sie gesehen hatten, aber wie ein Zuhörer zu Füßen eines Geschichtenerzählers wollte sie mehr erfahren.

Sie schloß wieder die Augen, und vom Ast einer Eiche öffnete sich eine Szene durch raschelnde Blätter. Ein Farmhaus mit langer Front an einem niedrigen Hügelhang, beschattet von zwei Balsampappeln. Ein grob gezimmerter Tisch vor dem Haus. Vier Erwachsene an dem Tisch, zwei Männer und zwei Frauen. Die vier unterhielten sich, und Die-sich-mit-der-Faust-behauptet konnte jedes Wort verstehen.

Drei Kinder spielten weiter entfernt auf dem Hof Blindekuh, und die Frauen hielten ein Auge auf sie, während sie darüber plauderten, daß eines der Kinder vor kurzem Fieber gehabt hatte, aber wieder genesen war.

Die Männer rauchten Pfeife. Auf dem Tisch waren die Überreste des sonntäglichen Mittagessens verstreut. Eine Schüssel mit einem Rest Salzkartoffeln, einige Platten mit Gemüseresten, Nußschalen, das Skelett eines Truthahns und eine halbvolle Karaffe mit Milch. Die Männer redeten über die Wahrscheinlichkeit, daß es Regen geben würde.

Sie erkannte einen von ihnen. Er war groß und sehnig. Seine Wangen waren hohl, und er hatte hohe Wangenknochen. Das Haar war glatt zurückgekämmt. Er hatte einen kurz gestutzten Vollbart. Der Mann war ihr Vater.

Oben im Baum konnte sie die Umrisse zweier Leute sehen, die im Büffelgras lagen, das aus dem Dach des Farmhauses wuchs. Zuerst wußte sie nicht, wer sie waren, aber plötzlich war sie näher und konnte sie deutlich sehen.

Sie war mit einem Jungen in ihrem Alter zusammen. Er hieß Willy. Er war mager und knochig und blaß. Sie lagen nebeneinander auf dem Rücken und hielten sich an den Händen, während sie die hohen Wolken beobachteten, die über den blauen Himmel zogen.

Sie sprachen über den Tag, an dem sie heiraten würden.

»Ich möchte lieber, daß keiner dabei ist«, sagte Christine träumerisch. »Ich möchte lieber, daß du eines Nachts zu meinem Fenster kommst und mich mitnimmst.«

Sie drückte seine Hand, doch Willy drückte nicht zurück. Er war darin vertieft, die Wolken zu beobachten.

»Über diesen Punkt bin ich mir noch nicht im klaren«, sagte er.

»Worüber bist du dir nicht im klaren?«

»Wir könnten Ärger bekommen.«

»Von wem?« fragte sie ungeduldig.

»Von unseren Eltern.«

Christine wandte den Kopf zu ihm und lächelte über die besorgte Miene, die sie sah.

»Aber wir würden verheiratet sein. Niemand sonst würde das etwas angehen, nur uns.«

»Vermutlich«, sagte er, immer noch mit gefurchter Stirn. Mehr sagte er nicht, und Christine betrachtete wieder mit ihm zusammen den Himmel.

Schließlich seufzte der Junge. Er schaute sie aus dem Augenwinkel heraus an, und sie tat es ihm gleich.

»Ich glaube, es ist mir egal, welches Theater es gibt ... solange wir heiraten.«

»Mir ist es auch egal«, sagte sie.

Ohne Umarmung neigten sie sich aufeinander zu, bereit zu einem Kuß. Christine besann sich im letzten Augenblick anders.

»Wir können das nicht tun«, wisperte sie.

Sein Blick verriet, daß er gekränkt war.

»Sie werden uns sehen«, flüsterte sie. »Laß uns runterklettern.«

Willy lächelte, als sie über das Dach zur Rückseite kroch. Bevor er ihr folgte, spähte er noch einmal zu den Leuten im Hof hinab. Dann kroch er hinter ihr her.

Indianer kamen über die Prärie. Ein Dutzend und alle zu Pferde. Ihr Haar war bogenförmig geschnitten, und ihre Gesichter waren schwarz bemalt.

»Christine«, flüsterte Willy und ergriff ihre Hand.

Sie duckten sich ins Gras und krochen auf allen vieren zur Dachkante, um den bestmöglichen Blick auf die Indianer zu bekommen. Willy zog seine Jagdbüchse hinter sich her. Sie spähten angespannt über das Gras.

Die Frauen und Kinder mußten bereits ins Haus gegangen sein, denn ihr Vater und dessen Freund waren allein auf dem

Hof. Drei Indianer ritten zur Farm. Die anderen warteten in respektvoller Entfernung.

Christines Vater begann in Zeichensprache mit einem der drei Abgesandten zu reden, mit einem großen Pawnee, der ein finsteres Gesicht hatte. Christine sah sofort, daß die Unterhaltung nicht gut war. Der Indianer wies immer wieder auf das Haus und gestikulierte, daß er trinken wollte. Christines Vater schüttelte verneinend den Kopf.

Des öfteren waren Indianer zur Farm gekommen, und Christines Vater hatte immer geteilt, was er zur Verfügung gehabt hatte. Diese Pawnees wollten etwas, das er nicht hatte . . . oder etwas, das er nicht mit ihnen teilen wollte.

Willy flüsterte in ihr Ohr: »Sie sehen verkommen aus . . . Vielleicht wollen Sie Whisky.«

Das wird es sein, dachte Christine. Ihr Vater war strikt gegen Alkohol in jeder Form, und während sie beobachtete, sah sie ihm an, daß er die Geduld verlor. Und Geduld war eines seiner typischen Merkmale.

Er wies sie ab, doch sie rührten sich nicht von der Stelle. Dann warf er die Hände hoch, und die Ponys warfen den Kopf auf und ab. Die Indianer rührten sich immer noch nicht, und jetzt starrten alle drei böse.

Christines Vater sagte etwas zu dem weißen Freund, der neben ihm stand. Dann wandten sich beide um und wollten ins Haus gehen.

Es blieb keine Zeit für eine Warnung. Der Tomahawk des großen Pawnee flog bereits durch die Luft und senkte sich, bevor sich Christines Vater ganz umgedreht hatte. Das Kriegsbeil traf ihn zwischen die Schulterblätter. Er stieß einen ächzenden Laut aus, als wäre die Luft aus ihm gewichen, und wankte seitwärts über den Hof. Schon nach ein paar Schritten war der Pawnee bei ihm und metzelte ihn nieder.

Der andere weiße Mann versuchte zu flüchten, doch die Pfeile fällten ihn auf halbem Weg zur Tür des Farmhauses. Christine hörte schreckliche Geräusche, Schreie der Verzweiflung gellten aus dem Haus, und die Indianer, die sich zurückgehalten hatten, brüllten wie verrückt und galoppierten zum Haus. Jemand schrie Christine an. Es war Willy.

»Lauf, Christine ... lauf!«

Willy schob das Mädchen vom Dach auf den Hang, und sie rollte auf die Prärie. Christine schaute zurück und sah den mageren Jungen auf dem Dach stehen. Er richtete seine Jagdbüchse in den Hof hinab. Die Flinte krachte, und einen Augenblick lang verharrte Willy reglos. Dann drehte er das Gewehr herum, und hielt es wie eine Keule, sprang in den Hof hinab und verschwand.

Das magere vierzehnjährige Mädchen rappelte sich auf und rannte, von Furcht erfüllt.

Die Sonne blendete Christine, und sie stürzte mehrmals und schürfte sich die Knie auf. Sie war jedoch jedesmal im Nu wieder auf den Beinen, denn sie wurde von Todesfurcht getrieben und nahm die Schmerzen kaum wahr. Wenn eine Steinmauer vor ihr emporgewachsen wäre, wäre Christine in ihrer Panik glatt dagegengerannt.

Es war ihr klar, daß sie dieses Tempo nicht beibehalten konnte, und selbst wenn, würden die Indianer sie zu Pferde einholen. Als sie durch einen Einschnitt hetzte, der eine Biegung beschrieb und dessen Wände steiler wurden, hielt sie nach einem Versteck Ausschau.

Ihre verzweifelte Suche hatte zu nichts geführt, und sie war völlig außer Atem und hatte Seitenstiche, als sie auf dem linken Hang eine dunkle Öffnung entdeckte, die zum Teil von dichtem Präriegras verdeckt war.

Weinend kämpfte sie sich den mit Geröll übersäten Hang hinauf und zwängte sich in die Öffnung. Ihr Kopf paßte hindurch, doch sie konnte die Schultern nicht hineinzwängen. Sie ließ sich auf die Knie nieder und schlug mit den Fäusten auf die Ränder des Lochs. Die Erde war weich. Sie fiel ab. Christine grub verzweifelt, und nach einer Weile hatte sie genügend Platz geschaffen, um sich in das Loch hineinwinden zu können.

Es war ein sehr enges Versteck. Sie war wie zu einem Fötus zusammengerollt und hatte das üble Gefühl, sich durch einen Flaschenhals gestopft zu haben. Mit dem rechten Auge konnte sie über den Rand des Lochs sehen. Ihr Blick reichte ein paar hundert Schritte weit durch den Einschnitt. Niemand kam. Aber schwarzer Rauch stieg aus der Richtung auf, in der das

Haus stand. Sie hielt die Hände zur Kehle hochgehoben, und eine Hand berührte das kleine Kruzifix, das sie getragen hatte, solange sie sich zurückerinnern konnte. Sie hielt das Kruzifix fest und wartete.

Als die Sonne unterging, stiegen die Hoffnungen des jungen Mädchens. Sie befürchtete, einer hätte sie gesehen, als sie fortgerannt war, doch mit jeder Stunde, die verging, besserten sich ihre Chancen. Sie betete, daß die Dunkelheit kommen würde. Dann würde man sie nicht finden.

Eine Stunde nach Sonnenuntergang stockte ihr der Atem. Reiter kamen durch den Einschnitt unterhalb ihres Verstecks. Der Abend war mondlos, und sie konnte keine Gestalten erkennen. Sie glaubte, das Weinen eines Kindes zu hören. Der Hufschlag entfernte sich langsam und kehrte nicht zurück.

Ihr Mund war so trocken, daß das Schlucken schmerzte, und das Brennen ihrer aufgeschürften Knie schien sich über den ganzen Körper auszubreiten. Sie hätte alles dafür gegeben, wenn es ihr möglich gewesen wäre, sich auszustrecken. Aber sie konnte sich in der Enge gerade einen Zoll oder zwei in jede Richtung bewegen. Es war ihr nicht möglich, sich zu drehen, und die linke Seite, auf der sie lag, war taub.

Während der längste Abend des jungen Mädchens langsam verging, steigerten sich ihre Beschwerden. Sie fühlte sich wie im Fieber und mußte gegen plötzliche Anfälle von Panik ankämpfen. Wenn sie nachgegeben hätte, wäre sie vielleicht am Schock gestorben, aber jedesmal konnte Christine diese Wogen der Hysterie niederkämpfen. Zum Glück hatte ihre Situation auch etwas rettend Gnädiges: Sie dachte kaum an das, was ihrer Familie und den Freunden widerfahren war. Dann und wann glaubte sie noch den ächzenden Laut zu hören, den ihr Vater ausgestoßen hatte, als ihn das Kriegsbeil des Pawnee in den Rücken getroffen hatte, aber jedesmal schaffte sie es, den Rest aus ihren Gedanken zu verbannen. Sie war immer als zähes, kleines Mädchen bekannt gewesen, und diese Zähigkeit rettete sie.

Gegen Mitternacht schlief sie ein und erwachte nur Minuten

später in panischer Platzangst. Je mehr sie sich bewegte, desto mehr schien sie sich zu verkeilen.

Ihre mitleiderregenden Schreie hallten durch den Einschnitt.

Schließlich konnte sie nicht mehr schreien. Sie weinte lange. Als auch die Tränen versiegten, war sie ruhig und schwach vor Erschöpfung wie ein Tier, das stundenlang in einer Falle gefangen war.

Sie gab die Hoffnung auf, aus dem Loch herauszukommen, und konzentrierte sich auf eine Reihe kleiner Aktivitäten, um es sich so erträglich wie möglich zu machen. Sie bewegte die Füße auf und ab, zählte jeden Zeh und bewegte ihn einzeln. Ihre Hände waren relativ frei, und sie preßte die Fingerspitzen gegeneinander, bis sie jede Kombination durchgespielt hatte, die sie sich denken konnte. Sie zählte ihre Zähne. Sie sagte das Vaterunser auf und buchstabierte jedes Wort. Sie ersann ein langes Lied über ihre Gefangenschaft in dem Loch. Dann sang sie es.

Beim ersten Tageslicht weinte sie von neuem. Es war ihr klar, daß sie den kommenden Tag nicht überstehen würde. Sie war am Ende. Und als sie Hufschlag hörte, erschien es ihr besser, von jemandem getötet zu werden, als in dem Loch zu sterben.

»Hilfe«, rief sie. »Hilfe!«

Sie hörte, daß der Hufschlag abrupt verstummte. Leute kamen den Hang herauf und kletterten über Geröll. Das Kollern von Steinen und die Schritte verstummten. Ein Indianergesicht tauchte vor dem Loch auf. Sie konnte den Anblick nicht ertragen, aber es war unmöglich, den Kopf wegzudrehen. Sie schloß die Augen vor dem verwirrten Comanchen.

»Bitte . . . hol mich raus«, krächzte sie.

Bevor sie wußte, wie ihr geschah, wurde sie von starken Händen in den Sonnenschein gezogen. Zuerst konnte sie nicht stehen, und als sie auf den Boden sank und langsam ihre geschwollenen Beine jeweils ein Stückchen ausstreckte, berieten die Indianer.

Sie waren geteilter Ansicht. Die Mehrheit sah keine Wert darin, sie mitzunehmen. Diese Krieger fanden sie zu mager, klein und schwach. Und wenn sie dieses kleine Bündel Elend mitnahmen, machte man sie vielleicht verantwortlich für das, was die Pawnees den weißen Leuten in dem Erdhaus angetan hatten.

Der Anführer der Trupps argumentierte dagegen. Es sei unwahrscheinlich, daß die Leute beim Erdhaus, so weit entfernt von anderen Weißen, so schnell gefunden werden würden. Bis dahin würden sie, die Comanchen, weit aus diesem Gebiet fort sein. Der Stamm hatte derzeit nur zwei Gefangene, beides Mexikaner, und Gefangene waren immer von Wert. Wenn dieses Mädchen auf dem langen Heimweg sterben sollte, würden sie es liegenlassen, und niemand konnte daraus etwas schließen. Wenn sie überlebte, war sie als Arbeitskraft nützlich oder konnte als Handelsobjekt genutzt werden, wenn es nötig sein sollte. Der Anführer erinnerte die anderen, daß es zur Tradition des Stammes gehörte, aus Gefangenen gute Comanchen zu machen, und es war immer ein Bedarf an guten Comanchen.

Die Sache wurde schnell geregelt. Diejenigen, die dafür waren, sie auf der Stelle zu töten, mochten die besseren Argumente haben, doch der Mann, der sie mitnehmen wollte, war ein schnell aufgestiegener junger Krieger mit großer Zukunft, und keiner war erpicht darauf, sich gegen ihn zu stellen.

Christine überlebte all die Strapazen und Härten, größtenteils durch das Wohlwollen des jungen Kriegers mit der großen Zukunft, der später Weiser Vogel genannt wurde.

Im Laufe der Zeit fühlte sie sich heimisch, als wäre sie bei diesem Volk aufgewachsen, und sie erkannte, daß sich die Comanchen sehr von denjenigen Indianern unterschieden, die ihre Familie und deren Freunde ermordet hatten. Die Welt der Comanchen wurde ihre, und sie liebte sie so sehr, wie sie die Pawnees haßte. Während der Haß auf die Mörder blieb, verblaßten die Erinnerungen an ihre Familie immer mehr. Es war, als versanken diese Erinnerungen in Treibsand. Am Ende waren sie völlig verschwunden.

Bis zu diesem Tag, an dem sie ihre Vergangenheit ausgegraben hatte.

So lebendig die Erinnerung auch gewesen war, Die-sich-mit-der-Faust-behauptet dachte nicht daran, als sie sich unter der Balsampappel erhob und in den Bach watete. Als sie sich etwas Wasser ins Gesicht klatschte, dachte sie nicht an ihre Eltern. Sie waren lange tot, und die Erinnerung an sie konnte sie nicht nutzen.

Während sie den Blick über das gegenüberliegende Ufer schweifen ließ, dachte sie nur an die Pawnees und fragte sich, ob sie in diesem Sommer Raubzüge durch das Gebiet der Comanchen machen würden.

Insgeheim hoffte sie das. Sie wollte eine weitere Gelegenheit zur Rache.

Es hatte eine Möglichkeit vor ein paar Sommern gegeben, und sie hatte das Beste daraus gemacht. Ein arroganter Krieger war gefangengenommen worden, um ihn als Geisel zu benutzen.

Die-sich-mit-der-Faust-behauptet und eine Abordnung von Frauen waren den Männern am Rand des Lagers entgegengetreten, als sie den Gefangenen gebracht hatten. Sie hatte den heftigen Angriff geführt, und der zurückkehrende Kriegstrupp war machtlos gewesen. Sie hatten den gefangenen Pawnee von seinem Pony gerissen und ihn auf der Stelle niedergemetzelt. Die-sich-mit-der-Faust-behauptet hatte als erste mit dem Messer zugestoßen und dann den Mann buchstäblich in Stücke geschnitten. Die Rache hatte ihr tiefe Befriedigung verschafft. Dennoch träumte sie des öfteren von einer weiteren Möglichkeit, sich zu rächen.

Der Besuch in ihrer Vergangenheit war wie ein Tonikum, und sie fühlte sich mehr denn je als Indianerin, als sie auf dem wenig benutzten Pfad zurückging. Sie hielt den Kopf hoch erhoben und fühlte sich sehr stark.

Der weiße Soldat kam ihr jetzt unbedeutend vor. Wenn sie überhaupt mit ihm sprechen würde, dann nur so viel, wie es ihr als Die-sich-mit-der-Faust-behauptet gefiel.

# 17

Das Auftauchen dreier fremder junger Indianer auf Ponys war eine Überraschung. Sie machten einen scheuen und respektvollen Eindruck und wirkten wie Boten, aber Lieutenant Dunbar war äußerst vorsichtig. Er konnte die verschiedenen Indianerstämme noch nicht unterscheiden, und für sein ungeübtes Auge konnte es jedermann sein.

Mit dem Gewehr über der Schulter ging er ihnen hundert Schritte vom Depot aus entgegen. Als einer der jungen Männer das Zeichen des Grußes machte, das der ruhige, weise wirkende Krieger gemacht hatte, antwortete Dunbar mit seiner üblichen kurzen Verbeugung.

Die Unterhaltung mit Handzeichen war kurz und einfach. Sie baten ihn, mit zum Lager zu kommen, und der Lieutenant stimmte zu.

Sie standen dabei, als er Cisco sattelte, und sprachen leise über den Buckskin, doch Lieutenant Dunbar schenkte ihnen wenig Beachtung.

Er wollte erfahren, was los war, und er war froh, als sie das Fort im Galopp verließen.

Es war dieselbe Frau, und obwohl sie abseits von den Männern hinten im Zelt saß, schweifte der Blick des Lieutenants immer wieder zu ihr hin. Das Rehlederkleid verbarg ihre Knie, und er wußte nicht, ob die schlimme Verletzung des Oberschenkels abgeklungen war.

Körperlich sah sie gut aus, aber er konnte nichts aus ihrer Miene lesen. Die Miene war ausdruckslos und zeigte allenfalls eine Spur Unmut. Er blickte immer wieder zu ihr hin, weil er jetzt überzeugt war, daß man ihn ihretwegen zum Lager geholt hatte. Er wünschte, der Krieger würde zur Sache kommen, aber seine begrenzte Erfahrung mit den Indianern hatte ihn bereits gelehrt, geduldig zu sein.

So wartete er, als der Medizinmann sorgfältig seine Pfeife stopfte. Von neuem schaute der Lieutenant zu der Frau. Einen

Sekundenbruchteil trafen sich ihre Blicke, und er wurde daran erinnert, wie hell ihre Augen im Vergleich zu den dunkelbraunen der anderen waren. Dann fiel ihm ein, daß sie an jenem Tag auf der Prärie auf Englisch »nicht« gesagt hatte. Der Anblick des rötlichen Haars gewann plötzlich eine neue Bedeutung für ihn, und ein Kribbeln stieg in ihm auf.

O mein Gott, dachte er, diese Frau ist eine Weiße!

Dunbar merkte, daß sich Weiser Vogel der Anwesenheit der Frau im Dunkel bewußt war. Als Weiser Vogel ihm – zum ersten Mal – die Pfeife anbot, tat er es mit einem Seitenblick zu der Frau.

Lieutenant Dunbar brauchte Hilfe beim Rauchen der ungewohnten Pfeife, und Weiser Vogel gewährte sie ihm höflich. Er zeigte ihm, wie er den langen glatten Stiel halten sollte, und er korrigierte den Winkel. Der Tabak war so stark, wie er roch, und sehr aromatisch. Ein guter Tabak. Die Pfeife war faszinierend. Sie wirkte erst schwer, doch wenn man sie richtig hielt, lag sie leicht in den Händen.

Sie pafften ein paar Minuten lang abwechselnd. Dann legte Weiser Vogel die Pfeife behutsam neben sich. Er schaute zu Die-sich-mit-der-Faust-behauptet und winkte sie zu sich.

Sie zögerte einen Augenblick lang. Dann stemmte sie sich mit einer Hand vom Boden ab und wollte aufstehen. Lieutenant Dunbar, stets Kavalier und Gentleman, sprang sofort auf, um ihr zu helfen, und damit löste er einen wilden Tumult aus.

Alles passierte blitzschnell. Dunbar sah das Messer erst, als die Frau die Hälfte der Distanz zurückgelegt hatte. Als nächstes nahm er wahr, daß Weiser Vogel ihm den Unterarm gegen die Brust stieß und ihn zurückschleuderte. Als er stürzte, sah er die Frau geduckt auf sich zukommen und hörte sie Worte zischen, während sie versuchte, mit dem Messer auf ihn einzustechen.

Weiser Vogel war schnell bei ihr. Er entwand ihr das Messer mit einer Hand und stieß sie mit der anderen zu Boden. Als sich der Lieutenant aufsetzte, wandte sich Weiser Vogel zu ihm. Das Gesicht des Medizinmanns spiegelte Zorn wider.

Dunbar war darauf aus, die schreckliche Situation zu entschärfen. Er erhob sich und gestikulierte ein paarmal »Nein«. Dann machte er eine der kleinen Verbeugungen, mit denen er grüßte, wenn Indianer nach Fort Sedgewick kamen. Er wies auf die Frau am Boden und verneigte sich von neuem.

Da verstand Weiser Vogel. Der weiße Mann hatte nur höflich sein wollen. Er hatte nichts Böses im Sinn gehabt. Der Medizinmann sprach ein paar Worte mit Die-sich-mit-der-Faust-behauptet, und sie erhob sich. Sie hielt den Kopf gesenkt und vermied jeden Blickkontakt mit dem weißen Soldaten.

Einen Augenblick lang standen alle drei reglos da.

Lieutenant Dunbar wartete und beobachtete, während sich Weiser Vogel langsam mit einem langen, dunklen Finger über die Nase rieb und offenbar über die Dinge nachdachte. Dann sprach er leise mit Die-sich-mit-der-Faust-behauptet, und die Frau blickte auf. Ihre Augen wirkten heller als zuvor. Und ausdrucksloser.

Sie schaute in Dunbars Augen.

Mit Handzeichen bat Weiser Vogel den Lieutenant, wieder Platz zu nehmen. Sie setzten sich hin wie zuvor, einander gegenüber. Weiser Vogel sprach wiederum leise mit Die-sich-mit-der-Faust-behauptet, und sie trat vor und setzte sich nur einen Schritt von Dunbar entfernt hin.

Weiser Vogel schaute sie beide erwartungsvoll an. Er tippte mit dem Zeigefinger auf die Lippen und forderte den Lieutenant mit Handzeichen auf, etwas zu der Frau zu sagen. Der Lieutenant sah sie an und wartete, bis sich ihre Blicke trafen.

»Hallo«, sagte er.

Sie blinzelte.

»Hallo«, wiederholte Dunbar.

Die-sich-mit-der-Faust-behauptet erinnerte sich an das Wort. Sie hatte jedoch das Gefühl, daß ihre Zunge wie eingefroren war. Sie befürchtete, keinen Ton herauszubekommen, und im Unterbewußtsein sträubte sie sich immer noch gegen dieses Gespräch. Sie machte ein paar stumme Versuche, bis sie schließlich das Wort herausbekam.

»*Hallo*«, antwortete sie und senkte schnell den Kopf.

Weiser Vogel war so erfreut, daß er sich auf die Oberschenkel schlug, was untypisch für ihn war. Er tätschelte Dunbars Handrücken und drängte ihn, weiterzusprechen.

»Sprechen?« fragte der Lieutenant und unterstrich das Wort

mit dem Handzeichen, das Weiser Vogel gemacht hat. »Sprechen wir Englisch?«

Die-sich-mit-der-Faust-behauptet tippte sich an die Schläfe und nickte. Sie versuchte ihm zu erklären, daß die Worte in ihrem Kopf waren. Sie hielt zwei Finger auf die Lippen und schüttelte den Kopf, versuchte ihm klarzumachen, daß sie Schwierigkeiten mit dem Sprechen hatte.

Der Lieutenant verstand ihre Gesten nicht ganz. Ihre Augen spiegelten immer noch eine Spur von Feindseligkeit wider, doch ihre Bewegungen waren entspannter, und er hatte das Gefühl, daß sie bereit zur Verständigung war.

»Ich bin . . .« begann er und tippte mit dem Finger auf seinen Uniformrock, »ich bin John. Ich bin John.«

Ihr Blick war auf seinen Mund gerichtet.

»Ich bin John«, wiederholte Dunbar.

Die-sich-mit-der-Faust-behauptet bewegte lautlos die Lippen und übte das Wort, das sie sagen wollte. Als sie den Namen schließlich aussprach, klang er perfekt deutlich. Es schockierte sie, und es schockierte Lieutenant Dunbar.

Sie sagte: »Willie.«

Weiser Vogel erkannte, daß es ein Mißverständnis gab, als er die verwirrte Miene des Lieutenants sah. Hilflos schaute er zu, während Die-sich-mit-der-Faust-behauptet eine Reihe verworrener Gesten machte. Sie bedeckte die Augen und rieb ihr Gesicht. Sie hielt eine Hand auf die Nase, wie um einen Geruch zu unterdrücken, und schüttelte heftig den Kopf. Schließlich legte sie die Hände mit den Handflächen auf den Boden, seufzte tief und bildete wieder lautlos Worte mit dem kleinen Mund. In diesem Augenblick verlor Weiser Vogel fast die Hoffnung. Vielleicht hatte er mit diesem Experiment zuviel verlangt.

Lieutenant Dunbar wußte ebenfalls nicht, was er davon halten solle. Es kam ihm in den Sinn, daß das arme Mädchen in der langen Gefangenschaft vielleicht den Verstand verloren hatte.

Aber Weiser Vogel hatte mit seinem Experiment nicht zuviel verlangt, wenn es auch schrecklich schwierig war. Und Die-sich-mit-der-Faust-behauptet war nicht verrückt geworden. Die Worte des weißen Soldaten, ihre Erinnerungen und ihre

Schwierigkeiten beim Sprechen der alten Sprache kamen zusammen. Dieses Durcheinander zu entwirren kam dem Versuch gleich, mit geschlossenen Augen ein Bild zu malen. Sie versuchte alles zu entwirren, indem sie ins Leere starrte.

Weiser Vogel versuchte, etwas zu sagen, doch sie unterbrach ihn mit einem Wortschwall in Comanche.

Sie schloß die Augen. Als sie sie nach einer Weile öffnete und Lieutenant Dunbar anschaute, sah er, daß ihr Blick weicher geworden war. Mit einer ruhigen Geste forderte sie ihn auf, wieder zu sprechen.

Dunbar räusperte sich.

»Ich bin John«, sagt er und sprach den Namen deutlich aus. »John . . . John.«

Wiederum bewegte sie zunächst lautlos die Lippen, und dann versuchte sie, den Namen auszusprechen.

*»Jon.«*

»Ja.« Dunbar nickte heftig. »John.«

*»Jon«*, wiederholte sie.

Lieutenant Dunbar lauschte dem Klang nach. Es war schön, seinen Namen zu hören. Er hatte ihn seit Monaten nicht gehört.

Die-sich-mit-der-Faust-behauptet mußte lächeln. Nach den Ereignissen der letzten Zeit hatte sie nicht mehr gelächelt. Es war gut, über etwas lächeln zu können.

Gleichzeitig schauten sie Weiser Vogel an.

Er lächelte nicht. Doch in seinen Augen war eine Spur eines glücklichen Leuchtens.

An diesem ersten Nachmittag im Tipi von Weiser Vogel ging es nur langsam voran. Die Zeit verrann, während Die-sich-mit-der-Faust-behauptet mühsam die einfachen Worte und Sätze wiederholte, die Lieutenant Dunbar ihr sagte. Manchmal bedurfte es vieler Wiederholungen, bis sie ein einziges einsilbiges Wort aussprechen konnte. Und selbst dann war die Aussprache alles andere als perfekt. Man konnte es kaum reden nennen.

Dennoch war Weiser Vogel sehr ermutigt. Die-sich-mit-der-Faust-behauptet hatte ihm gesagt, daß sie sich gut an die Worte der Weißen erinnerte, nur Schwierigkeiten mit der Zunge habe. Der Medizinmann wußte, daß Übung dieses Problem lösen würde, und im Geiste sah er schon glückliche Zeiten voraus, in denen die Unterhaltungen flüssig und voller Informationen sein würden.

Er empfand eine Spur von Unmut, als einer seiner Assistenten mit der Nachricht kam, daß er gebraucht wurde, um die letzten Vorbereitungen für den Tanz zu beaufsichtigen.

Aber Weiser Vogel lächelte, als er die Hand des weißen Mannes ergriff und ihm mit den Worten der Weißen auf Wiedersehen sagte.

*»Hallo, Jon.«*

Es war schwer zu begreifen. Das Treffen hatte so abrupt geendet. Und soweit er wußte, war es gut verlaufen. Irgend etwas mußte auf einmal wichtiger gewesen sein.

Dunbar stand vor dem Tipi und schaute den breiten Pfad entlang. Anscheinend versammelten sich Leute auf einer freien Fläche am Ende des Pfads bei dem Tipi mit dem Bären. Dunbar wollte bleiben und sehen, was geschehen würde.

Der ruhige Indianer war jedoch schon in der stetig wachsenden Menge verschwunden. Dunbar entdeckte die Frau, die so klein zwischen den bereits kleinen Indianern wirkte. Sie ging mit zwei Frauen zu der Menge. Sie blickte nicht zurück zu ihm, doch als er ihr nachschaute, sah er vor seinem geistigen Auge die beiden Menschen ihn ihr: die Weiße und die Indianerin.

Cisco kam auf ihn zu, und Dunbar war überrascht, als er sah, daß der ständig lächelnde Junge sein Pferd ritt. Der Junge zügelte den Buckskin, sprang hinab, tätschelte Ciscos Hals und plapperte etwas auf Comanche, was Dunbar richtig als ein Lob der Fähigkeiten seines Pferde deutete.

Leute strömten auf den Platz vor dem Tipi mit dem Bären, und sie beachteten den weißen Mann mit der Uniform kaum. Der Lieutenant spielte wieder mit dem Gedanken, zu bleiben, doch er wußte, daß er ohne förmliche Einladung nicht willkommen sein würde. Er war nicht eingeladen worden.

Die Sonne würde bald untergehen, und sein Magen begann

zu knurren. Wenn er vor Einbruch der Dunkelheit im Fort sein wollte, mußte er sich beeilen. Er schwang sich auf Cisco, zog ihn um die Hand und ritt in leichtem Galopp aus dem Lager.

Als er die letzten Tipis passierte, sah er eine merkwürdige Versammlung. Vielleicht ein Dutzend Männer war hinter einem der letzten Zelte versammelt. Sie trugen prächtige Umhänge, und ihre Körper und Gesichter waren mit grellen Farben bemalt. Jeder Mann trug einen Büffelkopf, komplett mit zottigem Fell und Hörnern. Nur die schwarzen Augen und vorstehenden Nasen waren unter den sonderbaren Helmen sichtbar.

Dunbar hob grüßend die Hand, als er vorbeigaloppierte. Einige der Männer blickten in seine Richtung, aber keiner winkte zurück, und so ritt der Lieutenant weiter.

Die Besuche von Zwei Strümpfe waren nicht mehr auf den späten Nachmittag oder frühen Morgen begrenzt. Der alte Wolf konnte jetzt jederzeit auftauchen, und wenn er kam, dann fühlte er sich heimisch und streifte durch Lieutenant Dunbars Welt, als wäre er ein Haushund. Die Distanz, die er einst gewahrt hatte, nahm ab, und sein Zutrauen wuchs. Oftmals war er nur ein paar Schritte entfernt, während der einsame Lieutenant seinen kleinen Beschäftigungen nachging. Wenn er Eintragungen in sein Tagebuch machte, legte sich Zwei Strümpfe hin, streckte sich aus und beobachtete neugierig mit gelben Augen, während der Lieutenant schrieb.

Auf dem Rückritt hatte sich Dunbar sehr einsam gefühlt. Das vorzeitige Ende seines Treffens mit der Frau, die zwei Menschen in einer Person war, und die geheimnisvolle Aufregung im Lager (an der er nicht beteiligt worden war), erfüllten Dunbar wieder mit dem deprimierenden Gefühl, ausgeschlossen zu sein. Sein ganzes Leben hatte er sich danach gesehnt, teilzunehmen, und wie jeder andere Mensch wurde er nur schwer mit der Einsamkeit fertig. In seinem Fall beherrschte die Einsamkeit sein Leben, und so war es tröstlich gewesen, Zwei Strümpfe unter dem Sonnendach liegen zu sehen, als er in der Abenddämmerung eingetroffen war.

Der Wolf lief auf den Hof, setzte sich hin und beobachtete, während sich der Lieutenant vom Pferd schwang.

Dunbar bemerkte sofort, daß noch etwas unter dem Vordach lag. Es war ein großes Präriehuhn, das tot auf dem Boden lag. Als er es untersuchte, stellte er fest, daß es erst vor kurzem getötet worden war. Das Blut an seinem Nacken war noch feucht. Doch abgesehen von der durchgebissenen Kehle war das Präriehuhn unversehrt. Kaum eine Feder war unordentlich. Das war ein Rätsel, für das es nur eine Lösung gab, und der Lieutenant sah Zwei Strümpfe scharf an.

»Ist das deines?« fragte er laut.

Der Wolf hob den Kopf und blinzelte, als Lieutenant Dunbar das Präriehuhn von neuem musterte.

»Nun denn«, fügte er mit einem Achselzucken hinzu, »ich nehme an, es ist *unseres*.«

Zwei Strümpfe stand dabei und schaute zu, als Dunbar das Präriehuhn rupfte, ausnahm und über dem offenen Feuer briet. Während das Präriehuhn am Spieß briet, folgte der Wolf dem Lieutenant zum Korral und wartete geduldig, als er Cisco die Ration Körnerfutter gab. Dann kehrte er mit Dunbar zum Feuer zurück und wartete auf den Festschmaus.

Es war ein guter Vogel, fleischig und zart. Der Lieutenant aß langsam, schnitt dann und wann ein Stückchen Fleisch ab und warf es Zwei Strümpfe hin. Als er sich satt gegessen hatte, warf er das Gerippe mit dem restlichen Fleisch auf den Hof, und der alte Wolf schnappte es sich und verschwand damit in der Dunkelheit.

Lieutenant Dunbar blieb auf einem der Feldstühle sitzen. Er rauchte und ließ sich von den abendlichen Lauten unterhalten. Er dachte daran, wie erstaunlich weit er in so kurzer Zeit gekommen war. Noch vor kurzem hatten ihn die gleichen Geräusche nervös gemacht. Sie hatten ihm den Schlaf geraubt. Jetzt waren sie vertraut und beruhigend.

Er dachte an den Tag zurück und sagte sich, daß es ein sehr guter gewesen war. Als das Feuer herabbrannte und er seine zweite Zigarette des Abends rauchte, wurde ihm klar, wie einzigartig es war, daß er einzeln und direkt mit den Indianern umgehen konnte. Er klopfte sich im Geiste auf die Schulter und sagte sich, daß er bis jetzt seine Sache als Repräsentant der Vereinigten Staaten von Amerika gut und glaubwürdig gemacht hatte. Und obendrein ohne irgendwelche Richtlinien.

Plötzlich dachte er an den Krieg. Es war möglich, daß er nicht länger Repräsentant der Vereinigten Staaten war. Vielleicht war der Krieg vorüber, und es gab jetzt die Konföderierten Staaten von Amerika... Er konnte sich das nicht vorstellen. Aber es war möglich. Er war jetzt seit langem ohne irgendwelche Informationen.

Bei diesen Überlegungen dachte er an seinen Beruf, und er gestand sich ein, daß er immer seltener an die Armee gedacht hatte. Das war größtenteils darauf zurückzuführen, daß er mitten in einem großen Abenteuer war, aber als er beim herabgebrannten Feuer saß und dem Jaulen der Kojoten beim Bach lauschte, kam ihm in den Sinn, daß er vielleicht auf ein besseres Leben gestoßen war. In diesem Leben brauchte er nur sehr wenig. Cisco und Zwei Strümpfe waren keine Menschen, aber ihre unerschütterliche Treue war auf eine Weise befriedigend, wie es menschliche Beziehungen nie gewesen waren. Er war glücklich mit den beiden.

Und da waren natürlich die Indianer. Sie zogen ihn deutlich an. Sie waren zumindest ausgezeichnete Nachbarn, freundlich, offen und teilnahmsvoll. Obwohl er für die Ureinwohner viel zu weiß war, fühlte er sich äußerst wohl in ihrer Gesellschaft. Sie hatten etwas Weises an sich. Vielleicht hatte er sich deshalb von Anfang an zu ihnen hingezogen gefühlt. Der Lieutenant hatte nie viel von langem Nachdenken gehalten. Er war stets ein Mann der Tat gewesen, was manchmal zu Fehlern geführt hatte. Jetzt spürte er, daß sich diese Seite seiner Persönlichkeit veränderte.

Ja, das ist es, dachte er. Man kann etwas von ihnen lernen. Sie kennen sich aus. Wenn die Armee niemals kommt, wird der Verlust nicht so groß sein.

Dunbar fühlte sich plötzlich müde. Gähnend warf er seine Zigarettenkippe in die Glut des Feuers und reckte sich.

»Ich werde jetzt schlafen wie ein Toter, und zwar die ganze Nacht durch«, murmelte er vor sich hin.

Lieutenant Dunbar schreckte in der Dunkelheit vor dem Morgen aus dem Schlaf auf. Seine Grassodenhütte erbebte. Der Boden zitterte ebenfalls, und die Luft war mit einem dumpfen Grollen erfüllt.

Er schwang sich aus dem Bett und lauschte angestrengt. Das Grollen näherte sich bachaufwärts und war nicht fern.

Er zog schnell Hose und Stiefel an und ging hinaus. Jetzt war das Geräusch noch lauter. Es erfüllte die nächtliche Prärie mit lautem Echo.

Er fühlte sich klein inmitten dieses Grollens.

Das Geräusch kam nicht auf ihn zu, und ohne den Grund genau zu wissen, schloß er aus, daß eine Laune der Natur, ein Erdbeben oder eine Flut, diese enorme Energie erzeugte. Etwas Lebendes verursachte das Geräusch. Etwas Lebendes ließ die Erde erbeben, und er mußte es sich ansehen.

Das Licht der Laterne wirkte winzig, als er in Richtung des Geräusches marschierte. Er hatte noch keine hundert Schritte am Fuß des Hügel zurückgelegt, als er im schwachen Lichtschein der Laterne etwas wahrnahm. Es war Staub; eine große Staubwolke, die in die Nacht emporstieg.

Der Lieutenant ging langsam, als er sich den Geräuschen näherte. Plötzlich wurde ihm klar, daß das Donnern von Hufen erzeugt und der Staub durch die Bewegung von Tieren aufgewirbelt wurde, die so groß waren, daß er es nie geglaubt hätte, wenn er es nicht mit eigenen Augen gesehen hätte.

Die Büffel.

Einer davon brach plötzlich aus der Staubwolke aus. Dann ein anderer. Und noch einer. Dunbar erhaschte nur einen Blick auf sie, als sie vorbeidonnerten, doch der Anblick war so überwältigend, daß sie ebensogut erstarrt hätten sein können. In diesem Augenblick prägten sie sich für immer in Lieutenant Dunbars Erinnerung ein.

In diesem Moment, als er ganz allein mit der Laterne in der Hand beobachtete, wußte er, was die Büffel für die Welt bedeuteten, in der er augenblicklich lebte. Sie waren das, was für das Meer die Fische, was für den Himmel die Vögel waren, was für die menschliche Lunge die Luft war.

Sie waren das Leben der Prärie.

Tausende Büffel strömten über das Ufer und durch den Bach, den sie durchquerten wie ein Zug eine Pfütze. Auf dem anderen Ufer donnerten sie zu einem Ziel, das nur sie kannten, über die Prärie, eine Flut von Hufen und Hörnern und Fleisch, die mit unvorstellbarer Kraft durch die Landschaft raste.

Dunbar drehte den Docht der Laterne herunter und rannte los. Er holte nur Ciscos Zaumzeug und verzichtete darauf, ein Hemd anzuziehen. Dann sprang er auf den Buckskin und trieb ihn zum Galopp.

Das Lager war von Feuerschein erhellt, als Lieutenant Dunbar in die Senke mit den vielen Tipis längs des Hauptwegs preschte.

Jetzt konnte er die Flammen des größten Feuers und die Menge sehen, die darum versammelt war. Er sah die Tänzer mit den Büffelköpfen, und er hörte stetige Trommeln. Gedämpft nahm er zum Trommeln tiefen, rhythmischen Gesang wahr.

Er war sich jedoch kaum des Schauspiels bewußt, das sich vor ihm abspielte. Ebensowenig hatte er bewußt den scharfen Ritt über die Prärie wahrgenommen. Er nahm auch nicht wahr, daß Cisco nach der wilden Jagd vom Kopf bis zum Schweif schweißnaß war. Nur eines war ihm bewußt, als er sein Pferd auf den Hauptweg zu den Versammelten trieb – das Wort für Büffel auf Comanche. Immer wieder ließ er es sich durch den Kopf gehen und versuchte sich an die richtige Aussprache zu erinnern.

Dann rief er das Wort, doch bei all dem Trommeln und dem Gesang hatten die Indianer sein Nahen noch gar nicht bemerkt. Als er sich dem Feuer näherte, wollte er Cisco zügeln, doch das Pferd reagierte nicht.

Er preschte mitten zwischen die Tänzer, und sie sprangen in alle Richtungen auseinander. Mit großer Mühe parierte der Lieutenant den Buckskin. Cisco stieg auf die Hinterhand und keilte mit der Vorderhand aus. Dunbar konnte sich nicht auf dem ungesattelten Pferderücken halten. Er rutschte ab und krachte zu Boden.

Bevor er sich aufrappeln konnte, stürzten sich ein halbes Dutzend erzürnter Krieger auf ihn. Ein Mann mit einer Kriegskeule hätte vielleicht alles beendet, doch die sechs Männer behinderten sich gegenseitig, und keiner kam richtig an den Lieutenant heran.

Sie rollten in einem chaotischen Knäuel über den Boden. Dunbar schrie auf Comanche »Büffel«, während er gegen Schläge und Tritte ankämpfte. Keiner konnte in dem Durcheinander verstehen, was er sagte, und einige der Hiebe trafen ihn nun voll.

Dann nahm er vage wahr, daß der Druck auf ihn nachließ. Jemand erhob die Stimme über den Tumult, und die Stimme klang vertraut.

Plötzlich war niemand mehr über ihm. Er lag allein auf dem Boden und starrte halb benommen auf ein Vielzahl indianischer Gesichter. Eines der Gesichter neigte sich zu ihm herab.

Weiser Vogel.

Der Lieutenant sagte: »Büffel.«

Er rang um Atem und konnte das Wort nur krächzen.

Weiser Vogel neigte sich noch näher zu ihm.

»Büffel«, keuchte der Lieutenant.

Weiser Vogel stieß einen Grunzlaut aus und schüttelte den Kopf. Er hielt das Ohr an Dunbars Mund, und der Lieutenant wiederholte das Wort und bemühte sich mit aller Kraft um die richtige Aussprache.

»Büffel.«

Weiser Vogel starrte Lieutenant Dunbar in die Augen.

»Büffel?«

»Ja«, sagte Dunbar und lächelte schwach. »Ja – Büffel – Büffel.«

Erschöpft schloß er für einen Moment die Augen. Er hörte Weiser Vogel mit tiefer Stimme das Wort in die eingetretene Stille rufen.

Freudenschreie aus allen Kehlen waren die Antwort. Der Lieutenant öffnete blinzelnd die Augen. Dann wurde ihm bewußt, daß er von starken Armen auf die Füße gezogen wurde.

Als er aufblickte, sah er unzählige strahlende Gesichter. Sie drängten sich um ihn.

# 18

Alle zogen los.

Das Lager beim Bach blieb verlassen zurück, als im Morgengrauen die große Karawane davonströmte.

Flankenreiter wurden in alle Richtungen ausgeschickt. Die Masse der berittenen Krieger ritt voran. Dann folgten die Frauen und Kinder, einige zu Pferde, einige zu Fuß. Diejenigen, die zu Fuß waren, wanderten neben Ponys, die Schleppbahren mit Ausrüstung zogen. Einige der sehr alten Männer ritten am Schluß der Kolonne, gefolgt von der riesigen Ponyherde.

Es gab vieles zu bestaunen. Allein die Größe der Kolonne war beeindruckend, die Schnelligkeit, mit der sie vorankam, der unglaubliche Lärm, die perfekte Organisation, die jedem einen Platz und eine Aufgabe gab.

Was Lieutenant Dunbar jedoch am ungewöhnlichsten von allem fand, war die Tatsache, wie man ihn behandelte. Buchstäblich über Nacht war er von jemandem, der mit Mißtrauen oder Gleichgültigkeit betrachtet worden war, zu einer Person von hohem Rang geworden. Die Frauen lächelten ihn jetzt offen an, und die Krieger teilten ihre Scherze mit ihm. Die Kinder, die so zahlreich waren, suchten ständig seine Gesellschaft und wurden manchmal zu Quälgeistern.

Indem sie ihn so behandelten, zeigten die Comanchen eine völlig neue Seite ihres Wesens, ganz das Gegenteil von dem stoischen, reservierten Verhalten, das sie bisher ihm gegenüber gehabt hatten. Jetzt waren sie ein ungehemmtes, fröhliches Volk, und Lieutenant Dunbar fühlte sich ebenso frei und heiter.

Die Ankunft der Büffel hätte die Stimmung der Comanchen ohnehin gehoben, doch der Lieutenant wußte, daß seine Anwesenheit bei der Kolonne, die über die Prärie zog, der ganzen Sache einen gewissen Glanz hinzugab, und bei diesem Gedanken fühlte er sich ein bißchen größer.

Lange bevor sie Fort Sedgewick erreichten, brachten Kundschafter die Nachricht, daß die große Fährte dort gefunden worden war, wo der Lieutenant sie beschrieben hatte, und weitere Männer wurden sofort losgeschickt, um festzustellen, wo die Hauptherde graste.

Jeder Kundschafter nahm ein paar frische Ersatzpferde mit. Sie würden reiten, bis sie die Herde fanden, und dann zur Kolonne zurückkehren und melden, wie groß die Herde und wie weit entfernt sie war. Sie würden ebenfalls berichten, ob in dem Gebiet irgendwelche Feinde waren, die vielleicht durch die Jagdgründe der Comanchen streiften.

Während die Kolonne weiterzog, hielt Dunbar kurz beim Fort.

Er holte seinen Vorrat an Tabak, seinen Revolver und das Gewehr, einen Uniformrock und eine Ration Körnerfutter für Cisco, und nur ein paar Minuten später ritt er wieder an der Seite von Weiser Vogel und seinen Assistenten.

Nachdem sie den Bach durchquert hatten, forderte Weiser Vogel den Lieutenant mit Gesten auf, voranzureiten, und die beiden Männer ritten von der Kolonne fort. Jetzt sah Dunbar zum ersten Mal die Fährte der Büffel: eine gigantische Bahn von fast einer Meile Breite, die sich wie eine große, von Dung übersäte Straße über die Prärie erstreckte.

Weiser Vogel beschrieb etwas mit Handzeichen, das der Lieutenant nicht ganz verstehen konnte, als zwei Staubwolken am Horizont auftauchten. Aus den Staubwolken schälten sich allmählich Reiter. Zwei zurückkehrende Kundschafter.

Mit den Ersatzpferden im Schlepp galoppierten sie heran und zügelten vor Zehn Bärens Gefolge die Ponys, um zu berichten.

Weiser Vogel ritt hinüber, um mit zu beraten, und Dunbar, der nicht verstand, was gesprochen wurde, beobachtete den Medizinmann genau, weil er hoffte, etwas aus seiner Miene schließen zu können.

Was er sah, half ihm nicht viel. Wenn er der Sprache mächtig gewesen wäre, hätte er verstanden, daß die Herde etwa zehn Meilen südlich in einem großen Tal angehalten hatte, um zu grasen. Die Kolonne konnte dieses Tal leicht bis zum Einbruch der Dunkelheit erreichen.

Die Unterhaltung wurde plötzlich sehr lebhaft, und der Lieutenant neigte sich unwillkürlich vor, wie um mitzuhören. Die Kundschafter machte lange, schwungvolle Gesten, zuerst gen

Süden und dann gen Osten. Die Mienen der Zuhörer verfinsterten sich, und nach weiterer Befragung der Kundschafter hielt Zehn Bären zu Pferde einen Rat mit seinen engsten Beratern ab.

Kurz darauf lösten sich zwei Reiter von der Versammlung und galoppierten an der Kolonne entlang zurück. Als sie fort waren, blickte Weiser Vogel zu dem Lieutenant, und Dunbar kannte sein Mienenspiel inzwischen gut genug, um zu wissen, daß sein Gesichtsausdruck nicht alles widerspiegelte, was er sollte.

Hufschlag trommelte hinter ihm. Der Lieutenant wandte den Kopf und sah, daß ein Dutzend Krieger zur Spitze der Kolonne preschte. Der ›Wilde‹ führte den Trupp an.

Sie hielten bei der Gruppe von Zehn Bären, beratschlagten kurz und galoppierten dann mit einem der Kundschafter nach Osten.

Die Kolonne setzte sich wieder in Bewegung, und als Weiser Vogel zurück an die Seite des weißen Soldaten ritt, sah er dem Lieutenant an den Augen an, daß er viele Fragen hatte. Es war nicht möglich, ihm diese Sache zu erklären, dieses schlechte Omen.

In der Nähe waren Feinde entdeckt worden, geheimnisvolle Feinde aus einer anderen Welt. Durch ihre Taten hatten sie sich als Volk ohne Wert und Seele erwiesen, als üble Schlächter, die keine Rücksicht auf die Rechte der Comanchen nahmen. Es war wichtig, sie zu bestrafen.

So wich weiser Vogel dem fragenden Blick des Lieutenants aus. Statt dessen beobachtete er die Staubwolke, die Wind-im-Haar und sein Trupp auf dem Weg nach Osten aufwirbelte, und betete lautlos für den Erfolg ihrer Mission.

Als Lieutenant Dunbar die kleinen rosafarbenen Hügelchen in der Ferne sah, wußte er, daß sie auf etwas Schlimmes stoßen würden. Auf den rosafarbenen Hügelchen waren schwarze Punkte, und als sich die Kolonne näherte, konnte Dunbar sehen, daß sich die Punkte bewegten. Selbst die Luft schien plötzlich drückender zu werden, und der Lieutenant öffnete einen weiteren Knopf seines Uniformrocks.

Weiser Vogel hatte ihn mit Absicht zur Spitze der Kolonne gebracht. Es war jedoch keine Bestrafung. Er wollte ihm etwas beibringen, und das konnte er besser durch Anschauungsunterricht als durch Reden. Vorne würde der Eindruck größer sein. Größer für sie beide. Weiser Vogel hatte diesen Anblick ebenfalls noch nicht gesehen.

Wie Quecksilber in einem Thermometer schien eine widerliche Mischung aus Ekel und Übelkeit in Lieutenant Dunbars Kehle aufzusteigen. Er mußte ständig schlucken, um sie zurückzuhalten, während er und Weiser Vogel die Kolonne durch die Mitte des Jagdgrundes führte.

Er zählte 27 Büffelkadaver. Und er schätzte, daß mindestens ebenso viele Raben über jedem Kadaver wimmelten. In einigen Fällen waren die Köpfe der Büffel völlig mit den schwarzen Vögeln bedeckt, die kreischend und flatternd um die Augäpfel der Büffel kämpften. Diejenigen toten Büffel, deren Augen bereits gefressen waren, dienten als Gastgeber für größere Schwärme, die hungrig pickten, von Kadaver zu Kadaver eilten und immer wieder den Darm entleerten, wie um die Opulenz ihres Festmahls zu betonen.

Wölfe tauchten aus allen Richtungen auf. Sie kauerten sich nieder, als die Kolonne vorbeizog.

Es war mehr als genug zu fressen für jeden Wolf und Vogel im Umkreis von vielen Meilen da. Der Lieutenant schätzte grob, daß dort fünfzehntausend Pfund totes Fleisch in der heißen Nachmittagssonne lagen.

All dies hat man dort liegengelassen und dem Verfall preisgegeben, dachte Dunbar, und er fragte sich, ob irgendein Erzfeind seiner Indianerfreunde dies als makabre Warnung gedacht hatte.

27 Felle waren vom Hals bis zu den Hinterbacken abgehäutet worden, und als Dunbar nahe bei einem besonders großen Büffel vorbeiritt, sah er, daß in dem offenen Maul die Zunge fehlte. Andere Tiere waren ebenfalls der Zunge beraubt worden. Aber das war alles. Alles sonst war zurückgelassen worden.

Lieutenant Dunbar dachte plötzlich an den toten Mann in der Gasse. Wie dieser Büffel hatte der Mann auf der Seite gelegen. Die Kugel, die ihm in den Schädel gefeuert worden war, hatte beim Aufsetzen die rechte Seite vom Kinn des Mannes herausgefetzt.

Er war damals nur John Dunbar gewesen, ein vierzehnjähriger Junge. In den folgenden Jahren hatte er Dutzende toter Männer gesehen, Männer, deren ganzes Gesicht gefehlt oder deren Gehirn wie verspritzter Brei den Boden bedeckt hatte. Doch an den ersten Toten erinnerte er sich am besten. Hauptsächlich wegen der Finger.

Er hatte hinter dem Polizisten gestanden, als festgestellt worden war, daß dem toten Mann zwei Finger abgehackt worden waren. Der Polizist hatte in die Runde geschaut und vor sich hingemurmelt: »Der wurde wegen seiner Ringe umgebracht.«

Und jetzt lagen diese Büffel tot am Boden, und ihre Eingeweide waren auf der Prärie verstreut, nur weil jemand ihre Zungen und Felle hatte haben wollen. Das kam Dunbar wie das gleiche Verbrechen vor.

Als er ein ungeborenes Kalb sah, das halb aus dem aufgeschlitzten Leib seiner Mutter hing, kam ihm das Wort in den Sinn, das er an jenem Abend in der Gasse gehört hatte: Mord.

Er blickte zu Weiser Vogel. Der Medizinmann starrte auf das ungeborene Kalb, und sein Gesicht war wie eine lange, ernste Maske.

Lieutenant Dunbar wandte sich ab und blickte an der Kolonne entlang. Der ganze Stamm bahnte sich einen Weg durch das Blutbad. Nach Wochen der Entbehrung waren alle hungrig, doch keiner hielt an, um sich etwas von der Fülle an Fleisch zu nehmen. Die Stimmen, die den ganzen Morgen so laut und rauh gewesen waren, klangen jetzt gedämpft, und er sah ihren Gesichtern die Melancholie an, die aus dem Wissen kommt, daß aus einem guten Weg plötzlich ein schlechter geworden ist.

Die Pferde warfen lange Schatten, als sie den Jagdgrund erreichten. Während die Frauen und Kinder das Lager im Windschatten eines langen Höhenzugs aufschlugen, ritten die meisten der Männer voraus, um vor Einbruch der Dunkelheit zu erkunden.

Lieutenant Dunbar ritt mit ihnen.

Etwa eine Meile vom neuen Lager entfernt stießen sie auf drei Kundschafter, die etwa hundert Schritte vor einer breiten Schlucht ein eigenes Camp aufgeschlagen hatten.

Sechzig rote Krieger und ein weißer Mann ließen ihre Pferde zurück und stiegen den langen westlichen Hang hinauf, der aus dem Einschnitt hinausführte. Als sie sich dem Hügelkamm näherten, ließen sich alle auf den Boden nieder und legten die letzte Strecke kriechend zurück.

Der Lieutenant schaute erwartungsvoll zu Weiser Vogel, der ihn leicht anlächelte. Der Medizinmann wies voraus und hielt den Zeigefinger an die Lippen. Dunbar wußte, daß sie am Ziel waren.

Ein paar Schritte vor ihm fiel der Hügel steil ab, und nur der Himmel war zu sehen. Dunbar erkannte, daß sie die Rückseite eines Felsvorsprungs erklettert hatten. Die steife Präriebrise schlug ihm ins Gesicht, als er den Kopf hob und in eine große Senke blickte, die sich etwa dreißig Meter unterhalb erstreckte.

Es war ein herrliches Tal, vier oder fünf Meilen breit und wenigstens zehn Meilen lang. Überall wogte Gras in üppiger Vielfalt.

Der Lieutenant nahm jedoch kaum das Gras oder das Tal und seine Dimensionen wahr. Selbst der Himmel, an dem sich jetzt Wolken ballten, und die untergehende Sonne mit ihrem wunderbaren Strahlenspiel konnten nicht mit dem großen, lebenden Teppich aus Büffeln konkurrieren, der den Talgrund bedeckte.

Daß so viele Büffel existierten, ganz zu schweigen davon, daß sie an ein und derselben Stelle waren, veranlaßte den Lieutenant zu wilden Schätzungen. Waren es fünfzig-, siebzig- oder hunderttausend? Konnte es noch mehr geben? Er schreckte vor der Ungeheuerlichkeit dieser Zahlen zurück.

Er rief weder etwas, noch sprang er auf oder flüsterte in ehrfürchtigem Staunen. Dieser gewaltige Anblick nahm ihn völlig gefangen. Er spürte nicht die kleinen, sonderbar geformten Steine, die gegen seinen Körper stachen. Als sich eine Wespe auf sein Kinn niederließ, schlug er sie nicht fort. Er starrte nur staunend in das Tal hinab.

Er sah ein Wunder.

Als ihm Weiser Vogel auf die Schulter tippte, wurde dem Lieutenant bewußt, daß er die ganze Zeit den Mund offengehalten hatte. Er war vom Präriewind trocken geworden.

Benommen wandte er den Kopf und schaute zurück zum Hang.

Die Indianer hatten mit dem Abstieg begonnen.

Sie waren eine halbe Stunde lang durch die Dunkelheit geritten, als die Feuer wie ferne Punkte auftauchten. Lieutenant Dunbar fühlte sich bei diesem Anblick wie in einem Traum.

Du kehrst heim, dachte er. Du reitest nach Hause.

Wie konnte das sein? Ein vorübergehendes Camp mit Feuern auf einer fernen Ebene, zweihundert Ureinwohner, deren Hautfarbe anders war als seine und deren Sprache aus einem Gewirr von Grunzern und Rufen bestand und deren Glaube noch ein Geheimnis für ihn war und vermutlich immer eines bleiben würde – wie konnte er sich bei alldem heimisch fühlen?

Aber heute abend war er sehr müde. Heute abend versprach dieses Lager die Behaglichkeit eines Geburtsortes. Es war wie ein Heim, und er war froh, es zu sehen.

Die anderen sechzig halbnackten Männer, mit denen er geritten war, freuten sich ebenfalls, als sie die fernen Feuer sahen. Sie begannen sich zu unterhalten. Die Pferde rochen das Feuer. Sie wurden schneller.

Dunbar wünschte, er könnte Weiser Vogel bei den Schemen ringsum erkennen. Der Medizinmann hatte vieles mit seinen Blicken gesagt, und hier draußen in der Dunkelheit, inmitten dieser wilden Männer, fühlte sich Dunbar hilflos ohne die aufschlußreichen Blicke des Medizinmanns.

Schließlich konnte Dunbar Stimmen und rhythmisches Trommeln hören. Stimmengewirr setzte bei seinen Gefährten ein, und plötzlich galoppierten die Pferde. Sie waren ein so dichter Pulk, der dahinjagte, daß Lieutenant Dunbar sich einen Augenblick lang wie ein Teil einer nicht aufzuhaltenden Kraft fühlte, einer Flutwelle von Männern und Pferden, der sich keiner entgegenzustellen wagen würde.

Die Männer heulten hoch und schrill wie Kojoten, und Dunbar, angesteckt von der Aufregung, stieß selbst ein paar kläffende Laute aus.

Er sah die Flammen der Feuer und die Umrisse von Gestalten im Lager. Dort bemerkte man jetzt das Nahen der Reiter, und einige liefen auf die Prärie hinaus den Zurückkehrenden entgegen.

Lieutenant Dunbar hatte ein sonderbares Gefühl. Er spürte, daß eine ungewöhnliche Aufregung herrschte, als wäre während ihrer Abwesenheit etwas Außergewöhnliches geschehen. Er spähte angestrengt zum Lager und suchte nach einem Anzeichen darauf, das ihm verraten würde, was sich verändert hatte.

Dann sah er den Wagen, der bei dem größten Feuer stand und so fehl am Platze wirkte wie eine prächtige Kutsche auf den Wogen des Meers.

Es waren weiße Leute im Camp.

Lieutenant Dunbar zügelte Cisco hart, ließ die anderen Reiter an sich vorbeigaloppieren und blieb zurück, um seine Gedanken zu ordnen.

Der Wagen wirkte primitiv und häßlich. Während Cisco nervös tänzelte, erschrak der Lieutenant vor seinen Gedanken. Als er sich die Stimme der Leute vorstellte, die mit dem Wagen gekommen waren, wünschte er sich, sie nicht zu hören. Er wollte nicht die Gesichter der Weißen anschauen, die so begierig darauf sein würden, ihn zu sehen. Er wollte nicht ihre Fragen beantworten. Er wollte nicht die Nachrichten hören, die ihm vorenthalten geblieben waren.

Aber er wußte, daß er keine Wahl hatte. Er konnte nirgendwohin sonst reiten. Er gab Cisco ein wenig die Zügel frei und ritt im Schritt weiter.

Als er noch fünfzig Meter vom Camp entfernt war, hielt er an. Die Indianer tanzten überschwenglich herum, während die Männer, die erkundet hatten, wo die Büffelherde war, von den Ponys sprangen. Dunbar wartete, bis die Ponys fortgeführt wurden, und dann musterte er alle Gesichter, die er sehen konnte.

Es waren keine weißen dabei.

Dunbar ritt noch näher heran, hielt abermals an und suchte sorgfältig das Camp ab.

Keine weißen Leute.

Er entdeckte den wilden Krieger und die Männer des kleinen Trupps, der am Nachmittag ostwärts geritten war. Sie standen offensichtlich im Mittelpunkt der Aufmerksamkeit. Dies war bestimmt mehr als eine Begrüßung. Es war eine Art Feier. Sie reichten lange Stöcke hin und her. Sie brüllten. Die Leute im Lager, die sich versammelt hatten, um sie zu beobachten, schrien ebenfalls.

Dunbar ritt noch näher heran, und dann sah er, daß er sich geirrt hatte. Sie reichten keine Stöcke herum, sondern Lanzen. Einer von ihnen kam zurück zu Wind-im-Haar, und Dunbar sah, daß er die Lanze hoch in die Luft stieß. Er lächelte nicht, aber er war zweifellos glücklich. Als er ein langes, vibrierendes Heulen ausstieß, erhaschte Dunbar einen Blick auf das Haar, das nahe an der Spitze der Lanze angebunden war.

Im selben Augenblick wurde ihm klar, daß es ein Skalp war. Ein frischer Skalp. Das Haar war schwarz und kraus.

Sein Blick schweifte zu den anderen Lanzen. An zwei weiteren waren Skalps befestigt; einer war hellbraun, der andere sandfarben, fast blond. Dunbar schaute schnell zum Wagen und sah, was ihm zuvor entgangen war. Eine Ladung gestapelter Büffelhäute auf dem Wagen.

Plötzlich war ihm alles klar.

Die Häute stammten von den getöteten Büffeln, und die Skalps hatten den Männern gehört, welche die Büffel getötet hatten, Männern, die an diesem Nachmittag noch gelebt hatten. Weiße Männer. Der Lieutenant war wie betäubt vor Verwirrung. Er konnte nicht daran teilnehmen, nicht einmal als Beobachter. Er mußte fort.

Als er Cisco um die Hand zog, fiel zufällig sein Blick auf Weiser Vogel. Der Medizinmann hatte breit gelächelt, doch als er Lieutenant Dunbar im Halbdunkel jenseits des Feuerscheins sah, verschwand das Lächeln. Dann, als wollte er dem Lieutenant eine Peinlichkeit ersparen, wandte er sich ab.

Dunbar wollte glauben, daß Weiser Vogel mit dem Herzen auf seiner Seite war, daß er irgendwie seine Verwirrung verstand. Aber er konnte jetzt nicht denken. Er mußte fort.

Er ritt um das Camp herum, entdeckte seine Ausrüstung auf

der anderen Seite, nahm sie an sich und trabte auf die Prärie hinaus. Er ritt, bis er die Feuer nicht mehr sehen konnte. Dann zügelte er Cisco und saß ab. Er breitete seine Decken auf dem Boden aus, legte sich hin und schaute zu den Sternen empor. Er versuchte sich einzureden, daß die Weißen, die getötet worden waren, schlechte Menschen gewesen waren und den Tod verdient hatten. Aber das half nicht. Er konnte es nicht mit Sicherheit wissen, und selbst wenn – nun, es stand ihm nicht zu, das zu beurteilen. Er versuchte zu glauben, daß Wind-im-Haar und Weiser Vogel und all die anderen, die an dem Töten beteiligt gewesen waren, nicht so glücklich über ihre Tat waren. Aber das waren sie.

Mehr als alles wollte er glauben, daß er nicht in dieser Lage war. Er wollte glauben, daß er zu den Sternen emporschwebte. Aber das war nicht der Fall.

Er hörte, daß sich Cisco mit einem schweren Schnauben ins Gras legte. Dann war es still, und Dunbar richtete seine Gedanken auf sich selbst. Oder genauer gesagt auf den Mangel an Ego. Er gehörte nicht zu den Indianern. Er gehörte nicht zu den Weißen. Und es war noch nicht an der Zeit für ihn, zu den Sternen zu gehören.

Er gehörte genau dorthin, wo er jetzt war. Nirgendwohin.

Ein Schluchzen stieg in seiner Kehle auf. Er würgte, um es zu unterdrücken. Doch es kam von neuem, und bald sah er keinen Sinn mehr in dem Versuch, es zu unterdrücken.

Etwas stieß ihn an. Als er erwachte, glaubte er, nur geträumt zu haben, daß ihm jemand auf den Rücken geklopft hatte. Die Decke war schwer und feucht vom Tau. Er mußte sie im Laufe der Nacht über den Kopf gezogen haben.

Er hob die Decke an und spähte ins trübe Licht das Morgens. Cisco stand ein paar Schritte entfernt allein im Gras. Seine Ohren waren aufgerichtet.

Da war es wieder. Jemand stupste ihn leicht am Rücken an. Lieutenant Dunbar warf die Decke von sich, fuhr herum und schaute in das Gesicht eines Mannes, der über ihm aufragte.

Es war Wind-im-Haar. Sein ernstes Gesicht war mit ockerfarbenen Streifen bemalt. In einer Hand hielt er ein nagelneues Gewehr. Er bewegte die Hand mit dem Gewehr, und dem Lieutenant stockte der Atem. Jetzt war es vielleicht soweit. Er stellte sich vor, daß sein Haar an der Lanze des Kriegers baumelte.

Wind-im-Haar hob das Gewehr ein wenig an und – lächelte. Er stieß den Lieutenant leicht mit dem Fuß an und sagte ein paar Warte auf Comanche. Lieutenant Dunbar blieb still liegen, als Wind-im-Haar das Gewehr auf ein imaginäres Wild richtete. Dann schob sich der Comanche ein imaginäres Stück Essen in den Mund, und wie jemand, der einen Freund spielerisch knuffte, tippte er Dunbars Rippen von neuem mit der Spitze seiner Mokassins an.

Sie kamen in Windrichtung, sehr kräftige Männer des Stammes, die in einer großen, sichelförmigen Formation von einer viertel Meile Breite ritten. Sie ritten langsam und achteten darauf, die Büffel erst im allerletzten Moment zu erschrecken.

Als Neuling unter Experten war Lieutenant Dunbar darin vertieft, die Strategie der Jagd zu ergründen, während sie sich entwickelte. Von seiner Position in der Mitte der Formation konnte er sehen, daß die Krieger einen kleinen Teil von der gewaltigen Herde abschneiden wollten. Die Reiter des rechten Flügels der sichelförmigen Formation hatten fast den kleinen Teil der Herde erreicht, während die Mitte noch zurückhing. Die linke Seite der Jagdformation umfaßte die kleine Herde von der anderen Seite.

Es war eine Umzingelung.

Dunbar konnte jetzt Geräusche hören; das gelegentliche Brüllen von Kälbern, das Muhen von Muttertieren und manchmal das Schnauben von einem der gewaltigen Bullen. Ein paar tausend Büffel waren vor den Jägern.

Der Lieutenant blickte nach rechts. Wind-im-Haar war dort der nächste Reiter, und er war ganz Auge, als sie sich um die Herde schlossen. Er schien das Pferd unter sich oder das Gewehr in seiner Hand gar nicht wahrzunehmen. Der Blick seiner scharfen Augen war scheinbar überall gleichzeitig: auf den Jägern, den Büffeln und der schrumpfenden Distanz zwischen ihnen. Er war wie ein Mann, der dem Ticken einer unsichtbaren Uhr lauschte.

Selbst Lieutenant Dunbar, der in solchen Dingen so unerfahren war, konnte die Spannung spüren, die ihn umgab. Es war, als hielte die Prärie den Atem an. Er hörte nicht einmal mehr den Hufschlag der Ponys. Selbst die Büffelherde war plötzlich still geworden. Der Tod senkte sich über die Prärie.

Als Dunbar bis auf etwa hundert Schritte heran war, drehte sich ein Dutzend der zottigen Tiere wie eine Einheit und äugte zu ihm hin. Sie hoben die großen Köpfe, schnüffelten in der jetzt windstillen Luft auf das, was ihre Ohren wahrgenommen hatten, ihre schwachen Augen jedoch noch nicht erkennen konnten. Ihre Schwänze hoben sich und ragten wie kleine gekrümmte Flaggen auf. Der größte der Büffel stampfte im Gras auf, schüttelte den Schädel und schnaubte laut, wie um gegen die Störung durch die nahenden Reiter zu protestieren.

Dunbar verstand jetzt, daß für jeden Büffeljäger nicht von vornherein feststand, wo das Töten stattfand, daß es kein Warten im Hinterhalt war, daß zum Erlegen dieser Tiere jeder Jäger sein eigenes Leben riskierte.

Unruhe entstand an der rechten Flanke, weit oben an der Spitze der sichelförmigen Formation. Die Jäger hatten zugeschlagen.

Mit erstaunlicher Schnelligkeit lösten die ersten Schüsse eine Kettenreaktion aus, die Dunbar erfaßte wie ein Brecher einen unvorsichtigen Meeresvogel.

Die Büffel, die Front zu ihm gemacht hatten, drehten sich und rannten los. Gleichzeitig jagte jedes Indianerpony vorwärts. Es geschah so schnell, daß Cisco fast unter dem Lieutenant weggeprescht wäre. Er versuchte seinen Hut aufzufangen, der ihm vom Kopf fiel, doch er segelte an seinen Fingerspitzen vorbei. Es machte nichts. Es gab jetzt kein Halten, und wenn er es mit aller Kraft versucht hätte. Der keine Buckskin jagte dahin, als loderten Flammen hinter seinen Fersen und er müsse um sein Leben galoppieren.

Dunbar schaute zu der Linie der Reiter zu seiner Rechten und Linken und war entsetzt, weil er niemanden mehr sah. Er blickte über die Schulter und sah sie geduckt auf den Rücken ihrer galoppierenden Ponys. Sie ritten so schnell sie konnten, doch im Vergleich mit Cisco bummelten sie und mühten sich hoffnungslos ab, Anschluß zu halten. Mit jeder Sekunde fielen sie weiter zurück, und plötzlich war der Lieutenant ganz allein zwischen den Jägern und den flüchtenden Büffeln.

Er zog an den Zügeln, doch wenn der Buckskin es überhaupt spürte, ignorierte er das Kommando. Der Hals war flach ausgestreckt, die Ohren waren angelegt und die Nüstern weit gebläht und verschlangen den Wind.

Lieutenant Dunbar hatte keine Zeit zum Denken. Die Prärie schien unter ihm hinwegzufliegen, der Himmel über ihm hinwegzujagen, und dazwischen, ausgebreitet in einer langen Linie, war eine Wand aus Büffeln in Stampede.

Er war nahe genug heran, um die Muskeln ihrer Hinterteile sehen zu können. Er sah die Unterseite ihrer Hufe. Binnen Sekunden würde er so nahe heran sein, daß er sie berühren konnte.

Er jagte in einem tödlichen Alptraum dahin, wie ein Mann in einem offenen Boot, der hilflos auf einen Wasserfall zutreibt. Der Lieutenant schrie nicht. Er betete nicht und bekreuzigte sich nicht. Aber er schloß die Augen. Plötzlich sah er die Gesichter seines Vaters und seiner Mutter. Sie taten etwas, was er nie von ihnen gesehen hatte. Sie küßten sich leidenschaftlich. Ringsum war ein Donnern, ein gewaltiges Grollen von Tausenden von Trommeln. Der Lieutenant öffnete die Augen und fand sich in einer Traumlandschaft wieder, in einem Tal voller gigantischer brauner und schwarzer Felsbrocken, die alle in die gleiche Richtung rasten.

Er jagte mit der Herde dahin.

Der gewaltige Donner von Zehntausenden von Hufen hatte paradoxerweise etwas von der Stille einer Flutwelle, und einen Augenblick lang ließ sich Dunbar in dieser verrückten Stille der Stampede treiben.

Als er sich auf Cisco festklammerte, schaute er über den gewaltigen beweglichen Teppich, von dem er nun ein Teil war, und stellte sich vor, daß er von seinem Pferd gleiten und auf sicheren Boden gelangen konnte, wenn er von einem Büffel auf den anderen hüpfte, wie ein Junge vielleicht über die Felsen in einem Fluß springt.

Das Gewehr rutschte ihm fast aus der schweißnassen Hand, und in diesem Augenblick schwenkte der Bulle, der kaum eine Armlänge entfernt links neben ihm rannte, scharf ab. Mit einem Stoß seines zottigen Kopfes versuchte er Cisco aufzuspießen. Aber der Buckskin war zu flink und zu geschickt. Er sprang fort, und das Horn streifte nur seinen Hals. Bei dem Anprall wäre Lieutenant Dunbar fast vom Pferd gestürzt. Es wäre sein Tod gewesen. Die Büffel waren jedoch so dicht um ihn herum, daß er gegen das Hinterteil eines Büffels auf der anderen Seite prallte und das Gleichgewicht wiedergewann.

In Panik senkte der Lieutenant sein Gewehr und feuerte auf den Büffel, der versucht hatte, Cisco aufzuspießen. Es war ein schlechter Schuß, doch die Kugel zerschmetterte eines der Vorderbeine des Büffels. Die Knie des Tieres knickten ein, und Dunbar hörte das Brechen des Genicks, als sich der Bulle überschlug.

Plötzlich war Platz rings um ihn. Die Büffel waren vor dem Knall zurückgescheut. Dunbar parierte Cisco hart, und der Buckskin reagierte und stoppte. Das Grollen der Herde entfernte sich.

Als er beobachtete, wie die Herde vor ihm verschwand, sah er, daß seine Jagdgefährten sie eingeholt hatten. Der Anblick halbnackter Männer auf Ponys, die mit all diesen Büffeln dahinjagten wie Korken, die auf hoher See auf und abwogten, faszinierte ihn ein paar Minuten lang. Er sah, wie sie ihre Bogen spannten und wie Staub aufwolkte, als ein Büffel nach dem anderen getroffen zusammenbrach.

Dunbar beobachtete jedoch nicht lange, sondern ritt bald zurück. Er wollte den Büffel, der er getötet hatte, mit eigenen Augen sehen. Er wollte sich überzeugen, daß stimmte, was er für zu phantastisch gehalten hatte.

Alles hatte sich in weniger Zeit abgespielt, als man zum Rasieren braucht.

Es war ein großes Tier, aber im Tod, als es still und allein im Gras lag, wirkte es noch größer.

Wie ein Besucher auf einer Ausstellung umkreiste Lieutenant

Dunbar langsam den Kadaver. Er verharrte an dem gewaltigen Kopf des Büffelbullen, packte eines der Hörner und zog daran. Der Kopf war sehr schwer. Er strich über den Körper des Büffels, durch das wollige Fell auf dem Höcker hinab über den abfallenden Rücken und über das Hinterteil mit dem feinen Fell. Er hielt den Schwanz mit dem büschelförmigen Ende zwischen den Fingern. Er wirkte lächerlich klein.

Der Lieutenant ging zurück zum Kopf des Büffelbullen und drückte den langen, schwarzen Bart, der vom Kinn hing. Der Bart erinnerte ihn an den Spitzbart eines Generals, und Lieutenant Dunbar fragte sich, ob dieser Büffelbulle ein hochrangiges Mitglied der Herde gewesen war.

Er richtete sich auf und trat zwei Schritte zurück. Er war immer noch beeindruckt vom Anblick des toten Büffels. Es war ein schönes Geheimnis, wie nur eine dieser bemerkenswerten Kreaturen existieren konnte. Und es gab Tausende davon.

Vielleicht sogar Millionen, dachte Dunbar.

Er fühlte sich nicht stolz, weil er den Bullen getötet hatte, aber er bereute es auch nicht. Abgesehen von starkem Respekt empfand er nichts. Er fühlte jedoch etwas körperlich: daß sich sein Magen zusammenzuziehen schien. Er hörte den Magen knurren, und das Wasser lief ihm im Munde zusammen. Seit einigen Tagen waren seine Mahlzeiten bescheiden gewesen, und als er jetzt auf diesen gewaltigen Haufen Fleisch hinabschaute, wurde ihm bewußt, wie hungrig er war.

Kaum zehn Minuten waren seit dem wilden Angriff vergangen, und die Jagd war bereits vorüber. Die Herde war verschwunden, und nur die toten Tiere waren zurückgeblieben. Die Jäger verweilten bei den Büffeln, die sie erlegt hatten, und warteten, während die Frauen und Kinder und Alten in das Tal strömten und die Schlachtausrüstung mitschleppten. Ihre Stimmen klangen aufgeregt, und Dunbar gewann die Vorstellung, daß eine Art Feier begonnen hatte.

Wind-im-Haar galoppierte plötzlich mit zwei Freunden heran. Er lächelte breit, als er von seinem erschöpften Pony sprang. Der Lieutenant bemerkte eine häßliche, blutige Wunde unterhalb des linken Knies des Kriegers.

Aber Wind-im-Haar ignorierte die Verletzung. Er strahlte

immer noch, als er zu dem Lieutenant ging und ihm auf den Rücken schlug. Es sollte eine gut gemeinte Begrüßung sein, doch Dunbar ging unter dem Hieb zu Boden.

Wind-im-Haar lachte gutmütig, zog den benommenen Lieutenant auf die Füße und drückte ihm ein Messer mit dicker Klinge in die Hand. Er sagte etwas auf Comanche und wies auf den toten Büffelbullen.

Dunbar schaute verlegen auf das Messer, das er in der Hand hielt. Er lächelte hilflos und schüttelte den Kopf. Er hatte keine Ahnung, was er tun sollte.

Wind-im-Haar sagte etwas zu seinen Freunden, woraufhin sie lachten, drosch dem Lieutenant mit der Hand auf die Schulter und nahm ihm das Messer ab. Dann ließ er sich mit dem Knie auf dem Bauch von Dunbars Büffel nieder.

Mit der Lässigkeit eines erfahrenen Schlachters trieb er das Messer tief in die Brust des Büffels, zog die Klinge mit beiden Händen zurück und schlitzte den Bauch auf. Als die Eingeweide herausquollen, steckte Wind-im-Haar eine Hand in die Öffnung und fummelte herum wie jemand, der etwas in der Dunkelheit ertasten will.

Er fand, was er suchte, zerrte ein paarmal daran und erhob sich dann mit einer Leber, die so groß war, daß er sie kaum mit zwei Händen halten konnte. Er ahmte die wohlbekannte Verbeugung des weißen Soldaten nach und überreichte dem verblüfften Lieutenant die Leber. Vorsichtig nahm Dunbar das dampfende Organ an, aber weil er keine Ahnung hatte, was er tun sollte, flüchtete er sich in seine Verneigung und gab dem Indianer so höflich wie möglich die Leber zurück.

Normalerweise wäre Wind-im-Haar beleidigt gewesen, doch er erinnerte sich daran, daß ›Jon‹ ein Weißer und folglich ein Dummkopf war. Er machte eine weitere Verbeugung, schob ein Ende der noch warmen Leber in den Mund und biß einen großen Happen ab.

Lieutenant schaute ungläubig zu, als der Krieger die Leber an seine Freunde weiterreichte. Auch sie bissen Stücke der rohen Leber ab. Sie verschlangen sie gierig, als wäre es frischer Apfelkuchen.

Unterdessen hatte sich eine kleine Schar Indianer, einige

beritten, ein paar zu Fuß, um Dunbars Büffel versammelt. Weiser Vogel war dabei, und ebenfalls Die-sich-mit-der-Faust-behauptet. Sie und eine andere Frau begannen bereits, den toten Büffelbullen abzuhäuten.

Abermals bot Wind-im-Haar ihm die Leber an, von der die Hälfte gegessen worden war, und von neuem nahm Dunbar sie an. Er hielt sie benommen in der Hand und blickte hilfesuchend in die Runde, in der Hoffnung, jemand würde ihm aus der Patsche helfen.

Niemand half ihm. Sie beobachteten ihn stumm und erwartungsvoll, und er erkannte, daß es albern und zu durchschaubar sein würde, wenn er versuchen würde, die Leber noch einmal zurückzugeben. Selbst Weiser Vogel wartete.

So hob Dunbar die Leber an seinen Mund und sagte sich, daß es ganz leicht sein würde, nicht schlimmer als sich zu zwingen, einen Löffel von etwas Verhaßtem wie Limabohnen zu sich zu nehmen.

In der Hoffnung, sich nicht übergeben zu müssen, biß er in die Leber.

Das Fleisch war unglaublich zart. Es schmolz fast im Mund. Er beobachtete den Horizont, als er kaute, und für einen Moment vergaß Lieutenant Dunbar sein stummes Publikum, während seine Geschmacksknospen eine überraschende Botschaft an sein Gehirn schickten.

Das Fleisch war köstlich.

Ohne zu denken, biß er einen weiteren Happen ab. Ein spontanes Lächeln huschte über sein Gesicht, und er hob den Rest der Leber triumphierend hoch.

Seine Jagdgefährten antworteten auf die Geste mit einem Chor von Jubelschreien.

## 19

Wie viele Leute hatte Lieutenant Dunbar die meiste Zeit seines Lebens abseits des Geschehens verbracht und vor allem beobachtet. Aber auch wenn er teilgenommen hatte, waren seine Aktionen deutlich selbständig gewesen, wie zum Beispiel bei seinem Einsatz im Krieg.

Es war frustrierend, immer abseits zu stehen.

Etwas an dieser lebenslangen Rolle änderte sich, als er begeistert die Leber hochhob, das Symbol seines Jagderfolgs, und als er die Jubelschreie seiner Gefährten hörte. Da hatte er das befriedigende Gefühl, zu etwas zu gehören, dessen Ganzes größer war als irgendeines seiner Teile. Es war ein Gefühl, das von Anfang an stark war. Und in den Tagen, die er auf dem Jagdgrund, und den Nächten, die er in dem vorübergehenden Camp verbrachte, verstärkte sich dieses Gefühl noch.

Die Armee hatte unermüdlich die Tugenden des Dienstes gepriesen, das individuelle Opfer im Namen Gottes oder des Landes oder beider. Der Lieutenant hatte sein Bestes getan, um diesen Lehrsatz anzunehmen, doch das Gefühl für den Armeedienst hatte überwiegend in seinem Kopf gehaust. Nicht in seinem Herzen. Es war nie über die verblassende, hohle Rhetorik des Patriotismus hinausgegangen.

Die Comanchen waren anders. Sie waren ein primitives Volk. Sie lebten in einer großen, einsamen fremden Welt, die von seinem eigenen Volk als nur Hunderte Meilen wertloses Land beschrieben wurde, das es zu durchqueren galt.

Aber die Fakten ihres Lebens waren weniger wichtig für Lieutenant Dunbar geworden. Sie waren eine Gruppe, die durch den Dienst lebte und gedieh. Dienst war, wie sie ihr Schicksal selbst in die Hand nahmen. Er wurde ständig geleistet, vertrauensvoll und ohne zu klagen, auf die einfache, schöne Weise, in der sie lebten, und darin fand Lieutenant Dunbar einen Frieden, der ihm gefiel.

Er täuschte sich nicht selbst. Er dachte nicht daran, ein Indianer zu werden. Aber er wußte, daß er demselben Geist dienen würde, solange er bei ihnen war.

Durch diese Erkenntnis wurde er zu einem glücklicheren Menschen.

Das Schlachten war ein ungeheures Unternehmen.

Es waren ungefähr siebzig tote Büffel, die auf der Prärie verstreut lagen, und bei jedem Kadaver bauten Familien tragbare ›Schlachthäuser‹ auf, die mit erstaunlicher Schnelligkeit und Präzision die Tiere in nutzbare Produkte verwandelten.

Der Lieutenant konnte nicht glauben, wieviel Blut floß. Es tränkte den Jagdgrund wie verschütteter Saft eine Tischdecke. Es bedeckte Arme, Gesichter und Kleidung der Schlachter. Es tropfte von Ponys und Schleppbahren, die das Fleisch zum Lager transportierten.

Die Indianer nahmen alles von den Büffeln: die Häute, Fleisch, Eingeweide, Hufe, Schwänze, Köpfe. In ein paar Stunden war alles fort, und die Prärie wirkte wie eine gigantische, kürzlich abgeräumte Bankett-Tafel.

Lieutenant Dunbar verbracht die Schlachtzeit, indem er mit den anderen Kriegern herumlümmelte. Die Stimmung war prächtig. Nur zwei Männer waren verletzt worden, keiner ernsthaft. Ein älteres Pony hatte sich ein Bein gebrochen, aber das war ein kleiner Verlust im Vergleich zum Erfolg der Jagd.

Die Krieger waren entzückt, und das spiegelten ihre Gesichter wider, als sie den Nachmittag mit Rauchen, Essen und Geschichtenerzählen verbrachten. Dunbar verstand die Worte nicht, aber die Geschichten waren leicht genug aufzuschnappen. Es waren Geschichten von Gefahrensituationen und gebrochenen Bogen und den Büffeln.

Als der Lieutenant aufgefordert wurde, seine Geschichte zu erzählen, mimte er das Abenteuer so theatralisch, daß die Krieger schallend lachten. Es wurde der begehrteste Bericht an diesem Tag, und er mußte ihn ein halbes Dutzend Male wiederholen. Bei der Hälfte der Geschichte kämpften die Zuhörer bereits gegen einen Lachanfall an.

Lieutenant Dunbar machte das nichts aus. Er lachte ebenfalls. Und es war ihm auch gleichgültig, daß Glück bei seinen Taten im Spiel gewesen war, denn er wußte, daß er sie vollbracht hatte, wie auch immer. Und er wußte, daß er dadurch etwas Wunderbares erreicht hatte.

Er war einer der ihren geworden.

Das erste, was Dunbar an diesem Abend bei seiner Rückkehr ins Lager sah, war sein Hut. Er thronte auf dem Kopf eines Mannes im mittleren Alter, den er nicht kannte.

Es gab einen Augenblick der Spannung, als Lieutenant Dunbar zu dem Mann schritt, auf den Feldhut der Armee wies, der dem Mann ziemlich schlecht paßte, und sachlich sagte: »Das ist meiner.«

Der Krieger schaute ihn neugierig an und nahm den Hut ab. Er drehte ihn in den Händen und setzte ihn wieder auf. Dann zog er sein Messer mitsamt Scheide vom Gurt, reichte es dem Lieutenant und ging seiner Wege, ohne ein Wort zu sagen.

Dunbar beobachtete, wie sein Hut verschwand, und starrte dann auf das Messer in seiner Hand. Die perlenbesetzte Scheide sah aus wie ein Schatz. Lieutenant Dunbar machte sich auf die Suche nach Weiser Vogel. Er war überzeugt, den besseren Teil des Tauschs gemacht zu haben.

Er bewegte sich frei durch das Lager, und überall wo er hinging, wurde er fröhlich begrüßt.

Männer nickten ihm zu. Frauen lächelten ihn an, und kichernde Kinder tollten hinter ihm her. Der Stamm war in einem Freudentaumel, weil es bald ein großes Festmahl geben würde, und die Anwesenheit des Lieutenants war eine zusätzliche Quelle der Freude. Ohne es förmlich zu erklären, betrachteten sie ihn als lebenden Glücksbringer.

Weiser Vogel brachte ihn zum Tipi von Zehn Bären, wo eine kleine Zeremonie der Danksagung stattfand. Der alte Mann war immer noch bemerkenswert fit, und das Nackenstück des von ihm erlegten Büffels wurde als erstes gebraten. Als der Braten fertig war, schnitt Zehn Bären ein Stück ab, sprach ein paar Worte zu dem Großen Geist und ehrte den Lieutenant, indem er ihm das erste Stück gab.

Dunbar machte seine leichte Verbeugung, biß ein Stück Fleisch ab und reichte das restliche Bratenstück nobel an Zehn

Bären zurück, eine Geste, die den alten Mann stark beeindruckte. Er stopfte seine Pfeife, zündete sie an und ehrte den Lieutenant ein weiteres Mal, indem er ihm den ersten Zug aus der Pfeife anbot.

Das Rauchen vor dem Tipi von Zehn Bären war der Beginn einer wilden Nacht. Jeder hatte ein Feuer in Gang, und über jedem Feuer briet frisches Fleisch.

Das vorübergehende Lager leuchtete wie eine kleine Stadt lange in der Nacht. Der Rauch verwehte zum dunklen Himmel, und der Bratenduft war in weitem Umkreis zu riechen.

Die Indianer aßen, als gäbe es kein Morgen mehr. Als sie sich vollgestopft hatten, machten sie kurze Pausen, bildeten kleine Gruppen zum Plaudern oder spielten Glückspiele. Aber wenn sich die letzte Mahlzeit gesetzt hatte, kehrten sie zu den Feuern zurück und schlemmten von neuem.

Bevor die Nacht fortgeschritten war, hatte Lieutenant Dunbar das Gefühl, einen ganzen Büffel verschlungen zu haben. Er machte mit Wind-im-Haar einen Rundgang durch das Camp, und bei jedem Feuer wurden sie wie Könige behandelt.

Sie waren auf dem Weg zu einer anderen Gruppe Feiernder, als der Lieutenant plötzlich im Schatten hinter einem Zelt stehenblieb und Wind-im-Haar mit Zeichen zu verstehen gab, daß sein Magen schmerzte und er schlafen wollte.

Doch in diesem Augenblick hörte Wind-im-Haar nicht richtig zu. Seine Aufmerksamkeit war auf den Uniformrock des Lieutenants gerichtet. Dunbar schaute an seiner Brust hinab auf die Reihe der Messingknöpfe, dann wieder in das Gesicht seines Jagdgefährten. Die Augen des Kriegers waren leicht glasig, als er einen Finger auf einen der Knöpfe hielt.

»Du willst das?« fragte der Lieutenant, und bei seinen Worten verschwand der glasige Ausdruck aus den Augen des Kriegers.

Wind-im-Haar sagte nichts. Er inspizierte seine Fingerspitze, um zu sehen, ob etwas von dem Knopf ausgegangen war.

»Wenn du ihn haben willst, kannst du ihn haben«, sagte der Lieutenant.

Er knöpfte den Uniformrock auf, zog ihn aus und überreichte ihn dem Krieger.

Wind-im-Haar verstand das Angebot, doch er nahm es nicht

sofort an. Statt dessen zog er den prächtigen Brustharnisch aus glänzenden Knochen aus. Er überreichte ihn Dunbar, und seine andere braune Hand umschloß den Uniformrock.

Der Lieutenant half ihm, den Uniformrock anzuziehen und zuzuknöpfen, und als Wind-im-Haar den Rock anhatte, war er entzückt wie ein Kind zu Weihnachten.

Dunbar wollte ihm den schönen Brustharnisch zurückgeben, doch der Indianer lehnte ab. Wind-im-Haar schüttelte heftig den Kopf und winkte ab. Er forderte Dunbar mit Gesten auf, den Brustharnisch anzuziehen.

»Das kann ich nicht annehmen«, stammelte der Lieutenant. »Das ist kein – kein fairer Handel – verstehst du?«

Wind-im-Haar wollte jedoch nichts davon hören. Für ihn war der Tausch mehr als fair. Brustharnische waren voller Kraft, und es dauerte lange, sie anzufertigen. Aber der Uniformrock war unvergleichlich.

Er drehte Dunbar herum, legte ihm den Brustharnisch an und befestigte ihn.

So war der Tausch vollzogen, und jeder war glücklich. Wind-im-Haar grunzte ein Auf Wiedersehen und machte sich auf den Weg zum nächsten Feuer. Seine neue Errungenschaft saß eng und juckte an seiner Haut. Aber das war unwichtig. Er war überzeugt, daß der Uniformrock ein zusätzlicher Talisman für ihn sein würde. Zu gegebener Zeit würde er sich als starke Medizin erweisen, besonders die Messingknöpfe und die goldenen Streifen auf den Schultern.

Es war eine große Trophäe.

Dunbar wollte vermeiden, daß ihm im Lager weiteres Essen aufgedrängt wurde. So stahl er sich auf die Prärie hinaus und schlug einen Bogen um das provisorische Camp. Er hoffte, das Tipi von Weiser Vogel zu finden und gleich schlafen zu können. Er entdeckte das Tipi von Zehn Bären, und weil er wußte, das das Tipi von Weiser Vogel in der Nähe war, ging er wieder ins Camp.

Er war noch nicht weit, als er Geräusche hörte und hinter einem unscheinbaren Tipi stehenblieb. Schein von einem Feuer fiel über den Boden vor ihm, und von diesem Feuer kamen die Laute. Es war Gesang, hoch und eintönig und unverkennbar weiblich.

Lieutenant Dunbar drückte sich an die Tipiwand und spähte wie ein Spanner.

Ein Dutzend junge Frauen, deren Pflichten im Augenblick ruhten, tanzten und sangen in einem großen Kreis um das Feuer. Soweit er das beurteilen konnte, war es keine Zeremonie. Der Gesang wurde von hellem Lachen begleitet, und er nahm an, daß dieser Tanz improvisiert war und nur aus Spaß stattfand.

Sein Blick fiel zufällig auf seinen Brustharnisch. Er spiegelte den orangefarbenen Feuerschein wider, und unwillkürlich strich Lieutenant Dunbar über die Doppelreihe der dünnen Röhrenknochen, die jetzt seine ganze Brust und den Bauch bedeckten und ihm wie eine Symbiose aus Schönheit und Kraft erschienen. Er fühlte sich als etwas Besonderes.

Ich werde dies für immer behalten, dachte er träumerisch.

Als er wieder aufblickte, hatten einige der Tänzerinnen eine kleine Gruppe von lächelnden, tuschelnden Frauen gebildet, deren augenblickliches Thema offenbar der weiße Mann war, der einen Brustharnisch aus Knochen trug. Sie schauten genau auf ihn, und obwohl er es nicht wahrnahm, war eine Spur von Ehrfurcht in ihren Augen.

Seit vielen Wochen war der Lieutenant ein ständiges Diskussionsthema und ihnen gut bekannt: als möglicher Gott, als Clown, als Held und als Bote von etwas Unheilvollem. Ohne es zu wissen, hatte der Lieutenant einen seltenen Status in der Kultur der Comanchen erlangt, einen Status, der vielleicht am meisten geschätzt von ihren Frauen war.

Er war eine Berühmtheit.

Und nun waren seine Berühmtheit und sein gutes Aussehen in den Augen der Frauen durch den phantastischen Brustharnisch noch verstärkt worden.

Er deutete eine Verbeugung an und trat selbstbewußt in den Feuerschein. Er wollte nur vorbeigehen, ohne sie weiter bei ihrem Spaß zu stören.

Als er die Frauen passierte, griff jedoch eine impulsiv nach seiner Hand und hielt sie sanft fest. Bei der Berührung blieb er abrupt stehen. Er starrte die Frauen an, die jetzt nervös kicherten, und er fragte sich, ob sie ihm irgendeinen Streich spielen wollten.

Zwei oder drei der Frauen begannen zu singen, und als der Tanz fortgesetzt wurde, zogen ihn einige Frauen an den Armen. Sie forderten ihn auf mitzutanzen.

Es waren nicht viele Leute in der Nähe. Niemand von den Kriegern würde ihn sehen.

Und außerdem ist ein wenig Bewegung gut für die Verdauung, sagte er sich.

Der Tanz war langsam und einfach. Einen Fuß anheben, so halten und wieder aufsetzen. Den anderen Fuß heben, halten und aufsetzen. Er ging in den Kreis und versuchte die Schritte. Er hatte sie sofort heraus, und bald war er im Rhythmus mit den Tänzerinnen, lächelte ebenso breit und amüsierte sich sehr.

Tanzen war ihm schon immer leichtgefallen. Er tanzte gern. Als ihn der Gesang der Frauen einhüllte, hob er die Füße höher und machte schwungvolle Schritte. Dazu erfand er neue Figuren. Er wirbelte die Arme und steigerte sich mehr und mehr in den Rhythmus hinein. Schließlich, als es wirklich gut ging, schloß er, immer noch lächelnd, die Augen und verlor sich in der Ekstase der Bewegung.

So bemerkte er nicht, daß sich der Kreis immer enger zog. Erst als er gegen das Gesäß der Frau vor ihm prallte, erkannte er, wie nahe sich die Tanzenden waren. Er schaute besorgt zu den Frauen im Kreis, doch sie beruhigten ihn mit freundlichem Lächeln. Dunbar tanzte weiter.

Jetzt spürte er gelegentlich die Berührung von weichen Brüsten an seinem Rücken. Sein Becken hatte ständig Kontakt mit dem Gesäß der Frau vor ihm. Wenn er versuchte, sich zurückzuhalten, drückten die Brüste wieder gegen ihn.

All dies war erregend und überraschend für ihn. Er hatte so lange keine Frau mehr gespürt, daß es ihm wie ein ganz neues Erlebnis vorkam, zu neu, um zu wissen, was er tun sollte. Es war nichts Offenkundiges an den Mienen der Frauen, als sich der Kreis enger schloß. Sie lächelten ständig. Ebenso ständig war der Druck von Gesäßen und Brüsten an seinem Körper.

Er hob nicht mehr die Füße an. Die Tanzenden waren zu dicht beisammen, und er konnte sich nur auf und ab bewegen.

Der Kreis löste sich, und die Frauen umdrängten Dunbar. Sie berührten ihn spielerisch mit den Händen, streichelten seinen Rücken, den Leib und sein Gesäß. Plötzlich rieben sie über seine intimste Stelle, vorne im Schritt. Einen Augenblick später hätte der Lieutenant Reißaus genommen, doch bevor er sich bewegen konnte, löste sich die Gruppe der Frauen auf.

Sie verschwanden in der Dunkelheit wie verlegene Schulmädchen. Er schaute ihnen nach, und dann wandte er sich um und sah, was sie erschreckt hatte.

Weiser Vogel stand allein am Rand des Feuerschein, prächtig und bedrohlich zugleich mit einer Eulenkopfhaube. Er grunzte etwas, doch der Lieutenant wußte nicht, ob der Medizinmann ärgerlich war oder nicht.

Weiser Vogel wandte sich vom Feuer ab, und wie ein Hündchen, das denkt, etwas falsch gemacht zu haben, und dafür Strafe erwartete, folgte ihm Lieutenant Dunbar.

Wie sich herausstellte, hatte seine Begegnung mit den tanzenden Frauen kein Nachspiel. Doch zu seiner Verzweiflung stieß Dunbar beim Feuer vor dem Tipi des Medizinmanns auf eine Gruppe immer noch Feiernder, die darauf bestanden, daß er von den gegrillten Rippchen aß, die gerade vom Feuer genommen worden waren.

So saß der Lieutenant noch eine Weile länger herum, sonnte sich in der guten Laune der Indianer ringsum und stopfte noch mehr Fleisch in sich hinein.

Eine Stunde später konnte er kaum noch die Augen offenhalten, und als sich sein Blick mit dem von Weiser Vogel traf, erhob sich der Medizinmann. Er führte den weißen Soldaten in das Tipi zu einem Lager, das eigens für ihn an der hinteren Wand errichtet worden war.

Lieutenant Dunbar sank auf das Büffelfell und begann seine Stiefel auszuziehen. Er war so müde, daß er vergaß, gute Nacht zusagen. Er erhaschte nur noch einen Blick auf den Rücken des Medizinmannes, der das Tipi verließ.

Dunbar ließ den letzten Stiefel achtlos auf den Boden fallen und kroch unter das Büffelfell. Er hielt einen Arm vor die Augen und döste ein. Vor dem Einschlafen sah er vor seinem geistigen Auge eine Fülle von verschwommenen sexuellen Bildern. Frauen drängten sich um ihn. Er konnte ihre Gesichter nicht erkennen, aber er hörte das Murmeln ihrer weichen Stimmen. Er sah ihre Gestalten vorüberziehen. Sie drehten sich wie die Falten eines Tanzkleides in einer Brise.

Er fühlte ihre leichten Berührungen, und als er einschlief, spürte er nackte, weiche Haut an seinem Körper.

Jemand lachte leise in sein Ohr, und er konnte die Augen nicht öffnen. Die Lider waren zu schwer. Doch das Lachen hielt an, und bald nahm er einen Geruch wahr. Das Büffelfell. Jetzt erkannte er, daß das Kichern nicht in seinem Ohr war. Aber es war in der Nähe. Es war in dem Tipi.

Er zwang die Augen auf und drehte den Kopf zu dem Geräusch. Er konnte nichts erkennen und setzte sich auf. Im Tipi war es still, und die dunklen Umrisse von den Familienmitgliedern des Medizinmannes regten sich nicht. Alle schienen zu schlafen.

Dann hörte er wieder das leise Lachen. Es klang hell und süß, unverkennbar das Lachen einer Frau, und es kam von einer Stelle genau gegenüber. Der Lieutenant erhob sich noch etwas mehr und ließ seinen Blick zu dem niedergebrannten Feuer in der Mitte des Tipis schweifen.

Die Frau kicherte wieder leise, und eine Männerstimme, tief und sanft, drang zu Dunbar herüber. Er sah das sonderbare Bündel, das stets über dem Lager von Weiser Vogel hing. Die Geräusche kamen von dort.

Dunbar wußte nicht, was los war. Er rieb sich schnell die Augen und richtete sich noch ein Stückchen mehr auf.

Jetzt konnte er die Umrisse zweier Menschen erkennen. Ihre Köpfe und Schultern ragten über dem Lager auf, und ihre lebhaften Bewegungen wirkten zu so später Stunde fehl am Platz. Dunbar kniff die Augen zusammen und versuchte, in der Dunkelheit etwas zu erkennen.

Die Gestalten drehten sich plötzlich. Eine erhob sich über der anderen, und sie verschmolzen miteinander. Einen Augenblick lang herrschte absolute Stille. Dann nahm Dunbar ein langgezogenes leises Stöhnen wahr wie ein seufzendes Ausatmen, und er erkannte, daß er ein Paar beim Geschlechtsverkehr vor sich hatte.

Er fühlte sich wie ein Dummkopf, ließ sich schnell auf das Lager zurücksinken und hoffte, daß keiner der Liebenden sein blöde glotzendes Gesicht gesehen hatte.

Mehr wach als müde lag er jetzt da und lauschte den stetigen, leidenschaftlichen Lauten der Liebe. Seine Augen hatten sich an die Dunkelheit gewöhnt, und er konnte den Umriß der schlafenden Person erkennen, die am nächsten bei ihm lag. Die-sich-mit-der-Faust-behauptet.

Das Büffelfell hob und senkte sich regelmäßig und verriet ihm, daß sie tief schlief. Sie lag auf der Seite, mit dem Rücken zu ihm, aber er erkannte sie an der Kopfform und dem zerzausten rötlichen Haar.

Sie schlief allein, und er dachte über sie nach. Sie mochte das Blut einer Weißen haben, aber mit allem sonst war sie eine von diesem Volk. Sie beherrschte Comanche, als wäre es ihre Muttersprache. Englisch war ihr fremd. Sie verhielt sich nicht, als stünde sie unter irgendwelchem Zwang. Es gab nicht den geringsten Hinweis darauf, daß sie eine Gefangene war. Sie war anscheinend völlig gleichberechtigt im Stamm. Dunbar vermutete richtig, daß sie als sehr junges Mädchen aufgenommen worden war.

Während der Gedanken, die ihn wieder in den Schlaf lullten, verschmolzen die Gedanken an die Frau aus zwei Persönlichkeiten, bis es nur noch eine Person war.

Er fragte sich, ob sie glücklich in ihrem Leben war.

Die Frage blieb in seinem Kopf und vermischte sich langsam mit den Liebeslauten, die Weiser Vogel und seine Frau von sich gaben.

Dann begann sich die Frage mühelos zu drehen, mit einem langsamen Schwung, der mit jeder Drehung an Schnelligkeit gewann. Sie kreiste schneller und schneller, bis sie sich auflöste, und Lieutenant Dunbar schlief wieder ein.

# 20

Sie verbrachten nur drei volle Tage in dem Jagdcamp, und drei Tage sind eine kurze Zeit für umfangreiche Veränderungen.

Doch genau das geschah.

Lieutenant Dunbars Kurs des Lebens veränderte sich.

Es gab kein einziges bombastisches Ereignis, das die Veränderung erklärte. Er hatte keine mystischen Visionen. Gott trat nicht in Erscheinung. Dunbar wurde nicht zu einem Comanchen-Krieger getauft.

Es gab keinen Augenblick der Bewährung, keinen offenkundigen Beweis, auf den eine Person verweisen und sagen konnte, es geschah hier oder dort, zu diesem Zeitpunkt oder zu jenem. Es war, als wäre eine schöner, geheimnisvoller Virus des Erwachens nach langer Inkubationszeit in seinem Leben ausgebrochen.

Am Morgen nach der Jagd erwachte Dunbar mit seltener Klarheit. Da war keine Schlaftrunkenheit, und der Lieutenant überlegte ernsthaft, wie lange es her war, seit er zum letzten Mal so munter erwacht war. Es mußte seit seiner Jugendzeit her sein.

Seine Füße waren klebrig, und so nahm er seine Stiefel und kroch zwischen den Schläfern aus dem Tipi, um sich draußen einen Platz zu suchen, wo er die Füße zwischen den Zehen waschen konnte. Er fand den Platz sofort. Das Gras der Prärie war naß vom Tau.

Der Lieutenant ließ seine Stiefel beim Tipi stehen und ging nach Osten, weil er wußte, daß dort irgendwo die Ponyherde war. Er wollte nach Cisco schauen.

Die ersten rosigen Streifen der Morgendämmerung brachen durch die Dunkelheit, und er beobachtete die Morgenröte in ehrfürchtigem Staunen, ohne zu merken, daß seine Hosenbeine vom Tau naß wurden.

Jeder Tag beginnt mit einem Wunder, dachte er plötzlich.

Die rötlichen Streifen am Horizont wurden größer und wechselten die Farbe.

Was auch immer Gott sein mag, dachte er, ich danke Gott für diesen Tag.

Ihm gefielen die Worte so gut, daß er sie laut aussprach.

»Was auch immer Gott sein mag, ich danke Gott für diesen Tag.«

Er nahm die Köpfe der ersten Pferde wahr. Ihre gespitzten Ohren hoben sich vor dem Morgengrauen ab. Er sah auch den Kopf eines Indianers. Es war vermutlich der Junge, der ständig lächelte.

Er fand Cisco ohne Mühe. Der Buckskin schnaubte, als Dunbar sich der Herde näherte, und der Lieutenant freute sich über das Wiedersehen. Das Pferd drückte seine weichen Nüstern gegen Dunbars Brust, und die beiden verharrten so einen Augenblick lang in der morgendlichen Kühle. Dann hob der Lieutenant sanft Ciscos Kinn an und blies ihm Atem in die Nüstern.

Neugierig drängten sich die anderen Pferde um ihn, und bevor sie lästig werden konnten, streifte Lieutenant Dunbar Ciscos Zaumzeug über und machte sich mit ihm auf den Rückweg zum Camp.

Der Weg in die andere Richtung war genauso beeindruckend. Das vorübergehende Lager war perfekt auf die Uhr der Natur abgestimmt, und wie der Tag erwachte es langsam zum Leben.

Ein paar Feuer brannten bereits, und in der kurzen Zeit seiner Abwesenheit war anscheinend jeder aufgestanden. Als es heller wurde, schälten sich die Gestalten im Camp aus dem Grau der Morgendämmerung.

»Welche Harmonie«, murmelte Lieutenant Dunbar.

Dann verfiel er in eine Reihe tiefer und abstrakter Gedanken über den Wert der Harmonie, Gedanken, die ihn auch noch während des Frühstücks beschäftigten.

An diesem Morgen zogen sie wieder los, und Dunbar erlegte einen weiteren Büffel. Diesmal hielt er Cisco während des Angriffs gut unter Kontrolle, und anstatt in die Herde hineinzupreschen, suchte er den Rand nach einem Büffel ab und verfolgte ihn. Obwohl er sorgfältig zielte, war sein erster Schuß zu hoch, und er brauchte eine zweite Kugel, um den Büffel zu erlegen.

Die Büffelkuh, die er schoß, war groß, und viele Krieger, die zu ihm ritten, um seine Jagdbeute zu betrachten, machten ihm Komplimente. Es herrschte nicht die gleiche Aufregung wie bei der Jagd des ersten Tages. An diesem Tag aß Lieutenant Dunbar keine frische Leber, aber er fühlte sich in jeder Hinsicht fähiger.

Von neuem strömten Frauen und Kinder in die Ebene, um die erlegten Büffel zu schlachten, und am späten Nachmittag war das Camp voller Fleisch. Unzählige Trockengestelle bogen sich unter dem Gewicht von Tausenden Pfunden Fleisch, und es gab ein weiteres Festmahl mit frisch gebratenen Delikatessen.

Die jüngsten Krieger und eine Reihe von Jungen, die noch nicht für den Kriegspfad bereit waren, organisierten kurz nach der Rückkehr ins Lager ein Pferderennen. Der-viel-lächelt war versessen darauf, Cisco zu reiten. Er trug seine Bitte mit so viel Respekt vor, daß Lieutenant Dunbar ihm den Wunsch nicht abschlagen konnte. Zwei Rennen waren schon vorüber, als Dunbar zu seinem Entsetzen erkannte, daß die Gewinner die Pferde der Verlierer als Geschenk erhielten. Er feuerte Der-viel-lächelt an und kreuzte die Finger beider Hände, und zum Glück gewann der Junge alle drei Rennen.

Später fanden Spiele statt, und Wind-im-Haar überredete den Lieutenant zum Mitspielen. Es wurde mit Würfeln gespielt, aber Dunbar kannte das Spiel nicht, und er verlor seinen gesamten Tabakvorrat, bis er mit den Regeln vertraut war. Einige der Spieler waren an der Uniformhose mit den gelben Streifen interessiert, aber weil der Lieutenant bereits seinen Feldhut und den Uniformrock weggegeben hatte, sagte er sich, daß er wenigstens noch einen Teil seiner Uniform behalten sollte.

Wie die Dinge liefen, würde er außerdem die Hose verlieren und dann ohne herumlaufen müssen.

Sie waren auch scharf auf den Brustharnisch, doch der kam als Spieleinsatz ebenfalls nicht in Frage. Dunbar bot das alte Paar Stiefel an, aber die Indianer sahen keinen Wert darin. Schließlich bot er sein Gewehr an, und die Spieler waren einmütig der Ansicht, es zu akzeptieren. Der Einsatz eines Gewehrs erregte Aufsehen. Das Spiel wurde sofort eine spannende Sache, die viele Zuschauer anlockte.

Jetzt kannte sich der Lieutenant jedoch aus, und im Laufe des Spiels hatte er Glück mit den Würfeln. Er hatte eine wahre Glückssträhne, und danach behielt er nicht nur das Gewehr, sondern war der neue Besitzer von drei ausgezeichneten Ponys. Die Verlierer gaben ihre Schätze mit so viel Würde und guter Laune ab, daß Dunbar gerührt war und entsprechend darauf antwortete. Er verschenkte sofort seine Gewinne. Das größte, kräftigste der drei Ponys gab er Wind-im-Haar. Dann führte er die beiden übrigen Pferde, gefolgt von einer Traube Neugieriger, zum Tipi von Weiser Vogel und überreichte die Zügel dem Medizinmann.

Weiser Vogel war erfreut, aber auch verwirrt. Als ihm jemand erklärte, woher die Pferde stammten, schaute er in die Runde, fand Die-sich-mit-der-Faust-behauptet, rief sie zu sich und erklärte ihr, er wünsche sich, daß sie für ihn spreche.

Sie bot einen schauerlichen Anblick, als sie dastand und den Medizinmann anhörte. Ihre Arme, das Gesicht und die Schürze waren vom Schlachten mit Blut bespritzt.

Sie schützte Unwissenheit vor, schüttelte den Kopf bei seinen Worten, doch Weiser Vogel bestand darauf, und die kleine Versammlung vor dem Tipi verstummte und wartete, ob sie auf englisch sagen konnte, was Weiser Vogel verlangte.

Sie starrte auf ihre Füße und formte mehrmals lautlos ein Wort. Dann schaute sie den Lieutenant an und versuchte es.

»*Dank*«, sagte sie.

Um die Mundwinkel des Lieutenants zuckte es.

»Was?« erwiderte er und zwang sich zu einem Lächeln.

»*Dank.*«

Sie tippte ihn mit einem Finger an und wies dann auf die Ponys.

»*Dank für.*«

»Dank?« fragte der Lieutenant. »Du dankst mir?«

Die-sich-mit-der-Faust-behauptet nickte.

»Ja«, sagte sie deutlich.

Lieutenant Dunbar wollte Weiser Vogel die Hand reichen, doch die Frau stoppte ihn. Sie hatte noch nicht zu Ende gesprochen. Sie hielt einen Finger hoch und trat zwischen die beiden Ponys.

*»Ponny«*, sagte sie und wies mit der anderen Hand auf den Lieutenant. Dann wiederholte sie das Wort und wies auf Weiser Vogel.

»Ein Pony für mich?« fragte der Lieutenant und unterstrich die Worte mit den gleichen Handzeichen. »Und eines für ihn?«

Die-sich-mit-der-Faust-behauptet seufzte glücklich, und weil sie wußte, daß er sie verstand, lächelte sie leicht.

»Ja«, sagte sie, und ohne zu denken kam ihr ein anderes altes Wort in perfekter Aussprache über die Lippen. »Genau.«

Es klang so sonderbar richtig und geschraubt, daß Lieutenant Dunbar laut lachen mußte, und wie ein Teenager, der soeben etwas Albernes gesagt hat, schlug Die-sich-mit-der-Faust-behauptet eine Hand vor den Mund.

Es war ihr gemeinsamer Spaß. Sie wußte, daß das Wort wie ein unfreiwilliger Rülpser hervorgekommen war, und das war auch dem Lieutenant klar. Unwillkürlich blickten sie zu Weiser Vogel und den anderen. Die Gesichter der Indianer waren jedoch verständnislos, und als die Frau aus zwei Welten und der Kavallerieoffizier sich wieder in die Augen schauten, spiegelten sie ein Lächeln über eine Sache wider, die nur sie beide teilten. Es gab keine Möglichkeit, es angemessen den anderen zu erklären. Es war auch nicht lustig genug, um sich die Mühe zu machen.

Lieutenant Dunbar behielt das andere Pony nicht. Statt dessen führte er es zum Tipi von Zehn Bären und erhöhte damit sein Ansehen noch mehr, ohne es zu wissen. Die Tradition der Comanchen verlangte, daß der Reiche seinen Wohlstand unter den weniger Glücklichen verteilt. Aber Dunbar kehrte das ins Gegenteil um, und der alte Häuptling blieb mit dem Gedanken zurück, daß dieser weiße Mann wirklich außergewöhnlich war.

An diesem Abend, als er am Feuer des Medizinmanns saß und sich eine Unterhaltung anhörte, die er nicht verstand, sah Lieutenant Dunbar zufällig Die-sich-mit-der-Faust-behauptet. Sie hockte ein paar Schritte entfernt und sah ihn an. Ihr Kopf war seitwärts geneigt, und ihr Blick war nachdenklich und neugierig. Bevor sie wegschauen konnte, nickte er zu den plaudernden Kriegern hin, setzte eine Amtsmiene auf und legte eine Hand auf den Mundwinkel.

»Genau«, flüsterte er ihr zu.
Da wandte sie sich schnell ab. Aber er hörte deutlich, daß sie leise lachte.

Es wäre sinnlos gewesen, noch länger zu bleiben. Sie hätten nicht mehr Fleisch transportieren können. Kurz nach der Morgendämmerung wurde alles gepackt, und am frühen Vormittag brach die Kolonne auf. Jedes Travois war hoch bepackt, und so dauerte der Rückweg doppelt solange wie der Hinweg, und es dunkelte, als sie bei Fort Sedgewick eintrafen.

Eine Schleppbahre mit ein paar hundert Pfund Fleisch, das in Streifen geschnitten an der Luft gedörrt war, wurde zum Depot gezogen und abgeladen. Dann verabschiedeten sich die Indianer und Dunbar überschwenglich voneinander. Der Lieutenant beobachtete von der Türschwelle seiner Grassodenhütte aus, wie die Karawane zum Sommerlager bachaufwärts weiterzog.

Unwillkürlich suchte er im Halbdunkel, das die lange, laute Kolonne umgab, nach Die-sich-mit-der-Faust-behauptet.

Er konnte sie nicht finden.

Nach der Rückkehr ins Fort hatte der Lieutenant gemischte Gefühle.

Er wußte, daß das Fort sein Heim war, und das war beruhigend. Es war gut, die Stiefel auszuziehen, sich hinzulegen und unbeobachtet auszustrecken. Unter halbgeschlossenen Lidern hervor beobachtete er das Flackern seiner Lampe und döste in der stillen Hütte vor sich hin. Alles war an seinem Platz, und er war das auch.

Nach ein paar Minuten erkannte er jedoch, daß sein rechter Fuß in zielloser Energie zuckte.

Was soll das? fragte er sich und hielt den Fuß ruhig. Du bist doch nicht nervös.

Nur eine Minute später wurde ihm bewußt, daß er mit seiner linken Hand ungeduldig auf seine Brust trommelte.

Er war nicht nervös. Er langweilte sich. Er hatte Langeweile und fühlte sich einsam.

In der Vergangenheit hätte er seinen Tabaksbeutel genommen, sich eine Zigarette gedreht und sich mit Paffen beschäftigt. Aber er hatte keinen Tabak mehr.

Ich könnte einen Blick auf den Bach werfen, dachte er, und so zog er die Stiefel wieder an und ging nach draußen.

Er verharrte und dachte an den Brustharnisch, der ihm bereits so kostbar war. Er hatte ihn über den Armeesattel im Depot gehängt. Jetzt ging er nur mit der Absicht hin, ihn sich anzuschauen.

Selbst im schwachen Licht der Laterne glänzte der Brustharnisch. Lieutenant Dunbar strich über die polierten Knochen. Sie wirkten fast wie Glas. Als er den Brustharnisch anhob, klackte es, denn Knochen berührte Knochen. Ihm gefiel das kühle, harte Gefühl des Brustharnisch auf seinem nacken Oberkörper.

Der ›Blick auf den Bach‹ wurde zu einem langen Spaziergang. Der Mond war fast wieder voll, und Dunbar brauchte die Laterne nicht, als er am Hügel entlangschlenderte, der oberhalb des Baches aufragte.

Er ließ sich Zeit, blieb oftmals stehen, um zum Bach zu schauen oder auf einen Zweig, der sich in der Brise bog, oder auf ein Kaninchen, das an einem Busch knabberte. Niemand kümmerte sich um seine Anwesenheit.

Er fühlte sich wie unsichtbar. Es war ein Gefühl, das ihm gefiel.

Nach fast einer Stunde kehrte er um und machte sich mit leichtem, unbekümmertem Schritt auf den Heimweg.

Ab und zu blieb er stehen und schaute hinauf zum Mond. Dann hob er den Kopf, drehte den Körper in den Mondschein, und der Brustharnisch reflektierte das Licht wie ein erdgebundener Stern.

Am nächsten Tag geschah etwas Seltsames.

Lieutenant Dunbar verbrachte den Morgen und einen Teil des Nachmittags mit Arbeit im Fort. Er sortierte, was vom Proviant übrig war, verbrannte einige nutzlose Dinge, fand eine Möglichkeit, das Fleisch gut zu lagern, und machte Eintragungen ins Tagebuch.

Alles tat er halbherzig. Er dachte daran, den Korral besser einzuzäunen, aber er sagte sich, daß das nur Beschäftigungstherapie war. Er hatte bereits genug Arbeit für sich gefunden. Er fühlte sich führungslos.

Als sich die Sonne zum Horizont neigte, sehnte sich Lieutenant Dunbar nach einem weiten Spaziergang über die Prärie. Es war ein heißer Tag gewesen. Bei der Arbeit hatte der Schweiß seine Hose getränkt, und er hatte Schweißflecken auf den Oberschenkeln. Er sah keinen Grund, die verschwitzte Hose bei dem Spaziergang anzulassen. So zog er sie aus und ging nackt auf die Prärie hinaus. Er hoffte, Zwei Strümpfe zu begegnen.

Dunbar ging vom Bach aus über das weite Grasland, das im Wind wogte und ein eigenes Leben zu haben schien.

Das Gras der Prärie war auf dem Gipfel des Wachstums und reichte ihm an einigen Stellen bis zur Hüfte. Der Himmel war mit weißen Wolken getupft, die sich vor dem tiefen Blau wie ausgeschnitten abhoben.

Auf einer kleinen Erhebung, etwa eine Meile vom Fort entfernt, legte er sich ins hohe Gras. Mit Windschutz von allen Seiten nahm er die letzte Wärme der Sonne in sich auf und schaute verträumt auf die langsam dahinziehenden Wolken.

Der Lieutenant drehte sich auf die Seite, um die Sonne auf seinem Rücken zu haben. Als er sich im Gras bewegte, überkam ihn plötzlich ein Gefühl, das er so lange nicht mehr gehabt hatte, daß er sich zuerst nicht sicher war, was er eigentlich empfand.

Das Gras raschelte leise in der Brise. Die Sonne war auf seinem Rücken wie eine warme Decke. Das Gefühl wurde immer stärker, und Dunbar ergab sich darein.

Seine Hand sank zu Boden, und dabei hörte der Lieutenant zu denken auf. Nichts lenkte seine Aktion, keine Visionen oder Worte oder Erinnerungen. Er fühlte, und das war alles.

Als er wieder bei Bewußtsein war, schaute er zum Himmel, und die Erde schien sich in den Bewegungen der Wolken widerzuspiegeln. Er rollte sich auf den Rücken, legte die Arme an seine Seiten und ließ sich eine Zeitlang auf seinem Bett aus Gras und Erde treiben.

Dann schloß er die Augen und machte ein Nickerchen von einer halben Stunde.

In dieser Nacht wälzte er sich schlaflos herum. Seine Gedanken schweiften von einem Thema zum nächsten, als überprüften sie eine lange Reihe von Räumen nach einem Ruheplatz. Jeder Raum war entweder abgeschlossen oder ungastlich, bis er schließlich zu einem gelangte, der für immer für ihn bestimmt war, wie er im Unterbewußtsein spürte.

Der Raum war voller Indianer.

Das kam ihm so richtig vor, daß er erwog, sofort einen Ausflug zum Camp von Zehn Bären zu machen. Aber das fand er zu ungestüm.

Ich werde früh aufstehen und hinreiten, dachte er. Vielleicht bleibe ich diesmal ein paar Tage dort.

Er erwachte erwartungsvoll vor dem Morgengrauen, widerstand jedoch der Versuchung, aufzustehen und Hals über Kopf zum Sommerlager der Indianer zu reiten. Er wollte ohne überstürzte Erwartungen hinreiten, und so blieb er im Bett, bis es hell war.

Als er alles außer dem Hemd anhatte, nahm er es und schob einen Arm durch einen Ärmel. Dann verharrte er und schaute aus dem Fenster, um das Wetter einzuschätzen. Es war bereits warm in der Hütte und vermutlich draußen noch wärmer.

Es wird heiß werden, dachte er und zog den Arm wieder aus dem Ärmel.

Der Brustharnisch hing nun an einem Haken, und als der Lieutenant ihn nahm, wurde ihm klar, daß er ihn tragen wollte, ganz gleich bei welchem Wetter.

Er verstaute das Hemd in einem Rucksack, nur für alle Fälle.

Zwei Strümpfe wartete draußen.

Als er Lieutenant Dunbar durch die Tür kommen sah, wich der Wolf drei schnelle Schritte zurück, drehte sich im Kreis, trat ein paar Meter zur Seite, legte sich hin und hechelte wie ein junger Hund.

Dunbar neigte fragend den Kopf.

»Was ist los?«

Der Wolf hob den Kopf beim Klang der Stimme. Sein Blick war so durchdringend, daß Dunbar lachen mußte.

»Du willst mitkommen?«

Zwei Strümpfe sprang auf und starrte den Lieutenant an, ohne einen Muskel zu bewegen.

»Nun, dann komm.«

Weiser Vogel wachte auf und dachte an ›Jon‹ dort unten im Fort des Weißen Mannes.

›Jon.‹ Was für ein komischer Name! Er versuchte zu ergründen, was er bedeuten mochte. Junger Reiter, vielleicht. Oder Schneller Reiter. Vielleicht hatte es etwas mit dem Reiten zu tun.

Es war gut, daß die erste Jagd der Saison beendet war. Nachdem der Büffel endlich gekommen war, hatte sich das Problem Nahrung gelöst, und das bedeutete, daß er sich wieder mit einiger Regelmäßigkeit seinem Lieblingsprojekt widmen konnte. Er würde es an diesem Tag wiederaufnehmen.

Der Medizinmann ging zu den Tipis zweier enger Berater und fragte sie, ob sie mit ihm zum Fort reiten wollten. Es überraschte ihn, wie begierig sie darauf waren, aber er deutete es trotzdem als gutes Zeichen. Keiner hatte mehr Angst. Die Leute hatten ihre Befangenheit vor dem weißen Soldaten verloren. Aus den Gesprächen der letzten Tage hatte er entnommen, daß sie ihn sogar mochten.

Weiser Vogel verließ das Lager mit einem besonders guten Gefühl. Alles war in den ersten Stadien seines Planes gutgegangen. Die Entwicklung war fast komplett. Jetzt konnte er richtig daran gehen, die weiße Rasse zu erforschen.

Lieutenant Dunbar schätzte, daß er gut vier Meilen zurückgelegt hatte. Er hatte damit gerechnet, daß der Wolf nach spätestens zwei Meilen verschwinden würde. Nach drei Meilen hatte er sich wirklich zu wundern begonnen.

Sie waren in eine schmale, grasbewachsene Senke zwischen zwei Hängen gelangt, und der Wolf war immer noch bei ihm. Nie zuvor war er ihm so weit gefolgt.

Der Lieutenant sprang vom Pferd und schaute zu Zwei Strümpfe. Auf die übliche Art hatte der Wolf ebenfalls angehalten. Als Cisco den Kopf senkte, um Gras zu knabbern, begann Dunbar in Richtung Wolf zu gehen. Er dachte, der Wolf würde dadurch gezwungen, sich zurückzuziehen. Doch der Kopf und die Ohren des Wolfes, die über das Gras ragten, bewegten sich nicht, und als der Lieutenant schließlich stehenblieb, war er nur noch einen Schritt entfernt.

Der Wolf neigte den Kopf erwartungsvoll, blieb sonst jedoch reglos, als Dunbar in die Hocke ging.

»Ich bezweifle, daß du willkommen bist, wo ich hinreite«, sagte Dunbar laut, als unterhalte er sich mit einem vertrauten Nachbarn.

Er blickte zur Sonne empor. »Es wird ein heißer Tag. Warum gehst du nicht heim?«

Der Wolf hörte aufmerksam zu, regte sich jedoch immer noch nicht.

Der Lieutenant wippte auf seinen Füßen.

»Komm, Zwei Strümpfe, geh heim«, sagte er gereizt.

Er versuchte, den Wolf mit einer Geste wegzuscheuchen, und Zwei Strümpfe huschte zur Seite.

Er verscheuchte ihn von neuem.

Der Wolf sprang ein Stück zur Seite, aber offenkundig wollte er nicht heimgehen.

»Also gut«, sagte Dunbar, »wenn du nicht heimkehren willst, dann bleibst du eben hier.«

Er unterstrich das, indem er tadelnd mit dem Finger drohte und eine Kehrwendung machte. Dann hörte er es. Es war nicht laut, sondern leise und klagend und unverkennbar.

Ein Heulen.

Der Lieutenant fuhr herum, und da war Zwei Strümpfe. Er hatte die Schnauze erhoben, blickte den Lieutenant an und heulte wie ein schmollendes Kind.

Für einen objektiven Beobachter mochte es ein bemerkenswertes Schauspiel sein, doch für den Lieutenant, der den Wolf so gut kannte, war es der Tropfen, der das Faß zum Überlaufen bringt.

»Du gehst heim!« schrie Dunbar und stürmte auf Zwei Strümpfe zu. Wie ein Sohn, der seinen Vater zu weit getrieben hat, legte der Wolf die Ohren an und wich mit eingezogenem Schwanz zurück.

Gleichzeitig rannte Lieutenant Dunbar in die entgegengesetzte Richtung. Er wollte zu Cisco, um schnell davonzugaloppieren und Zwei Strümpfe abzuhängen.

Mit diesem Plan raste er über die Prärie, und der Wolf lief glücklich mit ihm.

»Du gehst heim«, schnarrte der Lieutenant und schwenkte plötzlich von seinem Verfolger ab. Zwei Strümpfe sprang geradeaus weiter wie ein erschrecktes Kaninchen und streckte die Pfoten in plötzlicher Panik aus. Als er auf dem Boden aufsetzte, war der Lieutenant nur einen Schritt hinter dem Wolf. Er packte ihn am Schwanz und kniff ihn. Der Wolf schoß vorwärts, als wäre ein Knallkörper an seinem Schwanz explodiert. Dunbar mußte lachen.

Zwei Strümpfe stoppte nach zwanzig Schritten schlitternd und starrte mit einer so verlegenen Miene über die Schulter, daß der Lieutenant einfach Mitleid mit ihm haben mußte.

Er winkte ihm Auf Wiedersehen, und immer noch lachend drehte er sich um und stellte fest, daß Cisco auf dem Weg auf dem sie gekommen waren, zurückgewandert war und am allerfeinsten Gras knabberte.

Der Lieutenant verfiel in leichten Trab. Er mußte immer noch über das Bild lachen, das Zwei Strümpfe geboten hatte, als er nach seinem Schwanzgriff die Flucht ergriffen hatte.

Dunbar sprang wild auf, als etwas seinen Knöchel packte und dann losließ. Er wirbelte herum, bereit, sich dem unsichtbaren Gegner zu stellen.

Zwei Strümpfe war vor ihm und keuchte wie ein Boxkämpfer zwischen den Runden.

»Also gut«, sagte der Lieutenant sanft und hob kapitulierend die Hände. »Du kannst mitkommen oder bleiben. Ich habe keine Zeit mehr für dieses Spielchen.«

Es war vielleicht ein winziges Geräusch, oder der Wind

brachte irgend etwas mit. Was immer es war, Zwei Strümpfe witterte es. Er fuhr plötzlich herum und starrte mit gesträubtem Fell über die Prärie.

Dunbar blickte in die Richtung, in die der Wolf starrte, und sah sofort Weiser Vogel mit zwei anderen Männern. Sie waren nahe und beobachteten von einem Hang aus.

Dunbar winkte erfreut und rief »Hallo«, während Zwei Strümpfe davonschlich.

Weiser Vogel und seine Freunde hatten eine Zeitlang beobachtet, lange genug, um die ganze Schau mitzubekommen. Sie hatten sich großartig unterhalten. Weiser Vogel wußten ebenfalls, daß er Zeuge von etwas Großartigem gewesen war, das eine Lösung zu einem der Rätsel bot, das den weißen Mann umgab – das Rätsel, wie man ihn nennen sollte.

Ein Mann sollte einen richtigen Namen haben, dachte er, als er den Hang hinunter und Lieutenant Dunbar entgegenritt, besonders wenn es ein Weißer ist, der wie dieser handelt.

Er erinnerte sich an die alten Namen wie ›Mann-der-leuchtet-wie-Schnee‹ und einige der neuen Namen, die sich verbreitet hatten wie zum Beispiel ›Der-den-Büffel-findet‹. Nichts davon paßte richtig. Und schon gar nicht ›Jon‹.

Weiser Vogel hatte das sichere Gefühl, daß er jetzt den richtigen Namen wußte. Er paßte zur Persönlichkeit des weißen Soldaten. Das Volk würde sich bei diesem Namen an ihn erinnern. Und Weiser Vogel war mit zwei Zeugen zu dem Zeitpunkt anwesend gewesen, als der Große Geist den Namen offenbart hatte.

Er sagte den Namen ein paarmal vor sich hin, während er den Hang hinunterritt. Der Klang war so gut wie der Name selbst.

Der-mit-dem-Wolf-tanzt.

# 21

Auf stille Weise war es einer der befriedigendsten Tage in Lieutenant Dunbars Leben.

Die Familie von Weiser Vogel begrüßte ihn mit einer Herzlichkeit und einem Respekt, daß er sich fast zu ihnen gehörig fühlte. Sie waren wirklich glücklich darüber, ihn wiederzusehen.

Er und Weiser Vogel setzten sich hin, um die Pfeife zu rauchen, und das dauerte wegen ständiger, jedoch angenehmer Unterbrechungen bis gut in den Nachmittag.

Die Kunde von Lieutenant Dunbars Namen und wie er ihn erlangt hatte, verbreitete sich mit der üblichen erstaunlichen Schnelligkeit im Lager, und alle bohrenden Zweifel, die der Stamm gegen den weißen Soldaten gehegt haben mochte, lösten sich mit dieser Neuigkeit auf.

Er war kein Gott, aber er war auch kein Mann mit Haaren um den Mund, wie sie bisher welchen begegnet waren. Er war ein Mann der Medizin. Krieger kamen ständig vorbei. Einige wollten nur »hallo« sagten, und andere wollten nur den Mann sehen, der ›Der-mit-dem-Wolf-tanzt‹ hieß.

Der Lieutenant kannte jetzt die meisten von ihnen. Bei jedem Besuch erhob er sich und machte seine kurze Verbeugung. Einige Krieger erwiderten die Verneigung. Ein paar streckten ihm die Hände hin, wie sie es von ihm gesehen hatten.

Es gab nicht vieles, über das sie reden konnten, doch der Lieutenant kam inzwischen gut mit Handzeichen zurecht, gut genug, um noch einmal auf die Höhepunkte der vergangenen Jagd zurückzukommen. Dies bildete die Basis für die meisten Besuche.

Nach ein paar Stunden versiegte der stetige Strom der Besucher, bis keiner mehr kam, und Dunbar fragte sich gerade, warum er nicht Die-sich-mit-der-Faust-behauptet gesehen hatte und ob sie noch kommen würde, als plötzlich Wind-im-Haar ins Tipi kam.

Bevor sie Grüße austauschen konnten, wurde die Aufmerksamkeit beider Männer auf die Dinge gelenkt, die sie getauscht hatten: auf den nicht zugeknöpften Uniformrock und den glänzenden Brustharnisch. Für beide war es ein beruhigender Anblick.

Während sie sich die Hände schüttelten, dachte Lieutenant Dunbar: Ich mag diesen Kerl; es ist schön, ihn zu sehen.

Wind-im-Haar dachte das gleiche, und sie setzten sich zusammen zu einem freundschaftlichen Plausch, obwohl keiner von beiden verstand, was der andere sagte.

Weiser Vogel rief seine Frau, damit sie das Essen servierte, und bald darauf verschlang das Trio ein Mittagessen aus Pemmikan und Beeren. Sie aßen, ohne ein Wort miteinander zu wechseln.

Nach der Mahlzeit wurde wieder die Pfeife gestopft, und die beiden Indianer begannen eine Unterhaltung, die der Lieutenant nicht enträtseln konnte. Aus ihren Gesten und dem Tonfall schloß er jedoch, daß es um ein ernsteres Thema ging.

Anscheinend planten sie irgendeine Aktivität, und Dunbar war nicht überrascht, als beide Männer nach der Unterhaltung aufstanden und ihn mit Gesten aufforderten, ihnen hinaus zu folgen.

Dunbar ging mit ihnen zur Rückseite des Tipis, wo eine Ansammlung von Material auf sie wartete. Ein Stapel Weidenäste lag neben einem hohen Haufen trockenen Gestrüpps.

Die beiden Indianer führten eine weitere, noch kürzere Diskussion und machten sich dann an die Arbeit. Als der Lieutenant sah, was da Gestalt annahm, half er hier und da, doch bevor er viel dazu beitragen konnte, war aus dem Material eine schattige Laube errichtet worden.

Ein kleiner Teil war offengelassen worden, um als Eingang zu dienen, und Lieutenant Dunbar wurde als erster hineingeschoben. Es war nicht genug Platz, um aufrecht in der Laube stehen zu können, aber als er sich hinhockte, fand er die Laube geräumig und idyllisch. Das Gestrüpp bildete guten Schutz gegen die Sonne und war licht genug, um frische Luft hereinzulassen.

Erst als er diese kurze Musterung beendet hatte, erkannte der Lieutenant, daß Weiser Vogel und Wind-im-Haar verschwunden waren. Vor einer Woche hätte er sich unbehaglich bei ihrem plötzlichen Verschwinden gefühlt. Jetzt war er jedoch wie die

Indianer – nicht mehr mißtrauisch. Der Lieutenant lehnte sich zufrieden gegen die überraschend starke Rückwand, lauschte auf die jetzt vertrauten Geräusche im Lager von Zehn Bären und harrte der Dinge, die da kommen würden.

Es dauerte nicht lange.

Nur ein paar Minuten später hörte er Schritte nahen. Weiser Vogel watschelte durch den Eingang und setzte sich weit von ihm entfernt hin, so daß eine freie Fläche zwischen ihnen blieb.

Ein Schatten fiel auf den Eingang und verriet Dunbar, daß noch jemand darauf wartete, einzutreten. Ohne zu denken, nahm er an, daß es Wind-im-Haar war.

Weiser Vogel rief etwas leise. Der Schatten bewegte sich mit der Begleitung von bimmelnden Glöckchen, und Die-sich-mit-der-Faust-behauptet betrat geduckt die Laube.

Dunbar rutschte zur Seite, um ihr Platz zu machen, als sie sich zwischen sie schob, und in den paar Sekunden, bis sie Platz genommen hatte, sah er vieles, was neu war.

Die Glöckchen waren an die Seiten der mit feinen Perlen besetzten Mokassins genäht. Ihr Rehlederkleid sah aus wie ein Erbstück, etwas gut Gepflegtes und nicht für jeden Tag. Das Oberteil war mit kleinen, dicken Knochen in Reihen besetzt. Es waren Elchzähne.

Am rechten Handgelenk trug sie einen Armreif aus Messing. Um den Hals trug sie einen Reif aus den gleichen Knochen, die er im Brustharnisch hatte. Ihr Haar, frisch und duftend, war zu einem einzigen Zopf geflochten, der auf den Rücken hing. So sah er mehr von ihrem Gesicht mit den hohen Wangenknochen als zuvor. Sie wirkte auf ihn jetzt zarter und weiblicher. Und weißer.

Es dämmerte dem Lieutenant, daß die Laube als Treffpunkt für sie beide errichtet worden war. Und in der Zeit, in der sie Platz nahm, wurde ihm klar, wie sehr er sich darauf gefreut hatte, sie wiederzusehen.

Sie sah ihn immer noch nicht an, und als Weiser Vogel leise etwas zu ihr sagte, entschloß sich Dunbar, die Initiative zu ergreifen und ›Hallo‹ zu sagen.

Beide wandten den Kopf und sagten das Wort wie aus einem Mund. Die beiden ›Hallo‹ verschmolzen zu einem, und die

Sprecher zuckten zusammen, weil sie gleichzeitig gesprochen hatten.

Weiser Vogel sah ein gutes Omen in diesem Zwischenfall. Er sah zwei Menschen von ähnlichen Wesen. Und weil er genau das erhofft hatte, kam es ihm wie eine Ironie vor.

Der Medizinmann kicherte. Dann wies er auf Lieutenant Dunbar und stieß einen Grunzlaut aus, wie um zu sagen: »Nur zu – du zuerst.«

»Hallo«, sagte Lieutenant Dunbar freundlich.

Sie hob den Kopf. Ihre Miene war kühl und sachlich, aber er sah nichts mehr von der Feindseligkeit, die sie früher gezeigt hatte.

*»Hallo«*, erwiderte sie.

Sie saßen an diesem Tag lange in der Laube, und die meiste Zeit verbrachten sie mit dem Wiederholen der paar einfachen Worte, die sie bei der ersten förmlichen Sitzung ausgetauscht hatten.

Gegen Sonnenuntergang, als alle drei erschöpft von den ständigen Wiederholungen waren, versuchte Die-sich-mit-der-Faust-behauptet, Dunbar die Bedeutung ihres Namens zu erklären.

Zuerst mußte sie ihm klarmachen, was sie wollte. Sie wies auf ihn und sagte *»Jon.«* Dann zeigte sie auf sich und sagte nichts. Schließlich hielt sie einen Finger hoch und bedeutete ihm: »Stopp, ich werde es dir zeigen.«

Sie hatte sich angewöhnt, daß er ihr vormachte, was sie erbat, und sie dann das entsprechende Wort auf Englisch dafür errieten. Sie wollte jetzt, daß er sich aufrecht hinstellte, doch das war unmöglich in der niedrigen Laube, und so schob sie beide Männer nach draußen, wo sie sich frei bewegen konnten.

Lieutenant Dunbar riet, was sie ihm mit Gesten klarmachte: Sie stellte sich hoch aufgerichtet einer Herausforderung und hob die Faust. Nachdem er den Namen auf Englisch erraten hatte, sagte sie ihn auf Comanche.

Von da an lernte er schnell die Namen Wind-im-Haar, Zehn Bären und Weiser Vogel auf Comanche.

Lieutenant Dunbar war aufgeregt. Er bat um etwas, mit dem er schreiben konnte, und mit einem Stück Kohle schrieb er die vier Namen in phonetischem Comanche auf ein Stück dünne weiße Rinde.

Die-sich-mit-der-Faust-behauptet blieb dabei reserviert, doch innerlich war sie in freudiger Erregung. Die englischen Worte waren wie ein Funkenregen in ihrem Kopf, als Tausende von Türen plötzlich aufschwangen, die so lange verschlossen gewesen waren. Sie war wie in einem Freudentaumel.

Jedesmal, wenn der Lieutenant die Liste durchging, die er auf die Rinde geschrieben hatte, konnte er die Namen besser aussprechen, und Die-sich-mit-der-Faust-behauptet ermunterte ihn mit der Andeutung eines Lächelns und sagte: »Ja.«

Der Lieutenant brauchte nicht ihr kleines Lächeln zu sehen, um zu wissen, daß die Aufmunterung aufrichtig war und aus dem Herzen kam. Er hörte es am Klang des ›ja‹, und er sah es am Glanz ihrer hellbraunen Augen. Es bedeutete etwas Besonderes für sie, ihn die Worte auf Englisch und Comanche sagen zu hören. Das spürte der Lieutenant.

Sie war nicht mehr die traurige, verlorene Frau, die er auf der Prärie gefunden hatte. Das lag jetzt hinter ihr. Es machte ihn glücklich, zu sehen, wie weit sie jetzt gekommen war.

Das Beste von allem war das kleine Stück Rinde, das er in den Händen hielt. Er packte es fest und war entschlossen, es zu behalten. Es war das erste Stück einer Karte, die ihn in die Zukunft mit diesem Volk führen würde, welche auch immer es sein mochte. Von jetzt an würde so vieles möglich sein.

Weiser Vogel war jedoch am tiefsten beeindruckt von der Entwicklung der Dinge. Für ihn war es ein Wunder von höchstem Grad, vergleichbar mit dem Erlebnis von etwas Bedeutendem wie eine Geburt oder ein Todesfall.

Sein Traum war Wirklichkeit geworden.

Als er hörte, daß der Lieutenant seinen Namen auf Comanche sagte, war es, als hätte sich plötzlich eine undurchdringliche Wand in nichts aufgelöst. Und sie gingen hindurch. Sie verständigten sich.

Seine Meinung über Die-sich-mit-der-Faust-behauptet änderte sich stark. Sie war nicht länger eine Comanche. Indem sie die Brücke für ihre Worte bildete, war sie mehr geworden. Wie der Lieutenant hörte Weiser Vogel es am Klang ihrer englischen Worte, und er sah die neue Kraft in ihren Augen. Etwas war bei ihr hinzugekommen, das zuvor gefehlt hatte, und Weiser Vogel wußte, was es war. Lange verborgenes Blut rann wieder durch ihre Adern, das unverfälschte Blut ihrer weißen Abstammung.

Diese gewaltigen Dinge waren mehr, als sogar Weiser Vogel verkraften konnte, und wie ein Lehrer, der weiß, wann seine Schüler eine Pause brauchen, sagte er zu Die-sich-mit-der-Faust-behauptet, daß es für diesen Tag reiche.

Ihr Gesicht spiegelte eine Spur Enttäuschung wider. Dann senkte sie den Kopf und nickte gehorsam.

In diesem Augenblick kam ihr jedoch ein wundervoller Gedanke. Sie suchte den Blick des Medizinmannes und fragte ihn respektvoll, ob sie noch eines tun dürfe.

Sie wollte dem weißen Soldaten seinen Namen beibringen.

Das war eine gute Idee, und Weiser Vogel konnte seiner Adoptivtochter diesen Wunsch nicht abschlagen. Er forderte sie auf, fortzufahren.

Sie erinnerte sich sofort an das Wort. Sie sah es förmlich, aber sie konnte es nicht aussprechen. Und sie war nicht in der Lage, sich zu erinnern, wie sie es als kleines Mädchen gesagt hatte. Die Männer warteten, während sie sich zu erinnern versuchte.

Dann hob Lieutenant Dunbar unbewußt die Hand, um eine Mücke zu verscheuchen, die ihn am Ohr plagte, und Die-sich-mit-der-Faust-behauptet sah alles wieder deutlich vor sich.

Sie ergriff die Hand des Lieutenants, als er sie in der Luft hielt, und legte ihre andere Hand behutsam auf seine Hüfte. Und bevor einer der beiden Männer reagieren konnte, führte sie Dunbar in einen etwas unbeholfenen, jedoch unverkennbaren Walzer.

Nach ein paar Walzerschritten zog sie sich spröde zurück, und ließ Lieutenant Dunbar benommen zurück. Er hatte Mühe, sich an den Zweck der Übung zu erinnern.

Dann dämmerte es ihm, und wie der einzige Junge in der Schulklasse, der die Antwort auf eine Frage weiß, lächelte er seine Lehrerin an.

Von nun an war der Rest leicht.

Lieutenant Dunbar ließ sich auf ein Knie nieder und schrieb den Namen an den Fuß seines Grammatikbuchs aus Rinde. Sein Blick verweilte auf der englischen Bedeutung. Sie wirkte größer als nur ein Name. Je länger er darauf schaute, desto besser gefiel er ihm.

Er sprach den Namen laut aus: »Der-mit-dem-Wolf-tanzt.«

Der Lieutenant erhob sich, verneigte sich kurz in Richtung Medizinmann, und dann sagte er bescheiden im Tonfall eines Butlers, der die Ankunft eines Gastes ankündigt, den Namen noch einmal.

Diesmal auf Comanche.

»Der-mit-dem-Wolf-tanzt.«

## 22

Der-mit-dem-Wolf-tanzt blieb über Nacht im Tipi von Weiser Vogel. Er war erschöpft und konnte dennoch nicht schlafen. Die Ereignisse des Tages beschäftigten ihn zu sehr.

Als er schließlich eindöste, glitt er in das Zwielicht eines Traums, den er nicht mehr gehabt hatte, seit er ein kleiner Junge gewesen war. Er war umgeben von Sternen und schwebte durch das klare, stumme Universum, ein gewichtsloser Junge allein in einer Welt aus Silber und Schwärze.

Er hatte keinerlei Angst. Er fühlte sich behaglich und warm unter den Decken eines Bettes, und es war keine Härte für ihn, wie ein einzelnes Samenkorn durch das riesige Universum zu treiben, selbst für alle Ewigkeit. Es war eine Freude.

In den folgenden Monaten schlief Lieutenant Dunbar oftmals im Sommerlager von Zehn Bären.

Er kehrte oft nach Fort Sedgewick zurück, doch diese Besuche machte er hauptsächlich aus einem Schuldgefühl heraus, nicht weil er sie wünschte. Selbst wenn er dort war, wußte er, daß er nur den äußeren Schein wahren wollte. Dazu sah er sich gezwungen.

Er wußte, daß es keinen logischen Grund gab, weiterhin im Fort auszuharren. Jetzt war klar, daß die Armee den Vorposten und ihn mit aufgegeben hatte, und er dachte an eine Rückkehr nach Fort Hays. Er hatte seine Pflicht getan. Seine Hingabe an das Fort und die Armee der Vereinigten Staaten war sogar beispielhaft gewesen. Er konnte Fort Sedgewick mit hoch erhobenem Haupt verlassen.

Was ihn hielt, war die Anziehungskraft einer anderen Welt, die er gerade erst zu erkunden begonnen hatte. Er wußte nicht genau, wann es geschah, aber es kam ihm in den Sinn, daß sein Traum vom Dienst an der Siedlungsgrenze von Anfang an auf das grenzenlose Abenteuer gerichtet gewesen war, das er jetzt erlebte. Länder und Armeen und Rassen verblaßten daneben. Er hatte entdeckt, daß es ihn nach dem Abenteuer dürstete, und er konnte sich dem ebensowenig entziehen wie ein Verdurstender dem Wasser.

Er wollte sehen, was geschehen würde, und deshalb gab er den Gedanken an eine Rückkehr zur Armee auf. Aber er gab nicht völlig den Gedanken auf, daß die Armee zu ihm zurückkehrte. Früher oder später mußte es so sein.

Bei seinen Besuchen im Fort beschäftigte er sich mit banalen Dingen. Gelegentlich flickte er einen Riß in dem Sonnendach, entfernte Spinnweben aus den Ecken der Grassodenhütte und führte weiter Tagebuch.

Er zwang sich zu diesen Beschäftigungen als eine weithergeholte Möglichkeit, Kontakt mit seinem alten Leben zu halten. Er war zwar tief mit den Comanchen verbunden, wollte aber auch nicht alles bisherige aufgeben, und mit den halbherzigen Beschäftigungen konnte er sich an die Fetzen seiner Vergangenheit klammern.

Durch die regelmäßigen Besuche im Fort hielt er die Disziplin aufrecht, wo sie nicht länger nötig war, und zugleich wahrte er seine Vorstellung von Lieutenant John. J. Dunbar, USA.

Die Tagebucheintragungen bestanden nicht mehr aus Beschreibungen seiner Tage. Die meisten waren nicht mehr als ein geschätztes Datum, eine kurze Bemerkung über das Wetter oder seine Gesundheit und eine Unterschrift. Selbst wenn er sein neues Leben hätte schildern wollen, wäre das eine zu große Aufgabe gewesen. Außerdem war es eine persönliche Sache.

Er ging regelmäßig den Hügel hinunter zum Bach, gefolgt von Zwei Strümpfe. Der Wolf war sein erster richtiger Kontakt gewesen, und der Lieutenant freute sich immer, wenn er ihn sah. Ihre stumme Zeit zusammen war ihm lieb und teuer.

Am Ufer des Baches verharrte er meistens ein paar Minuten und beobachtete das Wasser. Wenn das Licht stimmte, konnte er sich deutlich widergespiegelt sehen. Sein Haar war bis über die Schultern gewachsen. Sein Gesicht war von Sonne und Wind dunkler geworden. Er drehte sich manchmal wie ein Modenarr vor dem Spiegel aus Wasser, um den Brustharnisch zu bewundern, den er jetzt wie eine Uniform trug. Mit Ausnahme von Cisco besaß er nichts, was ihm wertvoller als dieser Brustharnisch war.

Er sah jetzt fast wie einer der Indianer aus. Wenn es ihn verwirrte, balancierte er auf einem Bein und hielt das andere hoch genug, damit er im Wasser die Armeehose mit den gelben Streifen und die hohen, schwarzen Reitstiefel widergespiegelt sehen konnte.

Gelegentlich spielte er mit dem Gedanken, die Stiefel gegen Leggings oder Mokassins zu tauschen, aber das Spiegelbild sagte ihm stets, daß sie zu ihm gehörten. Er würde die Armeehose und die Stiefel tragen, bis sie verschlissen sein würden. Dann würde er weitersehen.

An manchen Tagen, wenn er sich mehr indianisch als weiß fühlte, schlenderte er zurück auf den Hügel, und das Fort kam ihm wie eine uralte Stätte vor, wie ein gespenstisches Überbleibsel aus einer so fernen Vergangenheit, daß er kaum glauben konnte, mit ihr verbunden gewesen zu sein.

Im Laufe der Zeit wurde es eine lästige Pflicht für ihn, zum Fort zu reiten. Seine Besuche wurden seltener und die Abstände dazwischen länger. Aber er setzte die Ritte zu seinem ehemaligen Heim fort.

Das Sommerlager von Zehn Bären wurde der Mittelpunkt seines Lebens. Lieutenant Dunbar gewöhnte sich dort ein, blieb jedoch stets ein Außenseiter. Seine Hautfarbe, der Akzent, die Armeehose und die Stiefel machten ihn zu einem Besucher aus einer anderen Welt, und bald wurde er – wie Die-sich-mit-der-Faust-behauptet – zu einer Person aus zwei Welten.

Seine Integration in das Leben der Comanchen wurde ständig behindert durch die Überbleibsel der Welt, die er hinter sich gelassen hatte, und wenn Dunbar überlegte, wo sein wahrer Platz im Leben war, wurde sein Blick plötzlich geistesabwesend. Es war, als wäre sein Verstand umnebelt und die Denkfähigkeit hätte ausgesetzt. Nach ein paar Sekunden lichtete sich dann der Nebel, und er ging seinen Beschäftigungen nach und wußte nicht ganz, was mit ihm losgewesen war.

Diese Augenblicke, in denen er sich wie in Trance fühlte, ließen im Laufe der Zeit nach.

Die ersten sechs Wochen seiner Zeit im Indianerlager drehten sich um einen besonderen Platz; um die kleine Laube hinter dem Tipi von Weiser Vogel.

Dort, bei den täglichen Sitzungen am Morgen und Nachmittag, die jedesmal ein paar Stunden dauerten, unterhielt sich Lieutenant Dunbar zum erstenmal frei mit dem Medizinmann.

Die-sich-mit-der-Faust-behauptet machte stetig Fortschritte mit der englischen Sprache, und am Ende der ersten Woche unterhielten sich die drei fast fließend.

Der Lieutenant hatte Weiser Vogel stets für einen guten Menschen gehalten, doch als Die-sich-mit-der-Faust-behauptet große Passagen seiner Gedanken auf Englisch übersetzte, erkannte Dunbar, daß er es mit einer Intelligenz zu tun hatte, die jeden Standard übertraf, den er kannte.

Zu Beginn waren es überwiegend Fragen und Antworten. Lieutenant Dunbar erzählte, wie er nach Fort Sedgewick gekommen und dort unerklärlich isoliert worden war. So interessant die Geschichte auch war, sie enttäuschte Weiser Vogel. Der-mit-dem-Wolf-tanzt wußte fast nichts. Er kannte nicht einmal die Mission der Armee, geschweige denn ihre besonderen Pläne. Er konnte nichts über militärische Dinge sagen. Der Weiße war nur ein einfacher Soldat gewesen.

Mit der weißen Rasse war es eine andere Sache.

»Warum kommen die Weißen in unser Land?« fragte Weiser Vogel.

Und Dunbar erwiderte: »Ich bezweifle, daß sie in das Land kommen wollen. Ich glaube, sie wollen nur hindurchziehen.«

Weiser Vogel konterte dann: »Die Texaner sind bereits in unserem Land, hacken die Bäume ab und reißen die Erde auf. Sie töten den Büffel und lassen ihn auf dem Gras liegen. Dies geschieht heute. Es sind bereits zu viele dieser Leute da. Wie viele weitere werden kommen?«

An diesem Punkt zuckte der Lieutenant mit den Schultern. »Ich weiß es nicht.«

»Ich habe gehört, daß die Weißen nur Frieden im Land wollen«, fuhr der Medizinmann fort. »Warum kommen sie dann immer mit Soldaten mit Haaren um den Mund? Warum kommen diese Texas Rangers mit Haaren um den Mund und verfolgen uns, wenn wir nur in Frieden gelassen werden wollen? Man hat mir von Gesprächen erzählt, die weiße Häuptlinge mit meinen Brüdern hatten. Man hat mir gesagt, diese Gespräche seien friedlich verlaufen, und es wären Versprechen gemacht worden. Aber es heißt, daß diese Versprechungen immer gebrochen werden. Wenn weiße Häuptlinge uns besuchen, wie sollen wir ihre wahren Absichten kennen? Sollen wir ihre Geschenke annehmen? Sollen wir ihre Papiere unterschreiben, um zu zeigen, daß Frieden zwischen uns sein wird? Als ich ein Junge war, gingen viele Comanchen zu einem Haus des Gesetzes in Texas zu einem großen Treffen mit weißen Häuptlingen, und sie wurden totgeschossen.«

Der Lieutenant versuchte dann, vernünftige Antworten auf die Fragen des Medizinmannes zu geben, doch es waren allenfalls schwache Theorien, und wenn Weiser Vogel nachhakte, endete die Unterhaltung zwangsläufig mit dem Bekenntnis: »Ich weiß es nicht.«

Lieutenant Dunbar war behutsam, denn er erkannte die tiefe Besorgnis hinter den Fragen des Medizinmannes und brachte es nicht übers Herz, zu sagen, was er wirklich dachte. Wenn die Weißen jemals in großer Stärke herkamen, dann waren die Indianer hoffnungslos unterlegen, ganz gleich wie tapfer sie kämpften. Sie würden allein durch die Ausrüstung der Weißen besiegt werden.

Zugleich konnte er Weiser Vogel nicht sagen, daß dessen Besorgnis unbegründet war. Der Medizinmann hatte allen Grund zur Sorge. Der Lieutenant konnte ihm einfach nicht die Wahrheit sagen. Ebensowenig konnte er ihn belügen. Es war eine Pattsituation, und Dunbar, der sich in die Enge getrieben sah, versteckte sich hinter einer Wand aus Unwissenheit und hoffte auf andere, unverfänglichere Themen.

An jedem Tag blieb jedoch die für Weiser Vogel vorrangige Frage: »Wie viele weitere Weiße werden kommen?«

Allmählich freute sich Die-sich-mit-der-Faust-behauptet auf die Stunden, die sie in der Laube verbrachte.

Nachdem Der-mit-dem-Wolf-tanzt vom Stamm akzeptiert worden war, gab es nicht mehr das große Problem, das er einst gewesen war. Seine Verbindung zu der Gesellschaft der Weißen war verblaßt, und obwohl das, was er repräsentierte, immer noch schrecklich war, war es der Soldat selbst nicht. Er sah nicht einmal wie ein Soldat aus.

Die Begleitumstände der ständigen Treffen in der Laube störten Die-sich-mit-der-Faust-behauptet zunächst. Das Lernen und Lehren mit Der-mit-dem-Wolf-tanzt, seine Anwesenheit im Camp und ihre Schlüsselrolle als Vermittlerin waren ständige Unterhaltungsthemen im Lager. Bei dem Gerede fühlte sie sich unbehaglich, als würde sie stets beobachtet. Sie war besonders empfindlich für mögliche Kritik daran, daß sie die Alltagspflichten vernachlässigte, die man von jeder Frau bei den Comanchen erwartete. Weiser Vogel hatte sie zwar entschuldigt, doch sie war immer noch besorgt. Nach zwei Wochen hatte sich jedoch keine ihrer Befürchtungen erfüllt, und der neue Respekt, den man ihr entgegenbrachte, hatte eine besondere Wirkung auf ihre Persönlichkeit. Sie lächelte öfter und hielt die Schultern höher. Die Bedeutung ihrer neuen Rolle verlieh ihrem Gang eine Spur von Autorität, die jeder sehen konnte. Ihr Leben war reicher geworden, und innerlich wußte sie, daß es eine gute Sache war.

Andere Leute wußten es ebenfalls.

Eines Abends sammelte sie Holz, als eine Freundin, die sich neben ihr bückte, plötzlich mit einer Spur von Stolz sagte: »Das Volk redet über dich.«

Die-sich-mit-der-Faust-behauptet richtete sich auf und wußte nicht, was sie von der Bemerkung halten sollte.

»Was sagt man?« fragte sie gepreßt.

»Man sagt, daß du Medizin machst. Man sagt, daß du vielleicht deinen Namen ändern solltest.«

»Wie?«

»Oh, das weiß ich nicht«, erwiderte die Freundin. »Vielleicht solltest du dich Medizin-Zunge nennen. Irgend etwas in dieser Art. Es ist nur Gerede.«

Während sie zusammen durch die Dämmerung gingen, dachte Die-sich-mit-der-Faust-behauptet darüber nach. Sie waren am Rand des Lagers, als sie das Schweigen brach.

»Mir gefällt mein Name«, sagte sie, und sie wußte, daß sich ihr Wunsch schnell herumsprechen würde. »Ich werde ihn behalten.«

Ein paar Abende später kehrte sie nach dem Austreten zum Tipi von Weiser Vogel zurück und hörte jemanden in einem Tipi in der Nähe singen. Sie verharrte, um zu lauschen, und staunte über das, was sie hörte.

*Die Comanchen haben eine Brücke,*
*die in eine andere Welt führt.*
*Die Brücke heißt Die-sich-mit-der-Faust-behauptet . . .*

Sie war zu verlegen, um weiter zuzuhören. Sie eilte ins Tipi und legte sich auf ihr Lager, um zu schlafen. Als sie die Decken bis zum Kinn hochzog, dachte sie nicht schlecht über das Lied. Sie dachte nur über die gehörten Worte nach, und sie fand sie ziemlich gut.

In dieser Nacht schlief sie tief. Es war schon hell, als sie am nächsten Morgen erwachte. Hastig stand sie auf, um die Pflichten des Tages aufzuholen. Sie eilte aus dem Tipi und blieb unvermittelt stehen.

Der-mit-dem-Wolf-tanzt ritt auf seinem kleinen Buckskin

aus dem Lager. Es war ein Anblick, bei dem es ihr schwerer ums Herz wurde, als sie jemals gedacht hätte. Es störte sie nicht so sehr, daß er fortritt, doch die Vorstellung, er würde vielleicht nicht zurückkehren, erschreckte sie so sehr, daß es ihr am Gesicht anzusehen war.

Die-sich-mit-der-Faust-behauptet errötete bei dem Gedanken, daß jemand sie so sehen könnte. Sie schaute sich hastig um und wurde noch eine Spur roter.

Weiser Vogel beobachtete sie.

Ihr Herz schlug so heftig, während sie sich bemühte, sich unter Kontrolle zu bekommen. Der Medizinmann kam zu ihr.

»Heute werden wir nicht reden«, sagte er und musterte sie forschend.

»Ich verstehe«, erwiderte sie und bemühte sich um einen gleichgültigen Tonfall.

Aber sie sah die Neugier in seinem Blick und spürte, daß er eine Erklärung verlangte.

»Ich rede gern«, fügte sie hinzu. »Ich bin glücklich, wenn ich die Worte der Weißen sagen kann.«

»Er will das Fort des Weißen Mannes sehen. Er wird bei Sonnenuntergang zurückkommen.«

Der Medizinmann musterte sie noch einmal prüfend und fügte hinzu: »Wir werden morgen wieder reden.«

Der Tag war für sie scheinbar endlos lange.

Sie beobachtete den Stand der Sonne wie ein gelangweilter Büroarbeiter den Zeiger der Uhr. Minuten schienen sich zu einer Ewigkeit zu dehnen. Es fiel ihr schwer, sich auf ihre Pflichten zu konzentrieren.

Wenn sie nicht den Stand der Sonne beobachtete, hing sie Tagträumen nach.

Nachdem der weiße Mann sich als Mensch erwiesen hatte, nicht als Gott, hatte sie einiges an ihm entdeckt, das sie bewunderte. Manches davon mochte darauf zurückzuführen sein, daß sie beide Weiße waren. Einiges war nur ihm zuzuschreiben. Und alles fand sie interessant.

Sie empfand einen geheimnisvollen Stolz, wenn sie an die

Taten dachte, die er vollbracht hatte und die jetzt bei ihrem ganzen Volk bekannt waren.

Als sie sich an seine Schauspielerei erinnerte, mußte sie lachen. Manchmal war er sehr lustig. Lustig, aber nicht albern. In jeder Weise wirkte er aufrichtig und offen, respektvoll und humorvoll. Sie war überzeugt, daß diese Qualitäten in seiner Natur lagen.

Der Brustharnisch hatte bei ihm erst so fehl am Platze gewirkt wie ein Zylinderhut auf dem Kopf eines Comanchen. Aber er trug ihn Tag für Tag völlig unbekümmert. Und er nahm ihn nie ab. Offenkundig mochte er ihn.

Sein Haar war strähnig wie ihres, nicht dick und glatt wie das der anderen, und er versuchte nicht, es zu ändern.

Er hatte weder die Soldatenhose noch die Stiefel gewechselt, und er trug sie auf die gleiche natürliche Weise wie den Brustharnisch.

Diese Gedanken führten sie zum Schluß, daß Der-mit-dem-Wolf-tanzt ein ehrlicher Mann war. Jeder Mensch schätzt gewisse typische Merkmale über allen anderen, und für Die-sich-mit-der-Faust-behauptet war das Ehrlichkeit.

Diese Gedanken über den weißen Mann beschäftigten sie die ganze Zeit, und als der Nachmittag vorüberging, kamen ihr kühnere Gedanken in den Sinn. Sie stellte sich vor, daß er beim Sonnenuntergang zurückkehrte. Sie malte sich aus, am nächsten Tag mit ihm in der Laube zu sein.

Noch etwas kam ihr in den Sinn, als sie am späten Nachmittag am Bach kniete und einen Krug mit Wasser füllte. Sie waren zusammen in der Laube. Der-mit-dem-Wolf-tanzt sprach über sich, und sie hörte zu.

Aber sie waren allein.

Weiser Vogel war nicht dabei.

Ihr Traum verwirklichte sich am nächsten Tag.

Die drei hatten sich gerade hingesetzt, um miteinander zu reden, als bekannt wurde, daß eine Gruppe junger Krieger einen Kriegstrupp bilden und gegen die Pawnees reiten wollte. Weil darüber vorher nicht gesprochen worden war und die betreffenden jungen Männer unerfahren waren, hatte Zehn Bären eilig eine Ratsversammlung einberufen.

Weiser Vogel wurde fortgerufen, und plötzlich waren sie allein.

Die Stille in der Laube war so lastend, daß sie beide nervös wurden. Jeder wollte etwas sagen, doch keiner wußte, was und wie, und das hielt sie auf. Sie fanden keine Worte.

Die-sich-mit-der-Faust-behauptet entschloß sich schließlich zu ihren eröffnenden Worten, doch es war zu spät.

Er wandte sich ihr bereits zu und sprach auf scheue, jedoch eindringliche Weise.

»Ich möchte alles über dich wissen«, sagte er.

Sie wandte sich ab und versuchte zu denken. Das Englisch fiel ihr immer noch schwer. Nach angestrengtem Überlegen kamen ihr die Worte klar, doch halb gestammelt über die Lippen.

»Was – was – willst du – wissen?« fragte sie.

Den Rest des Morgens erzählte sie von sich, und der Lieutenant hörte begierig und aufmerksam zu, als sie ihre Zeit als weißes Mädchen, ihre Gefangennahme und ihr Leben als Comanche beschrieb.

Wenn sie versuchte, eine Geschichte zu beenden, stellte er weitere Fragen. So sehr sie es auch wollte, sie konnte das Thema nicht wechseln und mußte über sich reden.

Er fragte sie, wie sie zu ihrem indianischen Namen gekommen war, und sie erzählte die Geschichte ihrer Ankunft im Indianerlager. Die Erinnerungen an die ersten Monate bei den Comanchen waren verschwommen, aber sie entsann sich gut an den Tag, an dem sie ihren Namen erhalten hatte.

Sie war von niemandem offiziell adoptiert worden, und ebensowenig hatte man sie als Mitglied des Stammes aufgenommen. Sie war nur eine Arbeitskraft. Als sie ihre Aufträge erfolgreich ausführte, gab man ihr weniger niedere Arbeiten und belehrte sie mehr über die Möglichkeiten, wie man sich aus der Prärie ernährt. Aber je länger sie arbeitete, desto mehr ärgerte sie sich über ihren niederen Status. Und einige der Frauen hackten auf ihr erbarmungslos herum.

Eines Morgens versetzte sie der schlimmsten dieser Frauen einen Fausthieb. Sie war jung und unerfahren und hatte keine Hoffnung, einen Kampf zu gewinnen. Der Hieb war jedoch hart und zeitlich perfekt abgestimmt. Ihre Faust knallte der gehässigen Frau an die Kinnspitze und knockte sie aus. Sie versetzte ihrer bewußtlosen Peinigerin zur Sicherheit einen Tritt, und dann trat sie den anderen Frauen mit erhobenen Fäusten gegenüber, ein kleines weißes Mädchen, das bereit war, sich gegen alle zu behaupten.

Keine der Frauen griff sie an. Sie beobachteten nur. Binnen Sekunden nahmen alle wieder ihre Beschäftigung auf und ließen die bösartige Frau liegen, wo sie zu Boden gegangen war.

Danach hackte keiner mehr auf dem weißen Mädchen herum. Die Familie, die sie in ihre Obhut genommen hatte, wurde freundlich zu ihr, und man ebnete ihr den Weg, eine Comanche zu werden. Von nun an war sie Die-sich-mit-der-Faust-behauptet.

Eine besondere Art Wärme erfüllte die Laube, als Die-sich-mit-der-Faust-behauptet die Geschichte erzählt hatte. Lieutenant Dunbar wollte genau wissen, wo sie die Frau mit der Faust am Kinn getroffen hatte, und Die-sich-mit-der-Faust-behauptet verpaßte ihm ohne Zögern einen Fausthieb an die Kinnspitze.

Danach starrte der Lieutenant sie an.

Langsam verdrehte er die Augen und kippte um.

Es war ein guter Spaß, und sie verlängerte ihn noch, indem sie ihn sanft am Arm rüttelte.

Dieses kleine Zwischenspiel führte zu neuer Unbefangenheit zwischen ihnen, aber so gut das auch war, die plötzliche Vertrautheit hatte für Die-sich-mit-der-Faust-behauptet auch etwas Beunruhigendes. Sie wollte nicht, daß er ihr persönliche Fragen stellte, Fragen über ihre Stellung als Frau. Sie spürte, daß die Fragen kommen würden, und das nahm ihr die Konzentration. Es machte sie nervös und weniger mitteilsam.

Der Lieutenant spürte, daß sie sich innerlich zurückzog. Dadurch wurde er ebenso nervös und verschlossener.

Plötzlich herrschte von neuem Schweigen zwischen ihnen.

Der Lieutenant sagte es trotzdem. Er wußte nicht genau,

warum er es zur Sprache brachte, aber er mußte es einfach fragen. Wenn er es jetzt nicht tat, würde er vielleicht nie fragen. So tat er es.

So beiläufig wie möglich streckte er ein Bein aus und gähnte.

»Bist du verheiratet?« fragte er.

Die-sich-mit-der-Faust-behauptet senkte den Kopf und blickte auf ihren Schoß. Sie schüttelte schnell und kurz den Kopf und sagte: »Nein.«

Der Lieutenant war nahe daran, zu fragen, warum sie nicht verheiratet war, als er sah, daß ihr Kopf langsam auf ihre Hände sank. Er wartete einen Augenblick lang und fragte sich, was nicht in Ordnung war.

Sie verharrte völlig reglos.

Gerade als er wieder etwas sagen wollte, erhob sie sich unvermittelt und verließ die Laube.

Sie war fort, bevor Dunbar ihr etwas nachrufen konnte. Er saß niedergeschmettert und benommen da, verwünschte sich, weil er die Frage gestellt hatte, und gab trotz allem die Hoffnung nicht auf, daß in Ordnung gebracht werden konnte, was schiefgegangen war. Er war jedoch nicht in der Lage, etwas in dieser Sache zu unternehmen. Er konnte Weiser Vogel nicht um Rat fragen, ja nicht einmal mit ihm darüber reden.

Zehn frustrierende Minuten lang saß er allein in der Laube. Dann machte er sich auf den Weg zu der Ponyherde. Er brauchte einen Spaziergang und einen Ritt.

Die-sich-mit-der-Faust-behauptet ritt ebenfalls. Sie durchquerte den Bach und folgte einem Pfad auf dem anderen Ufer, wobei sie versuchte, ihre Gedanken zu ordnen.

Sie hatte nicht viel Glück dabei.

Ihre Gefühle für Der-mit-dem-Wolf-tanzt waren ein schreckliches Durcheinander. Vor gar nicht so langer Zeit hatte sie allein den Gedanken an ihn gehaßt. In den letzten paar Tagen hatte sie nur noch an ihn gedacht. Und es gab noch so viele andere Widersprüche.

Bestürzt erkannte sie, daß sie nicht an ihren verstorbenen Ehemann gedacht hatte. Bis vor kurzem war er der Mittelpunkt ihres Lebens gewesen, und nun hatte sie ihn vergessen. Schuldgefühle bedrückten sie.

Sie zog ihr Pony um die Hand und ritt zurück. Dabei zwang sie die Gedanken an Der-mit-dem-Wolf-tanzt aus ihrem Kopf, indem sie eine Reihe von Gebeten für ihren toten Mann sprach. Das Lager war noch nicht in Sicht, als ihr Pony den Kopf hob und furchtsam schnaubte.

Etwas Großes brach durch das Gebüsch hinter ihr, und sie erkannte an den Geräuschen, daß es nur ein Bär sein konnte. Sie jagte in gestrecktem Galopp zum Lager.

Als sie wieder durch den Bach ritt, kam ihr ein sonderbarer Gedanke.

Sie fragte sich, ob Der-mit-dem-Wolf-tanzt jemals einen Bär gesehen hatte.

Die-sich-mit-der-Faust-behauptet rief sich zur Ordnung. Sie durfte nicht ständig an ihn denken. Es war unerträglich.

Die Frau aus zwei Welten sagte sich, daß ihre Rolle als Dolmetscherin von jetzt an etwas Geschäftliches sein würde wie ein Tauschhandel. Es würde nicht darüber hinausgehen, auch nicht in Gedanken.

Sie würde es verhindern.

## 23

Lieutenant Dunbar ritt ebenfalls durch den Bach, doch während Die-sich-mit-der-Faust-behauptet südwärts ritt, trabte er nach Norden.

Trotz der starken Hitze schwenkte er nach etwa einer Meile vom Bach ab. Er ritt in offenes Terrain, weil er hoffte, sich besser zu fühlen, wenn er von der Weite des Landes umgeben war.

Die Stimmung des Lieutenants war bedrückt.

Immer wieder sah er vor seinem geistigen Auge, wie sie die Laube verlassen hatte, und er versuchte eine Hoffnung zu finden, an die er sich klammern konnte. Aber da war etwas Endgültiges an ihrem Weggehen, und es gab ihm das schreckliche Gefühl, daß er etwas Wundervolles aus der Hand hatte gleiten lassen, als er gerade im Begriff gewesen war, es aufzuheben.

Der Lieutenant verwünschte sich, weil er ihr nicht nachgelaufen war. Wenn er ihr gefolgt wäre, dann würden sie in diesem Augenblick vielleicht glücklich miteinander reden, und das heikle Problem, was immer es war, würde gelöst sein und hinter ihnen liegen.

Er hatte ihr etwas über sich erzählen wollen. Jetzt kam es vielleicht niemals dazu. Er wünschte sich, wieder mit ihr in der Laube zu sein. Statt dessen irrte er hier draußen herum wie eine verlorene Seele unter glühender Sonne.

Er war noch nie so weit nördlich des Camps gewesen, und es überraschte ihn, wie radikal sich die Landschaft veränderte. Dies waren richtige Hügel, die vor ihm aufragten, nicht nur Beulen in der Prärie. Und durch die Hügel schnitten tiefe, zerklüfftete Canyons.

Die Hitze und eine ständige Selbstkritik führten dazu, daß er sich benommen fühlte. Eine knappe Meile voraus sah er den Schatten eines dunklen Canyons. Dorthin lenkte er Cisco.

Die Wände der Schlucht ragten hoch und steil empor, und der Schatten, der auf Pferd und Reiter fiel, war sofort erfrischend. Als er jedoch über den Canyongrund ritt, der von Felsbrocken übersät war, nahm die Schlucht etwas Bedrohliches an. Die Felswände rückten enger zusammen. Er spürte, daß Cisco nervös wurde, und in der völligen Stille des Nachmittags wurde ihm bewußt, daß sein Herz schneller schlug.

Lieutenant Dunbar hatte plötzlich das sichere Gefühl, etwas aus alter Zeit betreten zu haben. Vielleicht etwas Böses.

Als er mit dem Gedanken spielte, umzukehren, verbreiterte sich der Canyon vor ihm. Weit voraus sah er inmitten der jetzt breiten Schlucht eine Gruppe von Balsampappeln, auf deren Wipfeln der Sonnenschein schimmerte.

Nach ein paar Biegungen des Canyons trabte Cisco plötzlich auf eine große, natürliche Lichtung, wo die Balsampappeln standen. Selbst auf dem Höhepunkt des Sommers war es hier bemerkenswert grün, und obwohl Dunbar keinen Wasserlauf sehen konnte, war ihm klar, daß es hier Wasser geben mußte.

Der Buckskin hob den Kopf und witterte. Er war ebenfalls durstig, und Dunbar gab ihm die Zügel frei. Cisco schlug einen Bogen um die Baumgruppe und hielt hundert Schritte weiter am Fuß einer kahlen Felswand, die das Ende des Canyons bildete.

Zu seinen Füßen war eine kleine Quelle, vielleicht zwei Meter im Durchmesser und mit einer Schicht von Blättern und Algen bedeckt. Bevor der Lieutenant absitzen konnte, stieß Cisco die Nüstern durch diese Schicht auf der Wasseroberfläche und soff gierig.

Als der Lieutenant sich neben seinem Pferd hinkniete und sich am Rand der Quelle auf die Hände niederließ, erregte etwas seine Aufmerksamkeit. Da war eine Felsspalte am Fuß der Wand. Sie führte in den Hügel und war am Eingang so hoch, daß man hindurchgehen konnte, ohne sich bücken zu müssen.

Lieutenant Dunbar tauchte seinen Mund neben Cisco ins Wasser und trank schnell. Er streifte dem Pferd das Zaumzeug vom Kopf, legte es neben die Quelle und trat in die dunkle Felsspalte.

Darin war es wunderbar kühl. Das Erdreich unter seinen Füßen war weich, und so weit er sehen konnte, war die Felsspalte leer. Als sein Blick über den Boden schweifte, wußte er jedoch, daß hier Menschen gewesen waren. Asche von unzähligen Feuern war auf dem Boden verstreut.

Die Decke wurde niedriger, und als der Lieutenant sie berührte, stellte er fest, daß sie mit dem Ruß tausender Feuer bedeckt war.

Immer noch ein wenig benommen, setzte er sich hin.

Er blickte zurück auf dem Weg, den er genommen hatte. Der etwa hundert Schritte entfernte Eingang wirkte jetzt wie ein Fenster. Cisco graste zufrieden neben der Quelle. Hinter ihm schimmerte der Sonnenschein auf den Blättern der Balsampappeln. Als ihn die Kühle einhüllte, wurde Lieutenant Dunbar plötzlich von Müdigkeit übermannt. Er legte sich mit dem Rücken auf die glatte, sandige Erde, verschränkte die Hände unter dem Kopf und schaute zur Decke empor.

Die Felsendecke war geschwärzt von Rauch, und darunter waren verschwommen Markierungen zu erkennen. Tiefe Furchen waren ins Gestein geschnitten, und als er sie genauer betrachtete, erkannte er, daß sie von menschlicher Hand stammten.

Trotz seiner Müdigkeit war er fasziniert von den Markierungen. Er bemühte sich, einen Sinn darin zu erkennen, wie ein Sterngucker sich anstrengen mag, um den Umriß des Sternbilds Stier zu erkennen.

Die Markierungen direkt über ihm konnte er plötzlich deuten. Es war ein Büffel, primitiv gemalt, aber mit allen wesentlichen Einzelheiten. Selbst der kleine, aufgerichtete Schwanz war zu sehen.

Neben dem Büffel war ein Jäger. Er hielt einen Stock, höchstwahrscheinlich eine Lanze. Sie war auf den Büffel gerichtet.

Er konnte nicht mehr gegen den Schlaf ankämpfen. Bevor ihm die schweren Lider zufielen, kam ihm noch der Gedanke, daß die Quelle vielleicht verdorben war.

Als er die Augen geschlossen hatte, konnte er immer noch den Büffel und den Jäger sehen. Der Jäger war vertraut. Er war kein genaues Duplikat, aber sein Gesicht ähnelte dem von Weiser Vogel, das über Hunderte von Jahren überliefert worden war.

Dann war er der Jäger.

Und dann schlief er ein.

Die Bäume hatten die Blätter verloren.

Flecken von Schnee bedeckten den Boden.

Es war sehr kalt.

Ein großer Kreis unzähliger einfacher Soldaten wartete reglos mit dem Gewehr bei Fuß.

Er ging von einem zum anderen, starrte in ihre blaugefrorenen Gesichter, suchte nach Anzeichen von Leben. Keiner nahm ihn zur Kenntnis.

Er fand seinen Vater bei ihnen. Die vielsagende Arzttasche hing von einer Hand wie eine natürliche Verlängerung seines Körpers. Er sah den Spielkameraden, der ertrunken war. Er sah den Besitzer des Stalls in seiner Heimatstadt, der die Pferde schlug, als sie aus der Reihe traten. Er sah General Grant, still wie eine Sphinx und mit einer Feldmütze auf dem Kopf. Er sah den Mann mit den wäßrigen Augen und dem Kragen eines Priesters. Er sah eine Prostituierte, deren totes Gesicht mit Rouge und Puder verschmiert war. Er sah seine Grundschullehrerin mit dem gewaltigen Busen. Er sah das liebe Gesicht seiner Mutter und die gefrorenen Tränen auf ihren Wangen.

Diese große Armee seines Lebens zog vor seinen Augen vorbei, als würde sie niemals enden.

Da waren Geschütze, große Kanonen auf Rädern.

Jemand kam zu dem wartenden Kreis von Soldaten.

Es war Zehn Bären. Er ging geschmeidig in der bitteren Kälte, und nur eine Decke hüllte seine knochigen Schultern ein. Er wirkte wie ein Tourist bei einer Besichtigung, als er vor einer der Kanonen stehenblieb. Eine kupferfarbene Hand tauchte aus der Decke auf. Zehn Bären wollte das Kanonenrohr betasten.

Das große Geschütz donnerte, und Zehn Bären verschwand in einer Rauchwolke. Sein Torso überschlug sich langsam in der Winterluft. Wie Wasser aus einem Schlauch spritzte Blut aus der Stelle, wo seine Taille gewesen war. Sein Gesicht war ausdruckslos. Seine Zöpfe flatterten langsam von seinen Ohren fort.

Andere Kanonen donnerten, und wie Zehn Bären flogen die Tipis seines Lagers fort. Sie drehten sich in der Luft wie schwere Papierkegel, und als sie wieder zur Erde fielen, bohrten sie sich mit den Spitzen in den hartgefrorenen Boden.

Die Armee war jetzt gesichtslos. Wie eine Horde fröhlich Badender, die an einem heißen Tag zum Wasser läuft, strömten die Soldaten hinab zu dem Volk, das nicht mehr von den Tipis verborgen wurde.

Babys und kleine Kinder wurden als erste zur Seite geschleudert. Sie flogen hoch in die Luft. Die Zweige der kahlen Bäume stachen durch ihre kleinen Körper. Die Kinder krümmten sich, und ihr Blut rann am Baumstamm hinab, während die Armee ihr Werk fortsetzte.

Sie öffneten die Männer und Frauen, als wären es Weihnachtsgeschenke: Sie schossen in ihre Köpfe und hoben die Schädeldecken ab; schlitzten Bäuche mit Bajonetten auf; teilten ungeduldig die Haut; trennten Glieder ab und schüttelten sie aus.

In jedem Indianer war Geld. Silbermünzen strömten aus ihren Gliedern. Geldscheine quollen aus ihren Bäuchen. Gold war in ihren Schädeln wie Bonbons in Gläsern.

Die große Armee zog mit Wagen davon, die hoch mit Reichtümern beladen waren. Einige der Soldaten liefen neben den Wagen her und rafften zusammen, was von den übervollen Wagen fiel.

Kämpfe entbrannten in den Reihen der Armee, und noch lange nach ihrem Verschwinden waren die Kampfgeräusche wie Gewitterdonner jenseits der Berge zu hören.

Ein Soldat wurde zurückgelassen. Traurig und benommen ging er über das Schlachtfeld, das von Leichen übersät war.

Der Soldat war er – John Dunbar.

Die Herzen der zerstückelten Leute schlugen noch. Sie klopften unisono einen Rhythmus, der wie Musik klang.

Er schob die Hand unter seinen Uniformrock und beobachtete, wie sie sich unter seinem eigenen Herzschlag hob und senkte. Er sah seinen Atem vor dem Gesicht frieren. Bald würde er ebenfalls erfroren sein.

Er legte sich zwischen die Leichen, und als er sich ausstreckte, kam ein langes, klagendes Seufzen über seine Lippen. Anstatt schwächer zu werden, wurde es stärker. Es hallte über das Schlachtfeld, immer schneller, immer lauter, und gab ihm eine Botschaft, die er nicht verstehen konnte.

Lieutenant Dunbar war völlig durchgefroren.

Es war dunkel.

Wind pfiff durch die Felsspalte.

Der Lieutenant sprang auf, stieß sich den Kopf an der Felsendecke und sank auf die Knie zurück. Er blinzelte benommen und sah silbriges Licht durch den Eingang der Felsspalte schimmern. Mondschein.

In Panik lief Dunbar aus der Felsspalte. Er duckte sich und hielt eine Hand über den Kopf, um sich nicht zu stoßen. Als die Decke höher war und er aufgerichtet stehen konnte, rannte er noch schneller weiter und wurde erst langsamer, als er im hellen Mondschein auf der Lichtung stand.

Cisco war verschwunden.

Der Lieutenant pfiff hoch und schrill.

Nichts.

Er ging weiter in den Canyon hinein und pfiff von neuem. Etwas bewegte sich zwischen den Bäumen. Dann hörte er ein leises Schnauben, und Cisco kam aus dem Dunkel in den Mondschein.

Dunbar griff nach dem Zaumzeug, das er neben der Quelle liegengelassen hatte. In diesem Augenblick nahm er eine Bewegung in der Luft wahr. Er schaute hin und erhaschte gerade noch einen Blick auf eine Eule, die über Ciscos Kopf hinwegflog, steil emporstieg und schließlich zwischen den Zweigen der größten Balsampappel verschwand.

Der Flug der Eule hatte etwas beunruhigend Unheimliches, und er mußte die gleiche Wirkung auf Cisco haben, denn als Dunbar zu ihm ging, zitterte das kleine Pferd vor Furcht.

Sie verließen den Canyon, und als sie wieder auf der offenen Prärie waren, fühlten sie sich erleichtert wie ein Schwimmer, der nach langem, langem Tauchen wieder an die Wasseroberfläche kommt.

Lieutenant Dunbar gab Cisco die Zügel frei, und der Buckskin trug ihn in leichtem Galopp über das Gras, das silbrig im Mondschein schimmerte.

Der Ritt belebte Dunbar. Es war faszinierend, wach und lebendig zu sein und den sonderbaren, beunruhigenden Traum hinter sich zu lassen. Es war gleichgültig, wodurch der Traum entstanden war und was er bedeutete. Die Bilder waren zu frisch und zu stark, um sie jetzt geistig zu verarbeiten. Er verbrannte die Halluzination und widmete sich anderen Gedanken, während er dem Trommeln von Ciscos Hufen lauschte.

Ein Gefühl der Macht stieg in ihm auf und wuchs mit jeder Meile, die er zurücklegte. Er spürte es in Ciscos mühelosem Galopp, und er fühlte es im Einklang mit sich selbst: Er war eins mit seinem Pferd und der Prärie, und er kehrte in das Camp zurück, das jetzt sein Heim war. Im Unterbewußtsein wußte er, daß es ein klärendes Gespräch mit Die-sich-mit-der-Faust-behauptet geben und der groteske Traum irgendwo in der Linie seiner Zukunft eingereiht werden mußte.

Im Augenblick waren diese Dinge jedoch unbedeutend. Sie

bedrohten ihn nicht im geringsten, denn er war durchdrungen von dem Gefühl, daß er sein bisheriges Leben abgeschlossen und mit seiner Vergangenheit reinen Tisch gemacht hatte. Die Zukunft war so offen wie der Tag, an dem er geboren worden war, und das versetzte ihn in Hochstimmung. Er fühlte sich wie der einzige Mensch auf der Welt, ein König ohne Untertanen, der durch das grenzenlose Territorium seines Lebens streifte.

Er war froh, daß sie Comanchen waren und keine Kiowas, denn er erinnerte sich jetzt an ihren Spitznamen, den er irgendwann in der abgestorbenen Vergangenheit gehört oder gelesen hatte.

Die Könige der Prärie, so wurden die Comanchen genannt. Und er war einer von ihnen.

In einem Anfall von Träumerei ließ er die Zügel sinken und legte die Arme über Kreuz auf den Brustharnisch.

»Ich bin Der-mit-dem-Wolf-tanzt!« rief er laut. »Ich bin Der-mit-dem-Wolf-tanzt!«

Weiser Vogel, Wind im Haar und verschiedene andere Männer saßen um ein Feuer, als Lieutenant Dunbar in dieser Nacht eintraf.

Der Medizinmann hatte sich Sorgen gemacht und einen kleinen Trupp losgeschickt, der den weißen Soldaten in allen Himmelsrichtungen suchen sollte. Es gab aber keinen allgemeinen Alarm. Alles wurde in aller Stille abgewickelt. Die Krieger waren unverrichteter Dinge zurückgekehrt, und Weiser Vogel hatte die Sache aus seinen Gedanken verbannt. Wenn es um Dinge ging, die über seine Einflußsphäre hinausgingen, vertraute er stets auf die Weisheit des Großen Geistes.

Er war beunruhigt über das gewesen, was er aus der Miene und dem Verhalten von Die-sich-mit-der-Faust-behauptet geschlossen hatte, als über das Verschwinden des weißen Soldaten gesprochen worden war. Als er den Namen Der-mit-dem-Wolf tanzt erwähnt hatte, war ihm aufgefallen, daß sie sich unbehaglich fühlte, als hätte sie etwas zu verbergen.

Er sagte sich, daß er auch darauf keinen Einfluß hatte. Wenn etwas Bedeutendes zwischen den beiden geschehen war, dann würde es zu gegebener Zeit enthüllt werden. Weiser Vogel war erleichtert, als er den Buckskin und seinen Reiter zum Feuer kommen sah.

Der Lieutenant zügelte Cisco, saß ab und begrüßte die Männer am Feuer auf Comanche. Sie erwiderten den Gruß und warteten ab, ob er irgend etwas Bedeutsames über sein Verschwinden sagen würde.

Dunbar stand vor ihnen wie ein nicht eingeladener Gast und drehte Ciscos Zügel in den Händen, während er sie anschaute. Jeder sah ihm an, daß er etwas überlegte.

Nach ein paar Sekunden richtete er den Blick auf Weiser Vogel, und der Medizinmann fand, daß er den Lieutenant niemals so ruhig und selbstbewußt gesehen hatte.

Dunbar lächelte. Es war ein leichtes Lächeln voller Selbstvertrauen.

In perfektem Comanche sagte er: »Ich bin Der-mit-dem-Wolf-tanzt.«

Dann wandte er sich vom Feuer ab und führte Cisco hinab zum Bach, damit er ausgiebig saufen konnte.

## 24

Die erste Ratsversammlung, die von Zehn Bären wegen des Kriegstrupps einberufen wurde, führte zu keinem Ergebnis, aber am Tag nach Lieutenants Rückkehr fand ein weiteres Treffen statt, und diesmal wurde ein solider Kompromiß erzielt.

Anstatt sofort aufzubrechen, wie es die jungen Krieger wünschten, würde der Kriegstrupp gegen die Pawnees noch eine Woche lang die notwendigen Vorbereitungen treffen. Es wurde ebenfalls entschieden, daß erfahrene Krieger mitreiten würden.

Wind-im-Haar würde den Trupp führen, und Weiser Vogel würde ebenfalls mitreiten und geistigen Rat geben, wenn es um praktische Dinge wie die Wahl der Raststellen, den Zeitpunkt des Angriffs und das Deuten unerwarteter Omen ging, die es bestimmt geben würde. Es sollte ein kleiner Trupp von etwa zwanzig Kriegern sein, und er würde mehr auf Beute als auf Rache aus sein.

Dieser Gruppe galt großes Interesse, denn einige der jungen Männer würden das erste Mal als vollwertige Krieger losreiten, und daß darüber hinaus so prominente Männer als Führer mitritten, sorgte für genug Aufregung, um den normalerweise ruhigen Alltag in Zehn Bärens Lager durcheinanderzubringen.

Lieutenant Dunbars Alltag, der bereits durch seinen sonderbaren Aufenthalt in dem alten Canyon verändert worden war, geriet ebenfalls durcheinander. Weil soviel los war, wurden die Treffen in der Laube ständig unterbrochen, und nach zwei Tagen mit Störungen wurden sie eingestellt.

Weiser Vogel, der dauernd belagert wurde, war froh, seine volle Aufmerksamkeit der Planung des Beutezugs widmen zu können. Die-sich-mit-der-Faust-behauptet war froh über eine Periode der Abkühlung, und Der-mit-dem-Wolf-tanzt war es ebenfalls. Es war für ihn offenkundig, daß sie sich besonders bemühte, Distanz zu wahren, und so war er erleichtert, als die gemeinsamen Sitzungen endeten.

Die Vorbereitungen für den Kriegstrupp faszinierten ihn, und so oft er konnte, folgte er Weiser Vogel wie ein Schatten.

Der Medizinmann hielt anscheinend Kontakt mit dem gesamten Lager, und Der-mit-dem-Wolf-tanzt war entzückt, mit eingeschlossen zu sein, wenn auch nur als Beobachter. Er beherrschte Comanche noch längst nicht fließend, aber er war nahe daran, das Wesentliche zu verstehen, und war so gut in der Zeichensprache geworden, daß in den letzten Tagen vor dem Aufbruch des Kriegstrupps Die-sich-mit-der-Faust-behauptet immer seltener zum Dolmetschen gerufen werden mußte.

Es war eine erstklassige Ausbildung für den ehemaligen Lieutenant Dunbar. Er saß bei vielen Treffen dabei, wenn Verantwortlichkeiten an jedes Mitglied des Trupps mit bemerkenswerter Fürsorglichkeit und großem Taktgefühl verteilt wurden. Weiser Vogel hatte außer seinen vielen hervorragenden Qualitäten das Talent, jedem Mann das Gefühl zu geben, ein äußerst wichtiges Mitglied des Trupps zu sein.

Der-mit-dem-Wolf-tanzt verbrachte auch Zeit mit Wind-im-Haar. Weil dieser Krieger oftmals gegen die Pawnees gekämpft hatte, waren seine Geschichten über die Begegnungen sehr gefragt. Sie waren sogar von großer Wichtigkeit für die Vorbereitung der jüngeren Männer des Trupps. Wind-im-Haar gab Lektionen in Kriegsführung, und im Laufe der Tage wurde Der-mit-dem-Wolf-tanzt davon angesteckt.

Zuerst waren es nur Überlegungen, wie es auf dem Kriegspfad sein würde, doch allmählich stieg in ihm ein starkes Verlangen auf, gegen die Feinde der Comanchen zu kämpfen.

Er wartete geduldig auf einen passenden Zeitpunkt, an dem er darum bitten konnte, mitzureiten. Er hatte Möglichkeiten, doch er nutzte sie nicht, weil er keine richtigen Worte fand. Er hatte Hemmungen, weil er befürchtete, jemand würde ihm seinen Wunsch abschlagen.

Zwei Tage vor dem geplanten Aufbruch des Trupps wurde eine große Antilopenherde in der Nähe des Lagers gesichtet, und eine Gruppe von Kriegern, einschließlich Der-mit-dem-Wolf-tanzt, ritt auf die Jagd, damit der Stamm Fleisch bekam.

Sie wandten die gleiche Umzingelungs-Taktik an wie bei der Büffeljagd und konnten über sechzig Antilopen erlegen.

Frischfleisch war immer willkommen, aber noch wichtiger war, daß die erfolgreiche Antilopenjagd als gutes Omen für den kleinen Krieg gegen die Pawnees gewertet wurde. Die Männer, die in den Kampf zogen, würden sicherer sein in dem Wissen, daß ihre Familien keinen Mangel an Nahrung hatten, selbst wenn sie wochenlang fort sein würden.

Am Abend nach der Antilopenjagd fand der Tanz des Dankes statt, und alle waren in Hochstimmung. Alle außer Der-mit-dem-Wolf-tanzt. Im Laufe des Abends beobachtete er aus einiger Entfernung und wurde immer mißmutiger. Er dachte nur daran, daß man ihn ausschloß und zurückließ, und jetzt konnte er diesen Gedanken nicht ertragen.

Er manövrierte sich an Die-sich-mit-der-Faust-behauptet heran, und als der Tanz endete, war er an ihrer Seite.

»Ich möchte mit Weiser Vogel reden«, sagte er.

Da stimmt etwas nicht, dachte sie. Sie suchte in seinem Blick nach Hinweisen, fand jedoch keine.

»Wann?«
»Jetzt gleich.«

Aus irgendeinem Grund konnte er sich nicht beruhigen. Er war untypisch nervös und zappelig, und als sie zum Tipi gingen, sahen die Frau und der Medizinmann das.

Seine Unruhe war immer noch offenkundig, als sie im Tipi Platz genommen hatten. Der Medizinmann verzichtete auf die üblichen Förmlichkeiten und kam gleich zur Sache.

»Sprich«, sagte er und ließ es von der Frau übersetzen.

»Ich möchte reiten.«

»Wohin?« fragte sie.

Der-mit-dem-Wolf-tanzt bewegte sich unruhig und sammelte seinen Mut.

»Gegen die Pawnees.«

Sie übersetzte es für Weiser Vogel. Der Medizinmann blinzelte kurz, zeigte sonst jedoch keine Regung.

»Warum willst du Krieg mit den Pawnees?« fragte er. »Sie haben dir nichts getan.«

Der-mit-dem-Wolf-tanzt dachte einen Augenblick lang nach.

»Sie sind Feinde der Comanchen.«

Weiser Vogel gefiel es nicht. Die Bitte kam zu früh. Der-mit-dem-Wolf-tanzt überstürzte die Sache.

»Nur Comanche-Krieger können mitreiten«, sagte er gepreßt.

»Ich war länger Krieger in der Armee des Weißen Mannes als viele der jungen Männer, die gerade erst ausgebildet wurden, Krieger der Comanchen sind. Einige davon gehen zum ersten Mal auf den Kriegspfad.«

»Sie wurden auf die Art unseres Volkes ausgebildet«, sagte der Medizinmann sanft. »Du hingegen nicht. Die Art des Weißen Mannes ist nicht die des Comanche.«

Der-mit-dem-Wolf-tanzt verlor ein wenig von seiner Entschlossenheit. Er wußte, daß er keinen Erfolg haben würde.

»Ich kann nicht die Art der Comanchen lernen, wenn ich im Camp bleibe«, sagte er leise und mutlos.

Es war schwierig für Weiser Vogel. Er wünschte, die Entscheidung bliebe ihm erspart.

Er mochte Der-mit-dem-Wolf-tanzt sehr. Er war für den weißen Soldaten verantwortlich, und der Mann war es wert gewesen, daß er die Risiken eingegangen war. Sehr wert.

Andererseits hatte der Medizinmann durch seine Weisheit eine hohe Position im Stamm und wurde von allen verehrt. Er verstand die Welt gut genug, um von großem Nutzen für sein Volk zu sein. Weiser Vogel war in einem Zwiespalt. Da war seine Zuneigung zu einem Mann, und zugleich mußte er seiner Gemeinschaft dienen. All seine Weisheit sagte ihm, daß es falsch wäre, Der-mit-dem-Wolf-tanzt mitzunehmen.

Während er um die Entscheidung rang, hörte er den weißen Soldaten etwas zu der Frau sagen.

»Er bittet dich, mit Zehn Bären darüber zu sprechen«, sagte sie.

Weiser Vogel schaute in die hoffnungsvoll blickenden Augen seines Günstlings und zögerte.

»Ich werde es tun«, sagte er dann.

Der-mit-dem-Wolf-tanzt schlief schlecht in dieser Nacht. Er verfluchte sich, weil er zu aufgeregt war, um Schlaf zu finden. Es war ihm klar, daß ihm die Entscheidung erst am nächsten Tag mitgeteilt werden würde, und bis dahin verging noch viel Zeit. Er döste zehn Minuten lang und war dann zwanzig Minuten lang wach. So ging das die ganze Nacht. Eine halbe Stunde vor dem Morgengrauen gab er schließlich auf und ging zum Bach, um zu baden.

Die Vorstellung, im Camp auf die Entscheidung zu warten, war unerträglich, und als Wind-im-Haar ihm anbot, mit ihm einen Erkundungsritt zu machen, packte er die Gelegenheit beim Schopfe. Sie ritten weit nach Osten und hielten nach Büffeln Ausschau, und es war schon spät am Nachmittag, als sie wieder im Lager waren.

Er ließ Cisco von Der-viel-lächelt zur Ponyherde bringen, und dann ging er mit heftig pochendem Herzen ins Tipi von Weiser Vogel.

Dort war keiner.

Er war entschlossen, zu warten, bis jemand zurückkehrte,

doch durch die Rückwand des Tipis konnte er Frauenstimmen und Arbeitsgeräusche hören, und je länger er lauschte, desto weniger konnte er sich vorstellen, was da los war. Die Neugier trieb ihn nach draußen.

Gleich hinter dem Tipi des Medizinmannes, ein paar Meter von der Laube entfernt, legten Die-sich-mit-der-Faust-behauptet und die Frauen von Weiser Vogel letzte Hand an ein neu errichtetes Tipi.

Sie nähten die letzten Nähte, und er schaute ihnen einen Augenblick lang bei der Arbeit zu, bevor er fragte:

»Wo ist Weiser Vogel?«

»Bei Zehn Bären«, sagte Die-sich-mit-der-Faust-behauptet.

»Ich werde auf ihn warten.« Der-mit-dem-Wolf-tanzt wandte sich ab.

»Wenn du willst, kannst du hier drinnen warten«, sagte sie, ohne von der Arbeit aufzublicken.

Dann hielt sie inne, wischte sich Schweiß von der Schläfe und schaute zu ihm auf.

»Wir machen dies für dich.«

Das Gespräch mit Zehn Bären dauerte nicht lange, jedenfalls das Wesentliche davon.

Der alte Mann war in guter Stimmung. Seine alten Knochen liebten das heiße Wetter, und obwohl er nicht mitritt, erfreute ihn die Aussicht auf einen erfolgreichen Kampf gegen die verhaßten Pawnees. Seine Enkelkinder waren nach den Festmahlen des Sommers runde kleine Dickerchen, und seine drei Frauen waren in letzter Zeit besonders fröhlich.

Weiser Vogel hätte keinen besseren Zeitpunkt auswählen können, um ihm eine heikle Sache vorzutragen.

Als ihn der Medizinmann über den Wunsch des weißen Soldaten informierte, hörte Zehn Bären mit unbewegter Miene zu. Er stopfte die Pfeife, bevor er antwortete.

»Du hast mir gesagt, was in seinem Herzen ist«, sagte der alte Mann. »Was ist in deinem?«

Er bot Weiser Vogel die Pfeife an.

»Mein Herz sagt, daß er zu voreilig ist. Er will zuviel, und er will es zu schnell. Er ist ein Krieger, aber kein Comanche. Er wird noch lange kein Comanche sein.«

Zehn Bären lächelte.

»Du sprichst immer gut, Weiser Vogel. Und du siehst gut. Nun rate mir, wozu ich dir raten soll.«

Es war zuerst eine bittere Enttäuschung. Er konnte sie nur mit einer Degradierung vergleichen. Aber es war noch enttäuschender. Er hatte das Gefühl, noch nie so enttäuscht gewesen zu sein.

Es verblüffte ihn, wie schnell der Schmerz verging. Die Enttäuschung verschwand fast schon, als Weiser Vogel und Die-sich-mit-der-Faust-behauptet das Tipi verließen, in dem sie ihm die Nachricht gebracht hatten.

Er lag auf dem neuen Lager in seinem neuen Heim und wunderte sich über diese schnelle Wandlung. Erst vor Minuten hatte er erfahren, daß er nicht mitreiten durfte, doch jetzt war er überhaupt nicht mehr niedergeschlagen. Jetzt war es nur noch eine winzige Enttäuschung.

Es hat etwas damit zu tun, daß ich hier bin, dachte er, hier bei diesen Leuten. Es hat etwas mit der Unverdorbenheit der Indianer zu tun.

Weiser Vogel war mit zwei Frauen gekommen, die Felle getragen hatten, mit Die-sich-mit-der-Faust-behauptet und einer seiner Ehefrauen. Nachdem sie das neue Lager hergerichtet hatten, zog sich die Ehefrau zurück, und Weiser Vogel, Die-sich-mit-der-Faust-behauptet und Der-mit-dem-Wolf-tanzt blieben in der Mitte des Tipis zurück.

Weiser Vogel erwähnte nichts von dem Beutezug oder der Entscheidung, die gegen seine Teilnahme gefällt worden war. Er sprach einfach von anderen Dingen.

»Es wäre gut, wenn du mit Die-sich-mit-der-Faust-behauptet redest, während ich fort bin. Du solltest das in meinem Tipi tun, damit meine Familie es sehen kann. Ich möchte, daß sie dich besser kennenlernt und du sie besser kennenlernst, während ich fort bin. Ich werde mich besser fühlen, wenn ich weiß, daß du dich während meiner Abwesenheit um meine Familie kümmerst. Komm zu meinem Feuer und iß, wenn du Hunger hast.«

Nach dieser Einladung wandte sich der Medizinmann abrupt ab und ging, gefolgt von Die-sich-mit-der-Faust-behauptet.

Der-mit-dem-Wolf-tanzt schaute ihnen nach und war überrascht, wie schnell seine Depression verschwand. Statt dessen war ihm auf einmal zum Jubeln zumute. Er fühlte sich überhaupt nicht erniedrigt. Er fühlte sich größer.

Weiser Vogel hatte seine Familie unter seinen Schutz gestellt, und er freute sich sofort darauf, ihr in dieser Rolle zu dienen.

Er würde wieder mit Die-sich-mit-der-Faust-behauptet zusammen sein, und das erfüllte ihn ebenfalls mit Freude.

Der Kriegstrupp würde einige Zeit fort sein, und so hatte er, Der-mit-dem-Wolf-tanzt, Gelegenheit, viel Comanche zu lernen. Beim Lernen würde er mehr als nur die Sprache aufschnappen. Wenn er sich große Mühe gab, würde er bei der Rückkehr des Trupps auf einem ganz neuen Niveau sein. Diese Vorstellung gefiel ihm.

Er hörte Trommeln im Lager. Der große Verabschiedungstanz begann, und er wollte daran teilnehmen. Er liebte das Tanzen.

Der-mit-dem-Wolf-tanzt erhob sich von seinem Lager und schaute sich im Tipi um. Es war leer, doch bald würde es die bescheidenen Dinge seines Lebens enthalten, und es war eine angenehme Vorstellung, wieder etwas sein eigen nennen zu können. Er trat aus dem Tipi und verharrte draußen in der Dämmerung.

Bei seinen Tagträumen hatte er das Abendessen versäumt. Der Rauch von den Kochfeuern hing noch in der Luft, und der Geruch gefiel ihm.

Ein Gedanke kam ihm in den Sinn.

Ich sollte hier bleiben, sagte er sich, das ist viel besser.

Er machte sich auf den Weg in Richtung der Trommeln.

Als er den Hauptpfad erreichte, stieß er auf zwei Krieger, die er näher kannte. In Zeichensprache fragten sie ihn, ob er heute abend tanzen würde. Der-mit-dem-Wolf-tanzt gab eine so positive Antwort, daß die Männer lachen mußten.

# 25

Als der Kriegstrupp fort war, begann in dem Lager ein beschauliches Leben, ein scheinbar zeitloser Wechsel von Morgendämmerung, Tag, Abenddämmerung und Nacht, so daß man das Gefühl haben konnte, die Prärie sei der einzige Platz auf Erden.

Der-mit-dem-Wolf-tanzt gewöhnte sich schnell an den Zyklus und erlebte ihn auf angenehme, traumhafte Weise. Ein Leben mit Reiten und Jagen und Erkunden war körperlich anstrengend, doch sein Körper hatte sich gut darauf eingestellt, und als sich der Rhythmus eingespielt hatte, bereiteten ihm die meisten Aktivitäten keinerlei Mühe.

Die Familie des Medizinmannes beanspruchte viel von seiner Zeit. Die Frauen erledigten praktisch alle Arbeiten im Camp, doch er fühlte sich verpflichtet, ihr Alltagsleben und das der Kinder zu überwachen, und das Resultat war, daß er irgendwie immer alle Hände voll zu tun hatte.

Wind-im-Haar hatte ihm einen guten Bogen und einen Köcher mit Pfeilen beim Abschiedstanz geschenkt. Der-mit-dem-Wolf-tanzt war fasziniert von dem Geschenk. Er fand einen älteren Krieger – Steinkalb –, der ihm die Feinheiten bei der Benutzung des Bogens beibrachte. Binnen einer Woche wurden die beiden Freunde, und Der-mit-dem-Wolf-tanzt besuchte Steinkalb regelmäßig in dessen Tipi.

Er lernte, wie die indianischen Waffen gepflegt und schnell repariert wurden. Er lernte den Text und die Melodien einiger wichtiger Lieder, und er schaute zu, wenn Steinkalb seine persönliche Medizin zubereitete.

Er war ein williger Schüler bei diesen Lektionen und lernte so schnell, daß Steinkalb ihm den Spitznamen »Der Schnelle« gab.

Jeden Tag ritt er wie die meisten der anderen Männer ein paar Stunden auf Erkundung. Sie brachen in Gruppen von drei oder vier Reitern auf, und bald hatte Der-mit-dem-Wolf-tanzt grundlegende Kenntnisse von den Dingen, die für einen Comanchen notwendig waren, wie Spurenlesen und die Einschätzung der kommenden Wetterlage.

Die Büffel kamen und gingen auf ihre geheimnisvolle Weise.

Einige Tage lang waren überhaupt keine zu sehen, und manchmal waren es so viele, daß man es kaum glauben konnte.

Die Erkundungsritte waren in zweierlei Hinsicht ein Erfolg. Sie erbrachten frisches Fleisch und die beruhigende Erkenntnis, daß keine Feinde in der Umgebung waren.

Nach nur ein paar Tagen fragte er sich, warum nicht jeder auf der Welt in einem Tipi wohnte. Wenn er sich an die bisherigen Wohnungen erinnerte, fiel ihm nur eine Sammlung von sterilen Räumen ein.

Für ihn war das Tipi ein wahres Heim. Es war kühl an den heißesten Tagen, und ganz gleich, was im Camp los war, das Zelt war von Frieden erfüllt.

Allmählich liebte er sein Tipi und genoß die Zeit, die er darin verbrachte.

Sein liebster Teil des Tages war der späte Nachmittag, und oftmals erledigte er am Zugang des Tipis irgendwelche kleinen Arbeiten wie Stiefelputzen, während er den Wechsel der Wolkenformationen beobachtete oder auf das Raunen des Windes lauschte.

Diese späten Nachmittage schalteten die Maschinerie seiner Gedanken ab, ohne daß er es selbst versuchte, und sein Verstand ruhte auf erfrischende Weise.

Es dauerte nicht lange, bis ein Aspekt seines Lebens alle anderen beherrschte.

Die-sich-mit-der-Faust-behauptet.

Sie unterhielten sich oft, immer unter den zurückhaltenden, aber stets anwesenden Augen der Familie des Medizinmanns.

Weiser Vogel hatte die Anweisung gegeben, daß sie sich zu Gesprächen treffen sollten, doch ohne die Anleitung des Medizinmanns gab es keine klare Richtung für die Lektionen.

In den ersten paar Tagen bestanden die Gespräche hauptsächlich aus mechanischen, wenig aufregenden Wiederholungen und Rückblicken.

In gewisser Weise war das gut so. Sie war immer noch verwirrt und verlegen. Die Nüchternheit der ersten Treffen zu zweit machte es leichter, den Faden der Vergangenheit wieder aufzunehmen. So hatte sie die nötige Distanz und konnte sich wieder an ihn gewöhnen.

Der-mit-dem-Wolf-tanzt war zufrieden mit dieser Art und Weise. Es machte ihm nichts aus, daß die Gespräche langweilig waren. Er war fest entschlossen, wieder ins Lot zu bringen, was ihre Beziehung gestört hatte, und er wartete in diesen ersten Tagen geduldig und hoffte, daß das Eis zwischen ihnen taute.

Er machte gute Fortschritte in Comanche, doch es wurde bald klar, daß er nur begrenzt schnell lernen konnte, wenn er den ganzen Morgen im Tipi herumsaß. So viele Dinge, über die er etwas wissen mußte, waren draußen. Und die Unterbrechungen und Störungen durch die Familie hörten nie auf.

Er wartete jedoch ohne zu klagen und ließ Die-sich-mit-der-Faust-behauptet Wörter auslassen, die sie nicht erklären konnte.

Eines Nachmittags, kurz nach dem Mittagessen, als sie nicht das Wort für »Gras« fand, führte sie ihn schließlich nach draußen. Ein Wort führte zum anderen, und an diesem Tag kehrten sie erst nach einer Stunde ins Tipi zurück. In dieser Stunde schlenderten sie durch das Lager und waren so sehr mit ihren Studien beschäftigt, daß die Zeit wie im Flug verging.

In den folgenden Tagen wiederholten sie die langen Rundgänge durch das Lager und dehnten sie noch aus. Sie wurden zu einem vertrauten Anblick, ein Paar, das plaudernd durch das Lager ging und nichts wahrnahm außer den Objekten, mit denen sie sich beschäftigten und deren Vokabeln sie lernten: Knochen, Sonne, Huf, Kessel, Hund, Stock, Himmel, Kind, Haar, Fell, Gesicht, weit, fern, hier, dort, hell, dunkel und so weiter und so weiter.

Jeden Tag wurde die Sprache verwurzelter in ihm, und bald konnte Der-mit-dem-Wolf-tanzt mehr als nur Wörter auf Comanche sagen. Er war in der Lage, Sätze zu bilden, und er bastelte sie mit einem Eifer zusammen, der viele Fehler zur Folge hatte.

»Feuer wächst auf der Prärie.«

»Wasser essen ist gut für mich.«

»Ist dieser Mann ein Knochen?«

Er war wie ein guter Läufer, der jeden dritten Schritt fällt, aber er ließ sich nicht entmutigen, und durch reine Willenskraft machte er bemerkenswerte Fortschritte mit der neuen Sprache.

Kein Fehler konnte ihm den Mut nehmen. Er überwand jedes Hindernis mit guter Laune und Humor.

Sie waren immer seltener im Tipi. Draußen fühlten sie sich freier, und jetzt lag eine besondere Ruhe über dem Lager. Es war ungewöhnlich friedlich geworden.

Jeder dachte an die Männer, die fortgeritten waren, um sich im Land der Pawnees ungewissen Ereignissen zu stellen. Mit jedem scheinbar zeitlosen Tag beteten Verwandte und Freunde der Männer des Kriegstrupps sehnlicher um deren Sicherheit. Die Gebete bestimmten bald das Leben im Lager bei jeder Mahlzeit, jedem Treffen und jeder Arbeit.

Die Frömmigkeit, die das Camp einhüllte, gab Der-mit-dem-Wolf-tanzt und Die-sich-mit-der-Faust-behauptet eine perfekte Umgebung für ihr Lernen. Die anderen Leute waren in dieser Zeit vertieft in Warten und Beten und schenkten dem weißen Paar kaum Beachtung. Sie bewegten sich wie in einer ruhigen, gut geschützten Blase, wie ein Gebilde für sich.

Sie verbrachten jeden Tag drei oder vier Stunden zusammen, ohne sich zu berühren und ohne von sich selbst zu reden. Nach außen hin wahrten sie sorgfältig die Förmlichkeit. Sie lachten zusammen über Dinge und redeten über Banales wie das Wetter, doch stets blieben ihre Gefühle füreinander verborgen. Die-sich-mit-der-Faust-behauptet war zurückhaltend mit ihren Gefühlen, und Der-mit-dem-Wolf-tanzt respektierte das.

Zwei Wochen nach dem Aufbruch des Kriegstrupps fand eine tiefgreifende Veränderung statt.

Am späten Nachmittag, nach einem langen Erkundungsritt unter glühender Sonne, kehrte Der-mit-dem-Wolf-tanzt zum Tipi von Weiser Vogel zurück und traf dort niemanden an. Er sagte sich, daß die Familie zum Bach gegangen war, und machte sich auf den Weg dorthin.

Die Frauen des Medizinmannes waren im Bach und wuschen ihre Kinder. Die-sich-mit-der-Faust-behauptet war nicht da. Er blieb lange genug, um sich von den Kindern naßspritzen zu lassen, und dann ging er über den Pfad zurück zum Lager.

Die Sonne brannte immer noch heiß, und als er die Laube sah, zog ihn der Gedanke an den Schatten und die relative Kühle in der Laube magisch an.

Er war schon fast in der Laube, als er erkannte, daß Die-sich-mit-der-Faust-behauptet darin war. Das übliche Treffen hatte bereits stattgefunden, und beide waren verlegen.

Der-mit-dem-Wolf-tanzt setzte sich in züchtigem Abstand von ihr hin und sagte »Hallo«.

»Es – es ist heiß«, erwiderte sie, wie um ihre Anwesenheit zu entschuldigen.

»Ja«, pflichtete er bei. »Sehr heiß.«

Obwohl es nicht nötig war, wischte er sich imaginären Schweiß von der Stirn. Es war eine alberne Art, ihr klarzumachen, daß er aus dem gleichen Grund hier war.

Während er die falsche Geste machte, stieg plötzlich der starke Wunsch in ihm auf, ihr ehrlich zu sagen, was er empfand. Es war wie ein Zwang.

Er redete einfach. Er sagte ihr, daß er durcheinander war. Wie gut er sich hier fühlte. Wie schön es war, das Tipi zu haben. Er nahm den Brustharnisch in beide Hände und erklärte, daß er etwas Großartiges für ihn war. Er hob ihn an die Wange und sagte: »Ich liebe dies.«

Dann fügte er hinzu: »Aber ich bin ein Weißer – und ich bin Soldat. Ist es gut für mich, hier zu sein, oder ist es dumm? Bin ich dumm?«

Er sah völlige Aufmerksamkeit in ihren Augen.

»Nein – ich – weiß es nicht«, antwortete sie.

Es folgte kurzes Schweigen. Er sah ihr an, daß sie wartete.

»Ich weiß nicht, wo ich hingehen soll«, sagte er leise. »Ich weiß nicht, wo ich hingehöre.«

Sie wandte langsam den Kopf und schaute aus der Laube.

»Ich weiß es«, sagte sie.

Sie war immer noch in Gedanken verloren und blickte in den Nachmittag hinaus, als er sagte: »Ich will hier sein.«

Sie wandte sich ihm wieder zu. Der Schein der untergehenden Sonne fiel auf ihr Gesicht. Es schien aus dem Inneren heraus zu leuchten. Ihre Augen, groß und voller Wärme, hatten das gleiche Leuchten.

»Ja«, sagte sie und verstand genau, was er empfand.

Sie senkte den Kopf. Als sie wieder aufblickte, fühlte sich Der-mit-dem-Wolf-tanzt so fassungslos wie beim Anblick der Prärie, über die er zum ersten Mal mit Timmons gefahren war. Ihre Augen waren die eines gefühlvollen Menschen und erfüllt mit einer Schönheit, die nur wenige Menschen jemals sehen. Sie waren unvergleichlich schön und unvergeßlich.

Der-mit-dem-Wolf-tanzt verliebte sich bei diesem Anblick.

Die-sich-mit-der-Faust-behauptet war bereits in ihn verliebt. Es war geschehen, als er zu sprechen begonnen hatte, nicht sofort, sondern allmählich, bis sie es nicht mehr hatte leugnen können. Sie sah sich selbst in ihm. Sie sah, daß sie eins sein konnten.

Sie sprachen noch ein wenig miteinander und schwiegen dann. Ein paar Minuten lang schauten sie aus der Laube. Jeder wußte, was der andere empfand, aber keiner wagte, etwas zu sagen. Der Bann wurde gebrochen, als einer der kleinen Söhne des Medizinmanns zufällig vorbeikam, in die Laube spähte und wissen wollte, was sie darin machten.

Die-sich-mit-der-Faust-behauptet lächelte über seine unschuldige Störung und sagte auf Comanche: »Es ist heiß. Wir sitzen im Schatten.«

Das war so logisch für den kleinen Jungen, daß er hereinkam und sich auf ihren Schoß plumpsen ließ. Sie rangen einen Augenblick lang spielerisch miteinander, doch die Tollerei dauerte nicht lange.

Der kleine Junge setzte sich plötzlich auf und erklärte, daß er Hunger hatte.

»In Ordnung«, sagte sie auf Comanche und nahm ihn an der Hand.

Sie schaute Der-mit-dem-Wolf-tanzt an.

»Essen?«

»Ja, ich bin hungrig.«

Sie verließen die Laube und gingen ins Zelt des Medizinmanns.

Der erste Punkt der Tagesordnung war am nächsten Morgen ein Besuch bei Steinkalb. Er ging früh zum Tipi des alten Kriegers und wurde sofort zum Frühstück eingeladen.

Nach dem Frühstück gingen die beiden Männer hinaus und plauderten, während Steinkalb an den Weidenästen arbeitete, aus denen er einen neuen Schub Pfeile anfertigen wollte. Abgesehen von den Gesprächen, die er mit Die-sich-mit-der-Faust-behauptet geführt hatte, war es die niveauvollste Unterhaltung, die er mit irgend jemand aus dem Lager gehabt hatte.

Steinkalb war beeindruckt davon, daß Der-mit-dem-Wolf-tanzt, der so neu bei ihnen war, bereits Comanche sprechen konnte, und zwar gut.

Der alte Krieger spürte sofort, daß Der-mit-dem-Wolf-tanzt etwas wollte, und als die Sprache plötzlich auf Die-sich-mit-der-Faust-behauptet kam, ahnte er, daß dies der springende Punkt war.

Der-mit-dem-Wolf-tanzt versuchte es so beiläufig wie möglich zu erwähnen, doch Steinkalb war ein alter Fuchs und wußte, daß die Frage für seinen Besucher wichtig war.

»Ist Die-sich-mit-der-Faust-behauptet verheiratet?«

»Ja«, antwortete Steinkalb.

Diese Enthüllung war für Der-mit-dem-Wolf-tanzt ein schwerer Schock. Sie verschlug ihm die Sprache.

»Wo ist ihr Mann?« fragte er schließlich, als er sich wieder etwas gefangen hatte. »Ich sehe ihn nicht.«

»Er ist tot.«

Diese Möglichkeit hatte er niemals in Betracht gezogen.

»Wann ist er gestorben?«

Steinkalb blickte von seiner Arbeit auf.

»Es ist unhöflich, über die Toten zu reden«, sagte er. »Aber du bist neu bei uns, und so werde ich es dir sagen. Er starb im Frühjahr. Sie trauerte an dem Tag, an dem du sie gefunden und zurückgebracht hast.«

Der-mit-dem-Wolf-tanzt stellte keine weiteren Fragen, aber Steinkalb gab freiwillig ein paar zusätzliche Informationen. Er erwähnte den relativ hohen Rang des Verstorbenen und daß die Ehe kinderlos geblieben war.

Der-mit-dem-Wolf-tanzt mußte verarbeiten, was er gehört

hatte. Er bedankte sich bei seinem Informanten, verabschiedete sich und ging davon.

Steinkalb fragte sich flüchtig, ob da vielleicht etwas zwischen diesen beiden Leuten vorging. Dann sagte er sich, daß es ihn nichts anging, und widmete sich wieder seiner Arbeit.

Der-mit-dem-Wolf-tanzt tat das, wodurch er am zuverlässigsten einen klaren Kopf bekommen konnte. Er unternahm einen Ritt mit Cisco. Er wußte, daß sie im Tipi von Weiser Vogel auf ihn wartete, aber er war zu durcheinander von dem Gehörten und konnte ihr jetzt nicht gegenübertreten.

Er ritt bachabwärts und nach zwei Meilen entschloß er sich, bis nach Fort Sedgewick weiterzureiten. Er war seit fast zwei Wochen nicht mehr dort gewesen, und es drängte ihn jetzt, hinzureiten, als könne ihm das Fort auf geheimnisvolle Weise etwas offenbaren.

Schon aus der Ferne konnte er sehen, daß Sommergewitter das Vordach zerstört hatten. Einige Stützpfosten waren losgerissen, und die Plane war eingerissen. Was übrig war, flatterte in der Brise wie das zerlumpte Großsegel eines Geisterschiffs.

Zwei Strümpfe wartete in der Nähe des Hügels, und er warf dem alten Freund das Stück Trockenfleisch hin, das er für den eigenen Verzehr mitgenommen hatte. Er hatte keinen Hunger.

Feldmäuse huschten davon, als er in das verfallene Depot schaute. Sie hatten den Sack mit verdorbenem Zwieback angefressen, den er als einzigen zurückgelassen hatte.

In der Grassodenhütte, die einst sein Heim gewesen war, legte er sich ein paar Minuten lang auf das Feldbett und schaute auf die verfallenden Wände.

Er nahm die defekte Taschenuhr seines Vaters vom Haken und wollte sie in die Hosentasche stecken. Doch dann schaute er sie ein paar Sekunden lang an und hängte sie wieder auf den Haken.

Sein Vater war seit sechs Jahren tot. Oder seit sieben? Seine Mutter war sogar länger tot. Er konnte sich an die Einzelheiten seines Lebens mit ihnen erinnern, aber er hatte das Gefühl, daß es schon Hunderte Jahre her war.

Sein Blick fiel auf das Tagebuch, das auf einem der Feldstühle lag. Er nahm es. Es war ein sonderbares Gefühl, darin zu blättern. Die Eintragungen wirkten ebenfalls alt, wie etwa aus einem vergangenen Leben.

Manchmal lachte er über das, was er geschrieben hatte, aber insgesamt war er bewegt. Sein altes Leben war abgeschlossen, und eine Periode daraus war hier festgehalten. Es war jetzt nur eine Kuriosität und hatte keine Auswirkung auf seine Zukunft, aber es war interessant, zurückzuschauen und zu sehen, wie weit er gekommen war.

Als er das Ende der Eintragungen erreichte und einige leere Seiten sah, kam ihm in den Sinn, daß er ein Nachwort schreiben sollte, irgend etwas Kluges und vielleicht Geheimnisvolles.

Als er jedoch aufschaute, um zu überlegen, sah er nur sie vor seinem geistigen Auge. Er sah die gutgeformten muskulösen Waden unter dem Saum ihres Rehlederkleids, die Rundungen ihrer Brüste, die hohen Wangenknochen, die dichten Augenbrauen, die ausdrucksvollen Augen, die Fülle des zerzausten, dunkelroten Haars.

Er dachte an ihre plötzlichen Zornausbrüche und an das Licht, das ihr Gesicht in der Laube umschmeichelt hatte. Er dachte an ihre Bescheidenheit und Würde und an ihren Schmerz.

Alles, was er vor seinem geistigen Auge sah und an das er dachte, liebte er.

Als sein Blick wieder auf die leere Seite des Tagebuchs fiel, wußte er, was er schreiben würde.

*Spätsommer 1863*

*Ich liebe Die-sich-mit-der-Faust-behauptet*
*Der-mit-dem-Wolf-tanzt*

Er klappte das Tagebuch zu und legte es behutsam mitten aufs Bett, damit sich die Nachwelt über die Eintragung wundern und vor einem Rätsel stehen sollte.

Als er nach draußen ging, war er erleichtert darüber, daß Zwei Strümpfe verschwunden war. Er wußte, daß er ihn nicht wiedersehen würde, und so sprach er ein Gebet für den Wolf und wünschte ihm ein gutes Leben in all seinen verbleibenden Jahren.

Dann schwang er sich auf Cisco, rief ein Lebewohl auf Comanche und galoppierte davon.

Als er über die Schulter blickte, sah er nur offene, gewellte Prärie.

Sie wartete fast eine Stunde, bis eine der Frauen des Medizinmanns fragte: »Wo ist Der-mit-dem-Wolf-tanzt?«

Das Warten war schlimm gewesen. Jede Minute war mit Gedanken an ihn ausgefüllt gewesen. Als die Frage gestellt wurde, versuchte sie in einem Tonfall zu antworten, der ihre Gefühle verbarg.

»O ja – Der-mit-dem-Wolf-tanzt. Nein, ich weiß nicht, wo er ist.«

Sie ging nach draußen, um herumzufragen. Jemand hatte ihn früh am Morgen südwärts reiten sehen, und sie vermutete richtig, daß er zum Fort des Weißen Mannes geritten war.

Sie wollte nicht wissen, warum er fortgeritten war. Sie machte die Satteltaschen fertig, an denen sie gearbeitet hatten, und versuchte die Ablenkungen des Lagers zu ignorieren, damit sie sich ganz auf ihn konzentrieren konnte.

Das war nicht genug.

Sie wollte allein mit ihm sein, wenn auch nur in Gedanken, und nach dem Mittagessen ging sie über den Hauptpfad zum Bach hinab.

Wie üblich war dort nach dem Essen nichts los, und sie freute sich, niemanden dort zu sehen. Sie zog die Mokassins aus, stieg auf einen dicken Baumstamm, der am Ufer des Baches lag, setzte sich hin und tauchte die Füße ins kühle Wasser.

Es wehte nur ein Hauch von einer Brise, doch sie reichte, um die Hitze des Tages zu mildern. Sie legte die Hände auf die Oberschenkel, entspannte die Schultern und schaute unter halb gesenkten Lidern auf das langsam fließende Wasser. Wenn er jetzt zu ihr kommen würde ... Wenn er sie mit diesem festen

Blick anschauen, ihr sein lustiges Lachen schenken und sie bitten würde, mit ihm zu gehen ... Sie würde sofort mit ihm gehen, ganz gleich wohin.

Plötzlich erinnerte sie sich an ihre erste Begegnung, so deutlich, als wäre es erst gestern gewesen. Sie ritt mit ihm zurück, halb bewußtlos, und ihr Blut war auf ihm. Sie erinnerte sich an das Gefühl der Sicherheit, das sie in seinem Arm empfunden hatte, während sie das Gesicht an den fremd riechenden Stoff seines Uniformrocks gedrückt hatte.

Jetzt verstand sie, was es bedeutete. Sie erkannte, daß ihr Gefühl jetzt das gleiche wie damals war. Damals war es nur ein Samenkorn gewesen, begraben und nicht zu sehen, und sie hatte nicht gewußt, was es bedeutete. Doch der Große Geist wußte es. Der große Geist hatte die Saat aufgehen lassen. Der Große Geist hatte das Samenkorn mit jedem Schritt zum Leben ermuntert.

Dieses Gefühl erfüllte sie, das Gefühl der Sicherheit. Sie wußte jetzt, daß es nicht die Sicherheit war, die man angesichts eines Feindes oder eines Unwetters oder einer Verletzung ersehnt. Es war überhaupt nichts Körperliches. Es war eine Sicherheit, die sie in ihrem Herzen fühlte. Und dieses Gefühl war die ganze Zeit dort gewesen.

Das Seltenste aller Dinge in diesem Leben ist geschehen, dachte sie. Der Große Geist hat uns zusammengebracht.

Sie war versunken in die Frage, wie alles gekommen war, als sie ein leises Platschen von Wasser nur ein paar Schritte entfernt wahrnahm.

Er hockte auf einem kleinen Vorsprung am Ufer und klatschte sich langsam und entspannt Wasser ins Gesicht. Er schaute sie an, und ohne sich die Mühe zu machen, das Wasser abzuwischen, das von seinem Gesicht tropfte, lächelte er sie an wie ein kleiner Junge.

»Hallo«, sagte er. »Ich war im Fort.«

Er sagte es, als wären sie ihr Leben lang zusammen. Sie antwortete auf die gleiche Weise.

»Ich weiß.«

»Können wir miteinander reden?«

»Ja«, sagte sie. »Ich habe darauf gewartet.«

Stimmen ertönten in der Ferne oben auf dem Pfad.

»Wohin sollen wir gehen?« fragte er.

»Ich kenne einen Platz.«

Sie erhob sich schnell und führte Der-mit-dem-Wolf-tanzt zu dem alten Seitenpfad, über den sie an dem Tag gegangen war, an dem Weiser Vogel sie gebeten hatte, sich an die Sprache der Weißen zu erinnern.

Sie gingen schweigend, begleitet vom leisen Pochen ihrer Schritte, dem Rascheln der Weiden und dem Zwitschern der Vögel. Ihre schnell schlagenden Herzen waren von Erwartung des Kommenden und der Spannung erfüllt, wo und wann es geschehen würde.

Vor ihnen öffnete sich die kleine Lichtung, auf der sie sich an die Vergangenheit erinnert hatte. Immer noch schweigend, setzten sie sich mit übereinandergeschlagenen Beinen vor die große Balsampappel und blickten zum Bach.

Sie konnten nicht sprechen. Alle anderen Geräusche schienen zu verstummen. Alles war still.

Die-sich-mit-der-Faust-behauptet senkte den Kopf und sah einen Riß an der Naht seines Hosenbeins. Seine Hand ruhte daneben auf dem Oberschenkel.

»Sie ist zerrissen«, sagte sie leise und berührte leicht den Riß. Als ihre Hand dort lag, war sie nicht in der Lage, sie fortzuziehen. Die kleine Hand blieb dort.

Wie von einer äußeren Kraft geleitet, neigten sich ihre Köpfe zueinander. Ihre Hände schlossen sich umeinander. Die Berührung erregte sie. Keiner von beiden hätte zurückverfolgen können, wie es geschehen war, aber einen Augenblick später küßten sie sich.

Es war kein stürmischer Kuß, nur eine zärtliche Berührung und ein leichtes Aufeinanderdrücken ihrer Lippen.

Es besiegelte ihre Liebe füreinander.

Sie schmiegten die Wangen aneinander, und als jeder den Geruch der Haut des anderen wahrnahm, verfielen sie in einen Traum. In dem Traum liebten sie sich, und als sie dann nebeneinander unter der großen Balsampappel lagen, schaute Der-mit-dem-Wolf-tanzt in ihre Augen und sah, daß Tränen darin glitzerten.

Er wartete lange, doch sie schwieg.

»Sag es mir«, wisperte er.

»Ich bin glücklich«, sagte sie. »Ich bin glücklich, weil mich der Große Geist so lange leben ließ.«

»Ich habe das gleiche Gefühl«, sagte er, und auch ihm stiegen Tränen in die Augen.

Sie schmiegte sich fest an ihn und begann zu weinen. Er hielt sie fest, während die Tränen des Glücks über ihre Wangen rannen.

Sie liebten sich den ganzen Nachmittag, und zwischendurch hatten sie lange Gespräche. Als sich schließlich Schatten über die Lichtung senkte, setzten sie sich auf. Beide spürten, daß man sie vermissen würde, wenn sie länger blieben.

Sie beobachteten das Glitzern des Wassers, als er sagte: »Ich sprach mit Steinkalb. Ich weiß, warum du an jenem Tag weggelaufen bist – an dem Tag, an dem ich dich fragte, ob du verheiratet bist.«

Sie erhob sich und streckte ihm die Hand hin. Er ergriff sie, und sie zog ihn auf die Füße.

»Ich hatte ein gutes Leben mit ihm. Er ging von mir fort, weil du kamst. So sehe ich es jetzt.«

Sie führte ihn von der Lichtung, und sie gingen Arm in Arm zurück. Als sie schwache Rufe vom Lager her hörten, blieben sie stehen und lauschten. Der Hauptpfad war nur ein paar Schritte entfernt.

Mit einem Händedruck glitten die Liebenden intuitiv zwischen die Weiden, und als ob es helfen würde, die kommende Nacht der Trennung zu überstehen, umarmten sie sich wieder und küßten sich hastig zum Abschied.

Einen Schritt vor dem Hauptpfad, der zum Lager führte, blieben sie noch einmal stehen, und als sie sich wieder umarmten, flüsterte sie in sein Ohr.

»Ich bin in Trauer, und unser Volk würde es nicht billigen, wenn es von unserer Liebe wüßte. Wir müssen unsere Liebe verheimlichen, bis die Zeit kommt, in der wir sie vor allen zeigen können.«

Er nickte verständnisvoll, sie küßten sich kurz, und dann huschte sie davon.

Der-mit-dem-Wolf-tanzt wartete zehn Minuten lang zwischen den Weiden und folgte ihr dann. Er war froh darüber, daß niemand in der Nähe war, als er zum Lager ging.

Er ging geradewegs zu seinem Tipi, setzte sich auf sein Lager und schaute hinaus in die Abenddämmerung. Er träumte von dem Nachmittag unter der Balsampappel.

Als es dunkel war, legte er sich auf die dicken Felle und spürte, daß er erschöpft war. Er stellte fest, daß ihr Duft noch an einer seiner Hände haftete. Mit der Hoffnung, ihn die ganze Nacht wahrzunehmen, schlief er ein.

## 26

Die nächsten Tage waren euphorisch für Der-mit-dem-Wolf-tanzt und Die-sich-mit-der-Faust-behauptet.

Ein ständiges Lächeln spielte um ihre Lippen, ihre Wangen waren gerötet, ihre Augen glänzten, und ganz gleich, wohin sie gingen, sie schienen zu schweben.

In Gesellschaft der anderen waren sie diskret und achteten darauf, sich ihre Liebe äußerlich nicht anmerken zu lassen. Sie bemühten sich so sehr, ihre Liebe zu verheimlichen, daß der Sprachunterricht nüchterner war als je zuvor. Wenn sie allein im Tipi waren, nutzten sie die Gelegenheit, um Händchen zu halten und sich mit Blicken zu lieben. Weiter ging es nicht.

Sie versuchten, sich wenigstens einmal am Tag heimlich zu treffen, für gewöhnlich am Bach. Darauf konnten sie nicht verzichten, doch es dauerte seine Zeit, bis sie völlig ungestört waren, und besonders Die-sich-mit-der-Faust-behauptet war in Sorge, daß sie ertappt wurden.

Von Anfang an dachten sie an eine Ehe. Die wollten sie beide. Und je eher, desto besser. Doch die Witwenschaft der Frau war ein großes Hindernis. Es gab keine vorgeschriebene Trauerzeit bei den Comanchen, und nur der Vater der Frau konnte sie von der Trauer entbinden. Da sie keinen Vater mehr hatte, würde der Krieger, der ihr erster Ernährer war, diese Verantwortung übernehmen.

In ihrem Fall konnte nur Weiser Vogel sie von der Trauer entbinden. Er allein würde bestimmen, wann sie nicht mehr trauern mußte. Und bis dahin konnte es vielleicht lange dauern.

Der-mit-dem-Wolf-tanzt versuchte seine Geliebte zu beruhigen. Er sagte ihr, es würde alles gut werden, und sie solle sich keine Sorgen machen. Sie sorgte sich trotzdem. In einer depressiven Phase schlug sie vor, gemeinsam wegzulaufen. Er lachte nur, und das Thema wurde nicht mehr zur Sprache gebracht.

Sie gingen Risiken ein. Zweimal in den vier Tagen nach ihrer ersten Vereinigung auf der Lichtung beim Bach verließ sie in der Dunkelheit des frühen Morgens das Tipi des Medizinmanns und schlich unbemerkt ins Tipi ihres Geliebten. Dort lagen sie bis zum Morgengrauen zusammen und unterhielten sich im Flüsterton, während sie sich unter dem Büffelfell nackt in den Armen hielten.

Alles in allem verhielten sie sich so gut, wie man es von zwei Menschen erwarten konnte, die sich völlig ihrer Liebe ergeben haben. Sie waren würdevoll, zurückhaltend und diszipliniert.

Und sie täuschten fast keinen.

Jeder im Lager, der alt genug war, um zu wissen, was Liebe zwischen Mann und Frau ist, sah sie in den Gesichtern der beiden.

Die meisten brachten es nicht übers Herz, Liebe zu verdammen, ganz gleich, wie die Umstände waren. Die wenigen, die vielleicht daran Anstoß genommen hätten, hielten den Mund aus Mangel an Beweisen. Noch wichtiger, die Liebe der beiden war keine Bedrohung für den Stamm insgesamt. Selbst die älteren, konservativen Leute mußten einräumen, daß die potentielle Vereinigung der beiden einen Sinn ergab.

Schließlich waren sie beide weiß.

In der fünften Nacht nach den Liebesstunden auf der Lichtung mußte Die-sich-mit-der-Faust-behauptet ihn einfach wiedersehen. Sie hatte gewartet, bis alle im Tipi von Weiser Vogel eingeschlafen waren. Auch als leises Schnarchen das Tipi erfüllte, wartete sie noch lange, um ganz sicherzugehen, daß niemand ihr Verschwinden bemerken würde.

Sie hatte gerade erkannt, daß der Geruch von Regen stark in der Luft hing, als plötzlich aufgeregte Rufe ertönten. Die Stimmen waren so laut, daß alle im Tipi erwachten und nur Sekunden später die Decken zur Seite warfen und nach draußen liefen.

Irgend etwas war geschehen. Das ganze Lager war in Aufruhr. Die-sich-mit-der-Faust-behauptet eilte mit einer Traube von Leuten über den Hauptpfad. Alle liefen auf ein großes Feuer zu, das anscheinend im Mittelpunkt der Aufmerksamkeit stand. In dem Durcheinander hielt sie vergebens nach ihrem Geliebten Ausschau, und erst als sie sich nahe bis ans Feuer gedrängt hatte, konnte sie ihn sehen.

Als sie sich einen Weg zueinander durch die Menge bahnten, bemerkte Die-sich-mit-der-Faust-behauptet, daß fremde Indianer beim Feuer kauerten. Ein halbes Dutzend. Weitere Männer lagen am Boden, einige tot, andere schlimm verletzt. Es waren Kiowas, langjährige Freunde und Jagdgefährten der Comanchen.

Die sechs unversehrten Männer waren von Furcht erfüllt. Sie gestikulierten ängstlich und verständigten sich in Zeichensprache mit Zehn Bären und dreien seiner engsten Berater. Die Zuschauer verstummten erwartungsvoll und verfolgten die Geschichte der Kiowas.

Die-sich-mit-der-Faust-behauptet und Der-mit-dem-Wolf-tanzt hatten fast die Distanz zwischen sich überbrückt, als die Frauen zu schreien begannen. Einen Augenblick später löste sich die Versammlung auf, und Frauen und Kinder rannten in Panik zu ihren Tipis. Krieger drängten sich um Zehn Bären, und ein Wort kam aus aller Munde. Es hallte durch das Lager wie das Donnergrollen, das inzwischen am schwarzen Himmel eingesetzt hatte.

Es war ein Wort, das Der-mit-dem-Wolf-tanzt gut kannte, denn er hatte es oftmals in Unterhaltungen und Geschichten gehört.

»Pawnee.«

Er schob sich mit der Geliebten an der Seite näher an die Krieger heran, die Zehn Bären umringten. Sie sprach in sein Ohr, während sie beobachteten, und erklärte, was den Kiowas widerfahren war.

Sie waren als kleiner Trupp losgeritten, weniger als zwanzig Männer, und hatten etwa zehn Meilen nördlich des Lagers von Zehn Bären nach Büffeln Ausschau gehalten. Dort waren sie von einem riesigen Kriegstrupp der Pawnees angegriffen worden, von mindestens achtzig Kriegern, vielleicht sogar mehr. Der Angriff hatte nach dem Sonnenuntergang stattgefunden, und keiner der Kiowas hätte überlebt, wenn nicht die Dunkelheit gekommen wäre und die Kiowas keine so hervorragenden Ortskenntnisse gehabt hätten.

Sie hatten ihre Fährte so gut verwischt wie möglich, doch bei einem so großen Kriegstrupp war es nur eine Frage der Zeit, bis die Pawnees dieses Lager entdecken würden. Es war möglich, daß sie jetzt sogar schon in Angriffsposition gingen. Die Kiowas waren der Ansicht, daß höchstens noch ein paar Stunden blieben, um sich auf eine Verteidigung vorzubereiten. Daß es einen Angriff geben würde, wahrscheinlich im Morgengrauen, stand für sie völlig fest.

Zehn Bären gab Befehle, die weder Die-sich-mit-der-Faust-behauptet noch Der-mit-dem-Wolf-tanzt hören konnten. Der Miene des alten Häuptlings war jedoch deutlich anzusehen, daß er beunruhigt war. Zehn der besten Krieger des Stammes waren mit Weiser Vogel und Wind-im-Haar unterwegs. Die Männer, die zurückgeblieben waren, galten als gute Kämpfer, aber gegen achtzig Pawnees waren sie gefährlich in der Minderzahl.

Die Versammlung am Feuer löste sich in einem sonderbaren Durcheinander auf, als Krieger in verschiedene Richtungen jeweils hinter dem Mann davonmarschierten, den sie für ihren besten Führer hielten.

Der-mit-dem-Wolf-tanzt hatte ein ungutes Gefühl. Alles wirkte so desorganisiert. Das Donnergrollen kam jetzt in kürzeren Abständen, und es würde bestimmt bald regnen. Der Regen würde den Pawnees bei ihrem Nahen helfen, weil er die Sicht auf sie nahm.

Es war jetzt *sein* Lager, und er eilte hinter Steinkalb her.

»Ich werde dir folgen«, sagte er, als er den alten Krieger eingeholt hatte.

Steinkalb musterte ihn grimmig.

»Dies wird ein harter Kampf werden«, sagte er. »Die Pawnees kommen nie, um nur Pferde zu erbeuten. Sie kommen, um Blut fließen zu sehen.«

Der-mit-dem-Wolf-tanzt nickte.

»Hol deine Waffen und komm zu meinem Tipi«, sagte der alte Krieger.

»Ich hole sie«, bot Die-sich-mit-der-Faust-behauptet an. Sie raffte ihr Rehlederkleid und rannte los.

Der-mit-dem-Wolf-tanzt versuchte zu schätzen, wieviel Munition er für das Gewehr und seinen Revolver hatte. Dann fiel ihm etwas ein, und er blieb abrupt stehen.

»Steinkalb«, rief er. »Steinkalb!«

Der Krieger blieb stehen und wandte sich um.

»Ich habe Waffen«, platzte Der-mit-dem-Wolf-tanzt heraus. »Nahe beim Fort des Weißen Mannes sind viele Feuerwaffen.«

Sie machten sofort kehrt und gingen zum Feuer zurück.

Zehn Bären befragte immer noch die Kiowas.

Die armen Männer, die unter Schock standen, nachdem sie gerade noch mit dem Leben davongekommen waren, wichen beim Anblick des weißen Mannes furchtsam zurück, und es bedurfte einer schnellen Erklärung von Zehn Bären, um sie zu beruhigen.

Steinkalb berichtete dem Häuptling von den Waffen.

»Welche Waffen?« fragte Zehn Bären angespannt.

»Feuerwaffen der weißen Soldaten – Gewehre«, antwortete Der-mit-dem-Wolf-tanzt.

Es war eine harte Entscheidung für Zehn Bären. Obwohl er Der-mit-dem-Wolf-tanzt mochte, war etwas in seinem alten Comanche-Blut, das dem weißen Mann nicht voll vertraute. Die Waffen waren vergraben, und es würde Zeit kosten, sie auszugraben. Die Pawnees waren jetzt vielleicht nahe, und er brauchte jeden Mann, um das Lager zu verteidigen. Bis zum Fort des Weißen Mannes war es ein langer Ritt. Und jeden Augenblick konnte es regnen.

Aber der Kampf würde hart werden, und er wußte, daß Feuerwaffen ihn entscheiden konnten. Es war möglich, daß die Pawnees nicht viele Feuerwaffen hatten. Bis zum Morgengrauen vergingen noch Stunden, und es blieb genug Zeit für den Ritt zum Fort und zurück.

»Die Waffen sind in Kisten, bedeckt mit Holz und Erde«, sagte Der-mit-dem-Wolf-tanzt und unterbrach die Gedanken des Häuptlings. »Wir brauchen nur ein paar Männer und Schleppbahren, um sie zu holen.«

Der alte Mann mußte es riskieren. Er befahl Steinkalb, zwei andere Männer und Der-mit-dem-Wolf-tanzt mitzunehmen. Dazu sechs Ponys, vier als Reitpferde und zwei zum Transport der Feuerwaffen. Die Männer sollten sich beeilen.

Als er bei seinem Tipi eintraf, stand Cisco gezäumt davor. Im Zelt brannte ein Feuer, und Die-sich-mit-der-Faust-behauptet hockte daneben und verrührte etwas in einer kleinen Schale.

Seine Waffen, das Gewehr, der Navy Colt, Bogen und Köcher mit Pfeilen und das Messer lagen auf dem Boden aufgereiht.

Er schnallte sich den Gurt mit dem Revolver um, als sie ihm die Schale brachte.

»Halte dein Gesicht her«, forderte sie ihn auf. Sie tunkte einen Finger in die rote Substanz in der Schale. »Dies solltest du tun, aber es bleibt keine Zeit, und du weißt nicht, wie es gemacht wird. Ich werde es für dich tun.«

Mit schnellen sicheren Strichen zog sie einen senkrechten Streifen auf seine Stirn und zwei waagerechte auf jede Wange. Dann tupfte sie den Umriß einer Wolfspfote über die Streifen auf eine der Wangen und trat zurück, um ihr Werk zu betrachten.

Sie nickte zustimmend, als Der-mit-dem-Wolf-tanzt Bogen und Köcher über die Schulter schlang.

»Kannst du schießen?« fragte er.

»Ja.«

»Dann nimm das.« Er überreichte ihr das Gewehr.

Es gab keine Umarmung oder Abschiedsworte.

Er eilte hinaus, sprang auf Cisco und galoppierte davon.

Sie ritten vom Bach fort auf dem kürzesten Weg über die Prärie.

Der Himmel sah unheilverkündend aus, als ob viele Gewitter sich zusammenballten. Blitze zuckten über den Himmel wie Artilleriefeuer.

Sie mußten anhalten, als sich eine der Schleppbahren löste, und als das Gurtwerk repariert war, kam Der-mit-dem-Wolf-tanzt ein erschreckender Gedanke. Was war, wenn er die Waffen nicht finden konnte? Er hatte die Büffelrippe als Markierung lange Zeit nicht mehr gesehen. Selbst wenn die Markierung noch dort war, wo er sie in den Boden getrieben hatte, würde sie schwierig zu finden sein. Er stöhnte innerlich auf.

Regen begann in dicken Tropfen zu fallen, als sie beim Fort eintrafen. Er führte die Krieger zu der Stelle, die er für die richtige hielt, konnte jedoch nichts in der Dunkelheit erkennen. Er sagte ihnen, wonach sie suchen sollten, und das Quartett verteilte sich und suchte das hohe Gras nach dem langen, weißen Knochen ab.

Der Regen prasselte jetzt stärker, und zehn Minuten vergingen mit erfolgloser Suche nach dem Rippenknochen. Wind war aufgekommen. Alle paar Sekunden erhellten Blitze die Nacht. Sie warfen zwar Licht auf die Prärie, doch sie blendeten die Suchenden.

Nach zwanzig enttäuschenden Minuten verlor Der-mit-dem-Wolf-tanzt fast die Hoffnung. Sie suchten jetzt dasselbe Gebiet noch einmal ab und fanden immer noch nichts. Dann glaubte er in Wind und Regen und Donner ein Knacken unter Ciscos Hufen zu hören.

Der-mit-dem-Wolf-tanzt rief die anderen und sprang vom Pferd. Bald waren alle vier Männer auf Händen und Knien und tasteten blindlings durch das Gras.

Steinkalb sprang plötzlich auf. Er schwenkte ein langes, weißes Knochenstück.

Der-mit-dem-Wolf-tanzt eilte zu der Stelle, wo der Knochen gefunden worden war, und wartete auf den nächsten Blitz. Als der Blitz die Prärie erhellte, schaute er schnell zu den alten Gebäuden von Ford Sedgewick, benutzte sie als Orientierungspunkt und ging nordwärts, wobei er die Schritte abmaß.

Nach ein paar Schritten wurde der Boden unter einem seiner

Stiefel weicher und gab leicht nach. Er rief die anderen. Die Männer liefen zu ihm, knieten sich hin und halfen ihm beim Graben. Ein paar Minuten später holten sie zwei lange Holzkisten mit Gewehren aus dem schlammigen Versteck.

Sie waren eine halbe Stunde unterwegs, als das Gewitter mit voller Kraft einsetzte und es wie aus Kübeln goß. Es war unmöglich, im strömenden Regen etwas zu sehen, und die vier Männer mit den beiden Travois im Schlepp mußten sich den Weg über die Prärie förmlich ertasten.

Jeder von ihnen wußte, wie wichtig ihre Mission war, und so gönnten sie sich keine Pause und schafften den Rückritt in erstaunlich kurzer Zeit.

Als sie schließlich das Lager sahen, war das Gewitter vorbeigezogen. Lange graue Streifen waren am dunklen Himmel zu sehen, und in diesem ersten schwachen Licht des beginnenden Tages erkannten die vier Reiter, daß ihr Lager noch sicher war.

Sie ritten gerade den leicht abfallenden Hang in die Senke hinab, die zum Lager führte, als es bachaufwärts besonders spektakulär blitzte. Zwei oder drei Sekunden lang war die Landschaft von gleißendem Licht erhellt.

Der-mit-dem-Wolf-tanzt sah sie, und auch die anderen sahen die Reiter.

Eine lange Reihe von Reitern durchquerte keine Meile entfernt oberhalb des Lagers den Bach.

Wieder erhellte ein Blitz die Szenerie, und sie sahen den Feind hinter Weiden verschwinden. Der Plan war offensichtlich. Sie würden von Norden kommen, den Sichtschutz der Weiden am Ufer des Baches nutzen und bis auf hundert Schritte ans Lager heranreiten. Dann würden sie angreifen. In etwa zwanzig Minuten würden die Pawnees in Position sein.

Es waren vierundzwanzig Gewehre in jeder Kiste. Der-mit-dem-Wolf-tanzt verteilte die Gewehre an die Krieger, die sich um das Tipi des Häuptlings drängten, während der alte Mann letzte Anweisungen gab.

Obwohl er wußte, daß der Hauptangriff vom Bach her erfolgen würde, war es möglich, daß die Pawnees einen Trupp in einem Ablenkungsmanöver von der offenen Prärie her schickten und so den wahren Angreifern eine Chance verschafften, das Lager von hinten zu überrennen. Zehn Bären bestimmte zwei einflußreiche Krieger und eine Handvoll ihrer Anhänger, um den erwarteten Angriff von der Prärie her abzuwehren.

Dann klopfte er Der-mit-dem-Wolf-tanzt auf die Schulter, und die Krieger hörten gespannt zu, als er sprach.

»Wenn du ein weißer Soldat wärst«, sagte der alte Mann, »und du hättest all diese Männer mit Feuerwaffen, was hättest du getan?«

Der-mit-dem-Wolf-tanzt dachte schnell nach.

»Ich würde mich im Lager verstecken . . .«

Die Krieger in Hörweite stießen höhnische und verächtliche Rufe aus. Zehn Bären hob die Hand und brachte sie zum Verstummen.

»Der-mit-dem-Wolf-tanzt hat nicht zu Ende gesprochen«, sagte er ernst und tadelnd.

»Ich würde mich im Camp verstecken, hinter den Tipis. Ich würde nur die Weiden beobachten und nicht die Angreifer, die von der Prärie kommen. Der Feind soll sich zuerst zeigen. Er soll denken, wir kämpfen auf der anderen Seite, und es wäre leicht, das Camp einzunehmen. Dann würde ich die versteckten Männer hinter den Tipis vorspringen und schießen lassen. Ich würde den Feind in den Bach treiben und so viele von ihm töten, daß er niemals wieder auf diesem Weg kommen würde.«

Der alte Mann hatte aufmerksam zugehört. Er schaute zu seinen Kriegern und hob die Stimme.

»Der-mit-dem-Wolf-tanzt und ich haben den gleichen Gedanken. Wir sollten so viele Pawnees töten, daß sie nie wieder auf diesem Weg kommen werden. Laßt uns leise in Stellung gehen.«

Die Männer schlichen mit ihren neuen Gewehren durch das Lager und nahmen Position hinter Tipis ein, die zum Bach blickten.

Der-mit-dem-Wolf-tanzt schlüpfte erst ins Tipi von Weiser Vogel. Die Kinder lagen unter Büffelfellen. Die Frauen saßen stumm neben ihnen. Die Frauen des Medizinmanns hielten Kriegskeulen auf dem Schoß. Die-sich-mit-der-Faust-behauptet hatte sein Gewehr. Sie sagten nichts, und er schwieg ebenfalls. Er hatte sich nur vergewissern wollen, daß sie bereit waren.

Dann schloß er sich den Kriegern an. Er schlich an der Laube vorbei und ging hinter seinem Tipi in Deckung. Es war eines der Tipis, die am nächsten beim Bach standen. Steinkalb war auf der anderen Seite. Sie nickten sich zu und wandten ihre Aufmerksamkeit auf die freie Fläche, die sich vor ihnen erstreckte. Sie fiel etwa hundert Schritte weit bis zu den Weiden ab.

Es regnete nur noch leicht, doch der Regen beeinträchtigte immer noch die Sicht. Wolken hingen dicht am Himmel, und das schwache Grau der Morgendämmerung war kaum als Licht zu bezeichnen. Sie konnten wenig sehen, doch Der-mit-dem-Wolf-tanzt war überzeugt, daß die Pawnees da waren.

Er blickte an der Reihe der Tipis zu seiner Linken und Rechten entlang. Krieger warteten hinter jedem Tipi mit ihren Gewehren. Selbst Zehn Bären war dort.

Die Wolkendecke riß auf, der Regen ließ nach, und es wurde heller. Plötzlich brach die Sonne durch die Wolken, und einen Augenblick später stieg Dampf vom Boden auf wie Nebel.

Der-mit-dem-Wolf-tanzt spähte durch den Nebel zu den Weiden und sah die dunklen Umrisse von Männern, die wie Geister zwischen Weiden und Balsampappeln auftauchten.

Ein Gefühl stieg in ihm auf, das er lange nicht mehr gehabt hatte. Es war diese unbestimmte Empfindung, die seinen Blick dunkel werden ließ und die Maschine in ihm in Gang setzte, die nicht abgeschaltet werden konnte.

Ganz gleich wie zahlenmäßig überlegen und kampfstark die Männer waren, die sich im Nebel näherten, er fürchtete sie nicht. Sie waren Feinde und auf seiner Türschwelle. Er wollte sie niederkämpfen. Er konnte es kaum erwarten.

Schüsse krachten hinter ihm. Der Ablenkungstrupp griff die kleine Gruppe der Verteidiger auf der anderen Seite des Lagers an.

Der-mit-dem-Wolf-tanzt überprüfte die Reihe der Krieger. Ein paar Heißsporne wollten losrennen und sich an dem anderen Kampf beteiligen, doch sie wurden von den älteren Kriegern zurückgehalten, und keiner verließ seine Position.

Von neuem spähte er durch den Nebel, der bei den Weiden wallte.

Sie näherten sich langsam, einige zu Fuß, einige zu Pferde. Sie kamen langsam den sanften Hang herauf, schemenhafte Feinde mit bogenförmig geschnittenem Haar, die ein Blutbad anrichten wollten.

Die Kavallerie der Pawnees war hinter den unberittenen Kriegern, und Der-mit-dem-Wolf-tanzt wollte sie davor haben. Er wollte, daß die Reiter das meiste vom Feuer abkriegten.

Reitet voraus, flehte er stumm. Kommt, kommt!

Er blickte an den Linien der Verteidiger entlang und hoffte, sie würden noch ein paar Sekunden warten. Überrascht stellte er fest, daß alle Blicke auf ihn gerichtet waren. Sie beobachteten ihn, als warteten sie auf ein Zeichen.

Der-mit-dem-Wolf-tanzt hob einen Arm hoch über den Kopf.

Ein gutturales Geräusch klang den Hang herauf. Es schwoll an und blies wie ein heißer Atem durch die Stille des regnerischen Morgens. Die Pawnees griffen an.

Die Reiter preschten voraus.

Der-mit-dem-Wolf-tanzt stieß den Arm hinab und sprang mit dem Gewehr im Anschlag hinter dem Tipi hervor. Die anderen Verteidiger folgten seinem Beispiel.

Das Gewehrfeuer traf die berittenen Krieger aus einer Distanz von etwa zwanzig Schritten, und wie ein scharfes Messer durch Haut schneidet, schnitt das Blei durch die Angreifer.

Krieger stürzten von ihren Pferden, und diejenigen, die nicht getroffen wurden, waren wie betäubt durch das Krachen von vierzig Gewehren.

Noch während sie feuerten, gingen die Comanchen zum Gegenangriff über. Sie stürmten durch den wallenden bläulichen Pulverrauch und griffen den benommenen Feind an.

Der Angriff war so wild, daß Der-mit-dem-Wolf-tanzt gegen den ersten Pawnee krachte, der ihm begegnete. Als sie über den Boden rollten, stieß Der-mit-dem-Wolf-tanzt dem Pawnee die Mündung des Revolvers ins Gesicht und feuerte.

Danach schoß er auf Pawnees, wo er sie in dem Durcheinander sehen konnte, und tötete zwei weitere in schneller Folge.

Etwas Großes prallte hart von hinten auf ihn und warf ihn fast um. Es war eines der Pawnee-Kriegspferde, die überlebt hatten. Er schnappte sich die Zügel und schwang sich auf den Pferderücken.

Die Pawnees waren wie eine Hühnerschar, die von Wölfen angefallen wurde, und sie fielen bereits zurück, versuchten verzweifelt, zum Bach hin zu entkommen. Der-mit-dem-Wolf-tanzt suchte sich einen großen Krieger aus, der um sein Leben rannte und holte ihn ein. Er feuerte auf den Hinterkopf des Mannes, doch es war keine Patrone mehr im Revolver. Er packte die Waffe am Lauf und schlug den flüchtenden Krieger mit dem Revolvergriff nieder.

Der Pawnee brach vor ihm zusammen und geriet unter die Hufe des Ponys.

Voraus rappelte sich ein anderer Pawnee auf, der ein leuchtend rotes Tuch um den Kopf trug. Auch er flüchtete zu den Weiden hin.

Der-mit-dem-Wolf-tanzt trieb das Pony hart mit den Hacken an, und als er auf gleicher Höhe mit dem Flüchtenden war, warf er sich auf ihn und riß ihn zu Boden.

Sie überschlugen sich, rollten über das letzte Stück freier Fläche und prallten gegen einen Baumstamm. Der-mit-dem-Wolf-tanzt hielt den Mann an beiden Seiten des Kopfes fest. Er schlug den Kopf gegen den Baumstamm, bis er erkannte, daß die Augen des Kriegers gebrochen waren. Ein spitzer Ast tief am Baumstamm hatte den Pawnee aufgespießt.

Als er von dem schrecklichen Anblick zurücktrat, sank der Tote vorwärts, und seine Arme zuckten mitleiderregend vor, als wolle er den Mann umarmen, der ihn getötet hatte. Der-mit-dem-Wolf-tanzt wich weiter zurück, und die Leiche fiel vornüber aufs Gesicht.

Im selben Augenblick bemerkte er, daß die Schüsse und Schreie verstummt waren.

Der Kampf war vorüber.

Plötzlich erschöpft wankte er zum Hauptpfad und wich auf dem Weg Leichen von Pawnees aus.

Ein Dutzend berittener Comanchen, darunter Steinkalb, jagte den Rest der Pawnee bis aufs andere Ufer des Baches.

Der-mit-dem-Wolf-tanzt schaute den Reitern nach, bis sie außer Sicht waren. Dann ging er langsam zurück. Er hörte Geschrei. Als er oben auf dem Hang war, sah er den Kampfplatz.

Er wirkte fast wie ein hastig verlassener Picknickplatz. Überall lag Abfall zwischen einer großen Zahl toter Pawnees herum. Comanchen bahnten sich aufgeregt einen Weg zwischen den reglosen Gestalten.

»Ich habe diesen getötet«, rief jemand.

»Dieser atmet noch«, sagte ein anderer, und sofort eilten alle in der Nähe herbei und halfen, den Pawnee zu erledigen.

Frauen und Kinder waren aus den Tipis gekommen und strömten zum Kampfplatz. Einige Leichen wurden verstümmelt.

Der-mit-dem-Wolf-tanzt verharrte stocksteif. Er war zu erschöpft, um sich zurückzuziehen, und zu angewidert, um weiterzugehen.

Einer der Krieger sah ihn und schrie:

»Der-mit-dem-Wolf-tanzt!«

Bevor er wußte, wie ihm geschah, war er von Kriegern umringt. Wie Ameisen, die einen Stein hügelan rollen, schoben sie ihn zum Kampfplatz. Sie sangen dabei seinen Namen.

Benommen ließ er sich schieben. Er konnte ihre Heiterkeit nicht verstehen. Sie waren überglücklich beim Anblick des Todes und der Zerstörung zu ihren Füßen, und Der-mit-dem-Wolf-tanzt konnte das nicht begreifen.

Als er jedoch zwischen ihnen stand und hörte, daß sie seinen Namen riefen, begriff er allmählich. Er hatte nie an dieser Art Kampf teilgenommen, und nach und nach sah er den Sieg in einem anderen Licht.

Dieses Töten war nicht im Namen irgendeiner obskuren politischen Zielsetzung geschehen. Dies war kein Kampf um Land, Reichtümer oder zur Befreiung gewesen.

Dieser Kampf war gewagt worden, um die Heime zu schützen, die nur ein paar Schritte entfernt standen. Und um die Frauen und Kinder und Geliebten zu schützen, die darin kauerten. Darüber hinaus hatten die Comanchen gekämpft, um den Vorrat an Nahrung zu schützen, mit dem sie durch den Winter kommen würden und für deren Beschaffung jeder so hart gearbeitet hatte.

Für jedes Mitglied des Stammes war dies ein großer persönlicher Sieg.

Plötzlich war er stolz darauf, daß die Krieger seinen Namen riefen, und er blickte hinab und erkannte einen der Pawnees, den er getötet hatte.

»Ich habe diesen erschossen«, rief er laut.

Jemand bestätigte es. »Ja, ich sah es.«

Bald darauf ging er mit den Kriegern über den Kampfplatz.

Sonnenschein fiel auf das Lager, und die Kämpfer begannen spontan einen Siegestanz. Sie klopften einander auf den Rücken und stießen Triumphschreie aus, während sie über den Platz mit den toten Pawnees tollten.

Zwei der Feinde waren von der Gruppe getötet worden, die auf der anderen Seite des Lagers gekämpft hatte. Auf dem Hauptkampfplatz lagen zweiundzwanzig Leichen. Vier andere wurden bei den Weiden am Bachufer gefunden, und Steinkalb und sein Verfolgertrupp hatten drei weitere Pawnees getötet. Keiner wußte, wie viele Pawnees verwundet entkommen waren.

Sieben Comanchen waren verwundet, nur zwei schwer, aber das wahre Wunder war für die Comanchen, daß kein einziger ihrer Kämpfer ums Leben gekommen war. Selbst die alten Männer konnten sich nicht an einen so überlegenen Sieg erinnern.

Zwei Tage lang schwelgte das Lager im Triumph. Alle Männer wurden mit Ehrungen überhäuft, doch ein Krieger wurde mehr als alle anderen gepriesen.

Der-mit-dem-Wolf-tanzt.

Während all seiner Monate auf der Prärie hatte sich die Meinung der Comanchen über ihn oftmals geändert. Und jetzt hatte sich der Kreis geschlossen. Jetzt betrachtete man ihn auf eine Art, die nahe an ihre ursprüngliche Vorstellung von ihm herankam. Niemand trat vor und erklärte ihn als Gott, doch im Leben dieses Volkes kam er nahe an einen heran.

Den ganzen Tag lang lungerten junge Männer bei seinem Tipi herum. Mädchen flirteten offen mit ihm. Sein Name beschäftigte hauptsächlich ihre Gedanken. Keine Unterhaltung, ganz gleich worum sie sich drehte, verlief ohne die Erwähnung von Der-mit-dem-Wolf-tanzt.

Die letzte hohe Auszeichnung kam von Zehn Bären. In einer bisher unbekannten Geste schenkte er dem Helden eine Pfeife aus seinem eigenen Tipi.

Der-mit-dem-Wolf-tanzt gefiel die Aufmerksamkeit aller, aber er tat nichts, um sie zu fördern. Die Berühmtheit beeinträchtigte ihn in seinem Tagesablauf. Es hatte den Anschein, als wäre immer irgend jemand um ihn herum. Und was das Schlimmste war – er hatte wenig private Zeit mit der Frau, die er liebte.

Von allen im Lager war er vielleicht am erleichtertsten, als Weiser Vogel und Wind-im-Haar zurückkehrten.

Nach ein paar Wochen auf dem Kriegspfad hatten sie den Feind immer noch nicht angegriffen und waren in den Ausläufern des Berglands von Schnee überrascht worden, der für diese Jahreszeit sehr ungewöhnlich war.

Weiser Vogel hatte das als ein Anzeichen auf einen frühen und harten Winter gewertet. Er war mit dem Kriegstrupp heimgekehrt, um Vorbereitungen für den großen Zug nach Süden zu treffen.

## 27

Wenn der Trupp ein schlechtes Gefühl hatte, weil er mit leeren Händen zurückkehrte, so verschwand es durch die unglaublichen Neuigkeiten vom Sieg über die Pawnees.

Die Rückkehr des Trupps hatte sofort einen Nebeneffekt. Sie nahm Der-mit-dem-Wolf-tanzt etwas von dem Druck, dem er als Berühmtheit ausgesetzt gewesen war. Er wurde nicht weniger verehrt, doch wegen ihres hohen Rangs im Stamm verlagerte sich viel Aufmerksamkeit auf Weiser Vogel und Wind-im-Haar, und es kehrte so etwas wie normaler Alltag ein.

Obwohl er es nicht öffentlich zeigte, war Weiser Vogel erstaunt über die Fortschritte, die der weiße Soldat gemacht hatte. Seine Tapferkeit und Fähigkeit beim Kampf gegen die Pawnees waren nicht zu leugnen, aber es war der Fortschritt als Comanche, besonders die Beherrschung der Sprache, die den Medizinmann begeisterte.

Er hatte nur etwas über die weiße Rasse herausfinden wollen, und es war hart, selbst für einen Mann mit seiner Erfahrung, die Tatsache zu akzeptieren, daß dieser einsame weiße Soldat, der noch vor Monaten nie einen Indianer gesehen hatte, jetzt ein Comanche war.

Noch schwerer zu begreifen war, daß er zum Führer anderer Comanchen geworden war. Aber jeder sah den Beweis: in den jungen Männern, die seine Nähe suchten, in der Art, wie sich alle Leute ihm gegenüber verhielten und wie sie über ihn redeten.

Weiser Vogel konnte sich nicht erklären, warum all dies geschehen war. Er gelangte schließlich zu dem Schluß, daß es nur ein weiterer Teil des großen Geheimnisses war, das den Großen Geist umgab.

Glücklicherweise war er in der Lage, diese rapiden Entwicklungen zu akzeptieren. Das half, den Weg für eine weitere Überraschung zu ebnen. Seine Frau erzählte ihm in der ersten Nacht nach seiner Rückkehr davon, als sie auf dem Lager lagen.

»Bist du dir sicher?« fragte er verblüfft. »Das kann ich kaum glauben.«

»Wenn du sie zusammen siehst, wirst du es wissen«, flüsterte sie. »Alle sehen es.«

»Findest du es gut?«

Seine Frau antwortete mit einem Kichern.

»Ist es nicht immer gut?« neckte sie ihn und drängte sich enger an ihn.

Als Weiser Vogel früh am nächsten Morgen das Tipi des berühmten neuen Kriegers betrat, war sein Gesicht so finster, daß Der-mit-dem-Wolf-tanzt erschrak.

Sie begrüßten sich und setzten sich hin.

Der-mit-dem-Wolf-tanzt hatte gerade begonnen, seine neue Pfeife zu stopfen, als Weiser Vogel seinen Gastgeber auf ungewohnt unhöfliche Art unterbrach.

»Du sprichst gut«, sagte er.

Der-mit-dem-Wolf-tanzt hielt mit Stopfen der Pfeife inne.

»Danke«, erwiderte er. »Ich spreche gern Comanche.«

»Dann sag mir – was ist da zwischen dir und Die-sich-mit-der-Faust-behauptet?«

Der-mit-dem-Wolf-tanzt ließ die Pfeife fallen. Er stammelte ein paar unzusammenhängende Laute, bevor er etwas Verständliches herausbrachte.

»Was meinst du?«

Das Gesicht des Medizinmanns wurde eine Spur dunkler, als er ärgerlich seine Frage wiederholte.

»Ist etwas zwischen dir und ihr?«

Der-mit-dem-Wolf-tanzt mochte diesen Tonfall nicht. Seine Antwort klang herausfordernd.

»Ich liebe sie.«

»Du willst sie heiraten?«

»Ja.«

Weiser Vogel dachte darüber nach. Er hätte einen Einwand gegen Liebe um des Sex willen gehabt, aber eine Ehe konnte er nicht mißbilligen.

Er erhob sich.

»Warte hier im Tipi«, sagte er streng. Bevor Der-mit-dem-Wolf-tanzt etwas erwidern konnte, war der Medizinmann verschwunden.

Das brüske Verhalten des Medizinmanns hatte Der-mit-dem-Wolf-tanzt gewaltige Angst eingejagt. Er blieb sitzen, wo er war.

Weiser Vogel besuchte Wind-im-Haar und Steinkalb und blieb jeweils etwa fünf Minuten in ihren Tipis.

Als er zu seinem eigenen Tipi ging, schüttelte er wieder den Kopf. Irgendwie hatte er mit dieser Sache gerechnet. Dennoch verblüffte sie ihn.

Ah, das große Geheimnis, sagte er sich und seufzte. Ich versuche es immer kommen zu sehen, doch es gelingt mir nie.

Sie saß im Tipi, als er eintrat.
»Die-sich-mit-der-Faust-behauptet«, blaffte er sie an, daß sie zusammenzuckte. »Du bist keine Witwe mehr.«
Damit verließ er das Tipi und machte sich auf den Weg, um sein Lieblingspony zu holen. Er brauchte einen langen, einsamen Ritt.

Der-mit-dem-Wolf-tanzt hatte lange gewartet, als Wind-im-Haar und Steinkalb bei seinem Tipi auftauchten und hineinspähten.
»Was tust du da drinnen?« fragte Wind-im-Haar.
»Weiser Vogel hat mir befohlen zu warten.«
Steinkalb lächelte wissend.
»Da wirst du vielleicht lange warten müssen.« Er kicherte. »Weiser Vogel ist vor ein paar Minuten auf die Prärie hinaus geritten. Es sah aus, als würde er sich Zeit lassen.«
Der-mit-dem-Wolf-tanzt wußte nicht, was er tun oder sagen sollte. Er bemerkte, daß Wind-im-Haar süffisant lächelte.
»Können wir hereinkommen?« fragte der große Krieger verschlagen.
»Ja, natürlich – bitte, setzt euch.«
Die beiden Besucher hockten sich gegenüber von ihm hin. Sie grinsten wie Schuljungen.
»Ich warte auf Weiser Vogel«, sagte er knapp. »Was wollt ihr?«
Wind-im-Haar neigte sich etwas vor. Er grinste immer noch.
»Es heißt, daß du heiraten willst.«
Der-mit-dem-Wolf-tanzt starrte entgeistert. Ihm stieg das Blut in die Wangen. Binnen Sekunden wurde sein Gesicht von leichter Röte bis zu tiefem Rot überzogen.
Beide Gäste lachten laut.
»Wen?« krächzte er.
Die Krieger tauschten Blicke.
»Die-sich-mit-der-Faust-behauptet«, sagte Wind-im-Haar. »So hörten wir es. Ist sie nicht diejenige welche?«
»Sie – sie ist in Trauer«, stammelte er. »Sie ist eine . . .«
»Jetzt nicht mehr«, unterbrach Steinkalb. »Seit heute braucht

sie nicht mehr zu trauern. Weiser Vogel hat sie davon entbunden.«

Der-mit-dem-Wolf-tanzt schluckte. Er glaubte einen Kloß in der Kehle zu haben.

»Das hat er getan?«

Beide Krieger nickten, jetzt mit ernsterer Miene, und Der-mit-dem-Wolf-tanzt erkannte, daß einer Ehe nichts mehr im Wege stand. Seiner Ehe.

»Was muß ich tun?«

Seine Besucher schauten sich mit finsteren Blicken im fast leeren Tipi um. Sie beendeten ihre kurze Inspektion mit traurigem Kopfschütteln.

»Du bist ziemlich arm, mein Freund«, sagte Wind-im-Haar. »Du wirst einige Dinge schenken müssen, und ich sehe hier nicht viel.«

Der-mit-dem-Wolf-tanzt schaute sich ebenfalls um, und seine Miene wurde immer trauriger.

»Ja, ich habe nicht viel«, gab er zu.

Es folgte kurzes Schweigen.

»Könnt ihr mir helfen?« fragte er dann.

Die beiden Männer spielten die Szene bis zum letzten aus. Steinkalb verzog unverbindlich den Mund. Wind-im-Haar senkte den Kopf und rieb sich über die Stirn.

Nach einer Stille, die lange und quälend für Der-mit-dem-Wolf-tanzt war, seufzte Steinkalb tief und schaute ihm in die Augen.

»Es wäre vielleicht möglich«, sagte er.

Wind-im-Haar und Steinkalb hatten einen guten Tag. Während sie durch das Camp zogen und um Pferde baten, machten sie viele Witze über Der-mit-dem-Wolf-tanzt, besonders über sein lustiges Mienenspiel. Hochzeiten waren bei den Comanchen für gewöhnlich stille Ereignisse, doch die Einzigartigkeit von Braut und Bräutigam, die so kurz nach dem großen Sieg über die Pawnees heirateten, führte zu überschäumender Freude. Alle waren guten Willens und voller Erwartung.

Die Leute waren begierig darauf, sich an der Sammelaktion für Der-mit-dem-Wolf-tanzt zu beteiligen. So etwas hatte es bei ihnen noch nie gegeben. Alle im Lager wollten sich beteiligen.

Diejenigen, die viele Pferde hatten, gaben gern eine Spende. Selbst die ärmeren Familien wollten die Tiere beisteuern, die sie so gerade entbehren konnten. Es war schwer, die Angebote dieser Leute abzuschlagen, doch die beiden Krieger taten es.

Als Teil eines abgesprochenen Plans brachten die Spender aus dem ganzen Lager in der Abenddämmerung Pferde. Und als der Abendstern zu sehen war, standen zwanzig gute Ponys vor dem Tipi des zukünftigen Bräutigams.

Steinkalb und Wind-im-Haar berieten Der-mit-dem-Wolf-tanzt, und auf ihren Rat hin brachte er die Ponys zum Tipi von Weiser Vogel und band sie draußen an.

Die Spenden seiner Freunde waren sehr schmeichelhaft, aber weil er etwas Eigenes schenken wollte, das ihm teuer war, schnallte er den großen Revolver ab und legte ihn vor das Tipi.

Dann kehrte er zu seinem Heim zurück, verabschiedete seine Berater und verbrachte eine schlaflose Nacht mit Warten.

In der Morgendämmerung schlich er nach draußen und spähte zum Tipi des Medizinmanns. Wind-im-Haar und Steinkalb hatten gesagt, wenn der Heiratsantrag angenommen werde, würden die Pferde am Morgen verschwunden sein. Wenn nicht, würden sie noch beim Tipi stehen.

Die Pferde waren verschwunden.

In der nächsten Stunde machte er sich zurecht. Er rasierte sich sorgfältig, putzte seine Stiefel, säuberte den Brustharnisch und rieb Öl in sein Haar.

Er hatte diese Vorbereitungen gerade beendet, als draußen Weiser Vogel nach ihm rief.

»Der-mit-dem-Wolf-tanzt!«

Der Bräutigam verließ sein Tipi.

Weiser Vogel wartete draußen. Er sah in seinem besten Staat außerordentlich gut aus. Ein paar Schritte hinter ihm stand Die-sich-mit-der-Faust-behauptet. Und dahinter hatten sich alle aus dem Lager versammelt und beobachteten mit ernsten Mienen.

Es fand eine förmliche Begrüßung statt, und dann hörte der

Bräutigam aufmerksam zu, als Weiser Vogel eine Ansprache hielt, was von einem Comanche-Ehemann erwartet wurde.

Der-mit-dem-Wolf-tanzt konnte den Blick nicht von seiner kleinen Braut nehmen. Sie stand reglos da und hatte den Kopf leicht gesenkt. Sie trug das gute Rehlederkleid mit den Elchzähnen auf dem Oberteil. Dazu hatte sie die besonderen Mokassins an und trug den Halsreif aus Knochen.

Einmal blickte sie während der Ansprache des Medizinmanns auf, und als er ihr eindrucksvoll schönes Gesicht ganz sah, wußte er, daß er sich nie daran satt sehen würde.

Es kam ihm vor, als ob die Ansprache des Medizinmanns niemals enden würde, aber schließlich war sie doch zu Ende.

»Hast du alles gehört, was ich gesagt habe?« fragte Weiser Vogel.

»Ja.«

»Gut.« Weiser Vogel wandte sich zu Die-sich-mit-der-Faust-behauptet um und rief sie nach vorne.

Sie kam mit immer noch gesenktem Kopf, und Weiser Vogel nahm sie an der Hand. Er reichte die Hand der Braut dem Bräutigam und forderte ihn auf, sie in sein Tipi zu bringen.

Die Ehe wurde in dem Moment besiegelt, in dem sie über die Schwelle traten. Danach löste sich die Menge schweigend auf, und alle strömten zu ihren Heimen.

Den ganzen Nachmittag über kamen Leute in kleinen Gruppen zu dem Tipi und brachten Geschenke für die Neuvermählten. Sie legten nur die Geschenke ab und gingen wieder. Beim Sonnenuntergang lag ein beeindruckender Stapel von Geschenken vor dem Tipi.

Es war fast wie zu Weihnachten der Weißen.

Diese schöne Geste der Gemeinschaft nahm das neue Paar jedoch noch nicht wahr. An ihrem Hochzeitstag sahen sie weder Leute noch deren Geschenke. An ihrem Hochzeitstag blieben sie daheim. Und die Plane am Zugang des Tipis blieb geschlossen.

# 28

Zwei Tage nach der Hochzeit fand eine Versammlung des Hohen Rats statt. Die kürzlichen starken Regenfälle, die spät in dieser Jahreszeit gefallen waren, hatten das verdorrende Gras wieder sprießen lassen, und es wurde beschlossen, den Umzug ins Winterlager aufzuschieben, damit die Ponyherde grasen konnte. Wenn sie ein wenig länger blieben, konnten die Pferde noch ein paar Pfund zulegen, was äußerst wichtig war, damit sie gut durch den Winter kamen. Der Stamm würde noch zwei Wochen im Sommerlager bleiben.

Keiner war darüber glücklicher als Der-mit-dem-Wolf-tanzt und Die-sich-mit-der-Faust-behauptet. Sie ließen sich in den ersten Tagen ihrer Ehe einfach treiben und wollten diesen besonderen Rhythmus nicht unterbrechen. Es war schon schwer genug, das Lager zu verlassen. Im Augenblick war es undenkbar, zu packen und Hunderte Meilen in einer langen, lauten Kolonne zu wandern.

Sie hatten sich entschlossen, ein Kind zu zeugen, und Leute, die am Tipi vorbeigingen, sahen den Zugang selten offen.

Wenn Der-mit-dem-Wolf-tanzt sich blicken ließ, stießen ihm die Männer schonungslos in die Rippen. Wind-im-Haar war besonders unbarmherzig in diesen Hänseleien. Wenn Der-mit-dem-Wolf-tanzt bei ihm vorbeischaute und um Tabak bat, wurde er jedesmal mit einer Frage begrüßt, wie es um seine Männlichkeit stand, oder Wind-im-Haar mimte den Schockierten, weil er ihn außerhalb des Tipis sah. Wind-im-Haar versuchte sogar, ihm den Spitznamen Ausdauernde Biene unterzujubeln, eine Anspielung auf sein ständiges Bestäuben derselben Blüte, doch zum Glück für den neuen Ehemann blieb der Name nicht haften.

Der-mit-dem-Wolf-tanzt ließ die Scherze an sich abprallen. Daß er die Frau bekommen hatte, die er hatte haben wollen, gab ihm das Gefühl, unbesiegbar zu sein, und nichts konnte ihn verletzen.

Die Stunden außerhalb des Tipis waren ebenfalls tief befriedigend. Er ging jeden Tag auf die Jagd, meistens mit Wind-im-

Haar und Steinkalb. Die drei waren Freunde geworden, und man sah sie fast immer zusammen.

Die Gespräche mit Weiser Vogel wurden fortgesetzt. Sie waren jetzt fließend, und die Themen waren unbegrenzt. Der-mit-dem-Wolf-tanzt war noch wißbegieriger als Weiser Vogel, und der Medizinmann weihte ihn ausführlich in alles ein, von der Geschichte des Stammes bis zum Heilen mit Kräutern. Er wurde sehr ermuntert von dem großen Interesse, das sein Schüler für den Spiritismus zeigt, er stillte auch diesen Wissensdurst gern.

Die Religion der Comanchen war einfach. Sie basierte auf der natürlichen Umwelt der Tiere und Elemente. Die Praxis der Religion war jedoch kompliziert. Sie war voller Rituale und Tabus, und allein dieses Thema hielt die beiden Männer beschäftigt.

Sein neues Leben war reicher denn je, und das zeigte sich an seinem Auftreten. Ohne Dramatik verlor er seine Naivität, jedoch nicht seinen Charme. Er wurde männlicher, ohne das Jungenhafte zu verlieren, und er schlüpfte glatt in seine Rolle als Rädchen im Getriebe des Stammes, ohne seine ausgeprägte Persönlichkeit aufzugeben.

Weiser Vogel war enorm stolz auf seinen Schützling, und eines Abends, am Ende eines Spaziergangs nach dem Abendessen, legte er ihm eine Hand auf die Schulter und sagte:

»Es gibt viele Wege in diesem Leben, aber nur wenige Menschen sind in der Lage, den zu gehen, der am meisten zählt – sogar wenige Comanchen. Es ist der Weg eines wahren menschlichen Seins. Ich denke, du bist auf diesem Weg. Es ist gut für mich, das zu sehen. Es ist gut für mein Herz.«

Der-mit-dem-Wolf-tanzt prägte sich diese Worte ein und behielt sie immer in Erinnerung. Aber er sagte sie keinem, nicht einmal seiner Frau. Er machte sie zu einem Teil seiner persönlichen Medizin.

Es waren nur noch ein paar Tage bis zum Aufbruch ins Winterlager, als Weiser Vogel eines Morgens vorbeikam und erklärte, er werde zu einer besonderen Stätte reiten. Der Rundritt würde einen Tag und vielleicht eine halbe Nacht dauern, aber wenn Der-mit-dem-Wolf-tanzt mitreiten wolle, sei er willkommen.

Sie ritten durch das Herz der Prärie ein paar Stunden lang südostwärts. Die scheinbar endlose Weite der Prärie war beeindruckend, und keiner der beiden Männer redete viel.

Gegen Mittag schwenkten sie nach Süden ab, und nach einer Stunde standen die Ponys auf dem Gipfel eines langen Hangs, der ungefähr eine Meile weit zum Bach hin abfiel.

Sie konnten die Farbe und den Verlauf des Wassers weit im Osten und Westen sehen, doch vor ihnen war der Bach verschwunden.

Er wurde von einem Wald aus Mammutbäumen verdeckt.

Der-mit-dem-Wolf-tanzt blinzelte ein paarmal, wie um ein Trugbild zu enträtseln. Aus dieser Distanz war es schwer, genau die Höhen zu bestimmen, doch er wußte, daß die Bäume sehr hoch waren. Einige mußten über zwanzig Meter hoch sein.

Der Wald erstreckte sich bachabwärts über gut eine Meile, und die riesigen Bäume bildeten einen starken Kontrast zu dem flachen, weiten Land ringsum. Es war wie die launenhafte Schöpfung eines geheimnisvollen Geistes.

»Ist dieser Platz wahr?« fragte er halb scherzend.

Weiser Vogel lächelte.

»Vielleicht nicht. Es ist eine heilige Stätte für uns – sogar für einige unserer Feinde. Es heißt, daß sich von hier aus das Wild erneuert. Die Bäume beherbergen jedes Tier, das der Große Geist erschaffen hat. Es heißt, sie kamen hier zur Welt, als das Leben begann, und sie kehren ständig an ihren Geburtsort zurück. Ich war lange nicht mehr hier. Wir werden die Pferde tränken und uns dort umsehen.«

Als sie sich näherten, wirkte der Wald noch gewaltiger, und als sie hineinritten, kam sich Der-mit-dem-Wolf-tanzt sehr klein vor. Er dachte an den Garten Eden.

Plötzlich spürten beide Männer, daß irgend etwas nicht in Ordnung war.

Es gab keinerlei Geräusch im Wald.

»Totenstille«, bemerkte Der-mit-dem-Wolf-tanzt.

Weiser Vogel sagte nichts dazu. Er lauschte und beobachtete angestrengt.

Die Stille war drückend, als sie tiefer in den Wald ritten, und Der-mit-dem-Wolf-tanzt erkannte mit Schaudern, daß es nur einen Grund für diese Totenstille geben konnte. Er roch es förmlich. Er glaubte, den Geschmack auf der Zungenspitze zu schmecken.

Tod lag in der Luft.

Weiser Vogel zügelte plötzlich sein Pony. Der Pfad hatte sich verbreitert. Der-mit-dem-Wolf-tanzt schaute seinem Mentor über die Schulter, und die Schönheit dessen, was er sah, verschlug ihm den Atem.

Vor ihnen war eine freie Fläche. Die Lichtung war groß genug, um alle Tipis, Menschen und Pferde aus dem Sommerlager von Zehn Bären aufzunehmen. Sonnenschein fiel auf den Waldboden.

Er konnte sich ein phantastisches Utopia vorstellen, bevölkert mit einer heiligen Rasse, die ein idyllisches, ruhiges Leben im Einklang mit allen Lebewesen führte.

Menschenhand konnte nichts schaffen, das mit der Schönheit dieser Freiluftkathedrale konkurrieren konnte.

Menschenhand konnte diese Schönheit jedoch zerstören. Der Beweis war bereits da.

Der Platz war schrecklich entweiht worden.

Bäume aller Größen lagen herum, wo sie gefällt worden waren. Einige lagen aufeinander und wirkten wie riesige Zahnstocher, die auf einer Tischplatte verstreut waren. Die meisten hatten noch ihre Zweige, und er konnte sich nicht vorstellen, zu welchem Zweck sie gefällt worden waren.

Sie ritten weiter. Plötzlich nahm Der-mit-dem-Wolf-tanzt ein unheimlich summendes Geräusch wahr.

Er dachte an Bienen oder Wespen und suchte die Zweige ab.

Als sie sich der Mitte der Freiluftkathedrale näherten, erkannte er jedoch, daß das Geräusch nicht von oben kam. Es kam von unten. Und es wurde vom Schwirren Tausender von Schmeißfliegen verursacht.

Überall auf dem Boden lagen Kadaver oder Stücke davon. Es waren kleine Tiere, Dachse und Stinktiere und Eichhörnchen. Die meisten der Kadaver waren noch ganz. Einigen fehlten die Schwänze. Sie verwesten, wo sie erschossen worden waren.

Offenbar hatte man sie als Zielscheiben für Schießübungen benutzt. Es gab keinen anderen erklärbaren Grund.

Die größeren Kadaver waren die von Damwild, die überall herumlagen. Ein paar der Kadaver waren ganz bis auf die besten Fleischstücke. Die meisten waren verstümmelt. Tote Augen starrten ihn aus Köpfen an, die abgehackt worden waren. Einige lagen auf dem Waldboden. Andere Köpfe hatte man zu Haufen von einem halben Dutzend zusammengeworfen.

An einer Stelle waren die abgetrennten Köpfe Nase an Nase hingelegt worden, als unterhielten sie sich. Das sollte wohl lustig sein.

Die Beine waren noch grotesker. Sie waren ebenfalls von den Körpern abgehackt worden. Sie verwesten langsam und sahen noch aus, als könnten sie funktionieren.

Aber es war nur unendlich traurig. Die Glieder waren zu kleinen Bündeln gestapelt wie Brennholz, und wenn er sich die Mühe gemacht hätte, sie zu zählen, wäre er auf über hundert gekommen.

Die Männer waren müde von dem langen Ritt, aber keiner traf Anstalten, von seinem Pferd zu steigen. Sie ritten weiter.

In einer Mulde auf der großen Lichtung sahen sie vier verfallene Hütten, vier häßliche Fremdkörper auf dem Waldboden.

Den Männern, die so viele Bäume gefällt hatten, war offenbar die Lust am Bauen vergangen. Aber selbst, wenn sie weitergebaut hätten, wäre das Ergebnis wahrscheinlich das gleiche gewesen. Die Behausungen, die sie errichtet hatten, waren sogar in ihrer Konzeption erbärmlich.

Es waren keine menschenwürdigen Behausungen, welchen Standard man auch immer zum Maßstab nahm.

Neben den schrecklichen Hütten lagen überall leere Whiskyflaschen herum. Eine Vielzahl von anderen Abfällen, ein zerbrochener Trinkbecher, ein halb reparierter Gurt, der zerschmetterte Kolben eines Gewehrs und anderes lagen auf dem Boden.

Zwischen zwei schäbigen Hütten lagen zwei Truthähne, die an den Füßen zusammengebunden, aber sonst unberührt waren.

Hinter den Hütten fanden sie eine große Grube, die bis obenhin voll mit den stinkenden Torsos von geschlachtetem Wild war, ohne Haut, ohne Beine und Köpfe.

Das Summen der Fliegen war so laut, daß Der-mit-dem-Wolf-tanzt laut rufen mußte, um gehört zu werden.

»Wir warten auf diese Männer?«

Weiser Vogel wollte an dieser Stätte nicht laut sein. Er trieb sein Pony neben den weißen Gefährten.

»Sie sind seit einer Woche fort, vielleicht länger. Wir werden die Pferde tränken und heimreiten.«

In der ersten Stunde auf dem Rückritt sprach keiner der beiden Männer ein Wort. Weiser Vogel starrte bekümmert vor sich hin, während Der-mit-dem-Wolf-tanzt auf den Boden schaute und sich für die weiße Rasse schämte, zu der er gehörte, und an den Traum dachte, den er in dem alten Canyon gehabt hatte.

Er hatte keinem davon erzählt, aber jetzt hatte er das Gefühl, daß er es tun mußte. Jetzt wirkte es überhaupt nicht mehr wie ein Traum. Es war vielleicht eine Vision gewesen.

Als sie anhielten, um den Pferden eine Verschnaufpause zu gönnen, erzählte er Weiser Vogel von dem Traum, der ihm immer noch frisch in Erinnerung war, und er ließ keine Einzelheit aus.

Der Medizinmann hörte sich alles an, ohne ihn zu unterbrechen. Danach starrte er düster auf seine Füße.

»Alle von uns waren tot?«

»Alle, die anwesend waren«, sagte Der-mit-dem-Wolf-tanzt, »aber ich sah nicht alle. Dich sah ich nicht.«

»Zehn Bären sollte von dem Traum erfahren«, sagte Weiser Vogel.

Sie schwangen sich auf die Pferde und ritten schnell über die Prärie. Kurz nach dem Sonnenuntergang trafen sie im Lager ein.

Die beiden Männer berichteten von der Entweihung des heiligen Waldes, eine Tat, die nur das Werk eines großen Jagdtrupps der Weißen sein konnte. Die toten Tiere im Wald waren zweifellos nur ein Nebenzweig ihres Gewerbes. Die Jäger waren vermutlich auf Büffeljagd und würden die Büffel in größerer Zahl dezimieren.

Zehn Bären nickte ein paarmal, als er den Bericht hörte. Er stellte jedoch keine Fragen.

Dann erzählte Der-mit-dem-Wolf-tanzt von seinem grausigen Traum.

Der alte Mann schwieg noch immer, und seine Miene war unergründlich. Als Der-mit-dem-Wolf-tanzt zu Ende erzählt hatte, gab der alte Mann keinen Kommentar dazu. Statt dessen nahm er seine Pfeife und sagte: »Laßt uns darauf rauchen.«

Der-mit-dem-Wolf-tanzt hatte das Gefühl, daß Zehn Bären alles durchdachte, aber als die Pfeife herumgereicht wurde, erfaßte ihn Ungeduld, und er wollte sich etwas von der Seele reden.

Schließlich sagte er: »Ich möchte noch etwas sagen.«

Der alte Mann nickte.

»Als Weiser Vogel und ich zum ersten Mal miteinander redeten«, begann Der-mit-dem-Wolf-tanzt, »wurde mir eine Frage gestellt, auf die ich keine Antwort hatte. Weiser Vogel fragte: ›Wie viele Weiße werden kommen?‹, und ich sagte: ›Ich weiß es nicht.‹ Das ist die Wahrheit. Ich weiß nicht, wie viele kommen werden. Aber ich kann euch eines sagen: Ich glaube, es werden sehr viele sein. Die Zahl der Weißen ist groß, größer, als einer von uns jemals zählen könnte. Wenn das weiße Volk Krieg gegen euch führen will, dann wird es das mit Tausenden Soldaten tun. Die Soldaten werden große Kriegsgeschütze haben, mit denen sie in ein Lager wie eures schießen und alles darin zerstören können. Ich habe Angst davor. Ich habe sogar Angst vor meinem Traum, weil ich weiß, daß es wahr werden könnte. Ich kann nicht sagen, was getan werden muß. Aber ich stamme von der weißen Rasse und kenne sie. Ich kenne sie jetzt in einer Art, wie ich sie früher nicht kannte. Ich bange um alle Comanchen.«

Zehn Bären hatte ein paarmal genickt, aber Der-mit-dem-Wolf-tanzt wußte nicht, wie der alte Mann seine Worte aufgenommen hatte.

Der Häuptling erhob sich umständlich und ging ein paar Schritte durch das Tipi. Er blieb neben seinem Lager stehen, griff in das Netzwerk darüber und zog ein melonengroßes Bündel hervor. Dann kehrte er zum Feuer zurück.

Er nahm mit einem Ächzen Platz.

»Ich glaube, du hast recht«, sagte er zu Der-mit-dem-Wolftanzt. »Es ist schwierig, zu wissen, was zu tun ist. Ich bin ein alter Mann mit vielen Wintern, und selbst ich weiß nicht, was zu tun ist, wenn es zu der Frage des weißen Volks und seiner Soldaten mit Haaren um den Mund kommt. Aber ich will dir etwas zeigen.«

Er öffnete das Bündel. Er streifte das Sackleinen zur Seite und enthüllte ein Stück rostigen Metalls, das etwa die Größe eines Menschenkopfs hatte.

Weiser Vogel hatte das Objekt noch nie gesehen und hatte keine Ahnung, was es sein mochte.

Der-mit-dem-Wolf-tanzt hatte es ebenfalls noch nie gesehen. Er wußte jedoch, was es war. Er hatte eine Zeichnung von etwas Ähnlichem in einem Buch über Militärgeschichte gesehen. Es war der Helm eines spanischen Konquistadors.

»Diese Leute waren die ersten, die in unser Land kamen. Sie kamen zu Pferde – wir hatten damals keine Pferde – und schossen auf uns mit großen Donnerbüchsen, die wir nie gesehen hatten. Sie suchten das glänzende Metall, und wir hatten Angst vor ihnen. Das war in der Zeit meines Urgroßvaters. Schließlich vertrieben wir diese Leute.«

Der alte Mann sog tief an seiner Pfeife und paffte ein paarmal.

»Dann kamen die Mexikaner. Wir mußten sie in einem Krieg bekämpfen, und wir waren erfolgreich. Sie fürchten uns sehr und kommen nicht her. In meiner eigenen Zeit kamen die ersten Bleichgesichter. Die Texaner. Sie sind wie all die anderen Leute, die etwas in unserem Land finden wollen. Sie nehmen es, ohne zu fragen. Sie werden wütend, wenn sie uns in unserem eigenen Land sitzen sehen, und wenn wir nicht tun, was sie wollen, versuchen sie, uns zu töten. Sie töten Frauen und Kinder, als wären es Krieger.

Als ich ein junger Mann war, kämpfte ich gegen die Texaner.

Wir töteten viele davon und raubten einige ihrer Frauen und Kinder. Eines dieser Kinder ist die Frau von Der-mit-dem-Wolf-tanzt.

Nach einer Weile gab es Gespräche von Frieden. Wir trafen uns mit den Texanern und schlossen Verträge mit ihnen. Diese Verträge wurden immer gebrochen. Sobald das weiße Volk etwas Neues von uns wollte, galten die Worte auf dem Papier nichts mehr. So war es immer.

Ich wurde das leid, und vor vielen Jahren brachte ich unseren Stamm hier heraus, weit fort von den Weißen. Wir haben hier lange Zeit in Frieden gelebt. Aber das ist das letzte Stück unseres Landes. Wir können nirgendwo sonst hin. Wenn ich daran denke, daß Weiße jetzt in unser Land kommen, ist es, wie ich sagte: Es ist schwierig, zu wissen, was zu tun ist.

Ich war stets ein friedliebender Mann, der glücklich war, in seinem Land zu sein, und der nichts vom weißen Volk wollte. Überhaupt nichts. Aber ich denke, du hast recht. Ich denke, sie werden weiterhin kommen.

Wenn ich daran denke, dann schaue ich auf dieses Bündel, in dem Wissen, was darin ist, und ich bin sicher, daß wir kämpfen werden, um unser Land und alles, was es enthält, zu bewahren. Unser Land ist alles, was wir haben. Es ist alles, was wir wünschen. Wir werden kämpfen, um es zu behalten. Aber ich glaube nicht, daß wir diesen Winter kämpfen werden müssen, und nach allem, was du mir erzählt hast, halte ich es für an der Zeit, jetzt fortzuziehen. Morgen früh werden wir das Lager abbrechen und zum Winterlager ziehen.«

## 29

Bevor er an diesem Abend einschlief, erkannte Der-mit-dem-Wolf-tanzt, daß etwas in seinem Unterbewußtsein zu nagen begonnen hatte. Als er am nächsten Morgen erwachte, war es immer noch da, und obwohl er wußte, daß es etwas mit der Anwesenheit nur einen halben Tagesritt entfernter Weißer, mit seinem Traum und mit den Worten des Häuptlings zu tun hatte, konnte er es nicht klar definieren.

Eine Stunde nach der Morgendämmerung, als das Camp abgebrochen wurde, dachte er daran, wie erleichtert er über den Aufbruch war. Das Winterlager würde noch abgelegener sein als das Camp hier. Seine Frau glaubte, schwanger zu sein, und er freute sich auf den Schutz, den ein weit entferntes, abgeschiedenes Lager seiner neuen Familie geben würde.

Niemand würde sie dort erreichen. Sie würden anonym sein. Er selbst würde nicht mehr existieren, nur noch in den Augen des Volks, das ihn adoptiert hatte.

Dann traf ihn die Erkenntnis, und ihm stockte der Atem.

Er existierte!

Und er war so dumm gewesen, den Beweis zurückzulassen. Die Berichte von Lieutenant John J. Dunbar. Jeder konnte sie lesen. Das Tagebuch lag auf dem Feldbett in der Grassodenhütte.

Weil sie nur wenig zu tun hatten, war seine Frau fortgegangen, um einigen anderen Familien zu helfen. Es würde einige Zeit dauern, bis er sie im Durcheinander des Aufbruchs finden würde, und er wollte auch keine Zeit mit Erklärungen verlieren. Jede Minute, in der das Tagebuch existierte, war jetzt ein Bedrohung.

Er rannte zur Ponyherde und dachte nur daran, die verräterischen Aufzeichnungen zu holen.

Als er mit Cisco losritt, stieß er auf Weiser Vogel.

Der Medizinmann schreckte vor dem zurück, was Der-mit-dem-Wolf-tanzt ihm erzählte. Sie wollten am Mittag unterwegs sein und würden nicht warten können, wenn der lange Ritt zum Fort des weißen Soldaten und zurück länger dauern würde als erwartet.

Der-mit-dem-Wolf-tanzt blieb jedoch unnachgiebig, und widerstrebend ließ Weiser Vogel ihn reiten. Er würde leicht ihrer Fährte folgen können, wenn er zu spät kommen würde. Der Medizinmann bat ihn jedoch eindringlich, sich zu beeilen. Diese Art Überraschung in letzter Minute gefiel ihm kein bißchen.

Der kleine Buckskin freute sich, daß er über die Prärie galoppieren konnte. In den letzten Tagen war es kühl geworden, und an diesem Morgen war die Brise frisch. Cisco liebte es, den Wind zu spüren. Die letzte vertraute Anhöhe war in Sicht, und Der-mit-dem-Wolf-tanzt duckte sich über den Pferdehals und trieb den Buckskin für die letzte halbe Meile zum gestreckten Galopp.

Sie preschten über die Anhöhe und den Hang hinab zu dem alten Fort.

Der-mit-dem-Wolf-tanzt sah alles wie in einem einzigen gewaltigen Blitz.

Fort Sedgewick war voller Soldaten.

Cisco legte noch hundert Meter zurück, bevor er ihn zügeln konnte. Der Buckskin scheute, und Der-mit-dem-Wolf-tanzt hatte Mühe, ihn zu beruhigen. Er hatte ebenfalls Mühe, sich selbst unter Kontrolle zu bekommen und den Anblick des Armeepostens zu begreifen, in dem hektische Betriebsamkeit herrschte.

Etwa zwanzig Armeezelte waren um das Depot und die Grassodenhütte aufgeschlagen worden. Zwei Hotchkiss-Kanonen auf Munitionswagen standen neben seinem alten Quartier. Der verfallene Korral war voller Pferde. Und überall wimmelte es von Uniformierten. Sie spazierten herum und redeten miteinander und arbeiteten.

Ein Wagen stand etwa fünfzig Meter vor ihm, und auf der Ladefläche waren vier gemeine Soldaten, die ihn entgeistert anstarrten.

Er sah ihre Gesichter nicht deutlich genug, um zu erkennen, daß es Jungen waren.

Die jungen Soldaten hatten nie einen wilden Indianer gesehen, doch in den paar Wochen der Ausbildung nach ihrer Rekrutierung hatte man ihnen wiederholt gesagt, daß sie bald gegen einen verschlagenen, gerissenen und blutgierigen Feind kämpfen würden. Jetzt starrten sie auf eine Vision des Feindes.

Sie gerieten in Panik.

Der-mit-dem-Wolf-tanzt sah, daß sie ihre Gewehre hochrissen, gerade in dem Moment, in dem sich Cisco aufbäumte. Er konnte nichts tun. Die Salve war schlecht gezielt, und Der-mit-dem-Wolf-tanzt wurde abgeworfen, als sie feuerten. Er landete unverletzt auf dem Boden.

Aber eine der Kugeln traf Cisco in die Brust und mitten ins Herz. Der Buckskin war tot, bevor er auf dem Boden aufschlug.

Der-mit-dem-Wolf-tanzt nahm gar nicht wahr, daß schreiende Soldaten auf ihn zu rannten. Er kroch zu seinem Pferd, hob Ciscos Kopf an und betastete die Nüstern. Es war kein Leben mehr in Cisco.

Zorn stieg in ihm auf. Ein Satz formte sich in seinem Hirn: »Seht, was ihr getan habt!« Er wandte den Kopf zu den nahenden Schritten und wollte die Worte hinausschreien.

Da traf ihn ein Gewehrkolben, und Schwärze hüllte ihn ein.

Er roch die Erde. Er lag mit dem Gesicht auf dem Erdboden. Er hörte gedämpfte Stimmen, und nahm verschwommen einen Satz wahr.

»Sergeant Murphy – er kommt zu sich.«

Der-mit-dem-Wolf-tanzt drehte den Kopf, und sein Gesicht verzerrte sich vor Schmerz, als sein gebrochener Wangenknochen mit dem hartgestampften Erdboden in Berührung kam.

Er berührte sein verletztes Gesicht und zuckte von neuem zusammen, als der Schmerz durch seinen Kopf stach.

Er versuchte die Augen zu öffnen, schaffte es jedoch nur mit einem. Das andere war zugeschwollen. Als der Blick des offenen Auges klarer wurde, erkannte er, wo er war. Er lag in dem alten Depot.

Jemand trat ihm in die Seite.

»He, du, setz dich auf!«

Jemand drehte ihn mit der Stiefelspitze auf den Rücken. Der-mit-dem-Wolf-tanzt wich vor dem Kontakt zurück. Die Rückwand des Depots stoppte ihn.

Dort blieb er hocken und starrte mit dem gesunden Auge zuerst auf das Gesicht des bärtigen Sergeants, der vor ihm aufragte, dann auf die neugierigen Gesichter der weißen Soldaten, die sich bei der Tür drängten.

Jemand hinter ihnen rief plötzlich: »Macht Platz für Major Hatch, Männer.« Und die Soldaten bei der Tür verschwanden.

Zwei Offiziere betraten das Depot, ein junger, glattrasierter Lieutenant und ein viel älterer Mann mit langem, grauem Backenbart und einer schlecht sitzenden Uniform. Der ältere Mann hatte kleine Augen. Auf den Schultern trug er das Eichenblatt des Majors.

Beide Offiziere schauten ihn angewidert an.

»Was ist er, Sergeant?« fragte der Major.

»Ich weiß es noch nicht, Sir.«

»Spricht er Englisch?«

»Das weiß ich auch noch nicht, Sir. He, du – sprichst du Englisch?«

Der-mit-dem-Wolf-tanzt blinzelte mit dem nicht zugeschwollenen Auge.

»Reden?« fragte der Sergeant und tippte mit einem Finger auf seine Lippen. »Du reden?«

Er trat leicht gegen einen der schwarzen Reitstiefel des Gefangenen, und Der-mit-dem-Wolf-tanzt setzte sich aufrechter hin. Es war keine drohende Bewegung, doch als er sie machte, zuckten beide Offiziere zurück.

Sie hatten Angst vor ihm.

»Du reden?« fragte der Sergeant von neuem.

»Ich spreche Englisch«, sagte Der-mit-dem-Wolf-tanzt matt. »Das Sprechen schmerzt – einer Ihrer Jungen hat mir den Wangenknochen gebrochen.«

Die Soldaten waren geschockt, als sie die Worte so perfekt hörten, und einen Augenblick lang starrten sie ihn entgeistert und sprachlos an.

Der-mit-dem-Wolf-tanzt sah wie ein Weißer und zugleich wie ein Indianer aus. Es war unmöglich gewesen, zu sagen, welche Hälfte die wahre war. Jetzt wußten sie, daß er Weißer war.

Während der Stille hatten sich wieder Soldaten an der Tür versammelt, und Der-mit-dem-Wolf-tanzt sprach zu ihnen.

»Einer von euch verdammten Idioten hat mein Pferd erschossen.«

Der Major ignorierte diese Bemerkung.

»Wer sind Sie?«

»Ich bin First Lieutenant John J. Dunbar, U. S. Army.«

»Warum sind Sie wie ein Indianer gekleidet?«

Selbst wenn er es gewollt hätte, wäre er nicht in der Lage gewesen, die Frage genau zu beantworten. Aber er wollte es nicht.

»Dies ist mein Posten«, sagte er. »Ich kam im April von Fort Hays, und es war niemand hier.«

Der Major und der Lieutenant unterhielten sich kurz. Einer flüsterte dem anderen ins Ohr.

»Können Sie das beweisen?« fragte dann der Lieutenant.

»Unter dem Bett in der Grassodenhütte ist ein gefaltetes Papier mit meinen Befehlen. Auf dem Bett liegt mein Tagebuch. Es wird Ihnen alles sagen, was Sie wissen müssen.«

Es war alles aus für ihn. Es brach ihm das Herz. Der Stamm würde ihn mit Sicherheit zurücklassen. Wenn er aus diesem Schlamassel herauskam, falls überhaupt jemals, dann würde es zu spät sein, um sie zu finden. Cisco lag tot dort draußen. Es war ihm zum Heulen zumute. Doch er weinte nicht. Er ließ nur den Kopf hängen.

Männer verließen das Depot, aber er schaute nicht auf, um zu sehen, wer es war. Nach einer Weile hörte er den Sergeant sagen: »Du bist zu 'ner Rothaut geworden, nicht wahr?«

Der-mit-dem-Wolf-tanzt hob den Kopf. Der Sergeant neigte sich mit anzüglichem Grinsen über ihn.

»Nicht wahr?«

Der-mit-dem-Wolf-tanzt antwortete nicht. Er ließ den Kopf sinken und stützte die unversehrte Gesichtshälfte mit einer Hand. Er weigerte sich, aufzuschauen, bis der Major und der Lieutenant wieder auftauchten.

Diesmal führte der Lieutenant das Gespräch.

»Wie heißen Sie?«

»Dunbar – D-u-n-b-a-r – John J.«

»Sind dies Ihre Befehle?«

Der Lieutenant hielt ein vergilbtes Papier hoch. Der-mit-dem-Wolf-tanzt mußte schielen, um es sehen zu können.

»Ja.«

»Der Name hier drauf lautet Rumber«, sagte der Lieutenant grimmig. »Das Datum ist mit Bleistift eingetragen, der Rest jedoch mit Tinte geschrieben. Die Unterschrift des Offiziers ist verschmiert. Sie ist nicht lesbar. Was haben Sie dazu zu sagen?«

Der-mit-dem-Wolf-tanzt hörte den Argwohn am Tonfall des Lieutenants. Es dämmerte ihm, daß ihm diese Leute nicht glaubten.

»Das sind die Befehle, die ich in Fort Hays erhielt«, sagte er gepreßt.

Der Lieutenant verzog das Gesicht. Er wirkte unzufrieden.

»Lesen Sie das Tagebuch«, sagte Der-mit-dem-Wolf-tanzt.

»Es gibt kein Tagebuch«, erwiderte der junge Offizier.

Der-mit-dem-Wolf-tanzt musterte ihn sorgfältig, überzeugt davon, daß der Mann log.

Der Lieutenant sagte jedoch die Wahrheit.

Ein Mitglied der Vorhut, das als erstes in Sedgewick eingetroffen war, hatte das Tagebuch gefunden. Ein Analphabet namens Sheets. Er hatte das Tagebuch unter seinen Uniformrock gesteckt und sich gesagt, daß es gutes Toilettenpapier sein würde. Sheets hörte jetzt, daß ein gewisses Tagebuch verschwunden war, das dem wilden Weißen gehören sollte. Er überlegte, ob er das Tagebuch abgeben sollte. Vielleicht bekam er eine Belohnung. Doch beim zweiten Nachdenken sagte sich Sheets, daß er vielleicht getadelt werden würde. Oder Schlimmeres. Er war schon ein paarmal wegen Diebstahl im Arrestlokal gewesen. So blieb das Tagebuch versteckt unter seinem Uniformrock.

»Wir wollen, daß Sie uns erzählen, was Ihre Aufmachung zu bedeuten hat«, fuhr der Lieutenant fort. Er sprach jetzt wie ein Vernehmungsbeamter bei einem Verhör. »Wenn Sie derjenige sind, für den Sie sich ausgeben, warum tragen Sie dann keine Uniform?«

Der-mit-dem-Wolf-tanzt lehnte sich gegen die Wand.

»Was macht die Army hier draußen?«

Der Major und der Lieutenant flüsterten wieder miteinander. Dann ergriff der Lieutenant von neuem das Wort.

»Wir haben den Befehl, gestohlenen Besitz wiederzubeschaffen, einschließlich weißer Gefangener, die bei Indianerüberfällen entführt wurden.«

»Es hat keine Indianerüberfälle gegeben, und es gibt keine weißen Gefangenen«, log Der-mit-dem-Wolf-tanzt.

»Das werden wir selbst ermitteln«, entgegnete der Lieutenant.

Die Offiziere flüsterten abermals miteinander, und diesmal dauerte der Wortwechsel länger. Dann räusperte sich der Lieutenant.

»Wir werden Ihnen eine Chance geben, Ihre Loyalität zu unserem Land zu beweisen. Wenn Sie uns zu den Camps der Rothäute führen und als Dolmetscher dienen, wird Ihr Verhalten neu bewertet.«

»Welches Verhalten?«

»Ihr verräterisches Verhalten.«

Der-mit-dem-Wolf-tanzt lächelte.

»Sie halten mich für einen Verräter?«

Der Lieutenant hob ärgerlich die Stimme.

»Sind Sie zur Zusammenarbeit bereit oder nicht?«

»Sie haben hier draußen nichts zu tun. Das ist alles, was ich zu sagen habe.«

»Dann bleibt uns nichts anderes übrig, als Sie festzunehmen. Sie können hier sitzenbleiben und über Ihre Lage nachdenken. Wenn Sie sich zur Zusammenarbeit entschließen, sagen Sie es Sergeant Murphy, und wir werden ein Gespräch führen.«

Damit verließen der Major und der Lieutenant das Depot. Sergeant Wilcox teilte zwei Männer ein, die an der Tür Wache schieben mußten, und Der-mit-dem-Wolf-tanzt wurde allein gelassen.

Weiser Vogel zögerte den Aufbruch so lange hinaus, wie er konnte, doch am frühen Nachmittag begann der Stamm den langen Marsch nach Südwesten über die Prärie.

Die-sich-mit-der-Faust-behauptet bestand darauf, auf ihren Mann zu warten, und wurde hysterisch, als sie gezwungen wurde, mitzukommen. Die Frauen von Weiser Vogel mußten Gewalt anwenden, bis sie sich schließlich fügte.

Die-sich-mit-der-Faust-behauptet war nicht als einzige beunruhigt. Jeder machte sich Sorgen. Kurz vor dem Aufbruch fand eine letzte schnelle Ratsversammlung statt, und drei junge Männer mit schnellen Ponys wurden ausgeschickt, um beim Fort des Weißen Mannes zu erkunden, was mit Der-mit-dem-Wolf-tanzt los war.

Er hatte drei Stunden im Depot gekauert und gegen die Schmerzen seines verletzten Gesichts angekämpft. Dann sagte Der-mit-dem-Wolf-tanzt den Bewachern, daß er austreten müsse.

Als er zwischen zwei Soldaten über den Hügel ging, fühlte er sich von diesen Männern und dem Fort angewidert. Er mochte ihren Geruch nicht. Der Klang ihrer Stimme war ihm zu hart. Selbst ihr Gang kam ihm primitiv und linkisch vor.

Er urinierte über den Rand der Hügelkuppe hinweg, und die beiden Soldaten eskortierten ihn zurück. Er dachte an Flucht, als ein Wagen mit Holz und drei Soldaten ins Fort rumpelte und dicht bei ihm stoppte.

Einer der Männer auf dem Wagen rief scherzhaft einen Freund, und Der-mit-dem-Wolf-tanzt sah einen großen Soldaten zum Wagen schlendern. Die Männer auf dem Wagen grinsten sich an, während sich der große Mann näherte.

Er hörte einen von ihnen sagen: »Sieh mal, was wir dir mitgebracht haben, Burns.«

Die Männer auf dem Wagen hoben etwas an und warfen es über die Seite des Wagens. Der große Mann sprang erschrocken zurück, als der tote Zwei Strümpfe mit einem dumpfen Klatschen vor seine Füße fiel.

Die Männer sprangen vom Wagen. Sie machten sich über den großen Mann lustig, als er vor dem toten Wolf zurückwich.

Einer der Holzfäller kicherte. »Ziemlich groß, was?«

Zwei der Holzfäller hoben Zwei Strümpfe vom Boden an, einer packte ihn am Kopf, der andere an den Hinterbeinen. Dann begannen sie unter dem Gelächter aller Soldaten den großen Mann über den Hof zu jagen.

Der-mit-dem-Wolf-tanzt war so schnell, daß keiner reagieren konnte. Er stürmte auf die Soldaten zu, die Zwei Strümpfe trugen. Mit kurzen, wuchtigen Fausthieben schlug er einen der Männer bewußtlos.

Dann sprang er auf den zweiten Mann zu, und trat ihm die Füße weg, als er davonlaufen wollte. Im nächsten Augenblick schlossen sich seine Hände um die Kehle des Mannes. Dessen Gesicht lief rot an, und Der-mit-dem-Wolf-tanzt sah, daß die Augen glasig wurden, als ihn etwas am Hinterkopf traf, und sich wieder ein schwarzer Vorhang über ihn senkte.

Es begann zu dunkeln, als er aus der Bewußtlosigkeit erwachte. Sein Kopf schmerzte unerträglich. Nach einer Weile hörte er ein Klirren, als er sich bewegte. Dann erst spürte er das kalte Metall. Seine Hände waren aneinandergekettet. Er bewegte die Füße. Sie waren ebenfalls gefesselt.

Als der Major und der Lieutenant kamen und Fragen stellten, antwortete er darauf mit mörderischem Blick und stieß einen Schwall Beleidigungen auf Comanche hervor. Jedesmal, wenn sie ihn etwas fragten, antwortete er auf Comanche. Schließlich wurden sie es leid und ließen ihn allein.

Später am Abend stellte der große Sergeant einen Teller mit Haferschleim vor ihm hin.

Der-mit-dem-Wolf-tanzt trat den Teller mit seinen gefesselten Füßen fort.

Die Kundschafter brachten die schreckliche Nachricht gegen Mitternacht.

Sie hatten über sechzig schwerbewaffnete Soldaten im Fort des Weißen Mannes gezählt. Sie hatten den Buckskin tot auf dem Hügelhang liegen sehen. Und kurz vor Einbruch der Dunkelheit hatten sie beobachtet, daß Der-mit-dem-Wolf-tanzt an Händen und Füßen mit Ketten gefesselt auf den Hügel geführt worden war.

Der Stamm machte sofort ein Ausweichmanöver. Sie packten ihre Dinge und marschierten in die Nacht hinaus, kleine Gruppen von Dutzend Personen oder weniger, die alle in verschiedene Richtungen aufbrachen. Sie würden sich Tage später im Winterlager wiedertreffen.

Zehn Bären wußte, daß er sie niemals zurückhalten konnte, und so versuchte er es gar nicht erst: Ein Trupp von zwanzig Kriegern mit Weiser Vogel, Steinkalb und Wind-im-Haar ritt sofort los. Die Männer versprachen, den Feind nur anzugreifen, wenn sie sich eines Erfolges sicher sein konnten.

Major Hatch traf seine Entscheidung spät in derselben Nacht. Er wollte nicht mit dem heiklen Problem belastet sein, einen

Wilden, einen halben Indianer, vor seiner Nase sitzen zu haben. Der Major war kein Mann mit Weitblick, und von Anfang an war er verwirrt und ängstlich wegen seines exotischen Gefangenen gewesen.

Es kam dem kurzsichtigen Offizier nicht in den Sinn, daß er den Gefangenen gut als Tauschobjekt hätte nutzen können. Er wollte ihn nur loswerden. Seine Anwesenheit führte bereits zu Unruhe im Fort.

Er hielt es für eine ausgezeichnete Idee, ihn nach Fort Hays bringen zu lassen. Als Gefangener dort würde er viel mehr für ihn wert sein als hier draußen. Die Gefangennahme eines Überläufers würde ihm bei den hohen Tieren gut zustatten kommen. Die Army würde über diesen Gefangenen reden, und dann würde der Name des Mannes, der ihn geschnappt hatte, ebensooft erwähnt werden.

Der Major blies eine Lampe aus und zog mit einem selbstzufriedenen Gähnen die Decken über sich. Alles läuft prima, dachte er. Der Feldzug hätte nicht besser beginnen können.

Sie holten den Gefangenen früh am nächsten Morgen ab.

Sergeant Murphy befahl zwei Männern, Der-mit-dem-Wolf-tanzt auf die Füße zu ziehen, und fragte den Major: »Sollen wir ihm eine Uniform verpassen, Sir, sein Äußeres etwas auf Vordermann bringen?«

»Natürlich nicht«, sagte der Major scharf. »Schaffen Sie ihn auf den Wagen.«

Sechs Männer wurden eingeteilt. Zwei zu Pferde vor dem Wagen, zwei Reiter dahinter, einer als Fahrer und einer als Bewacher des Gefangenen auf dem Wagen.

Die Fahrt ging nach Osten, über die gewellte Prärie, die er so liebte. Doch an diesem strahlenden Morgen im Oktober war keine Liebe in seinem Herzen. Er sprach kein Wort mit den Männern der Eskorte. Er hockte auf dem holpernden Wagen, lauschte auf das stetige Klirren der Ketten und erwog die Möglichkeiten.

Es war unmöglich, die Eskorte zu überwältigen. Er konnte vielleicht einen der Männer töten oder sogar zwei. Aber dann würden sie ihn töten. Er spielte mit dem Gedanken, es trotzdem zu versuchen. Es würde besser sein, im Kampf gegen diese Männer zu sterben, als in irgendeinem düsteren Gefängnis zu landen.

Jedesmal, wenn er an seine Frau dachte, verspürte er einen Stich im Herzen. Wenn vor seinem geistigen Auge ihr Gesicht Gestalt anzunehmen begann, zwang er sich, an etwas anderes zu denken. Alle paar Minuten mußte er das tun. Es war die schlimmste Qual für ihn.

Er bezweifelte, daß Hilfe kommen würde. Er wußte, daß sie ihm helfen würden, wenn sie das könnten, aber er hielt es für unvorstellbar, daß Zehn Bären die Sicherheit all seiner Leute um eines einzelnen Mannes willen gefährden würde. Er, Der-mit-dem-Wolf-tanzt, würde das selbst nicht tun.

Andererseits hatte er das sichere Gefühl, daß sie Späher ausgeschickt hatten und inzwischen von seiner verzweifelten Lage wußten. Wenn sie lange genug beobachtet und gesehen hatten, daß er auf dem Wagen fortgebracht und nur von sechs Soldaten bewacht wurde, dann gab es vielleicht eine Chance.

Als der Morgen verging, klammerte sich Der-mit-dem-Wolf-tanzt an diese einzige Hoffnung. Jedesmal, wenn der Wagen bei einer Anhöhe langsamer wurde oder in einen Einschnitt hinabrumpelte, hielt er den Atem an und wünschte, daß Pfeile zischen oder Gewehre krachen würden.

Es wurde Mittag, und er hörte nichts.

Sie waren seit langem vom Bach fort, doch sie stießen wieder auf ihn. Auf der Suche nach einer Furt folgten sie dem Bach eine halbe Meile, und dann fanden sie eine Stelle, an der Büffel das Wasser durchquert hatten.

Der Bach war nicht breit, doch die Ufer waren dicht genug für einen Hinterhalt bewachsen. Als der Wagen zur Furt hinabrumpelte, hielt Der-mit-dem-Wolf-tanzt Augen und Ohren offen.

Der Sergeant, der das Kommando hatte, befahl dem Fahrer, vor dem Wasser anzuhalten. Dann durchquerte der Sergeant mit einem anderen Mann den Bach. Einen Augenblick lang suchten sie die Ufer ab. Dann hielt der Sergeant die Hände vor den Mund und befahl dem Fahrer, herüberzufahren.

Der-mit-dem-Wolf-tanzt ballte die Hände zu Fäusten und richtete sich geduckt auf. Er konnte weder etwas von ihnen sehen noch hören.

Aber er wußte, daß sie da waren.

Er bewegte sich beim Schwirren des ersten Pfeils, viel schneller als der Bewacher auf dem Wagen, der noch an seinem Gewehr fummelte, als Der-mit-dem-Wolf-tanzt ihm die aneinandergeketteten Hände um den Hals legte.

Gewehre krachten hinter ihm, und er riß die Kette hart an sich und spürte, daß die Kehle des Soldaten eingedrückt wurde.

Aus dem Augenwinkel heraus sah er den Sergeant vom Pferd stürzen. Ein Pfeil steckte tief in seinem Nacken. Der Fahrer war seitlich vom Wagenbock gesprungen. Er stand bis zu den Knien im Wasser und feuerte wild mit einem Revolver.

Der-mit-dem-Wolf-tanzt warf sich vom Wagen und landete auf dem Mann. Sie rangen kurz im Wasser, bis er sich losreißen konnte. Er benutzte die Kette wie eine zweistielige Peitsche, schmetterte sie auf den Kopf des Fahrers, und der Mann erschlaffte und sank langsam ins seichte Wasser. Der-mit-dem-Wolf-tanzt schlug weiter wild zu und hörte erst auf, als er sah, daß sich das Wasser rot färbte.

Bachabwärts gellten Schreie. Der-mit-dem-Wolf-tanzt schaute auf und sah gerade hoch, als der letzte der Soldaten zu flüchten versuchte. Er mußte verwundet sein, denn er schwankte im Sattel.

Wind-im-Haar galoppierte hinter dem zum Sterben verdammten Soldaten her. Als er auf gleicher Höhe mit dem weißen Soldaten war, zerschmetterte Wind-im-Haar ihm mit seinem Schädelbrecher den Kopf, und Der-mit-dem-Wolf-tanzt hörte das dumpfe Knacken. Hinter ihm war es still. Er wandte den Kopf und sah, daß die Männer, die hinter dem Wagen geritten waren, tot im Wasser lagen.

Einige Krieger stießen Lanzen in die Leichen, und einer der Krieger war Steinkalb.

Eine Hand packte ihn an der Schulter, riß ihn herum, und Der-mit-dem-Wolf-tanzt sah in das strahlende Gesicht von Weiser Vogel.

»Welch ein großer Kampf«, sagte der Medizinmann.

»Wir haben sie alle leicht erledigt, und keiner von uns ist verletzt.«

»Ich habe zwei erledigt«, rief Der-mit-dem-Wolf-tanzt zurück. Er hob die aneinandergeketteten Hände. »Damit.«

Der Rettungstrupp verschwendete keine Zeit. Nach hastiger Suche fanden sie die Schlüssel zu den Ketten bei dem toten Sergeant.

Sie befreiten Der-mit-dem-Wolf-tanzt, sprangen auf die Pferde und galoppierten davon.

## 30

Eine Handbreit Schnee fiel auf den flüchtenden Stamm und bedeckte alle Spuren auf dem ganzen Weg zum Winterlager.

Jeder schaffte den Weg in hervorragender Zeit, und sechs Tage später waren die Gruppen auf dem Grund des großen Canyons vereinigt, der für ein paar Monate ihre Heimat sein würde.

Der Platz war geschichtsträchtig für die Comanchen. Sie nannten ihn »Wo der Große Geist geht«. Der Canyon war viele Meilen lang, an den meisten Stellen über eine Meile breit, und einige der kahlen Felswände ragten fast bis in den Himmel. Sie hatten hier überwintert, so lange die meisten zurückdenken konnten, und es war ein idealer Ort, der Nahrung und viel Wasser für Menschen und Ponys und Schutz vor den Blizzards bot, die immer wieder im Winter tobten. Hier waren sie außerdem weit fort von ihren Feinden.

Andere Stämme überwinterten hier ebenfalls, und es gab große Freude, als sich alte Freunde und Verwandte zum erstenmal seit dem Frühjahr wiedersahen.

Als sich der Stamm von Zehn Bären wieder zusammengeschlossen hatte, konnte er sich nicht entspannen. Alle warteten, denn das Schicksal des Rettungstrupps war ungewiß.

Am Vormittag nach ihrer Rückkehr preschte ein Späher mit

der Nachricht ins Lager, daß der Trupp auf dem Weg zum Lager war. Er sagte, Der-mit-dem-Wolf-tanzt sei dabei.

Die-sich-mit-der-Faust-behauptet lief allen voraus. Sie weinte, während sie rannte, und als sie die Reiter sah, die hintereinander über den hohen Felspfad ritten, rief sie den Namen ihres Mannes.

Sie rief ihn, bis sie bei ihm war.

Der frühe Schnee war der Auftakt zu einem schrecklichen Schneesturm, der an diesem Nachmittag begann.

Alle blieben in den nächsten beiden Tagen in ihren Tipis, während der Blizzard tobte.

Der-mit-dem-Wolf-tanzt und Die-sich-mit-der-Faust-behauptet sahen niemanden.

Weiser Vogel hatte sich rührend um die Verletzung seines Schützlings gekümmert. Er sorgte dafür, daß die Schwellung abklang, und versuchte den Heilungsprozeß des verletzten Gesichts mit Kräutern zu beschleunigen. Der gebrochene Wangenknochen mußte jedoch von selbst zusammenwachsen.

Der-mit-dem-Wolf-tanzt war überhaupt nicht besorgt wegen seiner Verletzung. Eine schwerwiegendere Sache machte ihm zu schaffen, und während er sich damit herumschlug, wollte er niemanden sehen.

Er sprach nur mit seiner Frau, aber es wurde nicht viel gesagt. Die meiste Zeit lag er wie ein Kranker im Tipi. Sie lag bei ihm und fragte sich, was ihm zu schaffen machte. Sie fragte jedoch nicht, denn sie wußte, daß er es ihr schließlich sagen würde.

Der Blizzard tobte schon den dritten Tag, als Der-mit-dem-Wolf-tanzt im geschützten Canyon einen langen, einsamen Spaziergang machte. Nach seiner Rückkehr setzte er sich zu seiner Frau und erzählte ihr von seiner unumstößlichen Entscheidung.

Sie wandte sich von ihm ab und saß fast eine Stunde lang mit gesenktem Kopf und in stummer Versunkenheit da.

Schließlich sagte sie: »Muß es so sein?« Ihre Augen spiegelten Trauer wider und glänzten feucht.

Der-mit-dem-Wolf-tanzt war ebenfalls von Trauer erfüllt.

»Ja«, sagte er leise.

Sie seufzte klagend und kämpfte gegen die Tränen an.

»Dann soll es so sein.«

Der-mit-dem-Wolf-tanzt bat um eine Ratsversammlung. Er wollte mit Zehn Bären sprechen. Er bat auch Weiser Vogel, Wind-im-Haar, Steinkalb und alle anderen dazu, die nach der Ansicht des Häuptlings dabeisein sollten.

Sie versammelten sich am nächsten Abend. Der Blizzard zog ab, und alle waren in guter Stimmung. Sie aßen und rauchten zur Einleitung und erzählten bewegende Geschichten über den Kampf am Fluß und die Rettung von Der-mit-dem-Wolf-tanzt.

Er wartete all dies gutgelaunt ab. Er war glücklich, bei seinen Freunden zu sein.

Doch als die Unterhaltung schließlich nachließ, ergriff er in der ersten Stille das Wort.

»Ich möchte euch sagen, was ich im Sinn habe«, sagte er, und damit begann die Ratsversammlung offiziell.

Die Männer ahnten, daß etwas Wichtiges kommen würde, und sie waren äußerst aufmerksam. Zehn Bären neigte das Ohr, mit dem er am besten hören konnte, zu dem Sprecher, denn er wollte sich kein einziges Wort entgehen lassen.

»Ich bin noch nicht lange bei euch, aber ich fühle in meinem Herzen, daß ich mein ganzes Leben lang bei euch gewesen bin. Ich bin stolz darauf, ein Comanche zu sein. Ich werde immer stolz darauf sein. Ich liebe das Leben als Comanche, und ich liebe jeden von euch, als hätten wir dasselbe Blut. Im Herzen und im Geist werde ich immer bei euch sein. Ihr müßt wissen, daß es hart für mich ist, zu sagen, daß ich euch verlassen muß.«

Überraschte Ausrufe ertönten im Tipi. Alle waren erregt und ungläubig. Wind-im-Haar sprang auf die Füße und stampfte hin und her. Er fuchtelte mit den Händen, erzürnt über diese dumme Idee.

Der-mit-dem-Wolf-tanzt saß während des Tumults still und stumm da.

Er starrte ins Feuer und hatte die Hände auf dem Schoß gefaltet.

Zehn Bären hob eine Hand und gebot Ruhe. Es wurde still im Tipi.

Wind-im-Haar ging immer noch wütend auf und ab. Zehn Bären schnauzte ihn an.

»Setz dich, Wind-im-Haar. Unser Bruder hat noch nicht zu Ende gesprochen.«

Widerwillig gehorchte Wind-im-Haar, und als er saß, fuhr Der-mit-dem-Wolf-tanzt fort.

»Es war gut, diese Soldaten zu töten. Dadurch kam ich frei, und mein Herz war von Freude erfüllt, weil meine Brüder gekommen waren, um mir zu helfen. Es machte mir überhaupt nichts aus, diese Männer zu töten. Ich war froh darüber. Aber ihr kennt nicht den weißen Mann, wie ich ihn kenne. Die Soldaten denken, ich bin einer von ihnen, der schlecht geworden ist. Sie denken, ich habe sie verraten. In ihren Augen bin ich ein Verräter, weil ich mich entschlossen habe, bei euch zu leben. Es ist mir gleichgültig, ob sie recht oder unrecht haben, aber ich sage euch ehrlich, daß sie das glauben.«

Er legte eine kurze Pause ein und sprach dann weiter.

»Weiße werden einen Verräter noch lange jagen, nachdem sie längst auf die Jagd nach anderen verzichtet haben. Für sie ist ein Verräter, ein Überläufer das Schlimmste, was ein Soldat sein kann. So werden sie mich jagen, bis sie mich finden. Sie werden nicht aufgeben. Und wenn sie mich aufspüren, finden sie auch euch. Sie werden mich aufhängen wollen und euch auf die gleiche Weise bestrafen. Vielleicht werden sie euch selbst dann bestrafen, wenn ich fort bin. Ich weiß es nicht. Wenn es nur um uns ginge, würde ich vielleicht bleiben, aber es geht um mehr als nur um uns Männer. Es geht um eure Frauen und Kinder und die eurer Freunde. Euer ganzes Volk wird leiden. Sie dürfen mich nicht bei euch finden. Das ist alles. Deshalb muß ich gehen. Ich habe mit meiner Frau gesprochen, und wir werden zusammen fortgehen.«

Viele Sekunden lang regte sich niemand. Alle wußten, daß er recht hatte, aber keiner fand Worte.

»Wohin wirst du gehen?« fragte Weiser Vogel schließlich.

»Ich weiß es nicht. Weit fort. Weit fort von diesem Land.«

Wieder herrschte Stille.

Sie war fast unerträglich, als Zehn Bären leise hustete.

»Du hast gut gesprochen, Der-mit-dem-Wolf-tanzt. Dein Name wird in den Herzen unseres Volkes leben, solange es Comanchen gibt. Wir werden dafür sorgen, daß er in unseren Herzen bewahrt bleibt. Wann wirst du reiten?«

»Wenn es nicht mehr schneit«, sagte Der-mit-dem-Wolf-tanzt leise.

»Morgen wird es nicht mehr schneien«, sagte Zehn Bären. »Wir sollten jetzt schlafen gehen.«

Zehn Bären war ein außergewöhnlicher Mann.

Obwohl alles so völlig gegen ein langes Leben auf der Prärie sprach, war er alt geworden, und mit jedem Jahr seines Lebens hatte der alte Mann ein bemerkenswertes Wissen angehäuft. Dieses Wissen war gewachsen, bis es schließlich innerlich in ihm aufgegangen war, und an seinem Lebensabend hatte Zehn Bären einen Höhepunkt erreicht – er war zu einem Weisen geworden.

Die alten Augen waren schwach, doch trotz der Schwäche sahen sie mit einer Klarheit, die keiner, nicht einmal Weiser Vogel, erreichte. Sein Gehör war schlecht, doch irgendwie nahm er immer wahr, was wichtig war. Und vor kurzem war noch etwas äußerst Ungewöhnliches geschehen. Ohne sich auf die Sinne zu verlassen, die jetzt schwach geworden waren, hatte Zehn Bären begonnen, das Leben seines Volkes zu *spüren*. Vom Knabenalter an war er mit besonderer Klugheit gesegnet, doch dies war viel mehr. Dies war das Sehen mit dem ganzen Selbst, und anstatt sich alt und verbraucht zu fühlen, war Zehn Bären gekräftigt und belebt durch die sonderbare und geheimnisvolle Macht, die ihm zugefallen war.

Die Macht, die in so langer Zeit gekommen war und die er für so unfehlbar gehalten hatte, war jetzt gebrochen.

Zwei volle Tage nach der Ratsversammlung saß der Häuptling in seinem Tipi und rauchte und fragte sich, was schiefgegangen war.

»Morgen wird es nicht mehr schneien.«

Die Worte waren nicht wohlüberlegt gewesen. Sie waren ihm

ohne vorheriges Denken über die Lippen gekommen, als hätte sie ihm der Große Geist persönlich in den Mund gelegt.

Aber der Schnee hatte nicht aufgehört. Der Schneesturm hatte an Kraft gewonnen. Am Ende des zweiten Tags waren die Schneeverwehungen hoch an den Wänden aller Tipis. Sie wurden stündlich höher. Zehn Bären konnte förmlich fühlen, wie sie Stück für Stück an seinem Tipi wuchsen.

Der alte Mann verlor den Appetit und ignorierte alles bis auf seine Pfeife und das Feuer.

Er verbrachte jede wache Minute damit, in die Flammen zu starren, die in der Mitte seines Tipis aufloderten. Er beschwor den Großen Geist, Mitleid mit einem alten Mann zu haben und ihm ein letztes bißchen Verstehen zu schenken, aber es war alles vergebens.

Schließlich sah Zehn Bären seine Fehleinschätzung als ein Zeichen.

Ihm kam der Gedanke, daß es ein Ruf war, sein Leben zu beenden. Erst als er sich völlig mit dem Gedanken abgefunden hatte und sein Todeslied übte, geschah etwas Phantastisches. Die alte Frau, die in all den Jahren seine Ehefrau gewesen war, sah ihn plötzlich am Feuer aufstehen. Er hüllte sich in ein Büffelfell und wollte das Tipi verlassen. Sie fragte ihn, wo er hinginge, und Zehn Bären gab keine Antwort.

In Wirklichkeit hatte er die Frage nicht gehört. Er lauschte auf eine innere Stimme.

Die Stimme sagte einen einzigen Satz, und Zehn Bären befolgte das Kommando.

Die Stimme sagte: »Geh zum Tipi von Der-mit-dem-Wolf-tanzt.«

Ohne die Anstrengung zu bemerken, kämpfte sich Zehn Bären durch den Schnee.

Als er beim Tipi am Rande des Lagers war, zögerte er, bevor er sich bemerkbar machte.

Niemand war in der Nähe. Der Schnee fiel in großen Flocken, naß und schwer. Während er wartete, glaubte Zehn Bären hören zu können, wie jede Schneeflocke auf den Boden fiel. Das Geräusch war laut, und während Zehn Bären in der Kälte stand, hatte er das Gefühl, daß sich in seinem Kopf alles drehte. Einen Augenblick lang dachte er, er wäre ins Jenseits hinübergegangen.

Ein Falke schrie, und als er danach Ausschau hielt, sah er den Rauch, der aus dem Rauchabzug des Tipis emporkräuselte. Er blinzelte den Schnee aus den Augen und klopfte gegen die Büffelhaut am Zeltzugang.

Als der Vorhang zur Seite gezogen wurde, wallte ihm Wärme entgegen.

Sie hüllte den alten Mann ein, saugte ihn förmlich an Der-mit-dem-Wolf-tanzt vorbei und zog ihn in das Tipi wie ein lebendes Wesen. Er stand plötzlich inmitten des Tipis und hatte wieder das Gefühl, daß sich in seinem Kopf alles drehe. Diesmal vor Erleichterung, denn in der kurzen Zeitspanne, die er von draußen bis ins Tipi gebraucht hatte, hatte Zehn Bären das Geheimnis seines Fehlers gelöst.

Es war nicht sein Fehler.

Der Fehler war von jemand anderem gemacht worden und war ihm durchgegangen. Zehn Bären hatte ihn nur verschlimmert, als er gesagt hatte: »Morgen wird es nicht mehr schneien.«

Der Schnee war richtig. Er hätte von Anfang an auf den Schnee hören sollen. Zehn Bären lächelte. Wie einfach es war. Wie konnte ihm das entgangen sein? Du mußt immer noch einiges lernen, dachte er.

Der Mann, der den Fehler gemacht hatte, stand jetzt neben ihm, aber Zehn Bären hegte keinen Groll gegen ihn. Er lächelte nur über die verwirrte Miene des jungen Mannes.

Der-mit-dem-Wolf-tanzt fand die Sprache wieder. »Bitte – setz dich an mein Feuer.«

Als Zehn Bären Platz genommen hatte, schaute er sich kurz im Tipi um und sah bestätigt, was ihm sein Gefühl gesagt hatte. Es war ein glückliches, ordentliches Heim. Er zog das Büffelfell auseinander und ließ mehr von der Wärme an seinen Körper.

»Dies ist ein schönes Feuer«, sagte er freundlich. »In meinem Alter ist ein Feuer besser als alles sonst.«

Die-sich-mit-der-Faust-behauptet stellte eine Schale mit Essen neben jeden Mann. Dann zog sie sich zu ihrem Lager hinten im Tipi zurück. Dort nahm sie etwas auf, an dem sie genäht hatte.

Die Männer aßen ein paar Minuten lang schweigend. Zehn Bären kaute sehr sorgfältig. Schließlich schob er die Schale zur Seite und hustete.

»Ich habe gedacht, seit du in meinem Tipi gesprochen hast. Ich fragte mich, wie es deinem schlimmen Herzen geht, und ich sagte mir, sieh selbst danach.«

Sein Blick schweifte durch das Tipi. Dann schaute er ihm in die Augen.

»Hier sieht es nicht schlimm aus.«

»Nein – nein«, stammelte Der-mit-dem-Wolf-tanzt. »Wir sind hier glücklich.«

Zehn Bären lächelte und nickte. »Das dachte ich mir.«

Stille folgte.

Zehn Bären starrte ins Feuer und schloß langsam die Augen. Der-mit-dem-Wolf-tanzt wartete höflich und wußte nicht, was er tun sollte. Vielleicht sollte er den alten Mann fragen, ob er sich hinlegen wollte. Er war durch den Schnee gegangen. Aber jetzt war es wohl zu spät, das zu sagen. Sein bedeutender Gast war anscheinend schon eingedöst.

Zehn Bären bewegte sich und sprach. Er redete, daß es den Anschein hatte, er spreche im Schlaf.

»Ich habe über das, was du gesagt hast, nachgedacht – über die Gründe, weshalb du uns verlassen willst.«

Plötzlich öffnete er die Augen, und Der-mit-dem-Wolf-tanzt war überrascht, als er den Glanz darin sah. Sie funkelten wie Sterne.

»Du kannst uns jederzeit verlassen – aber nicht aus diesen Gründen. Diese Gründe sind falsch. Alle Soldaten mit Haaren um den Mund können unser Lager durchsuchen, und keiner würde die Person finden, die sie suchen, den Mann, den sie Loo Ten Nant nennen.«

Zehn Bären breitete leicht die Hände aus, und seine Stimmte bebte vor Freude.

»Der, den man Loo Ten Nant nennt, ist nicht hier. Im Tipi werden sie nur einen Comanche-Krieger finden, einen guten Comanche-Krieger und seine Frau.«

Der-mit-dem-Wolf-tanzt ließ die Worte in sich einsinken. Er blickte über die Schulter zu seiner Frau. Die-sich-mit-der-Faust-behauptet sah ihn lächelnd an und blickte nicht fort. Er wußte nicht, was er sagen sollte.

Als er sich wieder Zehn Bären zuwandte, sah er, daß der Häuptling auf die fast gestopfte Pfeife schaute, die aus dem Futteral ragte. Der alte Mann wies mit knochigem Finger auf das Objekt seines Interesses.

»Du stopfst eine Pfeife?«

»Ja.«

Zehn Bären streckte die Hand aus, und Der-mit-dem-Wolf-tanzt überreichte ihm die Pfeife. Der alte Mann hielt die Pfeife dicht vor seine Augen und musterte sie von oben bis unten.

»Dies ist vielleicht eine sehr gute Pfeife. Wie raucht sie sich?«

»Ich weiß es nicht«, erwiderte Der-mit-dem-Wolf-tanzt. »Ich habe sie noch nicht probiert.«

»Rauchen wir eine Weile«, sagte Zehn Bären und gab ihm die Pfeife zurück. »Es ist gut, die Zeit so zu verbringen.«

## 31

Es war ein Winter, um unter den Fellen zu bleiben. Mit Ausnahme von gelegentlichen Jagdtrupps verließen die Comanchen selten ihre Tipis. Der Stamm verbrachte so viel Zeit an den Feuern, daß diese Monate ›Winter der vielen Feuer‹ genannt wurden.

Im Frühjahr war jeder darauf aus, ins Sommerlager zu ziehen, und als das Eis schmolz, machten sie sich auf den Weg.

Das neue Sommerlager schlugen sie in diesem Jahr weit fort von dem alten auf, das in der Nähe von Fort Sedgewick gewesen war. Es war ein guter Platz mit viel Wasser und Gras für die Ponys. Die Büffel kamen wieder zu Tausenden, und die Jagd war gut, und nur wenige Männer verletzten sich dabei. Im Spätsommer wurden viele Babys geboren, mehr als in früheren Jahren, wie sich die Alten erinnerten.

Sie hielten sich fern von belebten Wegen und sahen keine Weißen, nur ein paar mexikanische Händler. Es machte die Comanchen glücklich, so wenig Probleme zu haben.

Doch eine menschliche Woge, die weder zu sehen noch zu hören war, schwoll im Osten an. Sie würde bald über sie hinwegschwappen. Die guten Zeiten dieses Sommers waren ihre letzten. Ihre Zeit ging zu Ende und würde bald für immer vorüber sein.

N. H. Kleinbaum

# Der Club der toten Dichter

**Roman · 160 Seiten · Leinen · DM 28,–**
**Preisänderung vorbehalten**

»Tradition! Ehre! Disziplin! Leistung!« – das sind die vier Säulen, auf denen die hundertjährige Schultradition der Welton-Akademie ruht. Kommen solch hehre Grundsätze ins Wanken, wenn John Keating, der engagierte Literaturlehrer, dem andere Ideale hinzufügt: Phantasie, Nachdenken über den Sinn des Lebens und den eigenen Platz in der Welt?
Von ihm ermuntert gründen die Schüler den »Club der toten Dichter«, einen Geheimbund, in dem sie, abseits von Zwängen und Vorschriften, ihren Gefühlen freien Lauf lassen und die Besonderheit ihrer individuellen Existenz erkennen können.
Millionen lieben diese Lehrer-Schüler-Begegnung, denken an die Bewegung der Gefühle, die der Film in ihnen ausgelöst hat, ein Film, der nicht ohne Grund zum Kultfilm geworden ist.

Schneekluth